« PAVILLONS »

Collection dirigée par Claire Do Sêrro

ANN-HELÉN LAESTADIUS

STÖLD

roman

Traduit du suédois
par Anna Postel

Robert Laffont

Traduit avec le concours financier du Swedish Arts Council

Titre original : STÖLD

Published by agreement with Ahlander Agency

ISBN 978-2-221-25729-6
(édition originale : 978-9189051348, Romanus & Selling, Sweden)
Dépôt légal : août 2022
Éditions Robert Laffont – 92, avenue de France 75013 Paris

Au lecteur

Les termes en sami font partie intégrante du texte original. Ils apparaissent en italique dans la présente traduction et un glossaire simplifié les répertorie en fin d'ouvrage.

PREMIÈRE PARTIE

Dálvi, hiver 2008

1 – *Okta*[1]

Elsa filait sans se retourner. Le dos droit, concentrée pour trouver la bonne cadence, elle regardait ses skis afin de les maintenir dans les traces. Il faisait sans doute un peu trop sombre pour sortir, mais elle trépignait d'impatience.

L'air qui lui fouettait le visage lui glaçait les joues. Du coin de l'œil, elle apercevait ses cheveux noirs devenus gris argenté qui dépassaient de son bonnet. Ses cils avaient aussi changé de couleur, et elle sentait le froid humide quand elle clignait des yeux. Elle avait l'impression de se transformer.

Le lac était un lacis de traces de motoneiges qui menaient chez elle ou ailleurs. Chez des voisins, des cousins. Au parc à rennes. Elle s'engagea dans la plus large. Elle avait trouvé son rythme, ses skis crissaient sous ses pieds. Elle venait de fêter ses neuf ans. Une grande fille. Avec ses propres skis, pas les anciens de Mattias.

Ses bras forts lui permettaient de pousser sur ses bâtons, de se propulser en avant. Elle savait que sa maison ne serait bientôt plus qu'un petit point au loin, derrière elle. Après le lac venait la forêt, mais elle n'avait pas peur. Elle n'avait jamais peur car elle savait se repérer, elle retrouvait toujours son chemin. À vrai dire, elle ne s'aventurait pas au-delà du lac, d'habitude. Mais elle était grande désormais.

1. *Okta* signifie « un » (le chiffre 1) en sami. Les titres des chapitres sont tous constitués sur le même modèle : 2 – *Guokte*, 3 – *Golbma*, etc. (*Toutes les notes sont de la traductrice.*)

Début janvier, le soleil leur revenait, mais à peine s'était-il levé qu'il entamait sa course dans l'autre sens, ne laissant derrière lui qu'une lueur rosée. Aujourd'hui les nuages absorbaient la lumière plus vite qu'elle ne l'aurait cru, mais la nuit ne tomberait pas tout de suite. Elle aurait le temps d'arriver à destination. La neige alourdissait les branches des sapins et des bouleaux. Comme s'ils s'inclinaient sur son passage. Saluaient son retour. Et dire qu'ils la reconnaissaient, en dépit de ses cheveux givrés, argentés, et de ses nouveaux skis !

Elle entendit les rennes et accéléra le rythme malgré la fatigue qui engourdissait ses cuisses. Sa respiration se fit de plus en plus rapide, sa gorge lui brûlait. Ses lèvres étaient sèches mais elle ne devait surtout pas les lécher, sinon elles gerceraient, se fissureraient. Elle n'aimait pas le goût du sang.

Il n'y avait encore personne là-bas. Elle le savait. Ses parents et Mattias étaient à la maison. Il n'était pas encore l'heure de nourrir les rennes. Elle voulait leur faire une surprise. Préparer les granulés, sortir les sacs, peut-être même entrer dans l'enclos pour verser du fourrage sur le sol. Arracher un peu de lichen pour les attirer, qu'ils se rassemblent autour d'elle, sans aucune défiance.

Percevant le ronronnement d'une motoneige, elle s'immobilisa. Quelle déception ! Elle n'était pas la première arrivée. L'engin était arrêté, le moteur tournait à vide. Le plus silencieusement possible, elle poussa sur ses bâtons. S'agrippa à un tronc de pin et jeta un coup d'œil furtif.

C'était *lui*.

Elle ne prononçait jamais son nom.

Il tenait, entre ses lèvres pincées, un petit triangle duveteux. À la main, un couteau ensanglanté. Elsa serra ses bâtons de toutes ses forces. Si fort que ses articulations gelées lui faisaient mal.

Il recracha le morceau d'oreille et le fourra dans la poche de son pantalon jaune crasseux. De ceux que portent les ouvriers routiers. Les larges bandes réfléchissantes scintillèrent quand il passa devant les phares de la motoneige. Le faon mort gisait près de la barrière, à l'extérieur de l'enclos. Il se pencha vers l'animal. Pour l'emporter ? Son renne à elle. Une petite femelle. Était-ce bien elle ? Oui, Elsa reconnaissait la tache blanche au niveau du front. Nástegallu. Sa gorge laissa échapper un son. Il l'entendit. Scruta de son regard expert entre les arbres jusqu'à la trouver. Peut-être ne la reconnaissait-il pas avec ses cheveux argent ?

Ses lèvres formèrent un juron. Il s'avança à pas lourds vers elle. Sa langue pressait son tabac sous sa lèvre supérieure, contre sa gencive.

C'est alors qu'il esquissa un sourire mesquin. Il pointa l'index vers elle, le posa sur ses lèvres fines pour lui ordonner de garder le silence, puis le fit glisser sur son cou. Tu es morte. Voilà ce que cela signifiait, elle le savait.

Il retourna vers la motoneige, tira de sa poche ses gants noirs et lança une jambe par-dessus le siège. Sans s'apercevoir qu'il n'avait pas sorti que ses gants. Une petite chose duveteuse virevolta avant d'atterrir dans la neige. Une oreille qui présentait des entailles spécifiques, preuves de l'appartenance du faon à leur troupeau.

Il appuya sur l'accélérateur, laissant derrière lui une émanation de gaz d'échappement. Accompagnée d'une autre odeur, un effluve indéterminé. Elsa fronça le nez.

Elle avança sur ses skis, les jambes chancelantes, retira ses gants et s'empara de l'oreille. Elle la frotta pour ôter la neige. Sa paume était tachée de sang. Ce n'était pas toute l'oreille, il n'en avait coupé que l'extrémité, là où se trouvait la marque.

Elle lorgna vers le corps sans vie qui gisait au pied de la barrière, réticente à s'approcher, à vérifier qu'il s'agissait bien de son renne. Mais elle n'avait pas le choix.

C'était bien Nástegallu. Même sans oreilles, Elsa en était certaine. La tache blanche entre ses yeux, et ses pattes étonnamment longues. Sa fourrure soyeuse était émaillée de gouttes de sang. Son renne à elle, dépossédé des encoches qui témoignaient de son appartenance. Elle ne pouvait pas pleurer, pas crier. Mais dans sa tête montait un grondement effrayant. L'idée qu'un jour, elle *le* tuerait.

2 – *Guokte*

Elle entendait ses parents chuchoter au-dessus d'elle. Elle était installée dans le traîneau derrière la motoneige, enveloppée dans une couverture. Ses skis se trouvaient sous la peau de renne. Personne ne semblait s'être aperçu qu'elle avait skié toute seule jusqu'à l'enclos, personne n'en avait soufflé mot. Elsa ferma les yeux, les flocons de neige fondaient rapidement sur son visage. Le givre argenté qui couvrait ses cheveux avait disparu. Elle était à nouveau elle-même.

Ses parents, *enná* et *isa*, comme elle les appelait en sami, l'avaient trouvée assise à côté de son renne. Ils lui avaient demandé ce qui s'était passé mais elle était restée muette. Dans son poing ganté, elle serrait le petit bout d'oreille. Le sang avait séché mais la fourrure avait gardé toute sa douceur. Elle ne le leur avait pas montré, même lorsqu'ils étaient montés sur leurs grands chevaux, avaient crié que « cette pourriture » avait emporté les oreilles, toute l'oreille d'un côté, un morceau de l'autre. Il faut parfois montrer la marque à l'oreille pour prouver qu'on est le propriétaire du renne percuté par une voiture ou tué par un prédateur. Mais Elsa ne laisserait personne mettre la main sur cette oreille. Nástegallu, son renne chéri, était mort.

Sa mère s'assit à ses côtés, se serra contre elle. Elle pleurait. Elsa le savait. *Enná* pleurait toujours. Elle essayait de se contrôler, d'attendre qu'ils rentrent à la maison pour s'enfermer dans sa chambre, où elle croyait que personne ne l'entendait.

Son père et Mattias s'occupaient de son renne, avec le plus grand soin. Il faisait nuit depuis longtemps et Elsa ne voyait pas ce qu'ils faisaient. Pourtant, elle entendait leurs murmures.

— Elle a dû les surprendre en flagrant délit, autrement ils auraient emporté le renne, fit Mattias.

— Non, ils voulaient juste tuer et nous montrer ce dont ils sont capables.

Son père éclairait de sa lampe de poche les traces de motoneige. Elsa aurait pu indiquer la direction dans laquelle il était parti, quelles traces étaient les siennes, mais elle était incapable de lever le bras. Comme si l'oreille l'immobilisait, alourdissait sa main. Elle avait vu le signe de la mort, et elle savait que c'était du sérieux.

Le faisceau lumineux bondissait des congères aux arbres inclinés et aux marques de passage sur la neige. Son père se baissa et prit une photo avec son téléphone portable. Puis d'autres. Ils avaient aussi immortalisé le renne avant de le déplacer. Elle était certaine qu'ils avaient déjà appelé la police mais tout le monde savait que personne ne viendrait ce soir.

— Allons-y, Nils Johan. Elle est frigorifiée, dit sa mère.

Elsa tremblait, mais pas de froid. Sa mère la serra plus fort contre elle et frotta tout son corps avec vigueur. En vain.

Son père poussa l'accélérateur si fort qu'elles furent plaquées en arrière dans le traîneau. Mattias les dépassa. Il gravit la congère, le moteur vrombissant dans la forêt. Elsa savait qu'il était en colère. Quand Mattias était en colère, ça s'entendait toujours à sa motoneige. Bientôt, les feux arrière ne furent plus que deux points rouges au loin, sur le lac.

Elsa chercha ses skis sous la peau de renne, à tâtons. Elle en caressa la surface lisse. Plus jamais elle ne skierait jusqu'au parc à rennes.

3 – *Golbma*

Toute la soirée, Mattias multiplia les allées et venues dans la chambre d'Elsa, prétendant avoir des choses à y faire. Elle le regardait. Son grand frère. *Stuoraviellja*. De sept ans son aîné, il n'était plus un enfant, mais pas encore un adulte. Entre les deux – ou plutôt *gasku*, comme disait souvent *áhkku*, sa grand-mère paternelle. *Áhkku* avait des mots pour tout, mais seulement en sami. En suédois, c'est à peine si elle en avait assez pour s'exprimer, elle le reconnaissait elle-même. Il arrivait cependant qu'elle soit obligée de mêler des mots suédois à sa langue maternelle.

Les adultes disaient que Mattias ressemblait à sa mère, il était grand comme elle, et il avait tellement mûri, ajoutaient-ils, mais Elsa trouvait qu'il avait le visage d'un petit garçon. *Enná* et Mattias avaient les mêmes cheveux foncés, et les mêmes yeux. Même si les yeux de Mattias étaient plus vigilants.

Il fouilla dans la penderie au coin de la chambre d'Elsa sans dire ce qu'il cherchait.

— Tu l'as vu ? demanda-t-il sans se retourner. C'était Robert Isaksson ?

Elle était allongée sous sa couverture, l'oreille dans le creux de sa main. Il ne fallait pas la serrer trop fort, autrement elle deviendrait moite, moins vivante et duveteuse. Pourtant, elle n'osait desserrer son étreinte.

— Il faut que tu dises quelque chose, sinon ils vont croire que tu es devenue folle et qu'il faut t'amener à l'hôpital.

Mattias faisait les cent pas tel un renne agité. Elsa transpirait sous sa couverture. *Áhkku* avait monté le chauffage dans sa chambre. Pour elle, la chaleur était la solution à tout. Pas nécessairement l'intimité : lors des accolades, elle avait du mal à prendre l'autre dans ses bras. C'est désagréable de serrer contre soi quelqu'un qui ne vous étreint pas en retour, mais si Elsa s'emparait de ses bras pour qu'elle l'enlace, ils demeuraient inertes. Parfois ses doigts dessinaient sur son dos une timide caresse.

Personne n'avait encore fait remarquer qu'il s'agissait du renne d'Elsa, celui qu'elle avait marqué elle-même. À l'aide du petit couteau qu'elle portait toujours à la ceinture. Elle effleura les entailles de l'oreille. Elle pouvait dessiner et découper la marque en pensée. Cette marque qui lui appartenait, qui *leur* appartenait. La marque de sa famille. Elle glissa l'index sur la petite encoche latérale et se rappela à quel point celle-ci avait été difficile à réaliser. À la différence de la plus grande fente latérale et de l'incision d'à peine un centimètre de long qui clivait en deux la pointe de l'oreille.

Elle brûlait d'envie de tout raconter à Mattias, mais il ferait une bêtise, elle le savait. C'était pareil à l'école, quand il y allait encore. C'était de la légitime défense, mais ça, tout le monde s'en moquait, on lui faisait toujours porter le chapeau. D'après *áhkku*, Mattias était comme son grand-père au même âge. *Áddjá* s'était lui aussi battu pendant les récréations. Mais Mattias ne pourrait jamais triompher d'un homme adulte. Il ne pourrait jamais triompher de *lui*. Il était grand – plus grand que tous les autres –, avec des larges épaules et des mains gigantesques.

Mattias se frotta le cuir chevelu du bout des doigts, tout en continuant à faire les cent pas.

— Il suffit d'un signe de la tête, *unna oabbá*. Hoche la tête si c'est lui.

Elsa dut rester immobile pour ne pas acquiescer par mégarde. Elle ferma les yeux pour être sûre de ne pas se trahir. Ce qui mit Mattias hors de lui – elle l'entendit pester. Il valait mieux le regarder.

Peut-être n'était-elle plus capable de parler ? Elle en avait l'impression. Comme si les mots n'acceptaient plus d'être prononcés. Cela l'effraya. À l'école, il fallait savoir parler. Elle se racla la gorge, essaya d'articuler quelques syllabes. Mattias la regarda fixement. Elle ne voulait pas le décevoir, mais ne voulait pas non plus qu'il meure.

— Pourquoi fallait-il que tu t'y aventures toute seule ? cracha-t-il finalement.

Alors elle fut obligée de déglutir et de penser à autre chose.

4 – *Njeallje*

Le soir, son père entrouvrit la porte de sa chambre. Elsa ferma les yeux, inspirant et expirant doucement, comme si elle était endormie. Elle savait que c'était lui, elle avait reconnu son pas. Il referma la porte derrière lui, délicatement, mais ça grinçait tout de même.

Quand le calme fut revenu, elle s'assit sur son lit, laissa ses yeux s'accoutumer à l'obscurité. Sa chemise de nuit lui collait au dos. Elle la retira. Sa peau fut parcourue de chair de poule. Elle descendit du lit sans bruit, marcha sur la pointe des pieds jusqu'à la fenêtre qui donnait sur le lac. Un vent puissant sifflait entre les maisons disséminées autour du plan d'eau. Au loin, le lampadaire situé au point le plus haut du village hoquetait. La lumière vacillait. La municipalité avait décidé de supprimer l'éclairage nocturne au bord de la route qui passait devant leur maison. Trop cher – voilà la seule explication qu'Elsa ait entendue. Désormais, la lumière était réservée à la partie la plus peuplée du village. Chez eux, plus près du lac, le réverbère était éteint. Son père avait installé des projecteurs sur la façade de leur maison, qui s'allumaient dès que quelqu'un entrait dans la cour. De temps en temps, quand l'obscurité au-dehors se faisait trop angoissante, Elsa sortait sur le perron. Alors les spots illuminaient toute la cour et personne ne pouvait se cacher.

La maison n'était pas grande. Il y avait la chambre de Mattias, la sienne et celle de ses parents, même si son père dormait le plus souvent dans le séjour, sur un matelas qu'il repliait au petit matin. Elsa l'entendait ronfler. Si elle se réveillait et ne distinguait pas de ronflements, elle paniquait et était obligée de se lever. Parfois elle trouvait son père devant la cuisinière, une tasse de café à la main. Au milieu de la nuit ! Il avait le visage gris, une barbe naissante grise, tout son être était devenu plus gris.

Áhkku et *áddjá* vivaient dans la maison voisine. Si Elsa collait le nez à sa fenêtre, elle pouvait en apercevoir un pan. Elle était petite, elle aussi. *Áhkku* avait expliqué qu'elle avait été construite par l'État dans les années cinquante pour loger les éleveurs de rennes qui acceptaient de se sédentariser. Elsa ignorait la signification de « sédentariser », ce verbe qu'*áhkku* crachait lorsqu'elle le prononçait. Elsa n'était pas vraiment censée écouter ces conversations, mais elle le faisait quand même.

Áddjá avait peint la maison en jaune soleil. Il voulait l'agrandir mais ce n'était pas au goût des messieurs de la ville qui prennent ce genre de décisions. Il avait donc construit une toute petite dépendance, aussi jaune que la bâtisse principale, où il passait souvent la nuit. À bien y réfléchir, il n'y a pas beaucoup d'adultes qui dorment ensemble, songeait Elsa. Il faut dire que les pères partent souvent avec les rennes pendant de longues périodes.

Entre les deux maisons se dressait la *goahti* en bois, la hutte où ils fumaient les morceaux de viande, qui étaient ensuite mis à sécher au vent, suspendus en longues rangées sur le toit de la remise, protégés par un grillage. Lorsque Elsa pensait au *goike biergu*, elle avait l'eau à la bouche. Dans leur cour, il y avait des quads, des remorques, deux voitures, deux motoneiges et, sous une bâche à côté de la remise, encore une motoneige, un vieil engin qui devrait être vendu. Le voisin le plus proche, de l'autre côté de chez *áhkku* et *áddjá*, s'était plaint que c'était « un bordel pas possible » autour de leur maison. Elsa l'avait entendu dire « devant chez les Lapons ». Les voisins aimaient tondre leur gazon bien droit et planter des fleurs. Ils aimaient le silence ; alors, chaque fois que Gabo aboyait, leur colère montait d'un cran. Mais les chiens, ça aboie, tout le monde le sait. Elsa aurait voulu que Gabo soit là, elle aurait pu enfouir le nez dans son pelage. Elle aurait dû amener la chienne au parc à rennes, elle aurait pu la lâcher sur lui.

Gabo était un croisement de plusieurs races, mais elle avait surtout du sang de berger australien. Jamais ils n'avaient eu meilleur chien pour garder les troupeaux de rennes ; Gabo flairait le danger à des kilomètres.

Elsa appuya le front contre la vitre. Le vent s'acharnait contre les murs de la maison. Comme s'il voulait les déplacer. Les emporter ailleurs.

Des murmures se faisaient entendre dans la cuisine. Elle se faufila jusqu'à la porte et plaqua l'oreille contre la surface blanche et fraîche.

— Cette nuit on montera la garde à tour de rôle, à côté de l'enclos.

Son père avait un ton sec, comme souvent lorsqu'il parlait au téléphone.

— Le vent va balayer les traces. Il ne restera rien du tout, merde ! Et la police qui n'a pas le temps de venir. (Il marqua une pause.) Je sais bien que c'est dimanche, mais depuis quand est-ce que la police ne bosse pas le dimanche ?

Le silence se fit, puis il reprit la parole à voix basse. Elsa ne distinguait plus que des mots isolés.

— Il était à Elsa... trouvé... plus ses oreilles... choquée.

Elle sentit ses joues brûler. Pour la première fois, quelqu'un disait que le renne lui appartenait. Comme s'ils avaient espéré qu'elle ne l'ait pas reconnu. Bien sûr que si ! Elle avait neuf ans. Elle était capable de reconnaître son renne.

Son père prononça le nom : Robert Isaksson. Elsa en eut la chair de poule.

— Non, elle ne l'a pas vu.

Elsa se jeta sur son lit et rabattit la couette sur elle. La housse, toute neuve, était rêche dans son poing serré, et désagréable au toucher. Elle n'avait pas menti. Garder le silence, ce n'est pas mentir. Il lui suffisait juste de ne pas parler.

5 – *Vihtta*

Dans la cuisine flottait une odeur de café et de chien mouillé. Gabo avait pourtant été relâchée dans la cour. Elsa étouffa un bâillement en s'attablant aux côtés de son père et de son frère. Comme d'habitude, sa mère ne s'était pas assise avec eux pour le petit déjeuner. Elle n'en avait pas non plus le temps pour le dîner. Mais c'était encore plus dur pour *áhkku* qui restait postée devant la cuisinière pour faire frire davantage de *suovas* ou pour piquer les pommes de terre afin d'en vérifier la cuisson.

— Dans une minute, disait toujours sa mère quand Elsa lui demandait de les rejoindre.

Les minutes passaient. Quand elle finissait par s'attabler, la famille avait terminé son repas.

À présent, elle fouillait dans le congélateur à la recherche du pain qu'elle avait confectionné la semaine précédente. Sur la cuisinière, la cafetière émit un sifflement de mauvais augure. Son père bondit de sa chaise, serrant entre les dents une tartine dont la tranche de fromage menaçait de s'échapper, et retira la cafetière. *Enná* lui lança un regard agacé. Elle était douée pour faire les gros yeux. Ce matin-là, il y eut de nombreux coups d'œil échangés autour de la table. *Isa* secoua la tête, vraisemblablement incapable de comprendre ce qu'on lui reprochait. C'est souvent le cas chez les hommes. *Áhkku* le disait souvent à Elsa. *Áhkku* était encore plus douée que sa mère pour lancer des regards assassins. Elle faisait tout un peu mieux qu'*enná*. C'était comme ça et pas autrement.

— Tu vas nous accompagner au commissariat, lâcha son père.

Elsa se figea, son verre de lait à la main, et le dévisagea. Il s'était rasé. Ses yeux étaient injectés de sang et cernés, mais son menton était glabre, presque luisant.

— Pourquoi ?

— Tu vas leur raconter où tu as trouvé le renne.

Elsa le foudroya du regard.

— Enfin… ton renne, précisa-t-il. Je veux juste qu'ils comprennent ce que tu endures. Tu as peut-être vu quelqu'un, en plus ? Non ?

Il semblait à bout de souffle et incapable de la regarder dans les yeux.

— Cette fois-ci, lança Mattias, ils l'ont tué juste pour nous emmerder. La police ne fera pas la différence. Ils vont penser que c'est une question d'argent pour nous ! Encore faut-il qu'ils acceptent de croire que c'est bien notre renne.

Sa voix tremblait. Non qu'il soit au bord des larmes : il bouillait de rage. Elsa n'osait pas le regarder.

— Arrête ! cracha leur père. Ce n'est pas le moment.

Il esquissa un signe de la tête en direction d'Elsa.

— Mais c'est la vérité !

Mattias se balançait sur la chaise en pin, son verre de jus à la main.

Enná rangea le beurre, enveloppa le fromage dans un sachet en plastique et laissa tomber la trancheuse à fromage dans l'évier. Elle s'empara du lait, du jus, rassembla les miettes à la va-vite et sortit des tasses pour elle et *isa*.

Elsa but son lait avec une lenteur extrême, tout en se demandant à quel point il était illégal de mentir à un policier. Illégal au point d'aller en prison ou juste un peu illégal ? D'après Mattias, la police leur mentait en permanence, alors pourquoi ne pourrait-elle pas faire de même ? Elle pensa à l'oreille qu'elle avait cachée sous son lit, sous ses vêtements. Elle l'avait gardée à la main quelques instants avant de s'endormir mais elle n'avait pas osé passer la nuit avec car sa mère venait chaque matin la réveiller.

Au mur, la pendule faisait un tic-tac assourdissant. *Enná* s'assit enfin.

— Je crois qu'il vaut mieux dire que c'était Mattias. Elle est trop petite.

Les pieds de la chaise de Mattias heurtèrent le sol à grand bruit et il posa son verre avec fracas.

— Tout à fait d'accord ! Je m'en charge.

Elsa regardait la grande route avec envie. Ah, si seulement elle était là-bas maintenant, avec Anna-Stina, à attendre le car, sans avoir à penser aux policiers ou à ce qu'on venait de lui arracher.

Sa mère se massa les tempes et Elsa aperçut les cheveux gris qui s'étaient mêlés aux bruns. Des mèches argentées. Elle était peut-être aussi en train de se transformer, comme Elsa dans la forêt. Parce qu'elle ne la reconnaissait plus vraiment. *Enná* pleurait souvent, criait encore plus, surtout sur Mattias, qui courbait l'échine et disparaissait.

Elle s'était déjà fait traiter de *rivgu*, le terme employé par les mauvaises langues pour qualifier les femmes non samies. *Enná* venait de la ville : Marika de la ville. Elsa ne croyait pas à cette histoire de *rivgu*. *Enná* ne parlait-elle pas le sami ? Ne cousait-elle pas des kolts[1] ? N'en portait-elle pas ? N'était-elle pas éleveuse de rennes ? Mais elle avait raconté avoir tout appris quand *isa* avait décidé de la prendre comme épouse.

— Il était sacrément sûr de lui, ton père. Tu le connais ! Quand il a une idée en tête, personne ne peut le faire changer d'avis.

Et elle avait éclaté de rire.

Ça faisait longtemps qu'elle n'avait pas raconté à Elsa comment on tombe amoureux. Maintenant, il y avait surtout de l'électricité dans l'air.

Le mot *rivgu* n'était pas toujours péjoratif, tout dépendait de la manière dont il était employé. Peut-être voulait-on juste expliquer que sa mère n'avait pas de racines samies – parce qu'il était important de connaître les liens de parenté entre untel et untel.

Après le mariage de ses parents et la naissance de Mattias, on avait progressivement abandonné le mot *rivgu*

1. Tunique traditionnelle samie, aussi appelée *gákti*.

pour qualifier sa mère. D'ailleurs, elle avait enfin pu endosser le *gákti*. C'est *áhkku* qui lui avait expliqué tout ça. Elsa n'aimait pas le mot *rivgu*. Et sa mère lui avait dit que les gens ne savent pas de quoi ils parlent.

— Moi aussi, je suis samie, lui avait-elle chuchoté à l'oreille, un soir, à l'époque où elle lui lisait encore des histoires.

Elsa, qui n'avait jamais imaginé qu'il puisse en être autrement, avait reçu l'information en silence. Sa mère avait soudain eu l'air inquiète. Comme si elle venait de partager un secret.

— Tu es trop petite, avait-elle marmonné.

— On est pareilles, avait répondu Elsa, d'un air assuré.

Mattias prétendait qu'on ne pouvait pas se souvenir des événements avant l'âge de six ans, mais Elsa se souvenait.

Le terme *rivgu*, elle l'avait aussi entendu au village, quelqu'un parlait de sa mère comme ça, entre deux conversations. De retour à la maison, elle avait demandé à sa mère, qui avait ri de ces commères, toujours en train de jaser. Ce n'était pas un vrai rire – Elsa savait reconnaître le vrai rire qui monte en bouillonnant depuis le ventre.

À peu près au même moment, elle avait compris qu'*áhkku* et *áddjá* avaient un prénom, tout comme mamie et papi. Et aussi que le mot *áhkku* pouvait vouloir dire grand-mère maternelle ou grand-mère paternelle, tout comme *áddjá* pouvait signifier grand-père paternel ou grand-père maternel[1].

Elsa s'était toujours mieux exprimée en sami qu'en suédois. Sa langue se plaisait davantage dans la maison voisine. Il y était aisé de parler, de dire ce qu'on voulait. Chez ses grands-parents maternels en ville, c'était difficile. À l'école, elle s'était habituée au suédois. Bien que ce fût une école samie, certains camarades étaient plus à l'aise dans cette langue.

1. En suédois, en revanche, on emploie des termes différents pour les grands-parents maternels et paternels.

À côté d'elle, son père se racla la gorge, l'arrachant à ses souvenirs.

— Elsa m'accompagne. Si on commence à mentir maintenant et que ça se sait, on ne nous croira jamais, on n'obtiendra jamais justice.

Sans attendre la réaction d'*enná*, il se leva d'un bond pour rincer sa tasse.

Mattias haussa les épaules et soupira. Sa mère fixa le dos de son père et Elsa sentit son petit déjeuner remonter. Elle déglutit à plusieurs reprises.

Son père se dirigea vers la chambre à coucher, sa mère se leva et sortit de la pièce.

— Elsa ! Il y a une drôle d'odeur dans ta chambre ! Tu as encore laissé traîner un vieux fruit, une serviette mouillée, ou je ne sais quoi dans ton sac !

Sa mère était revenue, une ride de mécontentement lui barrait le front.

L'oreille ! C'était sûrement ça ! Elle-même n'avait rien remarqué.

— Oui, j'ai dû oublier quelque chose. Je vais voir, marmonna-t-elle.

Sa mère continua vers sa propre chambre tandis qu'Elsa se précipitait dans la sienne. Effectivement, ça ne sentait pas comme d'habitude. Il fallait qu'elle cache l'oreille dans la remise, dès son retour de l'école. Là-bas, elle sécherait bien. Elsa vida rapidement le coffret vert renfermant ses colliers, y plaça l'oreille, rangea la boîte dans la bibliothèque et posa deux livres dessus. L'odeur ne s'échapperait pas, si ?

Elle regagna la cuisine. Depuis la chambre de ses parents, on entendait des chuchotements agacés.

Elle se pencha par-dessus la table de la cuisine pour apercevoir l'arrêt du car. Le poteau était presque entièrement enseveli. Le chasse-neige était passé ce matin et avait repoussé la neige sur les bords de la route.

Anna-Stina se tenait là, solitaire. Anna-Stina et Elsa étaient les deux seules du village à aller à l'école samie. Les autres enfants fréquentaient l'école municipale suédoise située juste à côté. Anna-Stina avait deux ans de plus qu'Elsa et faisait partie des grands de l'école, ce qui ne les empêchait pas de bien s'entendre. Il le fallait, puisqu'il n'y avait personne d'autre.

Sa décision était prise. Elsa se précipita dans l'entrée, enfila son manteau, glissa ses pieds dans des bottines d'hiver encore trop grandes, sans toutefois les lacer, enroula deux fois son écharpe autour de son cou, enfonça son bonnet rouge sur sa tête, jusqu'aux sourcils, prit ses gants dans une main, son cartable dans l'autre et franchit la porte. La neige sur le perron crissa sous ses semelles, et elle sauta la dernière marche. Un bruit depuis les bois : le car approchait. Le silence était tel ce matin-là qu'on pouvait entendre un moteur à des kilomètres. Le froid lui mordait les joues, ses poumons se ratatinaient. Il devait faire près de moins vingt degrés.

Elle courut vers la route et Anna-Stina la salua de la main.

6 – *Guhtta*

Mattias démarra la Phazer et remonta son cache-cou sur son nez. Il enfonça son bonnet pour couvrir son front et ses oreilles. On ne voyait plus que ses yeux qui se mirent à larmoyer au contact de l'air glacé. Puis il enfila ses lunettes de protection. Son manteau crépitait dans le froid. Tous ses mouvements semblaient figés et toutes ses couches de vêtements ne suffisaient pas à le réchauffer.

— Ton casque ! s'écria sa mère au moment où il s'apprêtait à partir.

— Bah…

Il démarra en trombe. Le bruit du moteur, les puissantes vibrations qui lui traversaient le corps, c'était exactement ce dont il avait besoin. Il slaloma entre les bouleaux, tête baissée, se penchant dans les virages pour ne pas s'enliser.

Sur la rivière, il pouvait aller encore plus vite. Une minute de plus dans cette baraque et il aurait fracassé quelque chose. Ah, comme ils pouvaient lui taper sur le système, tous autant qu'ils étaient ! Une bande de poules mouillées ! Ils savaient tous qui volait et massacrait leurs rennes, et ils restaient les bras croisés.

Il visa la bosse, il allait faire s'envoler la motoneige. L'engin de deux cents kilos décolla du sol et il fit le saut le plus long de toute sa vie. La neige virevolta autour de lui à l'atterrissage et il banda tous ses muscles pour garder le contrôle. Il avait battu son record et personne n'était là pour le voir.

— Fait chier !

Son cri résonna dans les forêts environnantes. Il fit rugir le moteur. Devant lui, les traces de motoneige formaient une longue avenue. La rivière zigzaguait entre les villages, les reliait entre eux. L'été, Mattias faisait de la motoneige sur le cours d'eau. Même dans ces moments-là, son cœur ne s'emballait pas. Il savait accélérer suffisamment pour se maintenir à flot. Il n'y avait rien qu'il ne sût pas faire. Il était capable de piloter une motoneige depuis l'âge de cinq ans et, au fil des années, il sortait de plus en plus souvent seul, discrètement. Cela mettait sa mère en rogne mais son père comprenait, il avait été comme lui, plus jeune. Il expliquait calmement à sa femme qu'il fallait le laisser faire. Elle rabâchait que c'était illégal. Pourtant, lorsqu'il avait fêté ses quinze ans et avait acquis, légalement, le droit de conduire, elle n'avait pas cessé. Elle continuait à tirer la tronche quand il partait à motoneige.

À l'approche du village voisin, il ralentit. Les cheminées fumaient. Il entendit des aboiements de chien en dépassant certaines maisons, mais hormis cela le silence était assourdissant, comme toujours quand les villages sont enveloppés dans une couverture de neige.

Il n'avait pas de plan précis en tête, il voulait juste s'approcher de *sa* maison. Voir ce que cette ordure faisait des rennes qu'il tuait. Il y avait cependant toujours un risque : qu'il ne parvienne pas à se retenir. Il ne se battait pas inutilement mais parfois il n'avait pas le choix. Ce sentiment bouillonnait au creux de son estomac. Il ferait mieux d'appeler quelqu'un plutôt que de s'y rendre seul. Robert Isaksson était fou, tout le monde le savait. Un ivrogne, à l'image de son père. Mais ils étaient deux tandis que lui était seul. En y songeant, il commença à hésiter. Ce qui le mit encore plus en colère.

Le moteur de la Phazer tournait à vide. Mattias baissa son cache-cou, pencha la tête sur le côté et souffla par les narines pour se moucher dans la neige.

À quoi bon voir sa maison ? Les flics s'en laveraient les mains, comme d'habitude.

— Merde !

Il tourna le guidon vers la droite, fit demi-tour et rebroussa chemin. Il regarda le compteur s'emballer.

7 – *Čieža*

Une odeur aigre émanait des surpantalons mouillés et des pulls en polaire suspendus aux portemanteaux devant la salle de classe. Par la fenêtre, on entendait des voix, des rires et des cris depuis la cour de récréation. En langue samie et en suédois. Elsa s'habilla lentement. Elle enfila son pull en laine gris qui rendait ses cheveux électriques. Ils formaient à présent une auréole autour de son visage tandis que sa frange lui collait au front.

Elle l'aperçut dehors. Markus, qui était de la même famille que *lui*. Le lundi, c'était le plus dur, parce qu'ils sortaient en récréation en même temps. Peut-être savait-il ce qu'elle avait vu. Le sang sur le couteau, l'oreille entre les dents. Que faire quand on en a trop vu ? Elle avait lu ce que quelqu'un avait écrit sur le compte Facebook de son père : « Un Lapon mort est un bon Lapon. » Depuis, elle ne s'était plus jamais connectée au profil de son père. Même si elle aurait aimé voir les belles photos que postait *isa*, les hardes de rennes qui galopaient en liberté.

Dans le troisième tiroir de la cuisine, à côté du lave-vaisselle, il y avait les dépositions qu'ils avaient faites à la police, c'est Mattias qui le lui avait dit. Dans ce tiroir se trouvaient les objets nécessaires pour parer à tout type d'urgence : pansements, ruban adhésif, ciseaux, paracétamol, loupe, leurres de pêche, pansements anti-ampoules, décapsuleur. Il fallait être prudent avec le leurre rouge et jaune, au risque de se planter l'hameçon dans le pouce. Elsa avait vu son père opérer sa mère qui avait subi cette mésaventure un jour qu'ils pêchaient à la rivière. Il s'agissait de retirer les ardillons en sectionnant la courbure de l'hameçon à l'aide d'une pince coupante, puis d'extraire la hampe de l'hameçon insérée dans le doigt.

Elsa n'avait jamais cherché à voir ces papiers ; elle devrait peut-être le faire, songea-t-elle. Un jour, un policier était venu chez eux et avait pris des notes dans un carnet. Ils avaient évoqué un lieu où avaient été abattues des bêtes, et elle avait trouvé cela étrange car ce n'était pas pendant la saison de l'abattage. C'est à cette occasion qu'elle avait entendu pour la première fois un nom qui reviendrait souvent à ses oreilles. Il était dangereux, mais à l'époque, elle n'avait pas saisi pourquoi. Désormais, elle savait. Robert Isaksson, du village voisin, était un tueur de rennes.

Elsa avait demandé à ses parents ce que faisait le policier dans leur cuisine et ils avaient éclaté d'un rire forcé et répondu : « Rien, *unna oabbá.* » Quand on est la plus jeune, on n'a pas besoin de tout savoir. C'est aussi simple que ça. Ils l'appelaient rarement Elsa, ses parents comme Mattias. Elle était leur *unna oabbá.*

Markus fixait la fenêtre. Rapidement, Elsa se décala sur le banc. Son cœur battait la chamade. Il la cherchait ! Si seulement Mattias fréquentait encore l'école ! Il aurait pu la protéger. Elle savait que son frère et Markus s'étaient battus une fois, l'an dernier. Avec plusieurs copains, Markus avait roué Mattias de coups de pied. Il avait eu la lèvre enflée pendant une semaine entière. Son père avait déposé plainte au commissariat et avait appelé l'école, mais on lui avait répondu que les garçons se bagarrent, c'est ainsi.

Elle noua ses lacets les mains tremblantes. Les minutes passaient ; la récréation serait bientôt terminée. Elle n'avait peut-être pas besoin de sortir du tout.

À présent, Markus avait atteint le sommet du monticule de neige qui se trouvait juste devant la fenêtre. Sa respiration formait de la buée sur la vitre, qui s'effaça progressivement jusqu'à faire réapparaître le garçon. Son regard était noir. Il avait un paquet de boutons d'acné sous le menton. Il ne faisait pas de gestes menaçants, non, il se contentait de la dévisager jusqu'à ce qu'elle baisse les yeux sur ses chaussures.

Une boule de neige frappa la vitre avec une telle force que le bruit résonna dans tout le couloir. Elle sursauta. Markus fit volte-face en riant et descendit du tas de neige. Elsa se déchaussa, monta les jambes sur le banc et se recroquevilla en position fœtale. Elle entoura ses mollets de ses bras et pressa si fort que tout l'air fut éjecté de ses poumons. Elle posa le front contre ses genoux crispés.

— Qu'est-ce que tu fais ? demanda Anna-Stina depuis le bout du couloir.

— J'ai mal au ventre.

— Tu veux que j'aille chercher la maîtresse ? (Elsa secoua la tête.) Il s'est passé quelque chose ?

Elsa revit son renne. Elle regrettait maintenant de ne pas avoir emporté l'oreille à l'école. Elle aurait eu besoin de sentir sa douceur contre la paume de sa main. Tout à coup, elle éclata en sanglots. Les larmes roulaient sur ses joues, son nez coulait, sa gorge lui brûlait.

Anna-Stina esquissa quelques pas hésitants vers elle. Elsa s'allongea sur le banc, comme si ses forces ne suffisaient plus à la maintenir assise. La sueur coulait sur son front, ses pleurs l'avaient épuisée.

Une porte s'ouvrit et Marja entra. Elle s'agenouilla près d'Elsa et dégagea les mèches de cheveux qui cachaient son visage.

— *Mii lea dáhpáhuvvan ?* Anna-Stina ? Que s'est-il passé ?

— Je ne sais pas, répondit Anna-Stina d'une voix fluette. Je viens d'arriver.

Elsa était petite pour son âge. Marja la souleva aisément et la porta le long du couloir jusqu'à la salle des maîtres. Elsa laissa pendre ses bras, comme si toute vie l'avait quittée. Marja sentait la fumée de cigarette. Elsa l'avait toujours soupçonnée de fumer en cachette dans la classe. Pendant les récréations elle aérait toujours en ouvrant grand les fenêtres, même s'il faisait un froid de canard. Elsa frissonnait toujours lorsqu'elle revenait de la cour et s'asseyait sur sa chaise glaciale.

Quand Marja la déposa sur le canapé rouge de la salle des maîtres, Elsa aperçut plusieurs visages inquiets. Ils parlaient en sami et en suédois. Quelqu'un suggéra d'appeler ses parents. Elsa secoua violemment la tête. Marja lui caressa les cheveux. Ce qui fit revenir les larmes.

— Mon petit cœur, ma chère enfant, que s'est-il passé ?

Elsa entoura la nuque de Marja de ses bras et l'attira vers elle. Elle chuchota :

— Mon renne s'est fait tuer.

— Comment ? Écrasé par une voiture ?

— Non. Assassiné.

Ces mots, dits tout haut, lui paraissaient tellement inconcevables qu'elle essaya de les ravaler, regrettant de les avoir prononcés. Mais Marja avait déjà écarquillé les yeux. C'était trop tard.

— Assassiné ?

— Ne le dis pas tout fort. N'en parle à personne.

De la paume de sa main, Marja essuya les joues humides d'Elsa. Elle aussi possédait des rennes, elle comprenait. Ce n'était pas le cas de tout le monde mais Marja comprenait.

— Je ne sais pas s'il a été tué. Mais il était plein de sang. Et mort.

Elle était incapable de regarder sa maîtresse dans les yeux lorsqu'elle mentait.

Marja serra un poing, puis se détendit et caressa le front d'Elsa.

— Tu es chaude. Tu aurais dû rester chez toi aujourd'hui.

Elsa hocha la tête. Elle était soudain si fatiguée que ses yeux se fermaient d'eux-mêmes.

— Je peux rester ici jusqu'à l'arrivée du car ?

Elle entrouvrit les yeux et vit Marja regarder sa montre.

— Tu ne veux pas que j'appelle tes parents pour qu'ils viennent te chercher ?

Elsa secoua la tête sans ouvrir les yeux.

— Bon, repose-toi, je reviens te chercher tout à l'heure.

Elle saisit le poignet de Marja.

— Ne parle à personne de mon renne.

Marja semblait mécontente mais elle acquiesça.

Le bruit de fond dans la salle des maîtres l'apaisait et l'empêchait de penser. Elsa lutta contre le sommeil. En vain. Comme quand on se cache sous la table de la cuisine pour épier les conversations des adultes. Et puis ce canapé à l'odeur de poussière était si moelleux.

8 – *Gávcci*

Quand Elsa se réveilla, *áhkku* était là. C'était une petite bonne femme qui ne faisait même pas la taille d'un mètre de couturière. Elle portait un bonnet en laine mouchetée et son anorak bleu à la fermeture à demi baissée. *Áhkku* avait placé une chaise à côté du canapé et s'y était installée, les jambes ballantes. Elle portait ses plus belles chaussures en peau de renne blanche, ses *nuvttahat*, qu'elle avait cousues elle-même.

Elle n'affichait pas du tout cet air inquiet que prennent tous les autres adultes lorsque quelque chose ne va pas.

— Qu'est-ce que tu fais là ? demanda Elsa.

Áhkku esquissa un signe de la tête vers l'arrière, vers Marja qui se tenait à côté du plan de travail, une tasse de thé à la main.

— Elle a téléphoné.

Elsa se redressa et se mit à suçoter une mèche de cheveux. Anna-Stina lui répétait sans cesse que c'était dégoûtant mais Elsa ne pouvait pas s'en empêcher.

— Qu'est-ce qu'elle a dit ?

— Qu'elle pense que tu as de la fièvre.

Áhkku se pencha vers elle, lui tâta le front et secoua la tête. Sa mère, elle, utilisait ses lèvres, qu'elle pressait délicatement contre le front d'Elsa.

— Allons-y, dit *áhkku*, tout à coup pressée de partir.

— Marja m'a dit que vous avez été ensemble à l'école. À l'époque de l'école nomade[1], ici.

Elsa aurait dû savoir qu'il ne fallait pas en parler. *Áhkku* esquivait toujours ce sujet. Elle trouvait inutile d'écrire des livres, et même de parler des écoles que les enfants d'éleveurs de rennes avaient été forcés de fréquenter. Elle maugréait souvent que ressasser le passé n'amenait jamais rien de bon.

Dans le couloir, la respiration d'*áhkku* s'accéléra. Elle ouvrit son anorak et s'éventa avec l'un des pans.

— Allez, dépêche-toi, va chercher tes affaires.

Elsa prit sa grand-mère par la main et l'entraîna avec elle. Ses articulations étaient rugueuses comme le papier de verre d'*áddjá* dans le garage.

— Tu ne veux pas voir mon dessin ? Dans la classe.

Elsa fouilla du regard le couloir obscur. Au cas où Markus s'y trouverait. Elle appuya sur l'interrupteur, un bourdonnement se fit entendre et le néon s'alluma en clignotant. *Áhkku* s'appuya contre le mur. Sa lèvre supérieure était parsemée de gouttelettes de sueur.

— S'il te plaît, plaida Elsa. Sinon tu devras rester là à m'attendre. Tu ne peux pas me laisser toute seule.

Áhkku la poussa légèrement entre les omoplates et se mit à marcher. Elsa retrouva immédiatement son allant.

Devant la salle de classe, elle enfila son surpantalon et son anorak sans cesser de sourire à sa grand-mère. Ses chaussettes se plissèrent au niveau des orteils quand elle enfonça les pieds dans ses grosses chaussures. Elle reprit la main de sa grand-mère et ouvrit la porte. Les dessins étaient accrochés les uns à côté des autres au fond de la pièce. Elsa s'y précipita et pointa du doigt.

— C'est toi ! Tu vois ?

Áhkku ne regardait pas. Les yeux rivés au sol, elle serrait la poignée de toutes ses forces.

---

1. Internat pour les enfants des éleveurs de rennes nomades. L'enseignement était dispensé en suédois et les élèves avaient interdiction de parler leur langue.

Elsa hésita un instant puis elle se dressa sur la pointe des pieds et détacha les punaises qui maintenaient le dessin en place.

— Regarde ! C'est toi, répéta-t-elle en plaçant le papier sous les yeux de sa grand-mère.

Cette dernière y jeta un coup d'œil et hocha la tête. Peut-être n'était-elle pas contente qu'Elsa l'ait représentée avec son kolt noir ? Elle aurait dû choisir le bleu. Sa main retomba. À pas lents, elle retourna fixer le dessin au mur. De travers, mais tant pis.

Lorsqu'elles passèrent la porte d'entrée, elles furent assaillies par le froid. Elsa eut une sensation âpre dans le nez, ce qui l'obligea à tousser. *Áhkku* s'était déjà installée dans la voiture. Les gaz d'échappement formaient un nuage semblable à un champignon. Le siège était froid et le pare-brise couvert de givre. *Áhkku* passa la raclette à l'intérieur en maugréant à voix basse tandis que la glace tombait sur leurs jambes et le levier de vitesse. Elle descendit de la voiture et fit de même à l'extérieur. Elle avait beau s'allonger sur le capot, elle ne parvenait pas à atteindre le milieu du pare-brise. Il subsistait une bande blanche. La ventilation était au maximum mais c'était inutile, l'air demeurait glacial. *Áhkku* s'attaqua ensuite au pare-brise arrière, bien qu'*áddjá* le lui ait interdit. De retour dans la voiture, elle n'accrocha pas sa ceinture et roula bien trop longtemps en première vitesse. Il lui était impossible de regarder la route par-dessus le volant ; au lieu de cela, elle épiait à travers, telle une chouette, la tête penchée en avant.

L'heure du dîner n'avait pas encore sonné et pourtant il faisait noir comme au beau milieu de la nuit. *Áhkku* ôta son bonnet d'un geste sec et Elsa vit que ses cheveux étaient moites. Elle avait enroulé sa longue tresse en chignon derrière la tête.

Áhkku avait-elle vraiment le permis ? C'était un mystère. Un beau jour, elle avait pris le volant, tout simplement. Elle racontait qu'il y a bien longtemps, elle avait suivi un cours intensif en ville, mais qu'elle n'avait commencé à conduire que lorsqu'elle en avait ressenti le besoin. C'est-à-dire quand *áddjá* s'était cassé la jambe dans un accident de motoneige, l'année de la naissance de Mattias. Nul ne pouvait dire si c'était vrai. Selon le père d'Elsa, la vérité finirait bien par éclater le jour où elle serait contrôlée par la police. Ce qui n'était encore jamais arrivé. Rien d'étonnant d'ailleurs – la police se préoccupait peu de ce qu'il se passait dans ces villages.

— Ton père a téléphoné. On va au commissariat.

Le pare-brise enfin complètement dégagé, *áhkku* enfonça la pédale d'accélération. Comme à leur habitude, les sapins et les bouleaux chargés de neige leur faisaient des courbettes, que l'on remarquait à peine avec la vitesse. La route, rasée de près par le chasse-neige, paraissait plus large qu'elle ne l'était. Une embardée d'une dizaine de centimètres à droite ou à gauche et c'était le fossé. Mais ça, *áhkku* s'en moquait, elle conduisait au beau milieu, obligeant les autres conducteurs à l'éviter.

Un camion qui arrivait en face atténua l'intensité de ses phares, mais *áhkku* ne l'imita pas. « Comment je fais pour voir les élans, moi ? avait-elle l'habitude de marmonner. Si l'un de nous passe en feux de croisement, c'est bien suffisant. » Le conducteur fit un appel de phares pour rappeler à *áhkku* de baisser ses feux. Voyant qu'elle ne réagissait pas, il ralluma les siens. On aurait dit la lumière blanche qui vous emmène au ciel. Le camion était équipé de phares au-dessous et au-dessus de la cabine du chauffeur. C'était comme être frappé par la foudre. Elsa et sa grand-mère fermèrent les yeux quand le camion les croisa dans un grondement de tonnerre.

— Quel imbécile ! pesta *áhkku*.

Elsa était complètement aveuglée ; elle ne voyait rien bien qu'elle eût rouvert les yeux.

— Je ne veux pas aller à la police.

— Il suffit que tu dises que tu as trouvé le renne et où.

— Rien d'autre ?

Áhkku lui décocha un coup d'œil.

— Il y a autre chose ?

Elsa se mordit les lèvres.

— Tu l'as vu ?

Áhkku avait quasiment rattrapé une voiture et là encore elle resta en feux de route. Le conducteur inclina son rétroviseur et fit un geste agacé de la main.

— Oui ou non ?

Elsa compta le nombre de personnes à qui elle avait menti. Cette fois-ci, *áhkku* étant chrétienne, ça pouvait être encore plus grave.

— Non.

Elles passèrent devant le village. *Áhkku* détourna son regard de la route, en direction de sa maison.

— *Áddjá* n'a pas déblayé la neige dans la cour.

Elsa n'eut pas le temps de voir quoi que ce soit, la voiture filait à toute vitesse. Elle commençait à avoir mal au cœur et chercha, dans la poche de son manteau, un bonbon à la réglisse.

— *Isa* ne peut pas simplement dire que j'ai trouvé le renne ? C'est ce qu'*enná* a proposé.

Áhkku renâcla.

— Je le lui ai dit, peu importe que ce soit toi ou lui qui parle aux policiers. De toute façon, nos problèmes, ils s'en fichent.

9 – *Ovcci*

Situé au milieu de la ville, en contrebas de la Maison du peuple, le commissariat était encerclé par des monticules de neige. Au rez-de-chaussée, qui donnait sur la route, trois fenêtres étaient éclairées. *Áhkku* se gara à la va-vite, au pied du bâtiment de trois étages en briques rouges. Elsa vit la Kia de son père stationnée un peu plus loin. Lui était appuyé contre la portière côté passager, les bras croisés. Son bonnet en polaire recouvrait une bonne partie de son front. Le froid changeait son haleine en fumée. La température avait subitement baissé, approchant les moins trente. Elsa savait que l'air glacial brûlait la gorge, aussi se couvrit-elle le nez avec son écharpe avant de descendre. *Áhkku* ne ferma pas à clé. Elle se contenta de claquer la portière, contourna la voiture par l'avant et se dirigea d'un pas rapide vers son fils, sans attendre Elsa qui faisait s'envoler la neige à coups de pied sur le trottoir.

Son père ouvrit la porte du commissariat et laissa passer *áhkku* puis Elsa qui les suivait au ralenti. Ses yeux rivés sur le carrelage noir et brillant. Avec un peu de chance, elle buterait sur un objet, se casserait la figure, se cognerait la tête et tomberait dans les pommes. Avec beaucoup de chance, elle perdrait la mémoire et ne serait pas obligée de parler de *lui*.

Son père se tenait devant le guichet qui lui arrivait à la poitrine. Elsa vit qu'il se dressait légèrement sur la pointe des pieds, dans un effort pour paraître plus grand. Elle faisait la même chose quand la prof de sport de l'école les répartissait en équipes en fonction de leur taille.

Quant à Elsa, elle était à peine visible derrière le comptoir gris. Peut-être pouvait-on apercevoir son bonnet décoré de bois de rennes, lesquels réfléchissaient la lumière quand on les éclairait.

La vitre de l'accueil s'ouvrit avec un ronronnement, comme au centre de santé. *Isa* s'annonça d'une voix puissante qu'Elsa ne lui connaissait pas.

— Avez-vous rendez-vous ? s'enquit la femme derrière le guichet.

Son intonation déplut à Elsa. Il arrivait qu'on s'adresse à eux de la sorte lorsqu'ils se présentaient quelque part en kolt. Pourtant aujourd'hui aucun d'entre eux ne revêtait la tenue traditionnelle samie, même si son père, bien sûr, portait sa ceinture en cuir percée d'œillets blancs, jaunes et rouges. Elle était un peu de travers et tombait bas sur ses hanches. Il était venu directement de l'enclos à rennes, mais sans son couteau. Pas le choix – même si c'était juste pour faire le plein à la pompe, tout le monde savait qu'il fallait laisser le couteau dans la voiture. A fortiori au commissariat. On n'y entre pas avec un couteau, évidemment.

— J'ai eu Martin Henriksson au téléphone ce matin. Il m'a dit que nous devions venir pour compléter notre dépôt de plainte.

— À quel sujet ?

Elsa recula de quelques pas pour voir la femme, qui dévisageait son père d'un air renfrogné. Ses yeux étaient ceints d'épais traits noirs, ses cheveux étaient bruns et tirés en arrière en queue de cheval.

— Un renne qui a été tué dans un enclos.

— Nom ?

— Nástegallu.

La voix d'Elsa était claire et posée. Son père, sa grand-mère et la femme la regardèrent. Son père ferma les yeux et inspira profondément.

— Ça veut dire « tache blanche » en sami, précisa Elsa.

La femme fit claquer sa langue contre son palais.

— Votre nom, je veux dire.

Isa répondit d'une voix moins autoritaire. La femme tapa sur le clavier devant elle.

Elsa inclina la tête et s'appuya contre le guichet. Elle avait envie de cracher par terre.

— Je ne suis pas sûre qu'il ait le temps. Autrement, je m'en occuperai, fit la femme.

Elsa jeta un coup d'œil à son père et secoua la tête. Plus jamais elle n'adresserait la parole à cette femme.

— Il nous faut quelqu'un de compétent, commença son père.

— Ah oui ?

Sa voix était comme de la glace, songea Elsa, comme des plaques de glace qui crissent au contact l'une de l'autre, quand le dégel commence et que les courants n'aspirent qu'à ouvrir une brèche dans la rivière.

— Ce que je veux dire, c'est qu'il faut une personne habituée à parler aux enfants. Ma fille est témoin.

Elsa fut soudain prise d'une envie irrépressible de faire pipi. Impossible d'attendre. Elle s'approcha de sa grand-mère et lui chuchota qu'elle devait aller au petit coin.

— Où sont les toilettes ? demanda *áhkku* à voix haute.

Elle n'aimait pas parler suédois, elle n'accentuait pas les mots au bon endroit et avait du mal à prononcer les consonnes. D'après elle, ce qui manquait au suédois, c'était la mélodie du cœur.

La femme soupira et indiqua une porte au-delà des chaises rouges dans le couloir. Elsa s'y précipita en titubant, ouvrit la porte et eut à peine le temps de baisser son pantalon avant que ça vienne. Elle resta longtemps assise sur les toilettes. Se lava les mains trois fois. Se regarda dans le miroir, tira la langue et cracha abondamment par terre.

En sortant, elle vit un agent de police qui tenait une porte ouverte sur un long couloir. Son père l'avait déjà franchie, mais *áhkku* attendait sa petite-fille. Elsa leva les yeux sur l'homme, qui devait mesurer au moins deux mètres. Il lui tendit une main froide et sèche qui enveloppa ses petits doigts.

— Elsa, c'est bien ça ? sourit-il.

Elle écarquilla les yeux. Le policier portait un appareil dentaire. Il devait avoir l'âge de son père et avait des bagues. Ça alors, quand Anna-Stina entendrait ça !

Le corridor interminable était entrecoupé de portes ouvertes ou fermées. On entendait de la musique. Elsa tenta de jeter un coup d'œil dans tous les bureaux, stupéfaite du nombre de policiers qui exerçaient en ville. Pas étonnant qu'aucun d'entre eux ne se déplace jusqu'à leur village s'ils devaient passer la journée dans leur bureau à écrire sur leur ordinateur.

Martin Henriksson entra dans la dernière pièce du couloir. Il s'installa derrière son bureau et *isa* s'assit en face. Il n'y avait que deux chaises, alors Elsa grimpa sur les genoux d'*áhkku*. Cela faisait longtemps qu'elle ne s'était pas assise sur les genoux de quelqu'un. Et *áhkku* tendait les muscles de ses cuisses comme si elle essayait de l'éjecter.

Henriksson venait tout juste de prendre ses fonctions au commissariat, les informa-t-il. Raison pour laquelle la pièce était si dépouillée, la bibliothèque quasiment vide et le rebord intérieur de la fenêtre dénué de fleurs. Il venait de rentrer dans sa région d'origine après avoir fait ses études dans le Sud et avoir travaillé à Stockholm. Crispée, Elsa espérait revoir l'appareil dentaire, mais Henriksson ouvrait très peu la bouche en parlant.

— Bon…, dit-il en appuyant sur une touche de son clavier. Vous venez compléter une plainte, c'est bien ça ?

Isa acquiesça. Il avait ôté son bonnet et ouvert son manteau. Elsa ne comptait pas retirer son couvre-chef. Elle se préparait à le baisser sur ses yeux si besoin. *Áhkku* disait souvent que Dieu met l'humanité à l'épreuve, que tout se passe pour une bonne raison. Elsa avait décidé depuis longtemps que cette histoire de Dieu, très peu pour elle, et la mort de Nástegallu l'en avait convaincue. Pourquoi fallait-il que son renne à elle perde la vie ? avait-elle envie de hurler à sa grand-mère. Quelle bonne raison pouvait-il y avoir à sa présence ici ? À cet interrogatoire ? À ces mensonges qu'elle serait forcée de dire ? À nouveau cette prise de conscience : elle s'apprêtait à mentir devant un policier et devant sa grand-mère croyante. Quant à son père, elle n'osait même pas le regarder.

— Alors, Elsa, tu as neuf ans, c'est ça ? Tu sais donc lire et écrire, j'imagine, dit Henriksson.

Elsa souffla bruyamment. Elle savait lire et écrire depuis l'âge de cinq ans. Elle sentit sa grand-mère se tendre et lui pincer le dos.

— Oui.

— Quelle est ta matière préférée à l'école ?

Elsa esquissa une moue. Pourquoi cela l'intéressait-il ? Elle ne répondit pas. Henriksson sourit et elle fixa sa bouche.

— Moi, c'était la récré ! lança-t-il gaiement.

— Ce n'est pas une matière, marmonna Elsa.

Elle se tut et se laissa tomber dans les bras d'*áhkku* qui sursauta.

— Et tu as des rennes ? Ça te plaît ?

Elle fit oui de la tête. *Áhkku* semblait retenir son souffle.

— Si j'ai bien compris, dimanche, tu as skié toute seule jusqu'à l'enclos où se trouvent les rennes. Tu es drôlement forte ! Parce que ce n'est pas tout près, n'est-ce pas ?

Elsa contempla ses mains. Ses skis étaient rangés dans le garage. Elle ne les avait pas touchés depuis. Elle ne voulait même pas les voir. Mais ça lui manquait.

— Tu peux me parler de l'après-midi où tu es partie à skis ? Il faisait froid ? Tu avais froid ?

Martin Henriksson s'enfonça dans son fauteuil dont le haut dossier en cuir remontait jusqu'à la tête. Ses biceps étaient contractés sous sa chemise bleu clair. Ses cheveux bruns étaient coupés à la brosse. Elsa se demanda ce que cela ferait de passer sa main dedans. Aurait-elle l'impression de caresser un hérisson ?

À nouveau elle s'était perdue dans ses pensées et avait oublié la question. Par chance, Henriksson la réitéra.

— Il faisait assez froid. Mais je n'avais pas froid. Je transpirais.

— Oui, ça arrive souvent quand on skie, répondit Henriksson. Y avait-il quelqu'un quand tu es arrivée ?

On entendit des rires dans le couloir. Et Elsa qui pensait que dans les commissariats tout le monde faisait la tête.

— Vous mettez les enfants en prison ? demanda-t-elle d'une voix fluette.

Elle serrait si fort les accoudoirs que ses articulations étaient devenues blanches. Ses ongles faisaient des marques dans le bois. Elle avait de nouveau envie de faire pipi.

— Non, en aucun cas. Les enfants ne peuvent pas aller en prison.

Elle déglutit. Alors seul Dieu pouvait la punir si elle mentait. De toute façon, elle ne croyait pas en Dieu.

— Il n'y avait personne, affirma-t-elle.

Son père et Henriksson se dévisagèrent. Henriksson se caressa le menton et hocha la tête lentement.

— D'accord. Qu'est-ce que tu as vu en arrivant ?

Elle n'avait plus besoin de mentir à présent. Reste qu'il était difficile de raconter.

— *Mu miessi*. Mon faon, chuchota-t-elle enfin.

Henriksson se pencha en avant, posa les coudes sur la table. Il était trop proche, et Elsa se colla contre *áhkku* qui se plaqua contre le dossier de la chaise.

— Décris-le-nous.

— Il était couvert de sang. Mort.

Le genou de son père tressautait. Quand il faisait ça à la maison, toute la banquette de la cuisine tremblait.

— Tu t'es approchée de lui.

Elsa opina du chef et elle fixa Henriksson. À partir de maintenant, elle ne dirait rien que la vérité.

— Qu'est-ce que tu as vu ?

— Il s'était fait tuer. Il y avait du sang sur sa fourrure. Il avait les yeux apeurés, même s'il ne pouvait plus voir, bien sûr.

Le genou de son père s'immobilisa subitement.

— Ça t'a fait beaucoup de peine, j'imagine, dit Henriksson en inclinant la tête.

Elle acquiesça, incapable de le regarder.

— Où se trouvait ton renne ?

— Par terre, près de la clôture. À l'extérieur.

— Pas à l'intérieur ?

— Non, à l'extérieur.

— Quelqu'un avait donc traîné le renne hors de l'enclos avec l'intention de l'assassiner, fit son père en posant une main lourde sur son épaule. Elsa a été contrainte de voir son renne mort.

Henriksson n'avait pas l'air convaincu.

— Quelqu'un a pu oublier de fermer la barrière ?

— Impossible.

Son père lâcha l'épaule d'Elsa. Henriksson fixa l'écran de son ordinateur.

— Ici, il est écrit : *coup de couteau à la gorge*. Un couteau, vous dites ? N'est-il pas possible que la bête se soit approchée d'une partie tranchante du grillage ?

— Impossible. D'ailleurs, ça n'expliquerait pas comment il a pu se retrouver hors de l'enclos. Et sans oreilles.

Le père se pencha pour accéder à sa poche de pantalon, en extirpa son téléphone portable, non sans difficulté, fit défiler ses photos et tendit l'appareil à Henriksson.

— De plus, comme je l'ai expliqué, nous avons découvert des traces toutes fraîches de motoneige.

— Oui, je vois ça, ce sont bien des traces de motoneige.

Elsa tendit l'oreille. Le ton d'Henriksson avait changé. Ce n'était plus le même que quand il posait des questions sur l'école.

— Nous vous avons appelés, mais personne n'est venu.

— Il y a eu une grosse intervention en ville après un accident de la circulation. Sans compter que la date de révision de nos casques de motoneige est dépassée.

Les mâchoires du père se contractèrent sous sa peau. Il prit une longue inspiration.

— Je peux vous donner les photos. Nous pouvons vous assurer que ce ne sont pas les marques d'une de nos motoneiges.

— Ça ne doit pas être facile d'attraper un renne, comme ça, dans un enclos. Ils sont farouches, si j'ai bonne mémoire. J'ai passé beaucoup de temps dans des enclos quand j'étais gosse. Mon meilleur copain avait des rennes.

— On les attire facilement en leur proposant à manger, rétorqua le père d'une voix dure et lasse.

— Est-ce vraiment une bonne idée de nourrir les rennes ? Il paraît que ça nuit à la qualité de la viande.

Le père ne répondit pas. Il récupéra son portable, lèvres pincées.

Elsa sentait le cœur de sa grand-mère palpiter contre son dos. De plus en plus vite. Pourtant elle demeurait immobile.

— Si vous étiez venus hier, vous auriez pu suivre les traces, voir où elles menaient, dit son père.

Elsa pensait à Nástegallu. Elle approchait toujours lorsque Elsa lui tendait du lichen. Alors elle pouvait la caresser.

— *Unna oabbá, leat go sihkkar ahte it oaidnán ovttage ?* demanda son père en sami. Tu es certaine que tu n'as vu personne ?

Elle fit non de la tête sans lever les yeux.

— *Mus lea gožžahoahppu*, murmura-t-elle. J'ai envie de faire pipi.

— *Fas ?* Encore ?

— Je ne comprends pas le sami, vous le savez, n'est-ce pas ? fit remarquer Henriksson.

— Elle a besoin d'aller aux toilettes, expliqua son père.

— Il y en a juste à côté de mon bureau. Vas-y, je t'en prie.

Elle se laissa glisser aux pieds d'*áhkku*, sortit de la pièce sur des jambes flageolantes et entra dans les W.-C. L'odeur était telle qu'elle dut retenir sa respiration. La voix de son père se fit plus forte et elle plaqua l'oreille contre le mur, sans pour autant entendre mieux. Elle tira la chasse d'eau alors que la cuvette était vide et se lava rapidement les mains.

Au moment où elle sortit, *áhkku* s'éloignait déjà dans le couloir. Son père se tenait à côté d'Henriksson, raide. Ils conversaient à voix basse. Leur poignée de main ressembla à un bras de fer. Son père tenait dans ses mains une feuille A4 qu'il plia.

— Qu'est-ce que c'est ? s'enquit Elsa.

Henriksson tendit à nouveau sa grosse patte.

— Tu nous as bien aidés, Elsa. Tu ne voudrais pas devenir policière plus tard ? Nous avons besoin de filles courageuses qui n'ont pas peur de skier toutes seules dans le noir.

Elle leva les yeux au ciel, même si c'était malpoli. Elle essaya de serrer la main d'Henriksson aussi fort qu'elle l'avait vu étreindre celle de son père. Le policier retourna dans son bureau et ferma la porte. Elsa et son père marchèrent côte à côte.

— C'est quoi, ce papier ?

— Une copie de notre déposition. Encore un vol.

Un vol ? Mon renne a été abattu, pas volé. Pourquoi ce n'est pas écrit *tué* ou *assassiné* ?

— C'est difficile à expliquer.

— La police va arrêter le coupable ?

Ils étaient arrivés devant la porte vitrée où les attendait *áhkku*.

— Non, ça risque d'être difficile.

Ils dépassèrent l'accueil. La femme dévisagea Elsa, qui la foudroya du regard en retour.

— Vous vous êtes disputés ? demanda-t-elle, une fois devant le commissariat.

— Non, mais je suis d'accord avec toi, ce n'est pas un vol. Ils n'auraient pas dû écrire ce mot. Et ils auraient dû venir à l'enclos.

Il se tut et déverrouilla la voiture qui émit un bip.

— Merci, *enná*. À très vite.

Áhkku hocha la tête, mais ne bougea pas. Elsa aurait voulu se blottir contre elle, mais se contenta de s'appuyer légèrement contre son bras. Sa grand-mère sourit.

— Tu t'en es bien tirée. Tout le monde n'est pas capable de répondre aux policiers.

Elle tourna les talons sans laisser à Elsa le temps de répondre. Son père ouvrit la portière et lorsqu'il attacha sa ceinture, comme si elle était redevenue petite, il appuya son front contre celui de sa fille.

« Heureusement qu'il fait noir, aussi noir que la nuit, et que les larmes ne se voient pas, songea Elsa. Et heureusement qu'on ne met pas les enfants en prison. » Elle aurait beaucoup de choses à raconter à Anna-Stina demain.

10 – *Logi*

Le spark[1] crissait sous ses pieds. C'est au milieu de la route qu'on allait le plus vite, là où le chasse-neige était passé et où la couche de glace était bien dure. Ses parents lui défendaient de faire du spark au milieu de la chaussée, mais Elsa entendait les voitures arriver de tellement loin qu'elle aurait le temps de se décaler sur le bas-côté. Elle poussait du pied droit, en équilibre sur le patin gauche. Elle serrait fort les poignées, fermant les yeux lorsqu'elle se propulsait de toutes ses forces, filant sur la route gelée. Elle avait l'impression de voler.

L'école étant fermée pour une journée de formation des instituteurs, Elsa faisait des allers-retours en spark en attendant qu'Anna-Stina se réveille. Son amie était une inconditionnelle de la grasse matinée.

Le soleil, qui venait de dépasser la cime des arbres, apparaissait derrière des nuages brumeux. Les traces de motoneiges qui menaient au parc à rennes ressemblaient à une large rue à travers le lac. Sa mère lui avait suggéré d'aller skier, mais elle n'arrivait plus à chausser ses skis. Peut-être ne skierait-elle plus jamais. Elle ne le lui avait pas dit, s'était contentée de secouer la tête, rembrunie, avait claqué la porte et couru jusqu'au spark.

Au septième aller-retour, des motoneiges se firent entendre au loin. Son père et Mattias étaient déjà de retour. Ils s'étaient rendus à l'enclos de bonne heure. Ils y pas-

1. Trottinette des neiges montée sur de longs patins.

saient désormais le plus clair de leur temps. Depuis la mort de Nástegallu, ils n'étaient presque jamais à la maison. Ils ne rentraient que pour les repas. Son père aspirait la soupe à la viande en faisant des bruits de bouche et mangeait le *gáhkku* d'*enná* sans mot dire. Mattias faisait de même, ses écouteurs dans les oreilles. Elsa et sa mère restaient donc silencieuses, elles aussi.

Les motoneiges entrèrent doucement dans la cour. Son père et Mattias ôtèrent leur casque et restèrent assis un instant, à parler à voix basse.

— Tu sais que tu n'as pas le droit de faire du spark au milieu de la route, lui cria son père.

Elle se laissa glisser jusqu'à l'accotement, poussant toujours du pied, mais elle n'arrivait pas à retrouver la même vitesse. Anna-Stina devait être réveillée à présent. Elsa s'engagea sur le chemin qui montait vers la gauche, poussant le spark devant elle. En descente, cette pente était la plus amusante du village. Mais ses parents disaient qu'elle était très dangereuse parce qu'elle débouchait sur la grande route. On pouvait pourtant, au dernier moment, s'arrêter dans la neige du bas-côté. Quand c'était de la poudreuse, on avait l'impression de s'enfoncer dans un nuage. Les parents ignorent ce genre de choses.

Anna-Stina dormait encore, mais sa mère, Hanna, invita Elsa avec son habituel sourire chaleureux. Ça sentait les roulés à la cannelle tout juste sortis du four, et peut-être aussi la soupe à la viande mijotée pendant des heures. La fenêtre de la cuisine était couverte de buée.

L'oncle d'Anna-Stina, Lars-Erik, que tout le monde appelait Lasse, était assis à table, une tasse de café à la main et sa boîte de tabac à chiquer posée devant lui, à sa place habituelle avec vue sur la côte qu'Elsa venait de gravir. On aurait pu croire qu'un oncle devait être vieux, mais Lasse n'avait que quelques années de plus que Mattias. Ils passaient parfois du temps ensemble, et réveillaient tout le village quand ils fonçaient à motocross vers les rapides qui jalonnent la rivière. Parfois Lasse aidait le père d'Elsa, et à ces occasions Mattias était moins renfrogné et difficile.

Lasse était le benjamin d'une fratrie de quatre, le petit dernier, un *váhkar*, comme ils disaient. Quand on est le plus jeune de quatre enfants, dont trois garçons, il est difficile de devenir chef d'exploitation, avec un droit de vote dans le sameby[1]. Hanna était l'aînée, mais il n'avait bien sûr jamais été question qu'une fille hérite de la marque de rennes de son père ou de l'exploitation. Heureusement, tout était rentré dans l'ordre quand elle avait commencé à fréquenter le fils des voisins qui venait également d'une famille d'éleveurs.

Elsa avait demandé à Mattias pourquoi Lasse ne passait pas autant de temps auprès des rennes que les autres ; son frère avait répondu qu'il ne possédait pas suffisamment de bêtes pour en vivre. Mais quand elle avait demandé pourquoi Hanna n'avait pas pu devenir cheffe d'exploitation, il s'était contenté de lever les yeux au ciel – et ça, ce n'était pas une réponse !

Certains prétendaient que Lasse était satisfait de la tournure des événements ; de temps à autre, il lui arrivait de s'absenter quelques semaines avant de revenir au village. Il rentrait parfois très bronzé, ou bien il avait gagné plein d'argent et invitait Mattias à manger une pizza en ville. Elsa n'était bien sûr jamais autorisée à les accompagner. À présent il la regardait. Il esquissa un drôle de sourire et elle ne put s'empêcher de rire. Il était le plus drôle de tous les adultes. Peut-être parce qu'il ne l'était pas encore tout à fait. Il faisait des roues arrière sur sa motocross et passait des nuits entières à jouer à des jeux vidéo avec Mattias.

Il tendit son portable à Elsa pour lui montrer une photo d'un immense dragon en sable sur une plage entourée de palmiers.

— Tu crois que je réussirai à en faire un comme ça cet été ?

Elle fit non de la tête en souriant.

— Celui-là, je l'ai sculpté quand j'étais en Crète. Je te jure.

---

1. Terme suédois désignant une communauté d'éleveurs de rennes.

Elle pouffa et fit à nouveau non de la tête.

— Même pas vrai.

— Tu verras bien cet été quand la plage apparaîtra.

Le sable le plus doux était dissimulé dans la rivière, tel un trésor dont seuls les habitants du village connaissaient l'existence. Une fois que l'eau des fontes venue des montagnes s'était déversée, que les pluies s'étaient calmées, le niveau du cours d'eau pouvait enfin baisser. Et elle se révélait. La plage. D'abord comme une ombre sous la surface, puis comme un îlot chaque jour plus grand. Le soleil chauffait et séchait le sable qui prenait une teinte dorée. Ils rejoignaient alors l'île en bateau, s'allongeaient sur des serviettes, fermaient les yeux et se rêvaient à l'étranger. Ils devaient plonger dans l'eau glaciale pour se débarrasser des taons qui les poursuivaient. Les enfants relâchaient les épinoches qu'ils avaient pêchées à l'épuisette dans des flaques d'eau chauffées par le soleil. L'eau de ces petites mares devait être plus chaude que la Méditerranée, se disait Elsa.

Hanna délaya le chocolat en poudre dans le lait et tendit la boisson à Elsa. Elle sourit et but de grandes gorgées.

— Tu as un amoureux, Elsa, ou pas encore ?

Lasse louchait parfois. C'était le cas à présent, mais elle savait qu'elle devait regarder son œil droit, celui qui restait immobile. Il ne prenait pas la tangente comme l'autre.

— Arrête ! Je me fiche des garçons.

— Parfait. Personne n'est assez bien pour Elsa, la princesse du village.

Hanna soupira en l'entendant.

— Tu racontes tellement d'âneries.

— J'ai la gueule de bois, chuchota Lasse à l'oreille d'Elsa.

Elle hocha la tête comme si elle comprenait, même si ce n'était pas le cas. Être la confidente de Lasse, c'était grandiose, il fallait donc opiner du chef et afficher un air sérieux. Mais il éclata de rire quand Hanna lui donna un coup de torchon sur la tête.

Ces brioches à la cannelle étaient un don du ciel. En mordant dans sa troisième, Elsa en fut convaincue.

Hanna s'assit à côté d'elle sur la banquette de la cuisine et caressa ses longs cheveux bruns qui lui descendaient jusque sous les clavicules. Sa nuque fut parcourue de frissons.

— On m'a dit pour ton renne, murmura Hanna d'une voix douce.

Elsa garda les yeux rivés sur la table, sur les miettes qu'elle devrait rassembler au creux de sa paume.

— C'est vraiment triste, continua Hanna.

Lasse râla.

— Triste, ce n'est pas assez fort. Épouvantable, voilà ce que c'est.

La princesse du village acquiesça en silence, sans lever les yeux.

— Tu es allée voir la police, c'est courageux de ta part, affirma Hanna d'une voix qui avait grimpé d'une octave et se voulait encourageante.

— La police... Quelle blague !

— Lasse, le réprimanda Hanna à voix basse.

— Bon, bon, soupira-t-il.

Des pas se firent entendre dans l'escalier qui menait à l'étage. Anna-Stina portait sa chemise de nuit rose et les chaussettes en laine rouge clair qu'elle avait tricotées en cours de travaux manuels.

Les deux filles se blottirent l'une contre l'autre sur la banquette. Anna-Stina avait les yeux gonflés. Elle bâilla, la bouche grande ouverte. Elsa s'appuya contre son amie, qui lui paraissait plus chaude que le soleil.

Lasse se leva et s'étira en grognant.

— Allez, il faut que j'y aille. Merci pour le café et les brioches, frangine.

— Où vas-tu ?

— Ça, on ne le sait jamais. Mais il y a beaucoup de gens qui m'attendent. Les portes sont ouvertes partout.

Il adressa un clin d'œil à Elsa qui n'eut pas le temps de se demander si elle devait faire de même. Il était déjà dans l'entrée, c'était trop tard. Elle l'entendit siffler en enfilant ses chaussures et son manteau.

— À bientôt, mes jolies ! lança-t-il, puis un vent froid s'engouffra dans la cuisine.

Hanna se pencha par-dessus la table, effaça du bout des doigts un peu de buée sur la vitre et le regarda s'éloigner dans la cour. Elle secoua légèrement la tête, un sourire aux lèvres. Elsa savait qu'il faisait déraper sa Volvo verte, pour que la neige jaillisse dans son sillage.

Une demi-heure plus tard, Elsa et Anna-Stina s'allongèrent côte à côte, dans la grotte qu'elles venaient de creuser sous la neige, les joues rougies par le froid et l'effort. Elles laissèrent leurs pieds dépasser, obéissant aux ordres impératifs d'Hanna : il fallait pouvoir les tirer par les jambes au cas où elles se retrouveraient ensevelies.

Dans leur abri régnait un silence ouaté. On n'entendait que leurs légers halètements. Elsa sentait le froid sous son dos, mais la transpiration continuait de la réchauffer. À chacun de ses mouvements, son col exhalait un souffle chaud.

— J'ai vu un adulte avec un appareil dentaire, dit-elle.

Anna-Stina leva les yeux au ciel et Elsa se sentit rétrécir. Surprendre quelqu'un qui allait fêter ses onze ans n'était pas chose facile.

— Et alors ? Moi, j'en ai déjà vu plusieurs.

Elsa laissa glisser son gant le long du mur de neige.

— Je suis allée au commissariat hier.

— Tu me fais marcher ?

— Pas du tout ! C'est vrai. J'ai fait une préposition. (Elle hésita.) Une dépossession.

— Ça s'appelle une déposition.

Mais Anna-Stina avait abandonné son ton condescendant. Elle voulait qu'Elsa en vienne au fait.

— Au sujet de ton renne ?

Elsa hocha la tête.

— Le policier m'a demandé ce que j'ai vu.

Elsa avait ôté son gant et fouillait dans la poche de sa combinaison. Elle trouva l'oreille. Elle voulait la sortir, mais quelque chose la retenait.

— Qu'est-ce que tu as dit alors ?

— Que Nástegallu était morte et pleine de sang.

— Mon père croit que c'est Robert Isaksson qui a fait le coup.

Sa main se figea autour de l'oreille. Elle n'aimait pas entendre son nom, elle n'aimait pas qu'Anna-Stina le prononce.

Les familles d'Elsa et d'Anna-Stina appartenaient au même sameby, au même *čearru*, depuis plusieurs générations. Elles étaient cousines, pas au premier degré, mais cela n'avait aucune importance. Une cousine reste une cousine. Chez Elsa, il y avait un livre généalogique qui indiquait les liens de parenté, proches ou plus éloignés, entre toutes les familles samies de leur région. Anna-Stina et elle avaient chacune leur page. À l'aide de chiffres et de codes, on pouvait déterminer leurs liens. Elsa ignorait comment, même si sa mère le lui avait expliqué. C'était trop compliqué. Anna-Stina était sa cousine, son *oambealli*, c'est tout ce qui lui importait. Et son nom dans un livre, rien que ça ! Elsa l'ouvrait souvent, passait le doigt sur son nom et sa date de naissance. Elle remontait les échelons, jusqu'à *áhkku* et *áddjá* et leurs parents, et même au-delà, jusqu'à des siècles qu'elle n'arrivait même pas à se représenter. Le nom de sa mère figurait dans un autre livre généalogique sami, même si sa famille refusait de le reconnaître. Preuve que sa mère n'était pas une *rivgu*. Elle aussi existait ! Comme tous les autres. Pourtant, il y avait visiblement quand même une différence, entre être et ne pas être. Personne n'avait expliqué à Elsa comment avaient été tracées ces frontières invisibles, mais elle n'avait pas osé le demander.

— C'est certainement Robert. C'est lui qui tire sur les rennes, qui les pourchasse à motoneige et qui les torture à mort. Un jour, quelqu'un a tranché le ventre d'une femelle, arraché l'utérus et massacré le petit qui était dedans. Et la mère vivait encore !

Elsa dévisagea Anna-Stina. Ouvrir le ventre d'une femelle et retirer l'utérus où repose un faon qui se prépare à venir au monde…

— Je sais, répondit Elsa vivement alors même que son cœur battait la chamade et ses oreilles sifflaient.

— Oui, tout le monde est au courant. Ils remplissent leurs congélateurs de viande de renne. Et la vendent.

Elsa sortit lentement la main de sa poche. L'éloigna de l'oreille. Remonta sa fermeture à glissière.

Elle avait entendu dire que des rennes se faisaient tuer, mais jamais en ces termes. Nástegallu avait-elle été torturée avant que le couteau traverse son pelage pour atteindre son petit cœur ? Elsa fut prise de vertige, incapable de respirer. L'oxygène dans la grotte devait être épuisé. Elle se redressa brusquement, se traîna sur les fesses jusqu'à l'ouverture. Une fois dehors, elle prit une profonde inspiration. L'air était glacé. Anna-Stina sortit en marche arrière, se tortillant comme un mille-pattes, ce qui en temps normal aurait fait rire Elsa.

— Qu'est-ce qu'il y a ? Tu es toute pâle.

— Rien.

— Qu'est-ce qu'ils lui ont fait, à Nástegallu ?

— Ils lui ont donné des coups de couteau.

— Une fois, j'ai vu un renne à qui ils avaient ouvert le ventre. Les intestins étaient par terre, à côté de l'animal.

Elsa bondit sur ses pieds et courut jusqu'à son spark. Anna-Stina l'appela, mais elle avait déjà pris de la vitesse. Elle savait que la pente ferait le reste.

Ça, elle n'en avait jamais entendu parler.

11 – *Oktanuppelohkái*

Assise à la fenêtre de la cuisine, Hanna soupira en voyant Elsa se précipiter vers son spark et dévaler la pente. Anna-Stina, immobile, la suivait du regard avec cet air renfrogné et vexé que sa mère ne lui connaissait que trop bien.

Elle ouvrit la fenêtre et cria :

— Que s'est-il passé ? Où s'est-elle sauvée comme ça ?

— J'en sais rien, moi !

— Rentre.

Des petits pieds furieux trépignèrent dans l'entrée et des vêtements atterrirent sur le sol au lieu d'être accrochés à un portemanteau. Elle reniflait et ses joues étaient cramoisies lorsqu'elle s'assit, d'un air arrogant, sur la banquette de la cuisine, fixant sa mère de son regard qui signifiait « bon alors, qu'est-ce que tu me veux ? ».

— N'oublie pas qu'Elsa est plus jeune que toi. Il faut que tu sois gentille avec elle.

— Mais je *suis* gentille.

— Alors, qu'est-ce qu'il s'est passé ?

— Rien.

Hanna esquissa un sourire bienveillant, elle savait comment faire parler sa fille.

— Allez, ma chérie. Raconte-moi. Je ne me fâcherai pas.

Ce qui était vrai, elle se mettait rarement en colère. Il ne lui viendrait jamais à l'esprit d'élever la voix lorsqu'elle s'adressait à son enfant – ou à un autre, d'ailleurs. Mais elle n'aimait pas quand sa fille et Elsa se chamaillaient ; alors, il lui arrivait de hausser légèrement le ton. Elle avait envie de protéger la petite voisine, si douce et sérieuse, de sa propre fille, qui hélas voulait parfois tout régenter.

— J'ai juste dit que c'est Robert Isaksson qui tue les rennes. C'est la vérité, c'est tout ! Je ne comprends pas pourquoi elle a réagi comme ça !

— La perte de son renne la rend très triste, tu peux le comprendre, non ?

— C'est elle qui a commencé, c'est elle qui a dit qu'elle était allée au commissariat.

Hanna lui tendit un morceau de papier essuie-tout qu'Anna-Stina empoigna d'un air offensé. Elle se moucha bruyamment.

— Qu'est-ce que tu as dit, exactement ?

— Qu'il ouvre le ventre des rennes femelles et en sort les petits.

Sa mère la dévisagea un instant.

— C'était peut-être un peu violent.

— Mais je sais que c'est vrai. J'ai vu les viscères.

— Mais ma chérie, elle n'a que neuf ans. Ça doit lui donner la chair de poule ! Tu ne peux pas lui raconter des choses comme ça.

— Ce n'est quand même pas ma faute s'il y a des imbéciles qui massacrent nos rennes !

Hanna secoua lentement la tête, elle eut soudain envie de pleurer et dut détourner le visage. Cela ne lui ressemblait pas.

— Tu as tout à fait raison, mon cœur.

— Maintenant je m'ennuie, je n'ai personne avec qui jouer.

Anna-Stina gémissait, voulait se faire plaindre, et Hanna fut vite assaillie par la mauvaise conscience. Toujours le même problème, elle vivait loin de ses amis et se retrouvait souvent seule. Hanna jeta un coup d'œil à sa montre, elle avait encore le temps de conduire sa fille au village voisin.

— Tu veux que je te dépose chez un copain ou une copine ?

— J'en ai marre de vivre ici. De toute façon, je n'ai pas d'amis !

Hanna la laissa pleurer sur son sort. Ne serait-ce que la semaine dernière, plusieurs filles étaient venues à la maison. Hanna les avait entendues glousser dans la chambre. Mais ça, Anna-Stina l'oubliait et, chaque fois que la solitude s'imposait, c'était le drame. Chaque instant qu'Anna-Stina passait seule dans cette maison était pour elle une catastrophe.

— Peut-être que tu peux appeler Elsa pour lui demander pardon, alors ?

Anna-Stina poussa un soupir de mépris. Non, les excuses, très peu pour elle. À vrai dire, il était bien trop rare qu'elle en formule. Hanna prit place sur la banquette auprès de sa fille, entoura de ses bras son corps menu et lui caressa les cheveux. Anna-Stina commencerait sans doute à résister, à mesure qu'elle grandirait, et ne se laisserait plus embrasser, alors Hanna saisissait l'opportunité quand elle se présentait.

— La prochaine fois, je sais que tu réfléchiras au fait que tu es la plus grande, que tu sais plus de choses. Une enfant de neuf ans n'a pas besoin de tout savoir.

12 – *Guoktenuppelohkái*

Ils eurent beau insister, impossible de convaincre Elsa de les accompagner au parc à rennes. Quand les motoneiges quittèrent la cour, sa décision était prise. Elle pénétra d'abord dans la remise pour voir comment se portait l'oreille. Elle l'avait cachée dans un coin, tout au fond, derrière les boîtes à outils de son père, là où elle savait qu'un courant d'air froid s'engouffrait par les fentes du plancher. Elle sécherait rapidement et perdrait son odeur. Chaque jour, Elsa se rendait à la remise pour caresser la douce fourrure et voir si celle-ci avait séché. Souvent, elle emportait le petit triangle, simplement pour pouvoir le sentir un peu plus longtemps dans sa main.

Après sa visite de contrôle, elle entra dans la maison avec un objectif bien précis en tête. Elle ouvrit le troisième tiroir à côté du lave-vaisselle, souleva délicatement les leurres de pêche et trouva, tout au fond, la liasse de papiers.

Il y avait des mots compliqués et beaucoup de chiffres, mais elle lut tout, cherchant, en vain, le nom de Nástegallu. En revanche, elle reconnut sa propre déposition et lut à voix haute :

— Renne retrouvé mort auprès de l'enclos, à l'extérieur de la clôture. Coup de couteau dans le cœur. Oreilles coupées. La fille mineure du déclarant a découvert l'animal. Présence de traces de motoneige.

Elle butait sur les mots et ne connaissait ni le sens ni la prononciation du mot « mineure ». Elle aplatit le document sur la paillasse de la cuisine, mais il ne cessait de s'enrouler. Elle passa le doigt sur le mot « fille ». Ce n'était pas comme voir son nom dans un livre généalogique. Pourquoi n'avaient-ils pas écrit que le renne s'appelait Nástegallu ?

Elle continua de feuilleter la liasse de documents en dépit du malaise qui grandissait dans son corps. Et celui-ci ne fit que s'accroître quand elle lut qu'une femelle gestante avait été pourchassée par au moins une motoneige. Les traces montraient que la chasse s'était déroulée sur environ cinq cents mètres. La bête avait été percutée par le véhicule, l'une de ses pattes arrière avait été fracturée. Il était écrit qu'elle était décédée à la suite de blessures internes.

Les mains tremblantes, Elsa déchiffra en chuchotant la page suivante :

— Le plaignant indique qu'un individu a pourchassé à motoneige une dizaine de ses rennes, les a percutés, tués et emportés. Le plaignant était sorti s'assurer que ses rennes se portaient bien. Dans la forêt, il a découvert des traces de sang, des fragments de bois de rennes et des poils. Les traces de deux motoneiges, dont une suivie d'un traîneau, menaient vers la rivière et le village le plus proche.

Le village voisin. Là où *il* habitait. Elle serra la feuille si fort que celle-ci se chiffonna. On a trouvé du sang, de la corne et des poils de leurs rennes. Dix rennes ! Pourquoi ne lui avait-on rien dit ?

Peut-être était-ce le jour où son père était rentré de la forêt dans une colère telle qu'il avait donné un coup de poing dans la porte de la remise. Il avait gardé pendant plusieurs jours un hématome au majeur.

Tout en bas de la page, son père avait griffonné quelques mots au crayon à papier. Elle reconnaissait son écriture arrondie. *Enquête préliminaire classée sans suite.* Avec un point d'exclamation. Elle ignorait ce que cela voulait dire.

Elle dut s'allonger sur le sol froid de la cuisine. Elle était petite et, selon certains, maigre. Couchée sur le dos, les os de ses hanches sortaient comme deux cimes de montagnes pointues, de part et d'autre de son ventre creusé. Elle pouvait, si elle le voulait, glisser les doigts sous ses côtes. Mais sa mère n'aimait pas ça. À présent, elle voyait son pouls bondir entre ses côtes. Vite, vite, vite.

Elle se redressa, sûre de ce qu'elle avait à faire. Elle remit ses chaussures, courut dans la remise, s'empara de l'oreille. Dans la chambre de ses parents se trouvaient les *bealljebinnát* de l'été passé, les bouts d'oreille qu'on gardait après le marquage des faons, accrochés à de la ficelle. Elsa était à côté d'*áhkku* quand cette dernière les avait enfilés. « C'est pour que les faons se serrent les coudes », avait-elle dit. Elsa lui avait solennellement remis les morceaux d'oreille de Nástegallu et avait dit à *áhkku* de les placer à l'extrémité de la ficelle pour qu'elle puisse les reconnaître facilement.

Il ne faut pas se vanter du nombre de faons qu'on a marqués, disait *áhkku*. C'est pourquoi les *bealljebinnát* ne devaient pas être suspendus à la vue de tous. À présent, Elsa les posait sur la table de la cuisine et caressait les petits bouts de fourrure tout doux. Arrivée à celui de Nástegallu, elle prit le morceau d'oreille quasiment sec et le superposa à l'autre fragment. On aurait dit que des pièces de puzzle perdues s'imbriquaient, formant une unité. Nástegallu était de nouveau entière. C'est du moins ce qu'elle pensa, mais elle savait que ce n'était pas vrai.

13 – *Golbmanuppelohkái*

Ils faisaient la navette, se relayaient, vingt-quatre heures sur vingt-quatre. Le père d'Elsa, Mattias, le père d'Anna-Stina, qui s'appelait Ante, ses oncles paternels et maternels, et les oncles paternels d'Elsa. Les hommes mais aussi les garçons. Le silence se faisait lorsqu'ils quittaient la maison, mais d'une certaine manière le silence était le même quand ils revenaient. Ils se préparaient des tartines, mangeaient debout devant la fenêtre de la cuisine, le regard perdu dans le lointain. Comme s'ils voyaient par-delà l'avenue tracée par les motoneiges sur la glace, par-delà les arbres, jusqu'aux terres que foulaient les rennes. Comme s'ils se trouvaient avec les bêtes alors même qu'ils étaient à la maison. Ils n'étaient jamais vraiment à la maison. Ils étaient dans la cour à charger les traîneaux, à mettre de l'essence dans les motoneiges, à se moucher en bouchant une narine et en soufflant de l'autre vers le sol. Leurs doigts étaient engourdis, certains ne redeviendraient jamais droits. La nuit, leur corps les faisait souffrir, et le matin le père d'Elsa boitait. Ce qui était encore plus dur, c'est que le sommeil n'était jamais assez profond.

Allongée sur le canapé, Elsa étendait les jambes. Ses orteils touchaient la table basse blanche. La couverture était rêche, rouge, décorée d'un grand renne. Sa mère ne l'aimait pas, mais c'était un cadeau de ses collègues du service d'aide à domicile pour ses quarante ans, alors elle ne pouvait pas s'en débarrasser. Imaginez, si l'une d'entre elles passait prendre un café ! Pourtant, n'était-ce pas un affront fait à tout l'artisanat sami qu'ils possédaient à la maison ? Le *duodji*. Tous les objets que son grand-père avait fabriqués. Sans compter que la grand-mère et la mère d'Elsa confectionnaient des kolts magnifiques. Ceux qu'Elsa portait étaient toujours neufs, jamais de seconde main. Elle savait quasiment coudre seule d'ailleurs, elle était presque aussi agile de ses doigts que les adultes. Et elle ne manquait pas de patience.

Le portable de son père vibra sur la table du séjour et il lui cria de répondre depuis la salle de bain. Elsa n'eut pas le temps de dire « allô » qu'une voix lui cracha à l'oreille :

— C'est votre faute ! Vos saloperies de rennes ! Je vais les buter un par un.

Elle éloigna le téléphone de son oreille, le souffle coupé.

— Notre nouvelle voiture est en pièces et je suis sûr que ma femme a subi le coup du lapin ! Mais ça, vous vous en foutez ! Maintenant que ce satané renne est mort, vous allez recevoir du fric.

Elle jeta le téléphone sur le canapé, incapable de le quitter des yeux. Elle se recroquevilla au bout du canapé, contre les coussins.

— *Isa*, viens ! appela-t-elle.

Il se précipita dans la pièce, glissant sur ses chaussettes, et s'empara du téléphone.

— Que s'est-il passé ?

Silence.

— Je comprends, mais…

Il entra dans la cuisine, ce qui n'empêchait pas Elsa d'entendre les vociférations métalliques qui surgissaient du téléphone pressé contre l'oreille de son père.

— Où êtes-vous entrés en collision ?

La voix de son père semblait posée, mais il finit par s'emporter :

— Je suis navré pour vous, mais…

Pause.

— J'entends bien, mais vous devez aussi comprendre que vous me menacez et que je vais porter plainte contre vous.

Sa mère, qui venait d'entrer, s'agitait de pièce en pièce, fébrile ; elle alla d'abord dans la cuisine pour faire signe à son mari de se taire, puis dans le séjour pour augmenter le volume de la télévision.

— Allez-y, portez plainte contre moi aussi, renchérit le père d'Elsa.

Le silence se fit. Quelques instants seulement. Puis vinrent les murmures. De ses parents. Ils lui parvenaient par vagues, à voix basse, à travers un mot, une consonne parfois, qu'on ne pouvait pas chuchoter. Sa mère disait « chut ». Toujours elle, jamais lui.

Le bruit d'une combinaison de motoneige dont on enfile les manches, la fermeture à glissière qu'on remonte et le courant d'air frais qui entre, effleure les bras nus d'Elsa et disparaît aussitôt. Les phares de la voiture qui balaient le séjour.

— C'était qui ?

Elsa posa la question suffisamment fort pour que sa mère l'entende dans la cuisine. Elle reniflait. Évidemment. Elsa ne pouvait pas renifler. Ça ferait une de trop.

— Juste un type du village, *unna oabbá.*

— Pas du village voisin ?

— Non.

Rien de plus ne fut dit.

Une demi-heure plus tard, un gyrophare projeta sa lumière sur les murs du séjour. D'un bond, Elsa s'agenouilla, saisit le dossier du canapé et se hissa pour mieux voir. Une ambulance, sans sirène, mais avec des feux clignotants. Heureusement qu'il n'était pas encore dix-sept heures, sans quoi celle-ci n'aurait pas pu se déplacer. Les infirmiers rassemblaient à présent leurs affaires et partaient. Il ne restait plus qu'à attendre le véhicule d'assistance de la ville, ce qui pouvait prendre plus d'une heure.

Les éleveurs mettaient toujours les automobilistes en garde contre les rennes en liberté à proximité des enclos. Des sacs-poubelle noirs claquaient dans le vent, fixés aux piquets jaune fluo réfléchissants disposés le long de la route. Ce qui n'empêchait pas certains conducteurs de passer à la vitesse supérieure. Pas tous, loin de là. La plupart des gens freinaient, éclairaient en pleins phares et fouillaient la forêt du regard. D'autres, pourtant, montaient sur leurs grands chevaux. Pourquoi devraient-ils faire attention à ces saloperies de rennes, les bêtes des Lapons ? Oui, dans des cas comme celui-ci, c'est ce terme qu'ils employaient.

Elle rabattit la couverture sur sa tête et se dit que, ce soir, elle inspecterait de nouveau la porte. Son père, qui se couchait le dernier, ne fermait pas toujours à clé. *Áhkku* jamais. Pire, quand elle s'absentait, elle appuyait le balai contre le battant au lieu de la verrouiller. Tard le soir, Elsa avait déjà vu sa mère aller fermer la maison d'à côté avec la clé de secours. C'était d'autant plus important cet été-là, car visiblement, des cambrioleurs rôdaient.

Sa mère ouvrit et ferma les placards de la cuisine, fit couler de l'eau dans des casseroles, alluma la radio et n'eut pas le temps de la couper avant que le journaliste annonce l'accident sur leur route. Une personne légèrement blessée. Elsa ne sut pas ce qui était arrivé au renne, car sa mère avait éteint. La poêle crépita et l'effluve des *suovas* frits se répandit dans la cuisine.

La porte d'entrée s'ouvrit. *Áhkku* entra. Sans ôter ses chaussures, elle se laissa tomber sur la chaise-coffre la plus proche de l'entrée, sous la pendule. Cette chaise était destinée aux personnes qui venaient leur rendre visite, mais pas seulement. La mère d'Elsa disait que parfois on veut juste éprouver un sentiment d'appartenance, quelques instants, avoir un endroit où l'on peut s'asseoir en silence, se sentir moins seul, moins triste. Cela n'arrivait plus très souvent. Le vieux Per-Niila est devenu trop malingre ; il n'avait plus la force. Auparavant, il passait la porte à l'improviste, une ou deux fois par semaine, jusqu'à ses quatre-vingt-quatorze ans. Il restait là, sur la chaise, à boire du bout des lèvres du café qu'il avait versé au préalable de sa tasse dans une soucoupe[1]. Il ne disait rien, mais observait attentivement Elsa qui cousait à la table de la cuisine. Faisait des petits

1. Pratique courante autrefois en Suède comme en France. On buvait le café à la soucoupe et non à la tasse, notamment pour qu'il refroidisse plus vite.

« hum », tendait la tasse pour qu'on la lui remplisse à nouveau, plusieurs fois, avant de partir. Parfois il lui faisait un signe de la main. Il devait être le dernier dans son genre, et cela faisait des mois qu'il n'était pas venu.

— C'était les Johansson, dit *áhkku*.

— Oui, répondit la mère d'Elsa en baissant la voix. Ils ont appelé. Furibonds.

Elsa repoussa la couverture et entra dans la cuisine. Elle voulait entendre ce qui se disait. Vraiment. Elle s'assit sur la banquette et observa sa mère, puis sa grand-mère. Mais elles ne parlaient plus. Sa mère lui tourna le dos.

— Ils ont été obligés d'abattre le renne, annonça-t-elle enfin.

— Ils conduisent comme des fous sur cette portion de route, fit *áhkku*.

— À qui le dis-tu !

Sa mère faisait revenir des *suovas*. La graisse giclait sur la hotte et les murs. *Áhkku* sortit un sachet rempli de rubans qui devaient orner le *holbi*, la partie basse du kolt. Elle le montra à la mère d'Elsa qui opina du chef et s'en empara en chemin vers le réfrigérateur. Elle laissa tomber le sachet sur le plan de travail à côté du micro-ondes.

— Mets le couvert, *unna oabbá*, dit-elle.

Áhkku arborait un pansement au majeur et au pouce. Son couteau dérapait, parfois. Quand elle était lasse de manier l'aiguille, elle sortait son couteau et taillait le bois. Si elle se coupait ce n'était pas grave, parce que *áddjá* avait le pouvoir d'arrêter les saignements. Il suffisait à Elsa d'y penser pour que le sang cesse de couler. C'était naturel, il n'y avait rien d'étrange à cela, mais sa mère répétait souvent qu'il ne fallait surtout le dire à personne. *Áddjá* pouvait faire disparaître une douleur en soufflant simplement dessus. Il arrivait que des gens viennent chez lui pour se faire aider, et beaucoup lui téléphonaient. Mais c'était un secret.

— Tu t'es encore coupée ? demanda Elsa en posant couteaux et fourchettes de part et d'autre des assiettes.

— C'est juste une égratignure.

Ils entendirent un bruit de moteur dans la cour, mais le père d'Elsa n'entra pas.

— Bon, je vais voir dehors, fit *áhkku.*

Deux petites flaques s'étaient formées devant la chaise. La mère d'Elsa les nettoya d'un coup d'essuie-tout en soupirant.

Le père d'Elsa repartit et *áhkku* ne revint pas. Elsa la vit franchir une congère avec agilité avant de se diriger vers sa maison. Sa mère fit claquer des louches qu'elle n'arrivait pas à faire rentrer dans le deuxième tiroir.

— Eh bien, on sera en tête à tête, déclara-t-elle en tendant la poêle pour faire glisser dans l'assiette d'Elsa les fines tranches de viande fumée. Et tu épluches tes pommes de terre toute seule.

— Je mange la peau.

— Je veux que tu t'entraînes à les éplucher.

Elsa se brûla le pouce et des larmes apparurent dans ses yeux.

14 – *Njealljenuppelohkái*

— Salut Robban ! Ça fait un bail.

Dans le magasin, Robert se figea en plein mouvement, alors qu'il dégainait son portefeuille pour payer son ticket de PMU.

Certains l'appelaient Robert, d'autres Isaksson, auquel cas on pouvait croire qu'il s'agissait de son vieux. Mais Robban, il y avait au moins vingt ans que personne ne l'avait appelé comme ça. La dernière fois que c'était arrivé, il devait avoir la vingtaine. Il plissa le front et jeta un coup d'œil vers le présentoir à journaux.

— Petri.

En effet, il le reconnaissait. Petri Stålnacke. Il n'avait pas changé. Potelé, court sur pattes, des jambes massives, une épaisse tignasse brune et de grands yeux.

— Ça alors ! Je ne t'ai pas vu depuis qu'on a bossé ensemble dans les bois, dit Petri en souriant.

— Je n'ai pas bougé d'ici.

— En tout cas, tu n'es pas devenu forestier, hein ?

Robert ne voulait pas reparler de cette vieille histoire qui avait tourné au vinaigre. Il changea de sujet.

— Qu'est-ce que tu fais là ?

— Je cherche une baraque. Tu ne connaîtrais pas quelqu'un qui vend ? Un terrain, sinon ?

— Qu'est-ce que tu cherches ici ? Tu habites encore en ville ?

— Oui, je suis toujours là-bas, je bosse à la mine. Mais j'en ai ma claque des week-ends en ville et ça devient pénible de squatter chez ma mère au village. Je me suis dit que je pourrais trouver un truc à moi.

— Donc tu choisis notre village.

— Je suis fou de pêche, tu vois, et je sais bien que votre rivière grouille de saumons.

Il esquissa un geste imitant le pêcheur à la mouche.

— Tu m'étonnes ! J'en ai attrapé un de dix-sept kilos cet été, répondit Robert.

— Dix-sept kilos ! La vache ! C'est bizarre que je ne t'aie pas vu, je suis venu pêcher ici plusieurs étés de suite.

— La rivière est longue et j'ai mes spots.

Petri rit et acquiesça.

— Je m'en doute.

Robert passa sa carte bancaire pour payer le ticket.

— Tu bosses dans quel domaine, alors ?

Petri ne semblait pas vouloir le lâcher.

Robert prit son temps pour ranger sa carte dans son portefeuille avant de répondre :

— Je suis en arrêt maladie. Le dos, tu vois.

— Merde ! Désolé pour toi. Depuis longtemps ?

Robert jeta un regard à la ronde, pour voir si on les écoutait. Il sentit l'agacement monter.

— Ouais, longtemps. Un truc chronique.

Petri secoua la tête, affichant un air compatissant.

— Aïe aïe aïe. C'est dur, ça.

Robert enfonça son portefeuille dans sa poche arrière et pressa son snus[1] du bout de la langue sous la lèvre supérieure. Il n'aimait pas qu'on ait pitié de lui. Il n'empêche qu'il restait là, en compagnie de Petri. Difficile de ne pas l'apprécier. Il était un peu benêt, mais il avait un bon fond. Comme Robert se le rappelait.

— Je ne m'en sors pas trop mal. Je fais quelques boulots par-ci par-là. Ce que je peux faire sans craindre que quelqu'un ne me dénonce à la caisse d'assurance maladie.

Petri éclata de rire.

1. Poudre de tabac humide que l'on place entre la gencive et la lèvre.

— Je comprends.

— Ce n'est pas la bonne saison pour chercher une maison.

— Je me suis dit que quelqu'un en avait peut-être ras le bol de vivre ici, comme ça, en plein hiver.

Robert força un demi-sourire.

— Bah, sait-on jamais.

— Tiens-moi au courant si tu entends parler de quelqu'un qui veut vendre.

Robert opina du chef. Bien sûr, il pouvait tendre l'oreille.

— Et toi, tu habites où ?

— Pas au milieu du village, plutôt à l'entrée de la forêt.

Petri sourit. Attendait-il une invitation ? Robert répondit comme il fallait :

— Tu passeras prendre un café, à l'occasion. Tu montes la côte, là-derrière. Au bout de trois cents mètres, tu tournes à droite et tu continues jusqu'au bout de la route. C'est une maison rouge avec une vaste grange devant.

Il était rare qu'on leur rende visite. Et son vieux qui ne laissait entrer personne ! S'il voyait une voiture approcher, il sortait d'un bond dans la cour. C'est ce que ferait Robert s'il prenait l'envie à Petri de venir.

— Allez ! dit-il en saluant Petri d'un signe de la tête avant de sortir de la boutique.

15 – *Vihttanuppelohkái*

Une étoffe de laine bleu clair était posée sur la table de la cuisine, surmontée des rubans qu'elles avaient achetés dans le village voisin. Elles avaient fait des essais afin de choisir l'ordre des bandes sur le *holbi* rouge. Certains des rubans scintillaient sous la lampe de la cuisine, d'autres étaient mats, mais le blanc se marierait bien avec le rouge. Il faisait nuit noire et leurs visages se reflétaient dans la vitre. Elsa n'avait jamais aimé l'idée qu'on puisse la voir si clairement depuis l'extérieur, alors qu'elle ne pouvait voir les gens dehors.

Elsa soupira et décousit les points mal réalisés. Cela correspondait rarement aux attentes maternelles. Sa mère chaussa ses lunettes de lecture qui agrandissaient ses yeux. Leurs doigts s'effleuraient lorsque sa mère l'aidait. Celle-ci sourit et Elsa en profita pour s'appuyer contre son bras. Elles attachèrent le ruban rouge à paillettes bleues à l'aide d'épingles. « Pas trop de paillettes, avait dit *enná*, ce n'est pas approprié. » Mais Elsa aimait que ça scintille et, chaque fois, elle essayait d'ajouter une bande brillante que sa mère retirait en fronçant les sourcils. Elle porterait le kolt, le *gákti*, au marché de Jokkmokk. Généralement, elles terminaient au dernier moment, cousaient jusque tard dans la nuit la veille du départ. Elles lustraient les broches en argent parfois jusqu'à pleurer de fatigue. « Tous ces gens qui vont nous observer, nous juger », disait sa mère. Elsa ne comprenait pas. Pour elle, c'était plus beau que Noël, plus beau encore que son anniversaire. Arborer un kolt flambant neuf et être admirée. Anna-Stina aussi aurait une nouvelle tunique. Leur chœur allait se produire au marché. Anna-Stina ne s'était pas manifestée depuis la fois où elles avaient creusé la grotte de neige. Elle n'était pas non plus venue à l'école. La grippe, avait dit quelqu'un.

Enná cousait d'une main assurée, des épingles entre les lèvres. Seul le regard d'*áhkku* pouvait la déstabiliser. « À quoi bon, soupirait-elle souvent. Tu pousses si vite, l'an prochain il sera déjà trop petit. » Mais Elsa refusait de récupérer les kolts de ses grandes cousines. Surtout maintenant qu'elle chantait dans le chœur.

Le cliquetis de la machine à coudre accélérait puis ralentissait. Les coutures devaient être bien droites. Lorsque sa mère étira le bras pour attraper le mètre de couturière, un léger effluve de sueur passa dans l'air. Elle ne s'était pas lavé les cheveux, s'était contentée de les attacher avec sa barrette marron. Des mèches rebiquaient et sa frange tombait en partie sur ses joues. Les joues les plus pâles de tout le village, disait souvent *áhkku*.

Le téléphone sonna, *enná* souleva le tissu bleu et répondit, un léger sourire aux lèvres. Elle s'appuya contre le dossier de la banquette de la cuisine, détacha la barrette et éclata de rire. C'était *siessá* – tante Ella –, elle en était certaine. *Enná* n'adoptait ce ton qu'avec elle. On aurait dit qu'elles se donnaient la parole à tour de rôle. Elsa connaissait bien le rythme de leurs conversations, quand sa mère écoutait, ponctuait son silence d'un « *nu go lea* » ou d'un « *juoa* » par-ci par-là, ou, quand c'était elle qui parlait, sans prendre le temps de respirer entre deux phrases.

Siessá avait pris la mère d'Elsa sous son aile dès lors que son père avait jeté son dévolu sur elle. La sœur de son père avait quitté leur sameby pour rejoindre la communauté d'éleveurs de son mari, plus au sud. Mais longtemps elle était restée et avait veillé sur sa belle-sœur, lui avait appris comment nouer correctement les rubans de ses chaussures, quel écart laisser entre les boutons d'une ceinture, et l'avait laissée parler un sami un peu bancal sans trop intervenir. À part elle, seuls Mattias et les chiens avaient entendu le sami chuchoté par leur mère, des phrases simples, comme « au pied », « regarde », ou encore « à table ». *Siessá* encourageait délicatement sa belle-sœur et ne la corrigeait pas, contrairement à la police de la langue, disait-elle. Elsa s'était toujours demandé de qui il s'agissait et avait été fort étonnée d'apprendre que sa grand-mère paternelle en était membre. Mattias s'était bien sûr tenu les côtes quand elle avait demandé dans quel commissariat travaillait *áhkku*. Après cet épisode, les questions et commentaires avaient cessé.

Siessá avait peu à peu fait sortir les mots de la bouche de la mère d'Elsa, elle les avait tirés, amadoués, et un jour *enná* avait cessé de chuchoter et s'était mise à parler à voix haute.

Siessá ressemblait à *áhkku*, petite et maigre, mais elle avait le nez pointu et les sourcils touffus d'*áddjá*, ce qui la rendait tout à fait différente. Personne ne riait comme elle, de tout et trop longtemps. Elle avait fui les bondieuseries d'*áhkku* dès qu'elle avait pu, lorsqu'elle avait dû s'installer en ville pour aller au lycée. Là-bas, elle avait perdu un peu de son hilarité. Dans ses récits, il y avait des lacunes qu'Elsa tentait de combler, mais quand les questions n'étaient pas posées, l'imagination triomphait. *Siessá* retrouvait son rire dès qu'elle foulait les sentiers, voilà ce qu'on racontait. Quand elle rentrait l'été et qu'ils gagnaient les montagnes afin de marquer les faons, c'est elle qui, de son rire, souhaitait la bienvenue aux terres. Elle ne disait cela que par fanfaronnade car Elsa, comme tout le monde, savait bien que c'était l'inverse. C'étaient les terres qui leur souhaitaient la bienvenue et il fallait se montrer reconnaissant de tout ce que la nature leur donnait, à eux et à leurs rennes. Elsa savait exactement où tous les autres avant elle avaient posé le pied, elle connaissait les noms des lieux et leurs significations. Elle savait surtout ce que c'était d'attendre d'apercevoir son renne, son *boazu*, un parmi des milliers. Nástegallu était le seul qu'elle puisse reconnaître. *Isa* et Mattias savaient en reconnaître bien plus. Désormais, elle ne pourrait plus chercher Nástegallu du regard. Plus jamais.

Elsa s'empara du ruban le plus brillant et le fixa à l'aide d'épingles sur le *holbi*, à côté de la bande jaune. C'était, à l'évidence, bien plus joli comme ça. *Siessá* n'aurait jamais protesté, elle aurait dit qu'Elsa pouvait faire comme bon lui semblait. *Enná* devait prendre garde : il suffisait de peu pour redevenir, aux yeux des autres, une *rivgu*.

Sa mère riait aux éclats à côté d'elle et le cœur d'Elsa chantait.

16 – *Guhttanuppelohkái*

De bon matin, Elsa et sa mère grimpèrent dans le car en direction de la ville. Il n'était pas à moitié plein et Elsa sourit intérieurement en voyant les places libres tout au fond. Elle aimait s'installer seule, sans sa mère à ses côtés, elle avait alors la sensation d'être grande, indépendante. Sa mère s'assit au premier rang pour discuter avec le chauffeur – le sympathique à la grosse moustache. Il y en avait deux, l'autre n'était pas aussi loquace et se contentait de saluer les passagers d'un discret signe de la tête.

Chaque jour l'autocar passait dans le village, le matin pour conduire les enfants à l'école et les adultes en ville ; l'après-midi et le soir pour les ramener chez eux. En chemin, le car traversait de grands et de petits villages. Certains avaient perdu de leur splendeur. La peinture des façades s'était écaillée, de vieilles enseignes de magasin avaient pâli au soleil ou subi l'agression de la neige et de la pluie. Des granges aux toits enfoncés, aux vitres fines comme le cristal le plus fragile. Dans d'autres hameaux, les nouveaux habitants optimistes avaient au contraire peint leur maison d'un blanc éclatant, sortaient le trampoline des enfants avant même le solstice d'été et investissaient dans des appareils antimoustiques qui restaient allumés vingt-quatre heures sur vingt-quatre, tout l'été. Devant les maisons trônaient voitures, quads, sparks, tracteurs, ainsi qu'un compagnon à quatre pattes qui faisait les cent pas dans le chenil, prêt pour la chasse à l'élan.

Elsa et sa famille prenaient rarement l'autocar pour se rendre en ville, mais lorsqu'il neigeait abondamment comme aujourd'hui, sa mère renonçait à conduire. La sœur de celle-ci faisait une fête, mais ils ne seraient pas nombreux, parce qu'il fallait surveiller l'enclos. Personne ne l'avait dit ouvertement, mais Elsa l'avait compris.

Elle posa le front contre la fenêtre froide et expira jusqu'à ce qu'il y ait assez de buée pour faire un dessin.

Lorsque le car s'arrêta dans un des villages, Robert Isaksson monta. Elsa aperçut son pantalon de travail jaune et son bonnet de laine noir, enfoncé de travers sur son crâne. Elle n'eut pas le temps de se lever pour aller se réfugier auprès de sa mère. Elle se recroquevilla sur son siège. Les pas approchaient. Elle entendit sa voix pour la première fois lorsqu'il dit bonjour en finnois, quelques rangées devant elle. Un homme grogna sa réponse dans un mélange de suédois et de finnois, ce qui indiquait qu'ils allaient continuer la conversation en suédois. Ils se connaissaient, bien sûr, et chacun savait quelle était la langue de prédilection de l'autre. Dans les villages, ce genre de chose était de notoriété publique. On savait quelle langue parler à son interlocuteur, comme on savait si on avait un lien de parenté avec lui, ou encore si le père de l'un avait tabassé le père de l'autre dans la cour de récré.

Entre les sièges, elle distingua un bout de son pantalon et de son manteau noir. Il ne s'était pas assis près de l'autre homme, mais s'était étalé sur les sièges de l'autre côté de l'allée. Ses consonnes crépitaient lorsqu'il parlait de hockey sur glace. Il balançait de-ci de-là quelques mots finnois assez simples pour qu'Elsa les comprenne. Il tendit une jambe dans l'allée. À son pied, une grosse chaussure noire aux lacets défaits. Il gesticulait beaucoup et se grattait parfois l'arrière de la tête à travers le bonnet qu'il n'avait pas retiré.

Elsa se pencha prudemment sur le côté, cherchant sa mère du regard. Le chauffeur monta le son de la radio à l'heure des infos. Deux rennes écrasés, annonça le journaliste.

Quelques rangées devant elle, l'agacement se faisait entendre.

— Nom de Dieu ! La semaine dernière c'est Johansson qui a failli y passer, et ça recommence ! Ils ne peuvent pas les tenir, leurs putain de rennes ?

Faudrait avoir un fusil dans la voiture pour leur tirer dessus.

— *No niin, tietenki.* Je n'hésiterais pas un instant.

Elsa tourna les yeux vers la rangée en diagonale devant elle où avait pris place Anette, l'institutrice remplaçante à l'école du village. Elle poussa un profond soupir et secoua la tête.

Dans le silence qui s'ensuivit, on entendit une boîte à snus s'ouvrir et se refermer.

— Tu ne prends pas le car d'habitude, si ?

— *No, ei !* fit Robert. Aujourd'hui je n'ai pas eu le choix. Cette saloperie de démarreur fait des siennes. Je ne lui fais pas confiance. J'ai laissé la voiture chez un copain au village et je vais en ville acheter des pièces. On verra s'il peut réparer ça rapidement quand je rentrerai ce soir.

Lorsque le car franchit le pont, le jour commençait à poindre au-dessus de la rivière. La neige ne tombait plus aussi dru. Elles auraient pu prendre la voiture. Si seulement elles s'étaient trouvées dans la voiture à ce moment précis !

Les cristaux de glace dessinaient des motifs sur le garde-corps. Juste à la sortie du pont, une femme en spark s'éloigna le plus loin possible sur le bas-côté.

Elsa les entendit parler à nouveau, d'une voix basse mais menaçante.

— Les Lapons ont tué un élan sur nos terres et l'ont traîné jusqu'aux leurs.

Ils s'éperonnaient l'un l'autre, comme des loups. Elsa se boucha les oreilles, elle ne voulait plus entendre.

Tout à coup *il* se leva, observa les sièges autour de lui. Elsa colla le front contre la vitre et regarda par la fenêtre. Du coin de l'œil, elle le vit retirer son manteau.

— Baisse le chauffage ! cria-t-il au chauffeur.

Elle avait l'impression de sentir son odeur. Une odeur d'essence et de fumée de cigarette. C'était comme s'il se pressait contre elle, aspirait tout l'air du car.

D'un moment à l'autre, il allait la voir. Que ferait-il ? Son front était en train de perdre toute sensibilité, c'était comme si elle voulait transpercer la vitre, pour se retrouver dehors, en sécurité.

Elle devait se faire toute petite, quasi invisible. Elle s'allongea sur les sièges, ramena ses genoux contre son menton. Elle était assez menue pour pouvoir se recroqueviller, mais on voyait sans doute ses chaussures. Elle retint sa respiration jusqu'à ce que ses poumons menacent d'exploser.

17 – *Čiežanuppelohkái*

Elsa attendit d'être certaine qu'il n'était plus à proximité du car pour se diriger vers la sortie. Le chauffeur lui sourit mais ses dents étaient dissimulées sous sa longue moustache.

— Alors, tu n'as pas école aujourd'hui ?

— Non.

— Tu es contente ?

— Ma tante va fêter ses quarante ans, on vient l'aider à tout préparer.

— Quarante ans ? Il va y avoir du monde alors !

Elsa aurait voulu lui raconter que son père et Mattias ne pouvaient pas venir parce qu'ils devaient surveiller les rennes. Mais elle ne savait pas ce que le chauffeur de l'autocar en penserait et, dans le doute, il valait mieux se taire. À vrai dire, selon sa mère, il valait toujours mieux se taire. Parler d'affaires personnelles avec des gens qu'on ne connaît pas n'amenait jamais rien de bon. Elsa se contenta donc de sourire et de prendre congé avant de sauter du car, faisant fi des marches.

Enná et Anette discutaient. La contrariété se lisait sur leurs visages. Elsa donna des coups de pied dans la neige, se pencha en avant, essaya de former une boule de neige. Impossible, bien sûr. La neige ressemblait à du sucre en poudre contre ses gants.

Une voiture de police passa lentement. Elle était presque certaine de reconnaître Henriksson sur le siège passager. Son père ne lui avait pas dit s'il y avait eu une suite à leur visite au commissariat. En revanche, elle avait entendu qu'il fallait prendre Robert en flagrant délit. Elle allait demander à Anna-Stina ce que ces mots signifiaient. Si elle osait. Elle n'arrivait toujours pas à fermer les yeux assez fort pour se débarrasser de l'image des faons que l'on arrache du ventre de leur mère et qu'on abandonne par terre, morts.

Elsa, sur le trottoir, traçait un cœur avec ses pas dans la neige. Elle s'apprêtait à faire un ange de neige au milieu quand sa mère cria qu'elle ne devait surtout pas s'allonger. Elsa les entendait parler de racistes et de psychopathes. Sa mère marmonna quelque chose d'inaudible et Elsa fit la roue dans leur direction pour mieux entendre.

— On pense que c'est Robert Isaksson qui a tué le renne près de l'enclos.

— Aucun doute là-dessus ! Qui ça pourrait être à part lui ? Et Elsa ? Elle l'a vu ?

Elsa fit de nouveau la roue, percuta une congère et se retrouva les fesses par terre, le bonnet couvert de neige.

Sa mère répondit non d'un signe de la tête.

— Dommage. Mais il n'a pas emporté le renne. N'est-ce pas étrange ?

Enná se tourna et regarda sa fille droit dans les yeux, comme si elle la voyait vraiment pour la première fois depuis longtemps. Elsa plongea en arrière et se mit à battre des bras et des jambes comme une folle.

Ses muscles étaient endoloris et elle haletait quand sa mère se posta au-dessus d'elle, les bras croisés.

— Qu'est-ce que j'ai dit ? Pas d'ange. Tu es trempée, maintenant.

— Même pas vrai. La neige est sèche.

Enná lui tendit une main et l'aida à se lever.

La poudreuse tomba comme des milliers de grains de riz. À l'arrière de son bonnet de laine, sa mère balaya d'un revers de main un reste de neige collée. Un tantinet trop fort.

La neige crissait sous ses chaussures lorsqu'elles se dirigèrent vers le centre-ville.

— Qui est raciste ?

— Ce n'est pas bien d'écouter les conversations.

— Qu'est-ce que c'est un psychopathe ?
— Elsa, tais-toi maintenant.

Les portes coulissantes à l'entrée d'ICA s'ouvraient avec peine, entravées par la neige. *Enná* saisit les deux battants et les écarta de force. Il faisait chaud dans le supermarché et ça sentait le pain frais. Elsa aurait voulu remonter le temps, revenir à l'époque pas si lointaine où elle montait encore dans le chariot. Familière du magasin, sa mère passait de rayon en rayon, y déposant plusieurs litres de lait et de crème. Lorsqu'il fut assez rempli pour ne plus risquer de se renverser, Elsa put au moins se suspendre d'un côté jusqu'à ce que sa mère peste que ça l'empêchait de tourner, que c'était trop lourd. Elle s'arrêta, ferma les yeux et demanda pardon à sa fille – elle était fatiguée, c'est tout, elle n'avait pas assez dormi.

— Pourquoi tu n'as pas dormi ?
— Ça arrive parfois. Ça doit être la pleine lune.
— La lune n'était pas pleine.
— Presque.

Enná envoya un SMS à sa sœur qui devait venir les chercher avec tous leurs sacs.

— Pourquoi ce n'est pas tata qui fait les courses ?
— Qu'est-ce que tu as aujourd'hui ? Toutes ces questions !

Elsa s'empara d'un Twix et le jeta dans le chariot. Sa mère continua son chemin. Elsa en lança trois autres. Sa mère ne s'arrêta pas, mais elle poussa un long soupir.

Près des caisses, les quotidiens du jour étaient disposés sur un portant. Elsa lu le titre le plus en gras : « Trois rennes torturés à mort ». Elle tira sa mère par la manche en le montrant du doigt.

— Ne pose pas de questions.
— Ça s'est passé où ?
— Aucune idée.

Enná posa ses achats sur le tapis roulant. Elsa toucha le journal, essaya de le feuilleter discrètement jusqu'à la page quatre. Elle sentit la main décidée de sa mère sur son épaule. Elle ne devait pas rester là.

— Aide-moi à ranger les courses. Le plus lourd au fond.

Elle sortit son portefeuille, chercha sa carte, et saisit son code sans adresser la parole à la caissière. Le ticket était long. Elle l'enfonça dans sa poche de manteau. Elles emballèrent leurs achats en silence.

— Mais *enná*…

— Pas ici.

Lorsque les portes se bloquèrent à nouveau, sa mère lestée de ses trois sacs se retourna vers la caissière et rugit :

— Il faut déneiger les portes !

Elle parvint à les ouvrir en passant une épaule et en pesant de tout son poids. Elsa décocha un coup de pied au tas de neige gelé.

— C'est de la glace.

— Je sais.

Sa tante leur fit des appels de phares depuis l'autre côté de la route. Elle conduisait une petite Honda et sa tête touchait pratiquement le plafond. Elle était grande et coiffait souvent ses cheveux teints au henné en un chignon élaboré qui allongeait plus encore sa silhouette. Elles traversèrent la route. La mère d'Elsa logea les sacs dans le coffre et Elsa grimpa sur la banquette arrière. Sa tante sourit et elles se saluèrent.

— Ma petite chérie. *Unna oabbá !* Ça fait tellement longtemps !

Unna oabbá étaient les seuls mots qu'elle savait dire en sami. Elsa devenait toute chose. Sa tante s'appelait Angela, mais Elsa l'appelait toujours tata.

Sa tante était plus jeune que sa mère et c'était comme si elle venait d'un autre monde. Cette dernière maugréait souvent que sa sœur venait exactement du même monde qu'eux, mais qu'elle n'était pas faite pour la vie dans une petite ville. Elle aspirait à de grandes choses, d'autres horizons.

La mère d'Elsa tira brutalement la manette et son siège recula d'un coup.

— C'est gentil d'avoir fait les courses, dit tata Angela. Je suis tellement stressée ! Entre le local et tout le reste…

Puis il faut que j'aille chez le coiffeur. Et je ne suis même pas encore maquillée.

Il faisait un froid de canard dans la voiture. Le givre formait des dessins sur les vitres arrière. Elsa traça son nom de l'ongle de l'index.

— Pourquoi est-ce qu'il fait si froid dans la voiture ?

— Je ne sais pas. Un problème avec le thermostat.

Sa tante fit un demi-tour serré et accéléra pour gravir la petite pente.

— C'est la fête ce soir, *unna oabbá* !

Leurs yeux se rencontrèrent dans le rétroviseur et sa tante lui adressa un clin d'œil.

— Tu sais bien qu'on ne reste pas ce soir, répondit la mère d'Elsa.

— On dirait une retraitée. Tu pourrais quand même rester pour la fête.

— C'est impossible, tu le sais bien.

— Voilà ce que c'est d'épouser un éleveur de rennes. C'est comme si tu étais célibataire quatre-vingts pour cent du temps, frangine.

La tante d'Elsa éclata de son rire rauque et tapota sa sœur sur l'épaule.

— Je plaisante !

— Ha ha. Très drôle.

Angela redoubla de rire.

— Mais sérieusement, Marika, elle a ses grands-parents paternels. Elle aurait pu rester avec eux ce soir.

Elsa écrivit *merde* dans le givre de la vitre. Son index était tout engourdi. Grands-parents paternels. Ça faisait bizarre de les entendre nommés ainsi. Elsa savait qu'*áhkku* avait proposé de la garder, mais elle n'osait pas le dire à sa tante. Sa mère devait avoir ses raisons.

Sa tante était différente, elle ne ressemblait à personne de la famille. Pas d'enfants, pas d'homme. Ou plutôt, trop d'hommes. C'est ce qu'Elsa avait entendu dire. Le pire, c'était quand on murmurait qu'aucun d'entre eux n'était resté assez longtemps, c'est pour ça qu'elle n'avait pas eu d'enfants, et maintenant c'était trop tard.

Arrivées devant l'immeuble, les deux sœurs se serrèrent dans les bras et *enná* souhaita un joyeux anniversaire à Angela. Elsa ne pouvait s'empêcher de fixer les ongles multicolores de sa tante, aux extrémités pailletées. Ils étaient tellement longs ! Comment faisait-elle pour se servir de ses mains ? Angela lui pinça les joues et déposa un baiser sur son front. Même ses mains sentaient le parfum, un peu comme de la glace à la vanille.

Son appartement était situé au deuxième étage d'un bâtiment de trois étages en brique agrémenté de balcons bleus. Les murs blancs étaient couverts de tableaux et la lampe du salon ornée de plumes ondoyantes. Les tapis de l'entrée et de la cuisine étaient gris, mais celui du salon était mauve et si moelleux qu'Elsa ne put s'empêcher d'ôter ses chaussettes pour sentir ses orteils s'enfoncer dedans.

Sa mère et sa tante restèrent dans la cuisine. Au bout de quelques instants, le fouet électrique se mit en marche. Il était temps de se lancer dans la pâtisserie. Même si sa tante disait que ce n'était pas la peine, qu'elle avait acheté un gâteau à la mousse au chocolat au supermarché.

Elsa s'allongea sur le canapé, s'emmitoufla dans une grande couverture blanche et soyeuse, enfouit sa tête dans un coussin rose. Tout était doux sous ses doigts. Elle entendit sa mère se plaindre de l'odeur de la poubelle, puis la porte claqua. Sa tante la rejoignit aussitôt dans le salon, et se glissa dans le canapé à côté d'Elsa qui ne put s'empêcher de glousser.

— Je pourrais passer la journée là, murmura Angela.

— Moi aussi.

Elsa avait une boule dans la gorge. Elle déglutit et s'agrippa à sa tante, laquelle rit un peu puis la serra aussi fort dans ses bras. Elles restèrent allongées en silence. C'était injuste qu'elle soit si seule, qu'elle n'ait pas d'enfants pour lui chanter « joyeux anniversaire ». La porte d'entrée s'ouvrit et se ferma de nouveau. Sa tante sourit et tira la couverture sur leurs têtes. Elles entendirent le soupir et les semelles dures d'*enná* contre le sol du salon, mais celle-ci les laissa tranquilles. Bientôt le batteur électrique recommença à vrombir.

Elsa voulait parler à sa tante de son goûter d'anniversaire, le jour où elle avait fêté ses huit ans et que personne n'était venu. Qu'elle aussi s'était sentie seule. Personne n'avait osé participer parce que sa mère avait appelé tous les parents pour dire qu'Elsa avait vomi pendant la nuit. De toute façon, elle n'avait convié aucun camarade de classe. Sa mère avait froncé les sourcils mais Elsa avait insisté : elle ne voulait inviter que ses cousins. Tout ça pour que personne ne se déplace, alors qu'elle ne vomissait même plus. Pourtant, à quinze heures précises, on avait frappé à la porte. Un petit rythme musical. Elsa et sa mère s'étaient figées et regardées avec étonnement. Lasse était entré. Avec un chapeau de fête doré sur la tête et un autre à la main. Sans un mot, il avait avancé, avait attaché le couvre-chef pointu sur la tête d'Elsa, lui avait donné une chiquenaude sur le nez avant de lui faire une révérence.

— Une princesse sans chapeau n'est pas une vraie princesse ! *Ollu lihkku ráhkis* Elsa ! Joyeux anniversaire !

Sur quoi il avait sorti de sa poche de manteau un petit paquet rose à rubans dorés qu'il lui avait tendu. De l'autre poche, il avait tiré un masque chirurgical pour lui.

— Je l'ai emprunté à mon dentiste. Pas parce que j'ai peur de tes microbes, mais pour te protéger des miens.

Elsa pouvait réciter ses répliques comme celles d'un film.

Dans le paquet qui venait d'Anna-Stina, ce que Lasse en toute honnêteté avait concédé, se trouvait la bague en argent qu'Elsa désirait le plus au monde. Quand *enná* avait apporté le gâteau, Lasse avait renversé des paillettes sur toute la table. Ça brillait, ça se répandait par terre et sur les genoux d'Elsa qui hurlait de rire. Il en avait versé dans ses cheveux aussi, pour faire bonne mesure.

Tout l'après-midi, il avait raconté des histoires qui n'étaient sans doute pas tout à fait vraies, mais qui avaient fait rire sa mère aux larmes. Elsa ne l'avait jamais vue rire ainsi. C'était comme une autre mère. Et celle-là, elle aurait voulu la garder pour toujours.

18 – *Gávccenuppelohkái*

Quand Nils Johan et Marika s'étaient mariés, ni Elsa ni Mattias n'étaient encore de ce monde. Elsa savait pourtant tout de cette journée. Elle avait poussé sa mère à la lui raconter dans les moindres détails. Et à mesure qu'elle avait grandi, les questions s'étaient multipliées. Maintenant, quand elle y pensait, c'était presque comme si elle avait été présente.

Le jeune couple avait installé de grands barnums au milieu du village pour accueillir les cinq cents invités. L'église était trop petite pour recevoir tout le monde mais, sous les tentes, la nourriture ne manquait pas, et la mère d'Elsa avait serré la main d'une multitude de personnes qu'elle rencontrait pour la première fois. Elle ne s'était pas mariée en blanc, mais pas non plus en kolt. Elle n'osait pas. Elle s'était fait confectionner une robe qui ressemblait à un kolt. Une étoffe bleue rehaussée de fins liserés rouges et jaunes sur l'ourlet de la jupe, l'encolure en V et l'extrémité des manches. Ce n'étaient pas les larges rubans des kolts de la famille de son père, mais un style aussi semblable que possible. Il ne s'agissait pas seulement de respecter les règles, il fallait à tout prix éviter de blesser sa propre famille dont certains membres avaient depuis longtemps tourné le dos à leur nom de naissance et à leurs racines. Or, chaque fois qu'Elsa interrogeait sa mère à ce sujet, elle se contentait de répondre : « C'était comme ça, c'est tout. »

Siessá, qui était devenue comme une sœur pour elle, avait lustré le *risku* et l'avait épinglé au milieu de sa poitrine. Elsa adorait cette partie du récit, quand *enná* parlait de la broche qui tintinnabulait au moindre mouvement, soulignant à quel point elle était fière et heureuse que cette petite musique l'accompagne comme elle accompagnait toutes les femmes de la lignée de son promis. Son *risku* était petit et très seyant, alors que les femmes venues de Norvège septentrionale portaient les plus grandes broches, les kolts les plus brillants ornés des plus larges rubans.

La famille d'*enná* disparaissait au milieu de toutes ces couleurs. Installée au premier rang du côté gauche de l'église, elle était soutenue par des parents plus éloignés assis sur les deux bancs suivants. Comme une petite tache grise dans un océan de bleu et de rouge. Reste qu'ils gardaient le dos droit, fiers et émus. On aurait pu débattre de manière virulente de qui valait mieux que qui, mais ce jour-là, tout le monde se contenta de ce qui était. *Enná* aussi. Bien sûr, il y eut des messes basses dans les rangs. On ne pouvait jamais satisfaire tout le monde. Quelqu'un avait demandé à Marika si elle savait à quoi elle s'engageait. « C'est lui », avait-elle répondu, c'était Nils Johan et personne d'autre. Ils avaient dansé toute la nuit et, au petit matin, avaient traversé le village main dans la main.

Elsa avait vu des photos du mariage et s'était renfrognée : sa mère aurait pu l'attendre ! C'était la plus belle fête de tous les temps, le genre de fête que seule la famille de son père organisait. Elsa avait participé à d'autres grandes réunions de famille, vêtue d'un kolt flambant neuf, les lacets serrés bien fort autour de ses mollets, les broches épinglées à un châle placé au millimètre près. Elle voulait que ce soit comme ça et pas autrement.

Debout dans l'encadrement de la porte, Elsa regardait le salon de sa tante. Les fêtes du côté paternel et du côté maternel étaient tout bonnement incomparables. Certes, mamie portait son beau chemisier à fleurs et papi un jean noir au lieu de son habituel pantalon bleu, mais c'était sans commune mesure avec ce que pouvait être une réunion de famille. Elsa aurait voulu porter son kolt à fleurs, mais chaque fois qu'elle envisageait d'enfiler un *gákti* pour un anniversaire en ville, le visage de sa mère se figeait et elle feignait de ne pas entendre. Les fêtes en ville pouvaient être réussies, on pouvait s'y amuser, mais elles étaient tout simplement différentes. Une fête de famille, c'était bien plus que du vernis à paillettes.

D'un signe de la main, la tante d'Elsa l'invita à la rejoindre. Bien qu'elle fût trop vieille pour ça, Elsa alla s'asseoir sur ses genoux. Toutes deux pouffèrent de rire et s'emmêlèrent les bras en essayant de manger du gâteau. Sa langue avait cessé de lui jouer des tours, et Elsa jonglait lestement entre le suédois et le sami.

Il y avait ses grands-parents, les cousines de sa tante et de sa mère, leurs tantes et un oncle. Heureusement que son père n'était pas venu – lui et l'oncle de sa mère finissaient toujours par se regarder de travers. Ils ne pouvaient s'empêcher de parler de rennes, de salage de route, de chasse ou de terres. On aurait dit qu'il y avait du fil barbelé dans l'air.

Sa tante regarda l'heure pour la dixième fois. Elle fit descendre Elsa et se mit à ranger les plats et les assiettes. Papi éclata de rire et dit :

— Tu veux déjà nous mettre à la porte ?

Ils n'avaient même pas chanté « joyeux anniversaire » ; Elsa trouvait cela triste à mourir. On ne peut pas fêter un anniversaire sans chanter, et l'idée que sa tante se soit réveillée toute seule ce matin et soit restée seule jusqu'à l'arrivée d'Elsa et de sa mère lui était insupportable. Elsa entonna un « joyeux anniversaire », mais pas assez fort pour que le brouhaha s'arrête. Elle contracta le ventre, sa voix gagna en puissance et enfin ils se turent puis l'accompagnèrent. Sa tante déboula de la cuisine et s'exclama :

— Oh là là, *unna oabbá* !

Elle prit Elsa par la main tandis que la chanson se poursuivait. Ils terminèrent par quatre « hourra », sa tante se courba dans une profonde révérence et éclata de rire.

Voilà. Maintenant, Elsa pouvait rentrer chez elle sans un pincement au cœur. Mamie la prit dans ses bras, palpa ses maigres clavicules et soupira. Elle lança à sa fille des regards auxquels cette dernière ne répondit pas.

— Quand reviendras-tu dormir chez nous ? Ça fait longtemps, dit mamie en tressant les cheveux d'Elsa.

— Bientôt.

Mamie entoura le poignet d'Elsa de sa main ; son pouce et son index se touchaient sans problème. Elle fronça les sourcils.

— Tu n'as que la peau sur les os.

Elsa regarda son poignet et essaya de faire le tour de celui de sa grand-mère de la main, mais elle arrivait à peine à la moitié. Elle lui faisait penser à une brioche tout juste sortie du four, chaude, douce et enveloppée d'une odeur sucrée.

Sa mère lui caressa le bras.

— Elle est exactement comme moi enfant, tu ne te rappelles pas ? dit-elle.

— Oui, et tu es toujours aussi maigre. C'est pour ça que tu es plus ridée que moi.

Mamie éclata de rire, faisant tressauter son ventre rebondi. *Enná* lui tira la langue, mais ne put s'empêcher de sourire.

Elsa avait sommeil, la douceur des bras de sa grand-mère l'avait apaisée plus d'une fois. Elle cligna des paupières, tenta de résister, mais dut fermer les yeux.

Sa mère et sa grand-mère attendirent que sa respiration devienne calme et régulière.

— Je crois qu'elle a pleuré sous la couverture aujourd'hui, murmura sa tante en passant.

— Tout ce qui s'est passé ces derniers temps… C'est beaucoup pour elle.

— Il faut qu'elle puisse parler à quelqu'un du renne mort. Elle a été choquée, c'est compréhensible, dit mamie.

— Si je devais l'amener chez un psy chaque fois qu'on retrouve une bête morte, il faudrait que je prenne un abonnement.

— Vous savez qui est le coupable ?

— La police a refusé de venir. Il y avait des empreintes de motoneige. Je suis sûre qu'on aurait pu les suivre jusque chez lui.

— Tu as maigri, Marika.

— Je ne suis pas plus mince que d'habitude.

— Nils Johan n'aurait pas dû l'amener au commissariat. Il y a du nouveau, d'ailleurs ?

— L'enquête préliminaire a été classée sans suite. Absence de preuves matérielles, comme ils disent.

Les paupières d'Elsa tressaillirent, mais elle resta immobile. Elle devait se rappeler de demander à Anna-Stina ce que signifie l'expression « preuves matérielles ».

19 – *Ovccinuppelohkái*

La Lynx vrombissait à faible régime dans la cour. En entendant le bruit, en humant les effluves des gaz d'échappement, Elsa sentit des picotements d'excitation dans tout son corps. Il ne faisait que moins huit, mais la vitesse rendrait le froid plus intense. Anna-Stina était déjà installée sur le traîneau que Lasse avait fixé derrière sa motoneige. Il plaisantait comme d'habitude et faisait sourire *enná*. Elsa enfila ses gants en cuir et sa mère noua joliment sous son menton les lanières de son bonnet. La fourrure de renard caressait ses joues, son front et son menton. Sa combinaison de motoneige commençait à être un peu petite ; les jambes de pantalon remontaient au-dessus de ses malléoles.

— Ne va pas trop vite, dit *enná*.

— Makki, voyons… C'est le but !

Lasse était le seul à appeler *enná* « Makki » – il faut dire qu'il attribuait des surnoms à tout le monde, sans qu'on lui ait rien demandé.

Elsa se blottit contre Anna-Stina. Elles étaient assez petites pour tenir toutes les deux et elles pouvaient étendre les jambes devant elles. Elsa avait déjà des fourmillements au creux du ventre. Elle s'agrippa fermement à la peau de renne. Il ne fallait pas s'accrocher aux bords du traîneau au risque de s'écorcher les doigts sur des congères acérées.

Lasse démarra et s'engagea sur le lac glacé, mais n'emprunta pas la piste vers l'enclos. Il poussa le levier d'accélération. Elsa et Anna-Stina, plaquées contre le dossier, hurlaient de rire. La motoneige fila sur la glace, dessinant de grands arcs de cercle le long de la rive, là où les barques en plastique mouillaient en été.

À intervalles réguliers, Lasse jetait un coup d'œil par-dessus son épaule pour s'assurer que les fillettes étaient toujours là. Anna-Stina le saluait de la main, l'exhortait à accélérer : elles le supporteraient sans problème. Il s'exécutait, la neige jaillissant de part et d'autre du traîneau. Il choisit l'une des pistes les plus étroites qui menait vers la forêt de l'autre côté du lac. Là-bas on ne pouvait pas aller aussi vite et il fallait placer les bras devant le visage pour se protéger des branches cinglantes des bouleaux. Elsa ferma les yeux, par précaution. Le traîneau bondissait et elles gloussaient, ravies des cahots. Bientôt la motoneige descendit sur un deuxième lac et accéléra de nouveau.

Ils traversaient une parcelle de forêt dense lorsqu'ils entendirent une autre motoneige qui approchait. Elsa tourna la tête. Mattias. Elle reconnaissait sa posture. Debout, les bras tendus, un genou sur le siège quand il effectuait un virage à marche forcée ou se dégageait d'une profonde couche de neige. Anna-Stina écarquilla les yeux et esquissa un grand sourire. Lasse et Mattias échangèrent des rictus de satisfaction. L'une des plus grandes étendues de glace s'étirait devant eux. Ils iraient à toute allure. Ils faisaient toujours la course.

Anna-Stina et Elsa essayaient de se tenir les mains, mais leurs gants en cuir raides rendaient la tâche difficile. Elsa décida de s'accrocher au cadre du traîneau malgré tout – sur la glace il n'y avait pas de congères. Anna-Stina fit de même et toutes deux retinrent leur souffle. Les engins filaient côte à côte, moteurs hurlants. Le bout du lac approchait et manifestement aucun des deux ne voulait laisser l'autre gagner. Elsa souhaitait que Mattias triomphe, elle souhaitait le voir heureux. Il finit effectivement premier, leva un poing en l'air et poursuivit son chemin entre les sapins et les bouleaux, la main plus légère sur l'accélérateur.

Lasse le suivit, un peu trop vite. Il sortit du sentier, s'engagea dans la poudreuse, négocia le virage en penchant son corps d'un côté pour que la motoneige ne se coince pas dans l'épaisse couche de neige. Il réussit son coup et dépassa Mattias. La clairière suivante était une zone de coupe blanche, qui pansait ses plaies sous la couverture neigeuse. Il y avait peu de traces de motoneige ; les garçons s'aventuraient rarement aussi loin avec Elsa et Anna-Stina. Aucune des deux ne reconnaissait les lieux, elles qui pourtant se repéraient partout. Elles regardaient autour d'elles, tentaient de dessiner des cartes mentales de ces nouveaux territoires. Une branche de bouleau fouetta la joue d'Elsa. Avec un gémissement, elle plaqua son gant froid contre sa peau endolorie.

Ça cahotait sur le sol irrégulier de la parcelle. Mattias accéléra ; Lasse ne pouvait pas foncer aussi vite avec le traîneau. Elsa avait l'impression que ses viscères ricochaient dans son corps et que son dos se révoltait, mais elle refusait de se plaindre. Anna-Stina aussi paraissait prendre sur elle. Mattias fit un grand demi-tour et vint se placer à côté de Lasse. Ils gesticulaient, indiquaient du doigt une direction, et ils choisirent une autre piste pour motoneige. Apercevant des creux dans la neige, ils ralentirent pour les observer. Des rennes avaient dû s'allonger là. Il semblait à Elsa qu'ils avaient formé des sentiers en marchant entre les différents lieux de repos, comme une maison avec plusieurs chambres. Les bêtes leur appartenaient peut-être – des rennes égarés qui n'avaient pas réussi à regagner l'enclos.

Le jeu était fini. À présent, ils cherchaient les rennes. Ils quittèrent la clairière. S'enfoncèrent dans les bois. Mattias devant, eux derrière. Les deux motoneiges s'immobilisèrent mais les moteurs restèrent allumés. Lasse jeta un coup d'œil en arrière, demandant aux filles de ne pas bouger. Sa voix était si sévère qu'elles n'osaient même pas se regarder.

Lasse s'enfonça dans la neige, emboîtant le pas de Mattias qui avait déjà de la neige jusqu'aux genoux. Elsa se hissa doucement sur le rebord du traîneau et aperçut des bois de renne. La neige n'était pas blanche. Elle était criblée de taches rouges qui s'étaient affaissées et formaient des trous. Anna-Stina se rehaussa lentement de son côté.

— Des intestins, chuchota-t-elle. Regarde !

Elsa s'agrippa au traîneau et s'assit, le dos bien droit. Anna-Stina lui décocha des coups de coude.

— Regarde, enfin !

Elsa refusa d'un signe de la tête et ferma les yeux de toutes ses forces. Anna-Stina se mit à genoux pour voir par-dessus les motoneiges.

— Il y a du sang partout.

Elsa se boucha les oreilles.

— Assise ! éructa Lasse.

Anna-Stina ne lui obéit pas. Au contraire, elle se leva et observa. Ses joues écarlates devinrent pâles. Mattias et Lasse discutaient d'une voix basse mais fébrile. Mattias sortit son téléphone et Lasse esquissa quelques pas prudents dans la neige qui tenait à cet endroit précis. Il ramassa ce qui ressemblait à des sabots. Il retourna vers la motoneige, coupa le moteur, poussa Anna-Stina qui refusait de s'asseoir. Mattias éteignit aussi son véhicule. Le silence se fit, comme si la forêt elle-même retenait son souffle.

Mattias marchait de long en large, prenant des photos avec son téléphone. Pas une seule fois il ne regarda en direction des filles.

Le téléphone de Lasse sonna ; le gazouillis de la sonnerie brisa le silence.

— Au moins deux rennes abattus.

Il cracha son snus.

— Non, la tête n'est plus là. Tout a disparu sauf les entrailles, les bois et les sabots.

Lasse jeta un coup d'œil vers Elsa qui croisa son regard. Il avait soudain l'air pressé. Il démarra la motoneige et marmonna quelque chose au téléphone.

— Vous devez rentrer. Assieds-toi, Anna-Stina ! Toi, Mattias, tu restes. Ils sont en route.

Lasse tenta de reculer, mais la forêt était si dense qu'il ne parvint pas à faire demi-tour ; il n'avait pas le choix, il lui fallait sortir du sentier et contourner le lieu où les rennes avaient été abattus. Il décrivit un cercle serré. Elsa regarda le sang qui avait coulé et s'était changé en glace à la surface de la neige. Les intestins semblaient figés, ils n'étaient pas mous et brillants comme à la maison, dans l'évier, quand sa mère les rinçait pour les remplir de sang de renne et en faire du boudin. Le pire c'était le ramage : on avait tranché le haut de la tête de l'animal. Un lambeau de chair sanglant et durci pendait encore aux bois. C'était un ramage majestueux avec des cors qui devaient s'arquer. Elsa détourna les yeux et contempla le ciel, les cimes des pins. Elle regarda Mattias, à califourchon sur sa motoneige, effondré, la tête baissée.

Anna-Stina avait retrouvé des couleurs et voulait frimer.

— Je t'avais bien dit qu'ils leur ouvrent le ventre. Comme le jour où ils sont repartis avec le faon.

Lasse traversa lentement la clairière, le premier lac, la forêt puis leur lac. Ils y croisèrent le père d'Elsa et Ante. *Isa* écouta attentivement Lasse qui décrivait le lieu, indiquait la direction. Elsa chercha le regard de son père. En vain. Il n'avait d'yeux que pour Lasse. Ensuite, il baissa la visière de son casque, mit les gaz et traversa le lac. Les deux motoneiges disparurent rapidement, mais le vrombissement des moteurs résonna longtemps avant de s'estomper à son tour.

20 – *Guoktelogi*

La police ne se déplaça pas cette fois-là non plus. Elsa comprit vite qu'il était vain d'attendre. Son père se tenait devant la fenêtre de la cuisine et grimaçait en avalant son café brûlant. Assis sur la banquette de la cuisine, Mattias tripotait les franges de la nappe, consultant sans arrêt son portable. *Enná* leur tournait le dos. Elle nettoyait la casserole du dîner. Ses coudes pointaient tels des boucliers acérés.

Elsa ouvrit le réfrigérateur, chercha le gâteau au chocolat qu'elle avait mis de côté. Il avait disparu. Elle aurait voulu hurler sur Mattias.

La pièce baignait dans un silence qui bientôt ne se laisserait plus étouffer. Elsa comprenait parfaitement quand ils voulaient se débarrasser d'elle, pour parler de tout ce qu'elle n'avait pas le droit de savoir. Elle se dirigea à pas de loup vers le garde-manger, s'appuya sur la poignée en cherchant les biscuits. Elle déplaça le craque-pain et le sel, souleva les coquillettes et finit par trouver les biscuits à l'avoine aux marbrures de chocolat. Elle en sortit trois et s'assit sur la banquette à distance raisonnable de Mattias. *Isa* se resservit du café. Mattias, qui ne tenait plus en place, quitta la cuisine en tapant du pied. La tasse semblait fragile et minuscule dans le poing de leur père. Il la vida et la posa à côté de l'évier avant de se diriger à pas rapides vers l'entrée. Il enfonça ses pieds dans ses chaussures. La porte s'ouvrit et se referma.

Enná passa la lavette sur l'évier et l'essora jusqu'à la dernière goutte. Elle traversa la cuisine, ses pas à peine audibles, souleva le tapis, saisit la poignée couleur cuivre et ouvrit la trappe. Après avoir déplié l'escalier escamotable, elle descendit à reculons. Elle fouilla dans la cave en terre battue, et remonta aussitôt. Elsa avait toujours adoré cet espace souterrain, mais *áhkku* avait décidé que la cave, chez eux comme chez Elsa, était l'endroit le plus dangereux du monde. Défense d'ouvrir quelque trappe que ce soit avec un enfant dans la cuisine.

Enná balança le tapis sur la trappe et il fallut quelques instants pour que le relent terreux de renfermé se dissipe. Elle rangea le pot de confiture de myrtilles dans le réfrigérateur et observa longuement les étagères.

— Je vais faire des courses.

La nuit était tombée et Elsa ne voyait, comme d'habitude, qu'une version déformée d'elle-même dans la fenêtre. Mais quand sa mère sortit, l'éclairage illumina la cour. La voiture démarra et s'éloigna en marche arrière.

Le son de rafales de balles lui parvenait depuis la chambre de Mattias. Il prenait une voix plus mature pour donner des ordres à ses coéquipiers.

Elsa avait des crampes d'estomac à cause des biscuits à l'avoine. Elle s'allongea sur la banquette en bois. L'assise s'ouvrait et dans le grand espace de rangement se trouvaient de vieux journaux et des vêtements de pêche. L'abattant était dur comme de la pierre et Elsa sentait ses clavicules et sa colonne vertébrale se presser contre sa peau.

Le chasse-neige passa à plein régime et la lumière orange clignotante balaya les murs de la cuisine. Peu après, un camion déboula dans un bruit de tonnerre.

Par la fenêtre, elle vit le ciel se métamorphoser. Une aurore boréale ! Elle se leva d'un bond, enfila manteau, pantalon de ski, bonnet et gants. Cette fois-ci, elle écouterait attentivement et l'entendrait. La *guovssahasat*.

Elle gravit en courant la haute congère formée par le chasse-neige à côté du fumoir et s'allongea dans la neige. Comme ça dansait au-dessus d'elle ! Les rubans verts, jaunes, mauves, bleu glacé voltigeaient dans le ciel. Pour sûr, elle entendait leurs crépitements.

— Bonjour *guovssahasat* ! s'égosilla-t-elle. Je t'entends.

L'aurore boréale se transforma à toute vitesse, et les vagues épaisses devinrent de fines bandelettes.

— *Guovssahasat !* l'appela-t-elle de nouveau.

Des pas rapides crissèrent sur l'amas de neige et soudain *áhkku* surgit, les yeux écarquillés, la voix perçante.

— Que fais-tu là ? Ça ne va pas de crier ainsi ! Ton père ne t'a pas dit que c'était strictement défendu ? Que ta mère ne comprenne pas, c'est une chose, mais ton père…

Elle attrapa sa petite-fille et l'obligea à se lever.

— Mais…

Áhkku la traîna jusqu'au bas de la congère, les yeux rivés au sol, et ce n'est qu'une fois chez elle que sa grand-mère put prononcer le nom de l'aurore boréale.

— Tu n'as tout de même pas sifflé ou fait des signes de la main ?

— Quoi ? Non.

— Il ne faut pas manquer de respect à l'aurore boréale, tu dois comprendre ça. Tu ne peux pas hurler ainsi ! C'est dangereux.

Elsa fixait le sol. Dangereux, c'était le mot préféré d'*áhkku*. Beaucoup de choses représentaient un danger ou un péché. Elsa ne savait pas bien si c'était Dieu, cette fois, qui avait décidé du danger.

— Il ne faut pas narguer les aurores boréales. On ne doit même pas sortir les regarder.

— Je trouve ça beau.

— Elles n'augurent rien de bon. Au contraire.

— Je veux rentrer.

— Vas-y. Mais ne regarde pas le ciel, compris ?

Elsa acquiesça, ouvrit la porte et courut jusque chez elle. Les sanglots brûlaient sa poitrine.

21 – *Guoktelogiokta*

Mattias posa ses écouteurs sur le bureau. Ses oreilles chauffaient, son cuir chevelu était trempé de sueur. Son pouls demeurait élevé, même une fois la partie terminée. Il avala un soda à grosses goulées, vida la bouteille. Tuer, tirer et gagner l'avait aidé. Mais cela ne suffirait pas longtemps. Il s'empara de son portable et envoya un SMS à Lasse. Il avait besoin de prendre l'air, de fumer une cigarette. Le téléphone émit un bip. Il souffla, ôta son tee-shirt humide et enfila un sous-pull noir à manches longues.

Dans la cuisine, il goba quelques tranches de saucisse fumée froide trouvées dans le réfrigérateur. Il sentit le regard d'Elsa dans son dos. Elle était assise sur la banquette, à se tresser les cheveux. Il aurait aimé lui demander comment elle allait, mais il n'en avait pas la force. Il avait besoin de sortir, de s'éloigner des autres. La rage bouillonnait en lui, comme une cocotte-minute. Son père partait en douce tous les jours. Il appelait la police, se renfrognait quand elle ne venait pas, puis prenait la poudre d'escampette, sans un mot. Mattias n'avait pas envie de le voir comme un pleutre, il voulait que son vieux tape du poing sur la table, dise : « Merde, on en a assez bavé ! Maintenant vous rappliquez ! »

Où tu vas ?

— Faire un tour avec Lasse.

— Je ne pourrais pas vous accompagner, des fois ?

Il lui décocha un regard las.

— Non.

Il voulait Lasse pour lui tout seul.

Un coup de klaxon résonna dans la cour. Elsa bondit sur ses pieds et fit de grands gestes par la fenêtre. Un appel de phares lui répondit. Elle agita les deux mains dans un adieu puéril, jusqu'à ce que la voiture disparaisse en zigzaguant dans la neige.

Merde ! Il n'aurait peut-être pas dû la laisser toute seule. Leur vieille serait folle de rage quand elle le découvrirait en rentrant.

— Il me faut une clope. Et à boire, dit-il en tambourinant de la main droite sur son genou.

Lasse regardait fixement la route.

— Je n'ai rien à boire.

Il mentait, Mattias le savait mais n'osait pas insister.

— Où tu veux aller ?

— N'importe où, pourvu qu'il se passe quelque chose.

Lasse appuya sur l'accélérateur et Mattias éprouva une sensation de vide au creux de l'estomac. Lasse ne lâcha la pédale qu'en arrivant à la station-service du village voisin. Le kiosque de vente à emporter était fermé, plongé dans le noir. Ils baissèrent les vitres et allumèrent chacun une cigarette. Mattias garda la fumée dans ses poumons. Puis la laissa doucement s'échapper.

— On est samedi, enfin. Il doit bien y avoir une fête quelque part.

Il voulait motiver Lasse, s'agiter, occuper son esprit. Boire, anesthésier son corps, apaiser un peu la rage qui l'habitait. Il mit la radio à fond, faisant vibrer toute la voiture, et se tourna vers Lasse, espérant la bonne réaction. Lasse secoua la tête, mais il sourit et cria :

— Je trouve que tu fais trop la fête ces derniers temps.

— Quoi ?

Mattias exécuta un geste théâtral, la main en corolle autour de l'oreille.

— Je ne t'entends pas.

Lasse baissa le volume, allongea d'un cran le dossier de son siège et souffla la fumée par la fenêtre.

— Je suis inquiet pour les filles, dit-il après un long silence.

— Lesquelles ?

Mattias envoya valser son mégot d'une chiquenaude.

— Elsa et Anna-Stina.

Il soupira et reposa le crâne contre l'appui-tête. Putain ! Même avec Lasse il n'y échappait pas.

— Elles s'en remettront, répliqua-t-il, renfrogné. Passe-moi une autre clope.

Voyant que Lasse ne sortait pas son paquet immédiatement, il fut pris d'un doute. Il ne voulait pas avoir l'air de faire la gueule, c'était juste qu'il souhaitait oublier ces histoires de merde l'espace de quelques heures. Il jeta un regard en biais à Lasse, essayant de trouver un truc amusant à dire, mais le silence régnait. Tous les deux suivirent des yeux l'Audi noire qui traversa le village en coup de vent, laissant dans son sillage un nuage de neige et de fumée.

— La vache ! Il roulait à plus de cent cinquante… C'était qui ?

Lasse haussa les épaules, mais lui tendit enfin son paquet de cigarettes.

Passer du temps avec Lasse était un privilège – monter dans sa Volvo, fumer. Ou bien ouvrir une bière près de la rivière quand ils pêchaient. Lasse avait des amis de son âge, Mattias aussi, mais ils étaient attirés l'un vers l'autre. En tout cas quand Lasse était là. C'est lui qui dictait les conditions – après tout, il possédait la voiture. La liberté. L'été ils étaient égaux, sur leurs motocross. Mattias aimait se vanter auprès de ses cousins chaque fois qu'il voyait Lasse. Il exagérait souvent le nombre de bières qu'ils avaient avalées. Lasse ne lui en donnait jamais plus d'une, à la rigueur deux. Et toujours après que Mattias eut insisté lourdement, eut promis qu'il n'était pas ivre. La version racontée à ses copains était bien différente.

— Tu sais que moi aussi je me sens comme un grand frère pour Elsa et Anna-Stina. C'était affreux aujourd'hui, vraiment affreux.

On pourrait le buter, fit Mattias. On sait qui tue les rennes.

Une étincelle dans les yeux, il n'avait pas le courage d'en dire davantage tout de suite et attendait que Lasse prenne le train en marche. Ils avaient déjà eu cette conversation. Ils en plaisantaient et Lasse le faisait parfois rire à en avoir mal au ventre.

— Je vais pisser.

Lasse s'approcha de la première congère, faisant fi des maisons à proximité. Peut-être allait-il laisser sa signature dans la neige. « Dans le village, les chiens et moi on pisse pour marquer notre territoire », riait-il souvent. Mais seulement quand ils avaient bu.

Mattias jeta un coup d'œil à son portable, envisagea d'appeler quelqu'un d'autre. Lasse n'était clairement pas d'humeur festive. Il envoya un SMS à Linus.

Lasse se laissa tomber lourdement sur le siège conducteur. Il louchait encore plus que d'habitude. Le portable de Mattias émit un bip.

— Il y a une fête chez Linus. On y va ?

— Non, tu ne me feras pas frayer avec des gamins ce soir. Ni aucun soir, d'ailleurs.

Lasse passa la première vitesse et fit tourner la voiture en rond. Mattias sentit la nausée poindre, mais le laissa continuer ses tours. Il était soulagé que Lasse ne le classe pas dans la catégorie des gamins. Ou peut-être que si ?

Lasse arrêta de tourner et Mattias déglutit.

— Sinon on a qu'à faire autre chose ?

— Je te dépose.

Lasse mordilla sa lèvre inférieure et garda le silence jusqu'à leur arrivée à la maison des parents de Linus. Mattias décrocha sa ceinture. Il voulait y aller et en même temps rester.

— Comment tu vas rentrer ?

Lasse affichait une expression interrogative. Mattias commençait à lui taper sur le système. Il le voyait à son regard.

— Bah, je dormirai là. Ou bien quelqu'un viendra en voiture.

— Ça va aller alors ? Je veux dire, par rapport à ce qui s'est passé aujourd'hui.

Mattias écarta les bras et sourit.

— Ce n'est pas la première fois qu'on voit ça. Il faut tourner la page.

Lasse le regarda, l'air déçu. Ou agacé, peut-être ? Mattias avait du mal à déchiffrer son expression dans le noir.

— C'est samedi et je compte bien m'amuser ! Pas penser à ça.

— Tu n'es pas toujours obligé de jouer au dur.

Mattias sursauta. Il eut un rire qui sonnait faux.

— Je suis comme ça. Rien à y faire.

Il banda un biceps sous son manteau avec un sourire moqueur.

— Bon, soupira Lasse. D'accord.

Mattias ouvrit la portière et se tint debout à côté de la voiture. Il voulait prononcer une phrase qui forcerait le respect de Lasse, mais dans sa tête c'était le vide. Alors il esquissa un salut militaire et referma la portière.

De la musique s'échappait de la maison et il espérait du fond du cœur qu'il y aurait de la bière. Lasse klaxonna trois fois en descendant la pente qui menait à la route.

22 – *Guoktelogiguokte*

Ils avaient tous patienté, parfois demandé prudemment si elle souhaitait les accompagner à l'enclos. Depuis le jour où Nástegallu avait été retrouvée morte, Elsa n'était plus allée nourrir les rennes avec eux. Par conséquent, lorsqu'elle chaussa ses skis, ce matin-là, ses parents se regardèrent sans rien dire. La veille, ils avaient attendu en silence la police qui n'était jamais venue.

— Je vais peut-être skier jusqu'à l'enclos, dit-elle.

— Tu ne veux pas venir avec nous plus tard ? s'enquit *enná*.

Elsa la fixa, prise de doute. Elle voulait que tout s'arrange, leur faire plaisir, et ne pas penser aux événements de la veille.

— C'est très bien. Je suis très contente, *unna oabbá*, poursuivit sa mère d'une voix un peu trop grêle.

Les bras d'Elsa tremblaient lorsqu'elle empoigna les bâtons et glissa sur quelques mètres dans la cour. Elle ne reproduirait pas la même erreur. Cette fois, elle sifflerait ou chanterait à tue-tête en approchant. S'*il* était là en train de tuer un autre renne, *il* l'entendrait et s'enfuirait immédiatement.

Mattias avait soulevé le capot de la motoneige et ses doigts étaient maculés de noir. Pourvu qu'il ait entendu qu'elle était en route pour l'enclos… Elsa se rappelait son sourire quand il avait gagné la course contre Lasse, juste avant qu'ils découvrent le lieu où les bêtes avaient été tuées. Elle n'espérait rien de plus que de voir son visage s'illuminer à nouveau. Mais elle n'osait pas lui parler, elle serait trop déçue s'il ne s'intéressait pas à elle.

Elsa sortit de la cour, se faufilant entre les branches hirsutes qui dépassaient de la couche de neige ; dans la petite descente qui donnait sur le lac, il fallait contracter les cuisses pour garder l'équilibre. Le sentier formé par les empreintes de motoneige était glacé par endroits ; elle dérapait et tenta donc de skier à côté de celui-ci. La neige était presque assez solide, mais quand Elsa commença à s'enfoncer tous les deux mètres, elle décida qu'il valait mieux revenir sur le tracé. Les bâtons ne se plantant pas dans la glace, il était difficile de pousser, mais si elle y parvenait, il suffisait alors de deux ou trois impulsions pour prendre de la vitesse. Les températures de la nuit précédente, au-dessus de zéro, avaient surpris tout le monde, mais à peine la neige avait-elle commencé à fondre qu'elles étaient redevenues négatives. *Áhkku* savait très bien de quoi il s'agissait – la Bible était apparemment très claire au sujet des tempêtes, du froid, des canicules et du feu qui allaient ravager la planète. *Isa* secouait la tête, évoquant la menace climatique.

Heureusement que les rennes se trouvaient dans l'enclos. La couverture neigeuse, une fois transformée en glace, les empêchait de paître, raison pour laquelle les éleveurs avaient finalement choisi de les nourrir pendant un certain temps au lieu de les laisser en liberté. La décision avait été prise après l'année où la famine avait emporté tant de leurs bêtes qu'*isa* en avait eu le cœur brisé. Sans compter les gloutons. Anna-Stina lui avait de bon cœur parlé de ces mammifères capables de courir encore plus vite sur la neige gelée et de sauter sur le dos des rennes pour leur mordre le cou. Juste pour s'amuser. Parfois ils n'avaient même pas faim, ils étaient simplement assoiffés de sang après la chasse. Les éleveurs retrouvaient alors leurs animaux à demi morts, la nuque arrachée, exhalant leur dernier souffle, les yeux emplis d'effroi.

Elsa devait se ressaisir, penser à autre chose. La période estivale, la montagne, l'époque du marquage des faons. Les étés qui pouvaient être si froids qu'ils devaient superposer deux doudounes, ou bien les étés où la chaleur était telle, tout à coup, que les rennes parvenaient à peine à se mouvoir. *Áhkku* annonçait alors, d'un ton sentencieux, qu'on n'avait jamais vu ça auparavant. La mère d'Anna-Stina disait souvent qu'on ne devait pas trop écouter les chrétiens. S'il y avait bien quelqu'un qui le savait, c'était elle, car sa tante était une laestadienne[1] à la foi profonde qui faisait son possible pour effrayer ses neveux et nièces avec ses discours sur l'enfer et le péché. Lorsqu'il arrivait qu'Elsa répétât les paroles d'*áhkku*, Hanna les discréditait et, chaque fois, Elsa se sentait apaisée. Si *áhkku* insistait, Hanna pouvait envoyer Elsa et Anna-Stina proposer leur aide pour s'occuper des faons. Elles s'exécutaient immédiatement – en aucun cas elles n'auraient pris le risque de perdre cette confiance.

C'est à l'une de ces occasions que son père avait appelé Elsa pour lui annoncer qu'il lui donnerait un faon. Nástegallu. Son père avait déjà choisi la bête. Il avait cherché la mère parmi des centaines de rennes. Jamais Elsa n'oublierait les sensations et les sons de ce jour-là. Le *ruovgat* ou grognement des rennes, les bois qui s'entrechoquent, les cloches autour de leur cou et la vibration à basse fréquence contre le sol, leurs terres, cette vibration qui remontait le long des jambes d'Elsa. Un son qui ne s'apaisait pas tant qu'on gardait le *suohpan*, le lasso, à la main. Les grands rennes qui la frôlaient sur leur passage, le mouvement du troupeau qui ondulait, tournait, tournait, toujours dans le sens inverse de la rotation solaire – déterminé par la force d'attraction de la Terre. *Isa* avait aperçu la femelle et l'avait montrée du doigt, elle s'était approchée, longeant la clôture provisoire en plastique jaune. Près d'elle, le petit, sa tache blanche caractéristique au front.

Dès qu'Elsa avait vu le faon, elle avait su qu'elle n'oublierait jamais son visage. Ses pattes, particulièrement longues, lui permettaient de marcher sans difficulté au même

1. Le laestadianisme est un mouvement conservateur luthérien fondé par Lars Levi Laestadius au milieu du XIXe siècle et particulièrement implanté dans les pays nordiques.

rythme que sa mère. Au premier jet de lasso, ils l'avaient manqué, mais ils l'avaient dans leur champ de vision. La deuxième tentative fut la bonne. La corde s'était tendue et *isa* l'avait aidée à tirer. Le petit bondissait dans tous les sens, comme étourdi. Elsa savait qu'elle devait le calmer, lui dire qu'il retrouverait bientôt sa mère.

La femelle appelait son faon, lequel répondait. Ils l'avaient allongé délicatement et Elsa lui avait murmuré des mots doux à l'oreille, en caressant son poil soyeux. Ce qu'elle avait aperçu dans le regard de l'animal l'avait fait se figer. Son père lui avait demandé de se hâter, il n'avait pas vu ce qu'elle venait de voir. C'était le moment de sortir le couteau de sa ceinture. L'oreille était si petite et molle qu'elle se pliait sous la lame. *Isa* avait entouré la main d'Elsa de la sienne et ensemble ils avaient tracé sa marque, qui était un prolongement de celle de son père. Un filet de sang chaud avait coulé sur sa main. Elle s'était essuyée dans la broussaille, mais le rouge s'était déjà incrusté sous son ongle de pouce. Son faon. Nástegallu. Une petite femelle. Ils avaient lâché prise et l'avaient laissée repartir. Elle avait appelé sa mère et sa mère avait répondu. Elsa avait suivi des yeux leur quête et leurs retrouvailles. Elles étaient pareilles toutes les deux, à présent, appartenaient au même troupeau. Mais ça, elles le savaient déjà.

— *In oamas du, leat du iežat. Leat beare luoikkašin munnje*, avait murmuré Elsa. Je ne te possède pas, tu es à toi, rien qu'à toi. Je ne fais que t'emprunter.

Elle avait entendu Mattias dire cette phrase à un faon et elle l'avait répétée à voix basse tous les soirs avant de s'endormir, pour être sûre de ne pas l'oublier quand ce serait son tour de relâcher le faon.

Elsa prit un mauvais virage et se retrouva les fesses dans la neige, skis croisés. Elle se releva. Elle avait traversé tout le lac. C'était le moment de faire du bruit. Elle pensa à un *joik* bien particulier, mais ce chant lui faisait éprouver tant de peine…

Personne ne savait qu'elle s'entraînait en secret, essayait de trouver sa voix. Elle avait entendu dire qu'*áddjá* entonnait toujours des *joik* dans sa jeunesse, lorsqu'il partait en montagne, mais elle ne l'avait jamais entendu. Du fait de sa religion, *áhkku* avait des avis bien tranchés sur le *joik* et le péché, mais Elsa refusait de croire qu'elle ait pu faire taire *áddjá*. Elle espérait qu'il célébrait toujours ses terres par ses chants.

Elle était entrée dans les bois. Elle commença à voix basse. Effrayée, une pie s'envola de la branche d'un arbre. Elsa donna de la voix, elle était sûre que son *joik* s'entendait jusqu'au village, ou du moins jusqu'à l'enclos. Elle était essoufflée de chanter et skier en même temps. Tout à coup, sa gorge se serra, comme si on l'étranglait. La panique allait croissant et elle fut obligée de jeter ses bâtons pour tâter son cou, s'assurer qu'*il* n'était pas là, qu'*il* ne s'était pas faufilé derrière elle. Elle fit volte-face, s'étala de tout son long, ouvrit la fermeture à glissière de son manteau. Et put de nouveau respirer.

— Ça alors… Ma princesse ! Qu'est-ce qu'il t'arrive ?

Lasse se tenait une vingtaine de mètres plus loin, les bras croisés.

— Je me demandais justement qui entonnait un si beau *joik* ! Même les rennes se sont arrêtés pour écouter.

Elsa détortilla jambes et bâtons, et parvint finalement à se mettre debout, stable.

— Je suis tombée.

— Pas étonnant, tu filais comme une flèche. Viens par ici !

Elle poussa sur ses bâtons et se laissa glisser sur les derniers mètres. Elle percuta Lasse, lequel éclata de rire et fit mine de perdre l'équilibre.

Il ne dit rien du fait qu'elle était de retour, ou qu'ils s'étaient tous inquiétés. Rien du tout, et elle l'aimait pour cette raison. Elle rougit quand cette pensée lui traversa l'esprit. Aimer, c'était un mot lourd de sens, à ne pas employer à la légère.

Elle déchaussa ses skis. Lasse descendit son bonnet sur ses yeux, et elle le remonta en riant.

— Tu arrives à point nommé. Il est temps de charger le traîneau et d'apporter des granulés. Il ne nous reste plus beaucoup de sacs, mais demain on nous en livre vingt tonnes.

Ils se mirent au travail côte à côte, tirant les lourds contenants jusqu'au traîneau. À motoneige, Lasse entra lentement dans l'enclos et Elsa ferma soigneusement la porte avant de grimper derrière, dans le traîneau. Les rennes étaient habitués, ils connaissaient la procédure. Les mangeoires vides devaient être réapprovisionnées. Vite et méthodiquement, elle souleva les sacs, versa les granulés. Ils avaient à peine le temps de repartir que des embouteillages se formaient. Il fallait se battre pour accéder au fourrage, on donnait des coups de bois, des coups de reins. Elsa aurait aimé demander à Lasse de lui montrer la mère de Nástegallu – elle était incapable de la reconnaître. La femelle cherchait-elle son faon ? L'appelait-elle ? L'avait-elle vu se faire attaquer au couteau ? Elsa remplit la mangeoire suivante en repoussant les bêtes qui la frôlaient de leurs bois.

Les rennes sont des animaux taciturnes. Ils ne braillent ni quand on les poignarde ni quand le glouton referme ses mâchoires sur leur nuque, paralysant leur corps. Crier n'est pas dans leur nature.

Elle tendit une poignée de lichen à un renne qui avait été brusquement repoussé par un grand mâle castré. Il sembla la remercier, la regarda droit dans les yeux, et elle en fut presque intimidée. Si l'on a déjà plongé le regard dans les yeux d'un renne et compris, on sait ce qu'on a à faire, on n'a pas le choix. C'est ce que Hanna avait l'habitude de dire et Elsa le savait aussi. Depuis Nástegallu, elle savait. Elle n'oublierait jamais ce regard. Elle s'était confiée à Hanna qui l'avait prise dans ses bras et avait appuyé ses lèvres contre sa tête.

Elsa observait Lasse. Sa façon de sourire et de siffler quand il se trouvait parmi les rennes, sa façon de leur parler et de les repousser si nécessaire, d'une main décidée et pourtant amicale. Comme si les rennes avaient été ses enfants. Elsa espérait secrètement qu'il n'aurait jamais d'enfants à lui, elle voulait rester sa petite princesse pour toujours. Il lui avait promis qu'il n'en aurait pas, il n'avait pas expliqué pourquoi, simplement dit qu'il avait décidé de ne jamais devenir père. Ce secret, il le lui avait confié l'été précédent. Ils étaient assis sur la grande pierre devant l'enclos, le jour du marquage des faons, une brique de jus de fruits tiède à la main. Elsa était au bord des larmes à cause d'une femelle qui courait en rond en appelant son faon, lequel avait succombé durant la nuit. Sans réfléchir, elle avait dit qu'il aurait été préférable que ce soit la maman qui meure, pas le nouveau-né.

— Le faon n'aurait pas survécu sans sa mère, tu le sais, avait dit Lasse. C'est encore pire quand c'est la maman qui meurt.

— Comme quand ta maman est morte alors que tu n'étais même pas adulte ?

Lasse ne s'était pas fâché. Il la laissait dire tout ce qu'elle voulait. Cette fois-là, il l'avait même remerciée et, de son bras libre, l'avait serrée contre lui.

— Tu as de la chance d'avoir Hanna, elle est comme une maman pour toi. C'est la maman la plus gentille que je connaisse.

À peine avait-elle prononcé ces mots qu'elle avait senti un poids, une obscurité au fond de sa poitrine. Si sa mère l'avait entendue ! Elle n'avait pas voulu dire une chose pareille. Mais même là, Lasse ne la regarda pas de travers.

— On peut avoir plusieurs mamans. C'est bien d'avoir une mère en plus, comme Hanna. Tu le sais aussi bien que moi, non ?

Elle ne se rappelait pas ce qu'elle avait répondu.

— Nous, les *váhkar*, nous avons souvent plusieurs mamans.

— Qu'est-ce que c'est, un *váhkar* ?

Il avait éclaté de rire, et le rire avait dissipé le nuage noir qui l'assombrissait.

— C'est le petit dernier, celui qui a des frères et sœurs qui peuvent être beaucoup plus âgés que lui. Le dernier enfant qui arrive comme une bonne surprise pour ses parents. Toi et moi, nous sommes des bonnes surprises.

Elsa s'était mordu la langue pour ne pas révéler ce qu'elle n'avait absolument pas le droit de raconter.

— Le problème avec les petits derniers, c'est qu'ils peuvent se sentir exclus, avoir l'impression d'être moins importants. Sache, Elsa, que ce n'est pas du tout le cas. Je te le promets. J'y veillerai personnellement.

Par la suite, elle s'était demandé si cette conversation avait véritablement eu lieu. Il lui arrivait de mélanger ce qui avait été dit, mais le plus important, au sujet des mamans, elle ne l'oublierait jamais. Assez souvent néanmoins, elle avait un peu mal au ventre en pensant qu'elle avait affirmé que Hanna était la meilleure des mamans. C'était juste que Hanna ne pleurait jamais. Les adultes ne doivent pas pleurer, se disait Elsa.

Lasse accéléra. L'à-coup arracha Elsa à ses pensées. Il manœuvra la motoneige hors de l'enclos et elle referma derrière eux.

Il alluma une cigarette, s'appuya contre le guidon. Elsa rassembla le lichen restant pour former un petit tas qu'elle enferma dans ses mains afin de le lancer dans l'enclos. Il ne fallait pas gâcher. Nourrir des rennes était onéreux, elle le savait.

L'œil gauche de Lasse vagabondait. Elsa se concentra sur le nez de son ami.

— Bon travail, Elsa. Difficile de croire que tu es une princesse tellement tu bosses dur.

Sa cigarette pendait au coin de ses lèvres, ballottait quand il parlait. De la cendre en tomba.

Elsa sourit et fit la roue – elle se sentait tellement bien.

— Tu es aussi une petite gymnaste.

— Tu crois que la femelle qui a perdu son petit cet été en aura un autre cette année ?

— Sûrement. Elle est forte.

Lasse éteignit sa cigarette contre sa grosse chaussure et rangea le mégot dans un paquet qu'il gardait dans sa poche de poitrine. Il se dirigea vers les sacs de fourrage, sembla les dénombrer, les tira, les replaça.

Alors, tu crois qu'on peut rentrer maintenant ?

Elsa plissa les yeux et il soupira.

— Bah, quelle question ! Bien sûr qu'on peut rentrer. Plus personne ne se bat pour la nourriture.

Il se retourna et recompta les sacs.
— Est-ce que la police va venir voir ce qu'on a trouvé ?
Lasse s'immobilisa en plein mouvement, fit volte-face et se dirigea d'un pas rapide vers la motoneige. Il lui tournait le dos.
— Je ne le crois pas.
— Pourquoi ?
— Ils considèrent qu'ils ont des choses plus importantes à faire.
— Quoi, par exemple ?
Lasse rit et renâcla en même temps.
— Tu as complètement raison. Quoi, par exemple ? Tu n'es pas idiote, toi.
Elsa tripotait la fermeture à glissière de la poche de son pantalon. Elle avait retiré ses gants. Au fond de sa poche se trouvait l'oreille qu'elle avait récupérée dans la remise au petit matin. Elle n'aurait pas pu skier sans elle.
— Est-ce que c'est quelqu'un qui a tué les rennes et les a emportés ?
Lasse souleva le capot et farfouilla dedans.
— Qu'en dit ton père ?
Elsa plongea la main dans sa poche, ferma le poing sur le triangle doux. Elle ne répondit pas.
— Hier soir, j'ai suivi les traces à motoneige. Je crois que je vais appeler la police pour dire où elles conduisent. Peut-être qu'ils finiront par venir.
Il ne la regardait pas. Il lâcha le capot et ressortit une cigarette. Son œil dévia.
— Les empreintes allaient-elles jusqu'au village voisin ? demanda-t-elle à voix basse.
Lasse opina du chef et tira profondément sur sa cigarette avant de souffler des ronds de fumée. *Pof pof pof.*
Elle lâcha l'oreille et remonta lentement la fermeture à glissière.
— Pourquoi est-ce qu'il tue nos rennes ?
— Qui ? Qu'est-ce que tu sais de tout ça ?
— Mais… Robert, celui qui…
Elle renifla.
Lasse fuma sa cigarette jusqu'au filtre.

— Ne pense pas à ces choses-là. Laisse les adultes s'en occuper.

La déception fut telle qu'elle se détourna.

Un corbeau passa à tire-d'aile au-dessus de leurs têtes en croassant.

— Un jour on l'arrêtera, on arrêtera toute sa bande. Je te le promets. On ne peut pas s'attaquer à des rennes impunément. Un jour ou l'autre, je te le dis.

Elle jeta un coup d'œil par-dessus son épaule et ils se sourirent.

— Bon ! Tu veux rentrer à ski ou tu montes avec moi ?

— Peut-être que tu peux me tirer ?

— Excellente idée.

Il détacha le traîneau, fixa à la motoneige un câble bleu clair, puis fit une boucle à l'extrémité. Elsa y glissa la main gauche et serra fortement la corde.

— Tu veux aller vite ?

— Oui, aussi vite que tu veux !

Elle contracta les jambes et les abdominaux, fléchit légèrement les genoux, glissa un peu vers l'avant, se préparant à la secousse du départ. Lasse eut beau démarrer en douceur, le filin se tendit brusquement et elle eut l'impression que son bras allait s'arracher. Ils filèrent à travers la forêt. Le lac était en vue. Elle s'était habituée, avait trouvé l'équilibre et l'inclinaison idéale. Elle se rendit alors compte qu'elle avait oublié ses bâtons, essaya de prévenir Lasse, mais il portait des bouchons d'oreilles et l'accélérateur était enclenché. Qu'importent les bâtons, quand on peut voler ! La motoneige fonçait sur la glace en vrombissant et elle était derrière – la princesse la plus rapide du monde, les cheveux au vent. Elle put enfin achever son *joik*, le bruit de la motoneige couvrait et protégeait son secret. Il n'y avait qu'elle, la glace et les lieux qui lui étaient chers.

23 – *Guoktelogigolbma*

La vieille école samie aux murs blancs et l'école municipale grise fraîchement rénovée se dressaient côte à côte dans le hameau voisin. Elles se partageaient le réfectoire et le gymnase. En réalité, aucun des deux établissements n'avait suffisamment d'élèves et ces dernières années, l'école samie avait dû créer des classes à plusieurs niveaux. Elsa avait entendu dire que les politiques projetaient de fermer l'école du village – les élèves iraient alors en car jusqu'à celle de la ville. Elle espérait souvent que ce projet se concrétise, surtout quand elle se dirigeait vers le réfectoire de l'école municipale.

Les dames de la cantine, affublées de tabliers blancs, soulevaient de leurs bras épais et puissants les grands plats remplis de pommes de terre fumantes et de saucisses fumées à moitié crues. Astrid Johansson, elle, n'était plus capable de porter que les petits saladiers en aluminium contenant des carottes râpées, des concombres, des haricots rouges et de la salade flétrie. Et elle en rajoutait. Autour du cou, sa minerve était bien serrée afin que personne ne pût douter de sa souffrance.

Quand Elsa arrivait à la cantine, Astrid la suivait du regard. Elle plaçait souvent une main éloquente sur sa minerve en se lamentant. Il n'y avait pas une seule personne dans toute l'école qui ne sût pas précisément à quel endroit le couple Johansson avait percuté le renne et les conséquences désastreuses pour Astrid. Elle avait même été mise en arrêt maladie pour la première fois de sa vie.

À présent elle était de retour, mais, qu'on se le dise, ça n'aurait pas été possible sans ibuprofène.

Que la voiture eût fini à la casse, tout le monde le savait aussi parce qu'elle était obligée de prendre le car en attendant que son mari jette son dévolu sur un nouveau véhicule. Il fallait en choisir un à l'assise plus haute, de préférence un SUV, pour qu'ils aient une meilleure vue, parce que « la prochaine fois, ce satané renne sera blessé, mais pas eux ».

Quand Astrid, dans la cuisine, déblatérait sur les Lapons et leurs rennes, elle avait plusieurs fois laissé échapper des grossièretés, tant et si bien qu'elle avait été convoquée chez la directrice pour une discussion sur ses choix lexicaux – c'est du moins ce que prétendait la rumeur. Depuis cet épisode, elle refusait le plus souvent d'ouvrir la bouche sur son lieu de travail.

Elsa se servit une portion minuscule – il fallait toujours terminer son assiette. Les rondelles de saucisse étaient si pâles que, rien qu'à les regarder, elle sentait son estomac se soulever. Elle écrasa les pommes de terre, ajouta un peu de beurre qu'elle était parvenue à chiper dans le pot – on aurait presque dit de la purée – et ensuite *hop*, dans la bouche avec la saucisse. Il fallait mâcher rapidement. Elle y parvint et fit descendre le tout avec quelques gorgées de lait. Elle avait des frissons dans le dos.

Elle mangeait seule. Les autres élèves de sa classe étaient assis à une table ronde près de la fenêtre. Même quand celle-ci était au complet, ils préféraient se presser les uns contre les autres que s'installer à côté d'elle. Mais les mercredis et les jeudis, Anna-Stina avait sa pause en même temps qu'elle et elles déjeunaient généralement ensemble. Elles ne discutaient jamais du fait qu'Elsa mangeait souvent seule. Même les enseignants avaient cessé de s'en étonner, ils disaient qu'Elsa l'avait sans doute choisi. Pourtant, quand l'école municipale avait accueilli un enseignant stagiaire, il s'en était fallu de peu qu'il ne déclenchât l'alarme à incendie tant il avait été bouleversé.

— Comment est-il possible que personne n'intervienne quand il est aussi évident qu'une élève est mise à l'écart ?

Ce jour-là, la professeure de travaux manuels se trouvait elle aussi à la table ronde, serrée entre les enfants, et sa bouche avait formé un O de surprise quand le stagiaire l'avait mise au pied du mur. Pour qui se prenait-il, ce Suédois du Sud qui croyait pouvoir éduquer le corps enseignant du village ? Ce n'est pas comme si Elsa était harcelée ! Pas vrai, Elsa ? Le stagiaire avait fini par prendre ses repas à sa table pendant plusieurs semaines, ce qui était presque pire que de rester toute seule. La situation en était d'autant plus criante. Autrement, elle avait une stratégie. Arriver la dernière à la cantine, passer devant la table ronde en s'écriant suffisamment fort : « Oh, vous êtes déjà très serrés, je vais m'installer là-bas. » De cette manière, on ne pouvait pas dire qu'elle était exclue.

Non, elle n'était pas vraiment victime de harcèlement, mais pour une obscure raison, il n'y avait pas de place pour elle. Peut-être parce que certains élèves de la classe faisaient partie de cette famille dont son père ne voulait pas parler. Ou bien parce que sa mère était considérée comme une *rivgu*, chose que les mauvaises langues n'oubliaient pas. Elsa avait entendu murmurer qu'on n'était qu'à moitié sami si un seul de ses parents l'était. À ces occasions, l'envie lui prenait de se lever et de crier que si, le nom de sa mère se trouvait bien dans un livre généalogique !

Elsa s'en sortait. Elle pouvait bien manger en solo trois jours par semaine. C'était sans compter Markus. Les lundis, il entrait nonchalamment avec ses amis braillards. Ses yeux clairs de loup à l'affût. Elle avait exactement quinze minutes pour prendre son repas avant qu'il n'arrive, mais d'après le règlement il fallait rester au moins vingt minutes à table. Elle avalait son déjeuner à toute allure, puis elle surveillait la trotteuse de la grande horloge de l'entrée en attendant de pouvoir déposer son plateau.

Autour de la table ronde, on riait. Quelqu'un avait une moustache de lait. Puis un autre, et les éclats de rire continuaient. Pourtant Astrid ne leur enjoignait pas de se taire, elle semblait plutôt fixer Elsa. Qui fixait l'horloge. Quand le loup entra, il avait lui aussi les yeux rivés sur elle. Mais il fallait faire la queue pour se servir et cette fois il ne parvint pas à doubler tout le monde. Elsa chercha du regard Anna-Stina dans la cour, de l'autre côté de la vitre. Le loup s'approchait de la nourriture et la trotteuse bondissait comme une grenouille tranquille. Les articulations d'Elsa étaient toutes blanches tant elle serrait les doigts autour du plateau. Plus que vingt secondes. Enfin, elle put se lever et repoussa sa chaise avant de se diriger à pas hésitants vers la cuisine, sans tourner la tête dans sa direction. Astrid se tenait dans l'air humide à côté du lave-vaisselle. Ses cheveux, que l'on apercevait sous sa charlotte, étaient mouillés de sueur. Elle tapota sa montre de l'index.

— Il reste encore une minute avant que vous puissiez vous lever.

— Mais l'horloge là-bas...

— Elle avance.

Elle agita devant elle une main molle, rouge et gercée. Elsa était pétrifiée : le loup avait été servi. Il était coiffé de sa casquette en dépit de l'interdiction, mais personne ne le réprimandait. Son jean descendait sous ses hanches. Il riait avec un autre garçon, ils se bousculaient.

Astrid la dévisagea tout en déboutonnant son col, dévoilant un cou écarlate et luisant. Elle se gratta.

Les camarades de classe d'Elsa avaient eux aussi fini de manger. Ils se placèrent devant elle. Elsa, bien qu'ayant terminé la première, se retrouva dernière. Astrid lui tourna le dos, et le lave-vaisselle cracha de la vapeur quand elle abaissa la porte.

Elsa se hâta de sortir, les yeux rivés au sol. Dans le vestiaire, elle percuta la remplaçante, Anette.

— Tu es pressée, dis donc ! lança-t-elle en riant et en lui donnant une accolade.

Elsa huma un léger parfum ; les cheveux d'Anette lui chatouillaient la joue.

— Tout va bien ?

Anette l'examina en détail. Elsa esquissa un sourire figé, mais lui assura que ça allait.

— Je dois juste me dépêcher. C'est à celui qui arrivera le premier en haut de la butte.

Elle n'avait jamais gravi cette grosse congère en courant, mais elle se doutait qu'elle serait plus rapide que les autres. Elle était sûre aussi qu'on la pousserait en bas si elle essayait d'y grimper.

— Vite vite alors ! J'espère que tu vas gagner !

Elsa courut vers la classe en retenant ses sanglots.

24 – *Guokteloginjeallje*

Il n'y avait rien à redire. Les lits étaient faits, toutes les surfaces dépoussiérées, les tapis avaient été plongés dans la neige et reposaient à présent, gelés et raides, sur des sols impeccables. Dans la salle de bain, les joints de carrelage avaient été frottés millimètre par millimètre, le lavabo brillait et le miroir était immaculé. Hanna songea qu'elle pouvait bien s'autoriser à s'asseoir quelques minutes, sans pour autant le faire. Elle replaça bien droit la couverture sur le canapé, réarrangea les photos d'Anna-Stina et caressa en souriant le cliché pris au CP, à l'époque où la dent de lait tombée revêtait une importance plus grande que le kolt. Hanna s'était donné tant de mal pour terminer les franges du nouveau châle de sa fille, et celui-ci se voyait à peine car le photographe avait coupé le portrait à un ou deux centimètres sous le menton. De toute façon, son petit cœur n'avait d'yeux que pour le trou entre ses dents.

Le portrait de Lasse en kolt de confirmation s'était retrouvé derrière les autres clichés dans la bibliothèque. Elle s'arrêta, la photo à la main. Il portait une longue frange pour tenter de masquer son strabisme. Il était maigre et pâle, mais toujours souriant. Il avait adoré le camp de préparation à la confirmation, et s'y était trouvé comme un poisson dans l'eau. Il était la star, la référence, tout le monde voulait être son ami. Son kolt élargissait sa carrure. C'est Hanna qui avait cousu sa tunique, bien sûr. Lasse était pour elle plus un fils qu'un petit frère.

Quand leur mère s'en était allée, suivie de près par leur père, sa présence aux côtés de Lasse avait été une évidence. Leur mère avait été embarrassée de sa grossesse surprise, se trouvant beaucoup trop vieille. Elle avait été une mère trop jeune pour Hanna et trop âgée pour Lasse. Puis elle avait été emportée, à l'improviste, bien trop tôt, par une rupture d'anévrisme, et son père, qui avait près de quatorze ans de plus qu'elle, avait rendu l'âme à son tour, quelques mois plus tard seulement. Quand Hanna repensait à ce printemps, il lui arrivait d'être paralysée par la peine. Lasse avait perdu ses parents. Elle aussi, bien sûr, mais il y a une différence entre une femme adulte avec une famille et un jeune de dix-huit ans, au lycée en ville. Ils avaient tout de même réussi à aller de l'avant. Après les obsèques, Lasse avait cessé de revenir au village le week-end et il ne s'était pas installé chez Hanna et sa famille. Elle l'aurait bien voulu, mais ils savaient tous les deux que c'était impossible. Ce n'était pas elle qui en avait décidé ainsi, et lui ne l'aurait jamais demandé. Elle avait eu tellement honte le jour où il lui avait annoncé qu'il allait se loger en ville après le lycée qu'elle avait été incapable de le regarder dans les yeux. La maison familiale avait été reprise par l'un des frères. Elle s'était disputée avec lui, arguant que Lasse avait besoin d'un toit.

La porte d'entrée s'ouvrit. Elle reconnut ses pas. Il avança dans le séjour et éclata de rire en voyant la photo. Quel petit épouvantail il était !

Le plus souvent, il venait quand Ante s'occupait des rennes. Les deux hommes ne s'entendaient guère, c'était ainsi. Dans ses moments sombres, Hanna pensait qu'il y avait de la jalousie du côté de son mari. Il pouvait prendre un ton sardonique, dire qu'un adulte devait s'en sortir seul. Mais à l'époque, Lasse était au lycée, c'était encore un enfant. Cette année, il allait fêter ses vingt-deux ans, mais ça n'avait aucune importance pour elle.

— Tu m'offres un café ?

Lasse était déjà dans la cuisine. Elle prit une profonde inspiration et lui emboîta le pas.

Une fois que le café fut servi avec le leipäjuusto[1] crissant sous la dent, Lasse commença à tambouriner sur la table. Il tendit le bras vers la radio qu'il alluma.

— Tu dois être la seule au monde à avoir encore une radiocassette.

Il savait qu'elle avait appartenu à leur père, qui l'utilisait pour enregistrer son émission fétiche, un jeu de mots croisés musicaux, lorsque certaines réponses lui échappaient et qu'il avait besoin de les réécouter. Jamais Hanna ne s'en débarrasserait.

Lasse se resservit du café, cessa de tambouriner.

— Je vais peut-être quand même devoir accepter le boulot à la mine.

Il ne leva pas les yeux, et elle tourna le regard vers la cour. Il avait neigé. Elle devrait déblayer de nouveau car Ante n'en aurait pas le temps.

— Et alors ? Ce n'est pas si mal.

Elle formula chaque syllabe dans sa tête avant de prononcer les phrases, pourtant cela parut forcé.

— Ou bien je mise sur Linda...

Celle-ci lui permettrait d'avoir plus de rennes, suffisamment pour que l'élevage soit rentable.

Il rit et frappa la table de ses doigts repliés.

— Si elle veut toujours de moi.

Hanna plongea encore quelques morceaux de fromage dans son café et remua.

— Mais à quoi bon, hein ? reprit-il. Bientôt, les prédateurs et les assassins auront décimé tout son troupeau.

Comme elle ne répondait pas, il grimaça et esquissa un sourire goguenard.

— Qu'en penses-tu, frangine ?

Elle alla chercher la lavette, souleva la tasse de Lasse et essuya le cercle noir laissé par celle-ci.

Il but une gorgée.

— La mine, donc.

Quand son œil gauche dévia, elle voulut placer sa main devant. L'apaiser.

1. Fromage à pâte molle finlandais à base de lait caillé cuit au four que l'on coupe en cubes et plonge dans le café.

— Tu as besoin de l'argent. C'est seulement le temps de l'entretien préventif ?

— Oui, comme d'habitude. On sera nombreux à venir des villages.

L'entretien préventif, le moment où ils stoppaient certaines parties de la production pour des opérations de maintenance dans la mine. Elle savait que Lasse était sollicité. C'était un bon mécanicien.

Il appuya l'un après l'autre les doigts d'une de ses mains contre la paume de l'autre, faisant craquer ses articulations.

— Je resterai peut-être plus longtemps cette fois, j'aurai un poste plus fixe.

Elle vit du coin de l'œil qu'il attendait sa réaction.

— S'il y a bien quelqu'un qui doit vendre son âme au diable, c'est moi, dit-il en souriant de nouveau.

— Ne dis pas de bêtises !

— Tu es peut-être contrariée mais moi je suis content, en réalité. Ça fait beaucoup d'argent. Je vais pouvoir repartir en voyage.

— Tu n'as vraiment pas le choix ?

À peine eut-elle prononcé ces mots qu'elle les regretta. Les paroles d'Ante résonnaient dans ses oreilles. « C'est un adulte, tu n'es pas responsable de lui. Occupe-toi de tes affaires. »

Facile à dire pour lui.

— C'est juste que Nils Johan a sans doute besoin de ton aide.

— Ne t'en fais pas, je ressortirai quand le soleil du printemps sera assez chaud.

Des cris de joie éclatèrent dans la cour. Elsa pourchassait Anna-Stina. Hanna savait que la petite était capable de gagner sur la grande, la rattraper, la dépasser, mais elle ne donnait pas tout.

— Je les plains tellement, dit Lasse.

— Pourquoi ?

— Je n'aurais jamais dû les conduire au-delà de la tour d'observation des élans. Elles n'auraient pas dû voir ça…

— Comment pourrions-nous les protéger ? En partant à la recherche de rennes morts chaque fois qu'elles veulent sortir ? Pour dissimuler les traces ? Tu imagines notre vie !

— La police ne nous a pas recontactés.

— Tu espères encore obtenir justice ?

Hanna se rendit compte du ton cassant qu'elle avait employé, mais il souriait, contemplant les fillettes qui se roulaient dans la neige.

— C'est le bon moment pour descendre dans la mine. De toute façon, il fait noir nuit et jour.

— Où vas-tu loger ?

— Je ferai la navette.

— Combien de temps pourras-tu encore louer la maison au village ?

Il haussa les épaules, sortit son paquet de cigarettes et en fit tourner une entre ses doigts.

— Essaie de ne pas fumer devant les filles.

Il leva les bras au ciel. Son sourire se crispa.

— Non, bien sûr ! Il ne faudrait surtout pas qu'elles voient des choses aussi dangereuses que des cigarettes...

Le lave-vaisselle émit un bip, Hanna se leva pour aller l'ouvrir, la vapeur monta vers le plafond.

— Elle est terrorisée, déclara-t-il.

— Qui ça ?

— Elsa. Je crois qu'elle a vu Robert Isaksson.

Hanna soupira, s'empara du torchon, sortit les tranche-fromage du lave-vaisselle et les essuya.

Au même moment, on entendit piétiner sur le perron et la porte s'ouvrit. Des gloussements leur parvinrent depuis le hall. L'une tomba, les deux rirent aux éclats.

— Du chocolat chaud et des gâteaux ! On est frigorifiées ! cria Anna-Stina.

Elles avaient les joues et le bout du nez roses, et leurs cils scintillaient de neige fondue. Elles se blottirent l'une contre l'autre dans le canapé, en continuant de glousser et de se murmurer des secrets.

Lasse ouvrit les bras et se dirigea vers elles.

— Les princesses du village !

— Pas de câlins, dit Anna-Stina d'un ton décidé en levant un pied.

Les fillettes pouffèrent.

Lasse baissa les bras. Il resta coi un instant puis saisit le pied d'Anna-Stina et *hop*, la fillette se retrouva la tête en bas. Elle poussa des hurlements. Elsa pleurait de rire.

— Arrête ! s'écria Hanna. Tu es complètement fou, tu vas la faire tomber.

— Mais non, fais-moi confiance !

Il descendit Anna-Stina jusqu'à ce que ses mains touchent le sol et elle roula lestement sur le dos. Elle resta allongée, haletante, le visage écarlate.

— Attrape Elsa maintenant !

Lasse lança à la fillette un regard taquin et Hanna vit qu'elle mourait d'envie de se retrouver la tête en bas.

— C'est presque comme Gröna Lund, fit-il pour l'encourager.

— Tu n'es jamais allé dans ce parc d'attractions, protesta Anna-Stina.

— Tu ne sais pas tout.

— *Enná ?*

— Il est allé en voyage scolaire à Stockholm quand il était au collège.

Lasse tendit la main vers Elsa.

— Tu me fais confiance ?

Hanna vit la petite rougir tout en opinant du chef avec sérieux. Lasse serait un père formidable, un jour, c'était évident. Il avait beaucoup de tendresse pour les petits êtres sans défense. Quand leurs parents étaient décédés, en dépit de sa propre peine, il avait été aux petits soins avec Anna-Stina, il l'avait consolée, amusée, toujours attentif aux besoins de l'enfant de sept ans qu'elle était alors.

Elsa s'égosilla quand Lasse la fit tournoyer. Puis elle lui attrapa la jambe et il la laissa descendre délicatement.

25 – *Guoktelogivihtta*

Hanna n'était pas la première auprès des boîtes aux lettres dans le village. Comme d'habitude, la Mazda verte était déjà là. Elle salua le vieux monsieur qui leva la main en retour. Il resta dans sa voiture, la radio à plein volume. Elle balaya de la manche la neige qui couvrait les dix boîtes aux lettres quand le véhicule postal tourna et se gara.

Le facteur salua gaiement Hanna et lui remit directement son courrier. Elle le remercia et fit glisser les lettres dans un sac en tissu qu'elle suspendit au guidon du spark. Elle fit quelques mètres, réfléchit un instant, descendit du spark, retourna jusqu'à la boîte aux lettres de Marika et Nils Johan, et en sortit quelques enveloppes blanches ainsi que des publicités pour des boutiques qui n'existaient que dans les villes côtières.

À vrai dire, elle n'avait pas le temps, elle devait encore laver les vêtements de Lasse. Il lui avait annoncé son départ à la dernière minute, ce qui ne lui avait laissé que deux jours pour préparer ses affaires.

La sonnette était en panne. Hanna ouvrit la porte et cria qu'elle était couverte de neige, qu'elle ne pouvait pas entrer. Elle secoua son bonnet, essuya la neige de ses épaules, tendit la pile de courrier à Marika.

— J'ai pris le tien en même temps que le mien.

— Oh, merci ! Entre. Il y a du café.

— Je n'ai pas le temps, je dois faire la lessive de Lasse, il part en ville aujourd'hui.

Elle passa tout de même la porte et la referma derrière elle.

— Je ne sais pas comment Nils Johan va s'en sortir sans lui, se désola Marika.

— Mattias est presque un homme, ça va bien se passer.

Marika passa en revue le tas de courrier et lui montra l'enveloppe marquée du logo de la police. Elle l'ouvrit.

— Classé sans suite. Encore une fois. Cette fois-ci directement. D'habitude ça vient un peu plus tard. Ils font au moins semblant d'envisager de mener l'enquête.

Elle fourra la feuille dans l'enveloppe et la jeta sur l'étagère à chapeaux.

— Je vais éviter de montrer ça à Nils Johan ce soir. Ça sera plus calme.

Hanna opina du chef et dit qu'elle comprenait. Ses cheveux gouttaient. Elle passa la main sur sa joue humide.

— J'ai pensé à quelque chose. Comment va Elsa ? Lui avez-vous parlé de ce qui s'est passé ?

— Je crois qu'elle n'a pas vu grand-chose de l'endroit où les rennes ont été abattus.

— Je ne parle pas de ça, mais de ce qui s'est passé près de l'enclos, lorsqu'elle était seule. J'en ai parlé avec Lasse. Il pense qu'elle est vraiment effrayée.

Marika lui tourna le dos et ramassa une écharpe qui était tombée de la patère.

— Je ne le crois pas. Elle oubliera tôt ou tard.

— Elle est trop grande pour oublier. Peut-être que l'infirmière scolaire peut…

— À quoi bon ? (Marika secoua la tête.) Elsa finira bien par laisser ça derrière elle. Ou bien il faut juste qu'elle s'habitue. C'est comme ça.

Hanna enfonça les poings dans ses poches de manteau.

— On ne peut pas les laisser faire face à ça toutes seules. Pas besoin de leur raconter tous les détails, mais quand des événements aussi effroyables surviennent, elles doivent être soutenues.

Son ton était plus dur qu'escompté et Marika baissa les yeux.

— Nous parlons beaucoup, avec Anna-Stina. Nous lui expliquons les choses, poursuivit Hanna en essayant de prendre une voix plus douce.

Marika leva les yeux et ouvrit la bouche pour dire quelque chose, mais la referma aussitôt.

— Tu le sais bien, ces choses-là arrivaient déjà quand on était petites. Hélas, reprit Hanna.

— Ce sont des choses que *tu* as vécues. Je sais.

Marika insista sur le « tu », ce qui agaça de nouveau Hanna. Que lui arrivait-il ? Elle serra mécaniquement son bonnet humide qui goutta sur le tapis de l'entrée.

— Si tu veux, je peux parler à Elsa. Parfois il est plus facile de se confier à quelqu'un d'autre qu'à ses parents.

— Ce n'est pas la peine.

Hanna enfila son bonnet et ses gants.

— Bon, j'y vais. Le linge m'attend. Il peut faire sa lessive lui-même mais c'est plus facile chez nous avec le nouveau sèche-linge.

— Sans doute.

— On lui proposera peut-être un poste permanent à la mine. Je ne sais pas si c'est une bonne chose.

— C'est bien payé en tout cas.

— C'est vrai. Mais il veut être avec les rennes. Tu sais, quand on a grandi comme ça…

Le regard de Marika s'assombrit de nouveau.

— Merci pour le courrier.

Une fois sur le perron, Hanna sentit ses joues brûler. C'était la dernière fois qu'elle leur rendait un service. Elle retourna le spark d'un geste brusque et sortit sur la grande route. La neige tombait plus dru et elle courba l'échine. Marika n'avait jamais été facile à comprendre. Ne pas parler avec ses enfants ? Qu'est-ce que c'était que ces conneries ? Parfois, ça se voyait comme le nez au milieu de la figure qu'elle n'avait pas grandi avec les rennes. Elle savait porter le kolt et parler sami, mais elle avait tout de même une case en moins. Une voiture approchait. Hanna attendit qu'elle passe pour traverser. Dans la montée, elle marcha entre les deux patins ; le sac de courrier balançait sous le guidon.

La Volvo de Lasse était arrêtée dans la cour mais le moteur tournait. Elle remonta sur le spark et se hâta de parcourir les derniers mètres.

Elsa descendit du car scolaire et leva les yeux vers la côte qui menait à la maison d'Anna-Stina, cherchant la Volvo de Lasse. Sur la route du retour, elle avait croisé les mains en prière, avait serré le plus fort possible dans l'espoir d'arriver à l'heure pour lui dire au revoir. Quand Anna-Stina lui avait annoncé son départ, Elsa n'avait eu qu'une hâte : rentrer au village.

Mais la cour devant la maison était déserte. Elsa se retourna, ses épaules s'affaissèrent, sa tête s'inclina. Elle traîna les pieds dans la neige vierge, traça son propre sentier depuis la route jusque chez elle. Elle regarda en arrière et se réjouit du panorama. Être la première, créer ses propres chemins. Soudain elle sut ce qu'elle avait à faire. Le jour était venu. Il avait cessé de neiger, mais le chasse-neige n'était pas encore passé. Elle hésita un instant, mais ne voyant personne par la fenêtre de la cuisine, elle se décida. Elle ouvrit la porte, jeta son cartable à l'intérieur et courut jusqu'à la route. Il ne devait plus en avoir pour très longtemps maintenant. Elle tendit l'oreille pour déterminer d'où venait le véhicule, rangea son réflecteur dans sa poche. Il fallait qu'elle soit aussi invisible que possible. Elle baissa son bonnet sur ses oreilles et descendit les manches de son manteau sur ses gants.

Enfin ! Un bruit de moteur. Venant sans doute du village voisin. Elle traversa la chaussée. Peut-être devrait-elle se recroqueviller, ou descendre dans le fossé pour remonter au moment de l'arrivée du chasse-neige ? Anna-Stina aurait su quoi faire. Cette fois, elle allait l'impressionner, faire quelque chose toute seule. La lampe du séjour s'alluma. Elsa se jeta sur le ventre. *Enná* faisait le tour de la maison, un chiffon à la main. Elle soulevait les pots de fleurs, essuyait les rebords de fenêtre. Elle semblait parler toute seule, peut-être qu'elle chantait. Sa mère avait une très jolie voix.

Le véhicule approchait. Elle voulait qu'un torrent de neige se déverse sur elle. Si elle se mettait en boule, ça ne serait pas pareil. On apercevait la lumière clignotante au loin dans le virage. Ce n'était plus qu'une question de secondes.

Elle se leva et jeta un coup d'œil vers la fenêtre du séjour, eut le temps d'apercevoir sa mère sursauter et se pencher vers la vitre. Le camion approchait dans un bruit de tonnerre, la gigantesque lame en arc de cercle soulevait devant elle une vague de neige. Elsa sourit ; l'instant suivant elle eut le souffle coupé. La neige s'abattit sur elle avec une telle force qu'elle fut projetée en arrière. Elle perdit l'équilibre, avant d'atterrir sur un matelas moelleux. Pendant quelques instants, elle fut totalement perdue dans un grand nuage de neige. Il y avait de la poudre blanche partout, ses cils étaient collés, son bonnet était tombé et ses cheveux étaient blancs. Elle l'avait fait !

Au même moment, le cri de sa mère résonna et Elsa tenta de retrouver ses esprits, de savoir comment sortir.

— Elsa !

Enná se jeta sur elle et la saisit par les épaules.

— Tu es blessée ? Qu'est-ce que tu fabriques ?

Elsa sourit et tendit les bras.

— Je l'ai fait !

— Tu voulais mourir ou quoi ?

C'est là qu'Elsa vit ses larmes. Et son nez qui coulait. Sa mère sanglotait éperdument et la serrait si fort dans ses bras que ça lui faisait mal.

— Comment as-tu pu faire une chose aussi stupide ? Tu n'as pas vu le chasse-neige ?

Elle semblait tout à coup dotée d'une force surhumaine. Elle souleva Elsa. Ce n'était plus tout à fait aussi amusant maintenant que sa mère pleurait, mais en même temps, Elsa sentait tout son corps vibrer, elle avait l'impression d'être invincible, et cela la fit sourire.

Dans l'entrée, *enná* l'aida à se débarrasser de son manteau, de son pantalon de ski et de son écharpe et l'assit sur ses genoux pour l'aider à retirer ses chaussures. Il y avait de la neige partout et ses vêtements formaient un tas. *Enná* se leva avec sa fille dans les bras. Elsa entoura sa taille de ses jambes et posa la tête contre son épaule.

26 – *Guoktelogiguhtta*

Elsa gravit en courant la côte qui menait chez Anna-Stina, ouvrit la porte d'un coup sec avant d'avoir repris son souffle, tomba nez à nez avec Hanna qui la regarda d'un air amusé.

— Tu es matinale, comme toujours, mais cette fois-ci il se passe quelque chose de spécial, je le vois.

— Lasse vient au village aujourd'hui ?

— Non, il s'est trouvé un petit studio, il ne rentrera pas tous les soirs. Tu as quelque chose à lui dire ?

Elsa hocha la tête si violemment que ses cheveux fouettèrent l'air.

— Tu as dormi, cette nuit, ma puce ? Tu as des cernes sous les yeux.

— Je suis réveillée depuis six heures ce matin.

Elle voulait esquiver Hanna, monter immédiatement dans la chambre d'Anna-Stina, mais Hanna se posta dans l'embrasure de la porte menant à la cuisine, pour la taquiner.

— Tu ne veux pas me raconter ?

— Non, seulement à Lasse. Et à Anna-Stina. Elle est réveillée ?

Hanna acquiesça et se décala en souriant. Elsa monta les marches deux par deux jusqu'à l'étage et se jeta sur le lit à côté de son amie. Encore tout ensommeillée, celle-ci souleva la couverture. Elsa avait envie de la faire deviner, mais l'excitation bouillonnait dans son corps. Il fallait que ça sorte.

— Hier, j'ai attendu le chasse-neige sur le bas-côté. Quand il est passé, il m'a aspergée de neige.

Anna-Stina écarquilla les yeux.

— J'ai été projetée en arrière, il y avait de la neige partout. J'avais l'impression de voler ! Avec la neige en plus !

— Moi aussi je me suis déjà mise sur le bas-côté et j'ai pris une douche de neige quand mon père a déblayé avec le tracteur, fit Anna-Stina en bâillant.

Mais cela n'attrista pas Elsa. Rien ne pouvait l'arrêter. Exaltée, elle tapa des mains sur la couverture.

— Mais là, c'était le chasse-neige ! Il y avait au moins deux mètres de neige sur moi !

Anna-Stina se mordit la lèvre, puis ne résista plus.

— Ma maman va avoir un bébé. C'est un secret. Personne ne doit le savoir.

— Le chasse-neige aussi, c'est un secret.

Elsa baissa les yeux. Un bébé. Un petit bébé tout chaud. Elle repensa à Hanna qui s'était postée dans l'embrasure de la porte, le vaporisateur pour les fleurs à la main. Elle n'avait pas un gros ventre, si ?

Anna-Stina gagnait toujours. Elsa voulait rentrer chez elle. Elle repoussa la couverture, mais Anna-Stina la remit en place.

— Tu penses qu'elle devrait s'appeler comment, ma petite sœur ?

Une fille, en plus ! Elsa haussa les épaules.

— J'aime bien Melanie.

Anna-Stina la fixait. Elsa la foudroyait du regard en retour.

— Tu es sûre que c'est une fille ?

— On ne peut pas choisir, bien sûr, mais j'espère. Elle deviendra ma meilleure amie.

Elsa serra les dents si fort qu'elle avait des élancements dans les tempes. Il ne fallait pas qu'elle le dise. Il ne fallait pas.

— Moi, je n'étais pas un bébé normal.

— Comment ça ?

— Je viens d'un œuf d'étoile.

Anna-Stina haussa les sourcils.

— Les œufs d'étoile sont plus précieux que les autres. Ils coûtent cher. Avant d'exister à l'intérieur de ma maman, j'ai été fabriquée à l'extérieur.

Elsa avait vu les images des spermatozoïdes qui nagent et pénètrent dans l'ovule. Ça lui rappelait les épinoches qu'elles attrapaient dans leur épuisette l'été au bord de la plage.

— Mais... quoi ? Comment ?

Elsa avait une crampe d'estomac. Elle en avait trop dit.

— C'est comme ça, c'est tout. C'est vraiment un secret. Il ne faut en parler à personne.

— Si ma petite sœur ne s'appelle pas Melanie, j'aimerais qu'elle s'appelle Minou.

Le soir, alors qu'Elsa et sa mère étaient assises dans le canapé à regarder un film, elle n'y tint plus.

— J'aimerais avoir un petit frère ou une petite sœur.

Enná eut l'air étonnée.

— Comment t'est venue cette idée ? Tu n'en as jamais parlé.

Elsa mâcha longuement une chips en la faisant croustiller.

— Oui, mais maintenant j'en veux un, ou une.

— Tu te rappelles que je t'ai raconté que tu viens d'un œuf d'étoile et que...

— Que c'était cher et compliqué, je sais.

Sa mère souffla par le nez.

— Voyons, Elsa ! Je n'ai jamais dit ça, si ? Peu importe le prix ! Tu es la plus belle chose que nous ayons.

Elsa retint sa langue, pour ne pas lui avouer qu'elle l'avait entendue expliquer à *siessá* qu'une FIV, ça coûte tellement cher, que nourrir les rennes aussi, et qu'ils n'avaient pas les moyens de fabriquer d'autres œufs d'étoile.

Enná lui grattouilla le dos.

— En plus, je suis trop vieille.

Elsa avait aussi entendu *enná* et *siessá* parler du fait que Hanna aimerait avoir d'autres enfants. *Siessá* disait souvent qu'il fallait un fils dans la famille et ça faisait rire *enná*, mais rien de tout cela n'avait l'air très gentil. Alors si

Anna-Stina allait avoir une petite sœur comme elle l'avait dit, ce n'était peut-être pas très bien qu'il y ait un nouvel enfant dans la famille. Elsa dut se remplir la bouche de bonbons pour ne pas divulguer le secret.

Elle s'extirpa du canapé et se dirigea vers les toilettes. La lumière de l'entrée vacilla et elle leva les yeux. Sur l'étagère à chapeaux se trouvait une enveloppe qui semblait contenir un papier froissé. À l'aide du chausse-pied, elle la fit tomber sur le tapis. En voyant le logo de la police, elle se figea, puis sortit délicatement la feuille.

— Tu veux que je mette le film sur pause ? cria sa mère.

Elsa retourna dans le séjour et lui tendit le document.

— La police ne viendra pas cette fois non plus ?

27 – *Guoktelogičieža*

Robert jeta une bonne louche d'eau sur les pierres ; de furieux crépitements accompagnèrent la vapeur qui s'élevait de toute part. Il essuya la sueur de son front, appuya ses coudes sur ses genoux et poussa un gémissement.

La chaleur lui cinglait le visage, le dos, le torse. La sueur dégoulinait dans son cou et depuis ses aisselles ; sa peau était humide entre les bourrelets de son abdomen. Il avait une serviette autour de la taille tandis que son vieux était assis à poil, les fesses sur sa serviette, sur le banc inférieur. Jadis, c'était l'inverse. Son vieux s'asseyait tout en haut et versait des louches d'eau sur les pierres jusqu'à ce que Robert se précipite dehors pour respirer. Revenir après être sorti était toujours synonyme de défaite. Son vieux, assis en hauteur, une bière à la main, le regardait le visage dénué d'expression. S'il était d'humeur vraiment maussade, il versait une nouvelle louche dès le retour de son fils. Robert n'avait alors pas le choix, il restait là, même si son corps et ses poumons brûlaient, comme consumés par les flammes.

Cela l'avait endurci. Personne dans le village ne tenait quand Robert éperonnait les pierres du sauna municipal à côté de la laverie. Assis sur la banquette supérieure, il les regardait partir l'un après l'autre. Son père n'avait pas été si bête finalement, il l'avait cuirassé.

À présent, son vieux était assis en bas, tout chétif, et on voyait bien, en regardant son dos, que chaque inspiration lui coûtait. On aurait dit qu'il pouvait basculer à tout instant. Sa bière, à côté de lui, était déjà tiède.

Son père l'avait accompagné dans les bois pour attraper les rennes. Il n'était pas si vieux, en réalité, il approchait les soixante-huit ans, mais son corps était usé. Il posait la main sur son torse, parlait d'angine de poitrine, et se mettait à tousser, comme secoué par des contractions. La BPCO, disaient les médecins. Aujourd'hui, dans la forêt, Robert s'était dit à plusieurs reprises qu'il n'aurait bientôt plus la compagnie de son paternel. Il lui faudrait tout faire seul.

— Tu devrais peut-être t'arrêter là ? suggéra Robert.

Il passa les mains sur ses bras luisants, impatient de sortir dans la neige. Mais jamais il ne céderait le premier.

— Ah bon ? Tu abandonnes déjà ? fit son père d'une voix éraillée, la poitrine sifflante.

— Non, mais on dirait que tu as du mal à respirer.

— Bah ! (Son père, saisi d'une quinte de toux rauque, reprit difficilement son souffle.) Il ne faut pas parler dans un sauna, parvint-il finalement à prononcer.

Le vieux racontait tellement de conneries, mais Robert le laissait dire. Une forte odeur de transpiration lui piquait les narines. Le vioc refusait toujours de prendre une douche avant le sauna et ses pores exhalaient une telle puanteur ! De la sueur et du vieil alcool.

Robert, lui, commençait à se détendre. Le bourdonnement familier qui apparaissait peu à peu dans son corps et sa tête, après la troisième ou la quatrième canette.

Tout s'était bien passé, après tout. La viande était emballée, prête.

Il bougea délicatement l'épaule, de haut en bas. Le sauna ramollissait tout, les articulations et les muscles. La chaleur le piquait comme des aiguilles brûlantes, mais ses muscles contractés se relâchaient.

28 – *Guoktelogigávcci*

Si on ment, on va en enfer, disait *áhkku*. C'est la première chose à laquelle Elsa pensa en se réveillant. Elle resta allongée, replia ses orteils et les relâcha. Les écarta pour former une sorte d'éventail. Elle était la seule de la famille à savoir faire ça. Tout ce qui était différent chez elle devait être dû au fait qu'elle venait d'un œuf d'étoile.

Elsa avait commis une grosse erreur. Elle avait révélé le secret de sa mère à propos de sa naissance. Elle qui avait promis de ne jamais rien dire. Pourtant, l'autre secret, le plus lourd des secrets, elle l'avait gardé. Celui qu'elle aurait dû raconter. Peut-être que tout aurait été différent. Peut-être qu'ils ne recevraient plus ces enveloppes blanches barrées du logo de la police qui fâchaient et attristaient à ce point ses parents. Peut-être qu'Henriksson s'assiérait à la table de la cuisine et écouterait ses explications en hochant la tête. Mais si Robert ne terminait pas derrière les barreaux ? Il les tuerait tous. Elle, en tout cas. Elle qui aurait parlé. Qui l'aurait dénoncé.

Elle chercha l'oreille de renne sous le jean jeté par terre, au pied du lit. Elle la huma délicatement. Elle avait fait le pari de la rentrer hier. Bientôt, elle pourrait la garder dans la maison sans que sa mère se plaigne de l'odeur.

Elle renifla. Les larmes coulaient dans ses oreilles. Ça chatouillait. Elle les frotta délicatement, dans un bruit humide. Une fois, Lasse avait été retenu à Majorque : il n'avait pas pu prendre l'avion car il avait trop d'eau dans les oreilles. Il avait raconté ça à Elsa qui avait ri et dit qu'il se moquait d'elle. Elle n'avait jamais eu l'eau salée de la Méditerranée dans les oreilles. L'eau froide de la rivière, oui, qui lui avait quasiment gelé la cervelle.

Lasse rentrerait peut-être aujourd'hui, c'est ce qu'avait dit Hanna. S'il y avait bien une personne qui avait le courage d'écouter Elsa, c'était lui. Elle essuya ses joues de la paume de la main et tenta de penser au chasse-neige et à la poudre blanche qui l'avait emportée. Elle en avait des chatouillis dans le ventre. Lasse aimerait cette histoire. Elle pourrait la raconter en premier, puis lui confier son autre secret, à un moment où il serait gai et impressionné par son courage. Espérons qu'il comprendrait qu'elle les avait tous protégés.

Quand on vient d'un œuf d'étoile si onéreux, on suscite évidemment des attentes, Elsa le devinait fort bien. C'est peut-être pour ça qu'*enná* ne voulait pas divulguer le secret de sa conception, parce que sa fille n'était pas comme ils l'avaient espéré. Comment aurait-elle dû être ? Ce n'était pas tout de savoir écarter les orteils.

Elle ouvrit les stores et fixa l'obscurité au-dehors. Il avait neigé la nuit précédente et la fenêtre était à moitié couverte de neige. Elle guetterait l'arrivée de la Volvo de Lasse et se précipiterait chez Anna-Stina dès qu'elle la verrait gravir la côte.

Áhkku était dehors à déblayer la neige. Elsa la vit débouler comme une tornade, la pelle à la main, avant de balancer la neige sur le tas. Elle haletait, s'arrêtait souvent. *Áddjá* était malade. Il ne sortait presque plus. Il restait à la maison, dans son fauteuil auprès du poêle, remettant constamment du bois sec de bouleau. Il était de moins en moins causant – non qu'il eût été bavard dans sa jeunesse. Et ses vêtements étaient trop grands, ses joues creusées.

Elsa sentit tout à coup qu'il fallait se dépêcher de lui parler. Elle cacha l'oreille dans la boîte sur l'étagère, enfila un jean et un pull blanc. Elle dépassa en courant *áhkku*, laquelle dit quelque chose dans son sillage, mais elle feignit de ne pas entendre, tapa du pied pour retirer la neige et entra. Sans surprise, *áddjá* était assis dans le fauteuil du séjour.

— Tiens, te voilà, toi.

Il cligna lentement des yeux. Ses poignets, qui jadis étaient forts, flottaient dans ses manches. Il portait une élégante chemise à carreaux, celle qu'il mettait pour aller chez le médecin.

— Tu viens au marché la semaine prochaine ? Je vais chanter dans le chœur.

Elle huma l'air. Ça sentait *áhkku*.

— Je crois que je vais rester ici.

Áddjá ferma les yeux. Elsa crut qu'il s'était subitement endormi, comme cela lui arrivait souvent ces temps-ci.

Il faisait une chaleur étouffante. Elsa jeta un coup d'œil au ventilateur de plafond. Seule *áhkku* osait l'allumer sans demander la permission. Mais Elsa se dressa sur la pointe des pieds et tira sur la ficelle dorée. Le ventilateur se mit en route et les fins cheveux d'*áddjá* voletèrent au-dessus de sa tête. Il afficha un air mécontent qu'elle ignora.

— Hier je me suis mise sur le bas-côté quand le chasse-neige est passé et il m'a aspergée de neige. Deux mètres de neige !

Áddjá la fixa un long moment puis sourit.

— Ça alors !

Elle s'agenouilla sur le canapé et sautilla de haut en bas. Enfin ! Enfin quelqu'un qui était impressionné par ce qu'elle avait fait. Lasse aurait la même réaction, elle en était sûre.

— J'ai volé au moins trois mètres en arrière.

Quand *áddjá* éclata de rire, elle rebondit tellement fort qu'elle faillit être éjectée du canapé et se retrouver dans les bras de son grand-père.

— Je peux le refaire pour te montrer.

De grandes flammes léchaient la vitre du poêle. Elsa tira la ficelle dorée du ventilateur pour le pousser à la vitesse maximale. Les cheveux d'*áddjá* se dressèrent.

Elle plaça les mains en corolle autour de sa grande oreille et murmura que c'était un secret. Il opina du chef et tourna la tête pour lui chuchoter une réponse. Elle eut des frissons le long de l'échine.

— Je te regarderai volontiers faire un vol plané dans la neige, mais éteins-moi ce ventilateur, qu'on n'attrape pas une otite.

Elle lui obéit, s'assit pour réfléchir. Tripota le bouton du coussin du canapé. Poussa un gros soupir.

— Si j'attrapais une otite..., commença-t-elle.

— Oui ?

— Eh bien, ça ne serait pas grave parce que tu pourrais la faire disparaître.

Elle l'avait dit. Ce qu'il était interdit d'évoquer. Elle regarda nerveusement vers le jardin où *áhkku* s'épuisait dans la neige. Il ne fallait surtout pas qu'elle entre maintenant. *Áddjá* ne répondit pas. Il jeta un autre bout de bois dans le poêle.

— Je me demande seulement comment tu fais ?

Sa voix était rauque de nervosité.

— Viens, dit-il en tendant la main.

Elle s'approcha doucement du coin du canapé et son grand-père posa sa main chaude sur la sienne.

— Est-ce que tu aurais pu sauver Nástegallu ? murmura-t-elle.

Il fit non de la tête. Au bout d'un moment, il lâcha prise et lui sourit. Sans comprendre pourquoi, Elsa lui sourit en retour.

— Tu as bien fait de venir me voir aujourd'hui, *unna oabbá*.

— Ne dis pas à *áhkku* que je t'ai posé la question.

— Bien sûr que non.

— Mais tu me dis comment tu fais ?

— Quand tu seras plus grande, tu sauras.

Elle fronça les sourcils. Elle n'aimait pas ces étranges réponses d'adulte. *Áddjá* ferma de nouveau les yeux. Cette fois, pas de doute : il s'était endormi. Un léger ronflement émanait de sa gorge.

29 – *Guoktelogiovcci*

Mattias grimpa dans la voiture et mit sa capuche, les yeux rivés sur l'écran de son portable. Ils s'étaient garés juste en face de la supérette du village voisin. Tout le monde savait qu'il fallait y faire ses courses le plus souvent possible, afin de lui éviter la faillite. Dans une note manuscrite scotchée à la porte, la propriétaire insistait, d'une écriture à peine lisible, sur l'importance de les soutenir. La dame approchait les quatre-vingts ans, mais ne prévoyait aucunement de laisser sa place à la caisse, même si désormais c'était surtout son fils qui servait les clients. À près de soixante ans, il vivait toujours chez ses parents, n'avait jamais quitté le nid. Mattias ne tenait pas à ce qu'on lui rappelle ce risque : rester un vieux garçon bizarre incapable de quitter le cocon familial.

Son père démarra, laissant le moteur tourner en attendant sa mère. Il faisait de nouveau froid, les changements de température étaient de plus en plus rapprochés. Mattias espérait prendre le volant pour rentrer, en conduite accompagnée, mais il voulait par-dessus tout partir au plus vite avant qu'on ne le voie avec sa famille.

Assise à côté de lui sur la banquette arrière, Elsa fredonnait une chanson. À cet instant, ils aperçurent la vieille jeep marron foncé. La fillette se tut. Le véhicule se gara négligemment, en diagonale devant le leur. Une imposante ramure de renne était fixée à la roue de secours placée à l'arrière.

— *Sargeoaivi*, murmura son père, horrifié.

Mattias reconnut aussi la forme des deux bois longs et minces du renne. Il s'agrippa au siège conducteur et se tracta vers l'avant.

— Merde ! C'est pas possible !

Robert laissa le moteur tourner et gagna en deux grandes enjambées les marches qui menaient à la supérette. « Ce connard se pavane comme s'il possédait le monde », songea Mattias.

— La hache est dans le coffre ? Je vais détacher les bois !

Il postillonnait, avait déjà ouvert la portière.

— Du calme, grogna son père.

— Ça peut être notre renne. Ça vient sans doute d'un des nôtres.

— Ferme cette portière !

Mattias haletait, Elsa semblait avoir peur, ce qui redoubla sa colère.

— Ça pourrait être une preuve !

Il descendit de la voiture, mais n'alla pas chercher la hache. À la place, il photographia les bois sous plusieurs angles. Il prenait son temps, espérant que ce salopard sortirait. Il était prêt à en découdre.

— Reviens, Mattias, fit Elsa d'une toute petite voix.

Si seulement elle ne les avait pas accompagnés. Il s'assit à contrecœur à côté d'elle et tendit son portable à leur père.

— Tu as vu ce putain d'autocollant ? « Non à la ratification de la 169 de l'OIT[1]. »

Impossible de tenir en place. Il sentit son pouls accélérer, frappa le siège du poing. Sa sœur sursauta.

Ennú arriva avec deux sacs remplis. Elle ouvrit le coffre et rangea les courses avant de s'installer à l'avant. *Isa* esquissa un signe de la tête vers la jeep, elle eut un moment de recul, puis continua à tirer sur sa ceinture.

— *Isa* ne me laisse pas retirer les bois !

Elle jeta un bref coup d'œil vers l'arrière.

1. La convention 169 de l'Organisation internationale du travail relative aux peuples indigènes et tribaux a pour objectif de protéger les droits de ces peuples et de garantir le respect de leur intégrité.

— Ça ne va pas la tête ? On s'en va, et que ça saute !

Leur père enclencha la marche arrière sans lâcher l'embrayage. Il fixait la ramure.

— Démarre, *isa*, s'il te plaît, chuchota Elsa.

Robert sortit de la supérette avec le journal *Aftonbladet* à la main. Il dépassa lentement leur voiture. Il ne les regarda pas, mais esquissa un rictus narquois. Mattias abattit son poing sur le siège avant.

— Arrête ! ordonna leur mère d'une voix tendue.

Leur père passa la première et accéléra, toujours sans lâcher l'embrayage. Leur mère eut l'air terrorisée.

— Qu'est-ce que tu fabriques ? Tu vas sortir en marche arrière, tu m'entends ?

Mattias passa la tête entre les deux sièges.

— Fonce-lui dedans, *isa* !

— Pas question ! dit *enná*. Elsa est avec nous dans la voiture, ajouta-t-elle à l'oreille de son mari.

Sans crier gare, la jeep recula d'un coup sec, frôla l'avant de leur voiture. Les pneus tournèrent dans le vide car Robert accélérait trop fort, mais il finit par partir.

Le silence se fit dans l'habitacle. Mattias s'appuya contre son dossier, complètement vidé. Son père recula et sa mère regarda par la vitre latérale.

30 – *Golbmalogi*

Hanna éprouvait parfois la sensation que c'était trop tard, qu'elle avait perdu quelque chose. Elle arpentait sa maison silencieuse. Ante était au parc à rennes pour une ultime vérification. Anna-Stina dormait depuis longtemps.

Il n'y avait rien à ranger, rien à nettoyer, elle avait déjà accompli toutes ces tâches. Alors elle faisait les cent pas dans le silence et observait le village. Lasse avait téléphoné. Il devait rentrer la veille mais faisait des heures supplémentaires. Grassement payées, avait-il précisé.

Avait-elle oublié de lui dire quelque chose ? Elle replaça les franges du tapis du bout des orteils, posa une main sur son ventre qui avait commencé à s'arrondir et sourit. Ça devait être les hormones. Elle avait fait des cauchemars terribles et s'était réveillée avec des brûlures d'estomac. Ses pensées étaient embrouillées. Elle se calma, s'assit à la table de la cuisine. Il fallait qu'elle se souvienne de changer l'ampoule, de la remplacer par une LED, moins agressive.

Elle s'appuya contre le dossier de la chaise blanche pour reposer ses yeux, mais se redressa aussitôt. Passa une main sur la nappe lisse aux motifs floraux verts. Déplaça les lanternes à bougies.

Son portable sonna. Voyant qu'il s'agissait d'un numéro masqué, elle se figea. Ce n'étaient pas les hormones.

Son interlocuteur se tut, elle laissa tomber l'appareil au sol, son champ de vision se rétrécit et ses jambes se dérobèrent. Elle manquait d'air. Elle tituba jusqu'à la porte, sortit, put enfin respirer.

Debout sur le perron, pieds nus dans la neige, elle hurla.

31 – *Golbmalogiokta*

Lasse était mort. Il avait mis fin à ses jours.

Il était difficile pour Hanna de prononcer le mot suicide. Cela faisait deux semaines et elle ne pouvait toujours pas en parler. Mais devant la pasteure, elle avait formulé cette phrase pour la première fois : « Lasse a mis fin à ses jours. »

Il gisait dans le corbillard qui précédait leur voiture. Dans le cercueil. C'était inconcevable. Parfois elle avait l'impression de perdre connaissance là, sur le siège avant. Ante conduisait, mais il la regardait plus qu'il ne regardait la route. À l'arrière, Anna-Stina. Muette, le visage rougi de larmes. Elle aurait dû tendre une main et serrer celle de sa fille, mais elle en était incapable.

Ils étaient allés en ville, chercher la pasteure, et se rendaient aux obsèques. Ils devaient la suivre jusqu'au village. Dans le fourgon funéraire, ses cheveux blonds dépassaient du siège passager. Hanna avait expressément demandé Carin Gustavsson. Qu'importent les chrétiens mécontents qui refusaient de voir une femme pasteur à l'église. Carin connaissait Lasse, il avait parlé d'elle après le camp sami de préparation à la confirmation, il avait dit qu'elle était différente des autres pasteurs, qu'elle écoutait et qu'elle avait de l'humour, qui plus est. C'est pourquoi Hanna l'avait choisie. Elle espérait que cette femme pourrait dire quelque chose de Lasse, quelque chose qui puisse expliquer son geste. Qu'à quinze ans déjà, il y avait eu chez lui un élément à côté duquel elle était passée.

Carin avait été sincère, elle avait dit que son époux travaillait à la mine et qu'elle avait entendu parler très tôt du suicide de Lasse. Il avait été retrouvé mort dans une des galeries souterraines. D'après Carin, les collègues de Lasse avaient été choqués – lui qui était toujours si joyeux ! C'est aussi comme ça qu'elle l'avait perçu pendant le camp.

À l'époque elle était jeune pasteure et Lasse lui avait fait grande impression. Elle aussi l'aurait décrit comme optimiste. Celui qui remontait le moral des troupes, qui voyait le verre à moitié plein. Elle avait eu des conversations sérieuses en tête à tête avec les adolescents, mais avec lui, avait-elle dit à Hanna, c'était impossible. Il voulait juste s'amuser.

— Et je l'ai cru.

Hanna s'était tue, avait plongé les yeux dans le regard chaleureux de Carin et s'était reconnue. Elle aussi l'avait cru.

— Il était vraiment comme ça. Il ne faisait pas semblant, si ? lui avait-elle demandé.

Carin avait pris ses mains dans les siennes.

— Tu ne dois pas te sentir coupable.

C'était une belle journée, des rais de lumière roses glissaient dans le ciel. En ville, Hanna, Ante et Anna-Stina s'étaient rassemblés avec les frères et leur famille. Beaucoup d'autres voitures devaient les rejoindre à mesure qu'ils s'approcheraient du village voisin et de l'église. Plusieurs familles viendraient aussi de Norvège. De tout le *Sápmi*, ils viendraient. Pour prendre congé de Lasse, son Lasse.

La caravane s'allongerait, serpenterait jusqu'à l'église. Les véhicules qu'ils croisaient s'arrêtaient par respect pour le dernier voyage du défunt. Ceux qui allaient se rendre aux obsèques attendaient dans leur voiture devant chez eux, le moteur allumé, prêts à prendre place dans le convoi funéraire. Jamais Hanna n'aurait pensé qu'elle serait en tête d'une caravane pour aller enterrer son petit frère.

Les larmes se remirent à couler, elle avait mal à la gorge à force d'essayer de retenir ses plaintes. Ante posa une main sur sa jambe et appuya doucement.

— Respire.

Il n'avait pas laissé de lettre, aucune explication, et il avait semblé si joyeux quand il avait téléphoné la veille. Les pensées de Hanna tournaient en boucle, avec toujours cette même question : pourquoi ?

Elle jeta un coup d'œil dans le rétroviseur : il y avait tant de voitures qu'elle ne voyait pas la dernière. Comment allait-elle endurer cette journée ? Elle ne voulait pas voir son cercueil descendre dans la tombe. Cette pensée décupla son sentiment de panique et elle s'empara de la main d'Ante. Les lamentations revenaient.

— Inspire lentement. (Il prit une longue inspiration pour l'inciter à faire de même.) Et expire lentement.

Ils respirèrent ensemble. Lentement, profondément.

Sur le siège arrière, Anna-Stina fondit à nouveau en larmes et Ante défit sa main de celle de sa femme pour tapoter la jambe de sa fille.

— Ça va aller, répéta-t-il. Ça va aller.

32 – *Golbmalogiguokte*

Le cercueil reposait lourdement sur les aiguilles de sapin devant la maison de Hanna et Ante. Blanc, simple, sans couronne de fleurs. Mattias pouvait à peine le regarder. Il ne savait pas où poser les yeux. Ante soutenait Hanna. Son visage était tordu de douleur. Mattias ignorait quelle expression il affichait, mais il se sentait tout raide.

Les belles-sœurs de Lasse et quelques parents plus âgés se tenaient prêts à entonner des psaumes en langue samie, leurs partitions à la main. En réalité, la plupart connaissaient les paroles par cœur, et de toute façon les plus vieux ne savaient pas lire leur propre langue.

Mattias contempla la pasteure. Elle était silencieuse. Dans l'église, elle prendrait le relais. Pour le moment, c'était la cérémonie familiale. L'instant où le défunt rentre chez lui pour la dernière fois. Mais ce n'était pas chez Lasse, ici !

Elsa était cachée derrière *siessá*. Son kolt bleu clair voletait dans le vent. Son épais manteau dissimulait son châle et son *risku* bien lustré. Elle ne portait pas de gants et sa main droite plongeait sans cesse dans une de ses poches de manteau. *Unna oabbá* était aussi blanche que la neige, même ses lèvres étaient pâles, presque bleutées.

Quelques hommes chantaient, mais c'étaient surtout les femmes qui formaient un chœur et montaient dans les aigus. Leurs voix tremblaient.

Mattias vit que sa grand-mère ne chantait pas. Elle pinçait les lèvres, regardait droit devant elle, vers la route.

Ses broches étaient fixées négligemment. *Enná* lui avait proposé de l'aider, mais *áhkku* avait agité la main, agacée. Tous les autres convives étaient parfaits. Les broches bien alignées sur la poitrine, les châles débarrassés du moindre pli. Les lacets noués avec la même précision. Les boutons d'argent, les boucles et les broches venaient d'être polis. Parfaits, vraiment ? Mattias haïssait tout cela. Pourtant il se tenait là, sur son trente et un, pareil aux autres. Le dos droit comme chaque fois qu'il enfilait son kolt.

L'église était pleine à craquer. Les kolts de toutes les couleurs scintillaient, les broches reflétaient la lumière des plafonniers. La chaleur était étouffante et, au sol, la neige des chaussures s'était rapidement changée en flaques d'eau.

Mattias ne parvenait pas à regarder ses amis dans les yeux. Les filles reniflaient, appuyées les unes contre les autres sur les bancs. Les femmes pleuraient dans un concert de gémissements insupportable. Il aurait voulu se boucher les oreilles comme Elsa. Les larmes des hommes étaient silencieuses. Son père passa rapidement une main sur sa joue. Ante serra contre lui Hanna dont les épaules tressautaient.

Elsa refusait d'ôter son manteau et sa mère chuchotait, agacée. Mattias aurait voulu le lui arracher. Elle finit par céder, mais garda la main dans sa poche de manteau. La chaleur de l'église lui avait rendu ses couleurs. Les bancs en bois avec leur dossier recourbé ne convenaient pas bien aux enfants. Elsa replia ses jambes sous ses fesses. *Enná* soupira, mais n'eut sans doute pas la force d'en dire plus.

Mattias dut finalement se forcer à regarder le portrait souriant de Lasse, auprès du cercueil. Il aurait été impossible de trouver une autre image, car c'était toujours comme ça qu'il souriait. Il aurait sans doute voulu qu'on se souvienne de lui ainsi. Bien sûr, maintenant, plus personne ne se fiait à ce sourire. Mattias essaya de contrôler sa respiration, glissa ses mains de haut en bas le long du pantalon en cuir qu'*áhkku* lui avait cousu. Ne pouvait-on pas ouvrir une fenêtre ? Il faisait une chaleur à crever là-dedans !

Les fleurs qui ornaient le cercueil exhalaient un parfum étouffant. La pasteure tenait fermement sa bible. Elle le regardait droit dans les yeux avec un sourire doux, et il la fixa en retour. « Ne souris pas, putain ! Qu'est-ce qui te fait sourire ? » La pasteure sembla perdre ses esprits l'espace d'un instant, comme si elle avait lu dans ses pensées.

L'orgue se mit à jouer, ce qui redoubla la colère de Mattias – les pleurs repartirent de plus belle. À côté de lui, Elsa ne bougeait plus. Ses yeux brillaient.

Une fois que la dernière note se fut envolée, la pasteure prit une profonde inspiration et parla. De Lasse, son Lasse.

Il était prévu que les amis de Lasse portent le cercueil, et Mattias n'était pas l'un d'entre eux. Il aurait voulu se rebiffer, dire qu'il devait évidemment participer. Bousculer celui qui marchait devant en pleurant à chaudes larmes. Mattias aurait porté Lasse d'une épaule forte, sans chialer comme ça.

Dehors il faisait froid, les gens frissonnaient à côté de lui. Mattias n'avait pas froid du tout. Sa mère posa une main sur son épaule, mais il se dégagea. Ils regardèrent le cercueil disparaître lentement sous terre. Elsa s'avança de quelques pas, et recula aussitôt.

Un murmure s'éleva parmi les femmes qui devaient choisir un psaume sami. Leurs voix étaient hésitantes, comme tout à l'heure, mais le chant grossissait peu à peu.

Soutenue par Ante d'un côté et *enná* de l'autre, Hanna avait des airs de poupée de chiffon. Épuisée, dénuée d'expression. *Enná* lui tapotait la joue et chuchotait à son oreille. Elsa avait dû en profiter pour s'enfuir parce qu'elle avait tout à coup disparu. Il l'aperçut près du mur, dos à eux, les épaules relevées. Il aurait dû s'occuper d'elle, mais il n'en avait pas la force.

33 – *Golbmalogigolbma*

Le smörgåstårta[1] comptait trois étages, le saumon était frais, les crevettes de belle taille, le concombre découpé en spirale, et les brins d'aneth bien verts. Des femmes, efficaces, se déplaçaient de table en table, avec des thermos, des pots de lait et des carafes de sirop.

Elsa jetait des regards contrariés autour d'elle chaque fois qu'elle entendait un rire. Agacée, elle repoussait une mèche de cheveux qui s'était échappée de sa tresse. Sa mère l'avait trop serrée. Elle avait mal au cuir chevelu. Mais demain matin, elle aurait les cheveux frisés comme un ange.

Elle préleva le saumon du gâteau-sandwich et ne mangea que ça. Le poisson était salé et lisse sur sa langue. Elle ne voulait parler à personne mais gardait les yeux sur la pasteure, assise tout au bout de sa table. Celle-ci discutait avec un homme d'un certain âge qui semblait dur d'oreille.

Elsa attendit patiemment et quand la pasteure se leva enfin, elle se hâta de l'imiter. La femme endossa sa longue veste noire et Elsa mit rapidement son manteau qui devait absolument être suspendu au dossier de sa chaise, ce qu'elle avait obstinément expliqué à sa mère.

Dehors, la nuit avait commencé à tomber. Elsa entendit des rires venant d'un gros tas de neige et vit ses cousins qui grimpaient et redescendaient, se bagarraient tout en haut.

---

1. Sorte de gâteau suédois constitué de sandwichs, souvent au saumon ou aux crevettes.

Elle s'arrêta un instant, fit virevolter son kolt autour de ses jambes. Elle voulait aussi monter jouer. Mais lorsqu'elle vit que la pasteure s'apprêtait à contourner le bâtiment, elle fut obligée de la suivre.

Elsa jeta un coup d'œil au coin de la bâtisse : la pasteure était là, une cigarette entre les lèvres. Le bout rougeoyait. Elsa s'approcha lentement d'elle, et ce n'est que lorsqu'elle fut suffisamment proche que la pasteure la remarqua. Elle écrasa sa cigarette contre un rebord de fenêtre enneigé.

— Bonjour, dit-elle en souriant la bouche fermée.

Elsa salua la pasteure mais garda le regard braqué sur ses bottines en cuir de renne.

— Quel joli kolt tu as.

Elsa hocha la tête sans lever les yeux.

— C'est ta maman qui l'a cousu ?

— Et moi.

Sa voix était fluette mais elle prit son courage à deux mains et contempla la pasteure.

— Ce que tu es douée ! C'était difficile ?

Elsa fit non de la tête. Plissa les yeux.

— Les pasteurs ont vraiment le droit de fumer ?

— Eh oui, on a le droit.

— Je trouve que les pasteurs ne devraient pas fumer. Et aussi qu'on ne doit pas rire à un enterrement.

Voilà, c'était dit. Son cœur battait la chamade. Un pasteur pouvait parfaitement se mettre en rogne, Elsa le savait parce qu'elle avait déjà accompagné *áhkku* à des réunions de laestadiens. D'après *áhkku*, ce n'était pas de la colère. C'était Elsa qui n'écoutait pas comme il fallait.

— Tu sais, c'est bien de rire et de se rappeler les bons moments avec Lasse. On peut rire et pleurer à la fois.

— Non.

— D'accord.

La pasteure frotta ses mains l'une contre l'autre et attendit. Elsa baissa les yeux, puis les releva pour rencontrer ceux de la pasteure, puis les baissa de nouveau. Elle se mordit la lèvre qui était déjà rouge et gercée.

— Lasse n'ira pas au paradis parce qu'il s'est donné la mort ?

Redevenue grave, la pasteure répondit plus lentement :
— Si, il ira au paradis.
— *Áhkku* dit que le suicide est un péché.
La pasteure posa une main sur l'avant-bras d'Elsa et appuya doucement.
— Mais moi je suis pasteure, je sais. Je peux te promettre qu'il ira au paradis. Tu sais, on racontait ce genre de chose auparavant, quand on ne savait pas encore. Nos aînés peuvent croire ça.
— J'ai entendu des enfants répéter la même chose. Ils ont dit ça à l'école.
— C'est parce qu'ils écoutent des personnes plus âgées qui ne devraient pas dire ça.
— Tu es sûre ?
— Certaine.
Elsa détourna les yeux, ses cousins sur la congère riaient aux éclats.
— Tu avais une autre question ?
Elsa inséra la main dans sa poche, effleura l'oreille de Nástegallu, laissa ses doigts glisser sur les poils.
— Dis ?
La pasteure s'accroupit. Inclina la tête. Elsa inspira profondément et murmura :
— Si on ment, on va en enfer ?
— Tu as menti ?
— Un tout petit peu, peut-être.
— Parfois on est obligé, tout le monde le fait. On ne va pas en enfer à cause de ça.
Anna-Stina cria son nom.
— Je dois filer.
— Alors, tu t'appelles Elsa. Quel joli prénom.
Elsa ferma lentement la fermeture à glissière de sa poche.
Tu me promets que je n'irai pas en enfer ?
La pasteure acquiesça et saisit les mains froides d'Elsa entre les siennes. Elle les pressa délicatement l'une contre l'autre.
— Je te le promets.

DEUXIÈME PARTIE

Čakčadálvi, pré-hiver 2018

34 – *Golbmaloginjeallje*

Le jerrican en métal vert était ouvert, posé dans la neige. Les effluves d'essence lui chatouillaient les narines. Robert enfonça l'entonnoir qu'il avait fabriqué à l'aide d'une bouteille en plastique dans le moteur de la motoneige et souleva le bidon. Il grogna en versant les premiers décilitres, puis ce fut plus rapide et plus facile. Il ne fallait pas oublier d'ajouter de l'huile, se remémora-t-il.

Sa motoneige, une Ski-Do Formula 500, l'avait accompagné pendant vingt ans – quel intérêt d'en changer pour un de ces nouveaux modèles ? Un engin qu'il ne pourrait même pas réparer lui-même si nécessaire. Le vernis était rayé à l'avant, du côté gauche, mais ça se voyait à peine. Il avait songé à en repasser un coup, au cas où, on ne savait pas si quelqu'un aurait l'idée de venir le contrôler. Mais le temps avait passé et personne n'avait frappé à sa porte. Maintenant il était tranquille. Le jerrican vide, il le lâcha, et massa son épaule droite qui le faisait souffrir. Il n'avait plus de tramadol et sa médecin lui avait dit qu'elle ne lui en prescrirait plus. « Prenez du paracétamol et de l'ibuprofène », lui avait-elle dit. Mais ça ne servait absolument à rien, c'était comme avaler de l'air.

Robert vissa le bouchon du bidon et essuya ses doigts sur son pantalon. L'épaisse toile jaune était maculée de taches noires, mais il ne sentait son odeur que lorsqu'il franchissait le seuil et se déshabillait dans l'entrée. Il remonta la fermeture à glissière de sa polaire bleue. Une aubaine – cinquante couronnes en solde chez Intersport.

Il aurait dû en acheter plusieurs. Il enfila le blouson noir suspendu au guidon de sa motoneige. C'était le vieux blouson de son père. La doublure s'échappait d'un accroc juste au-dessus de la poche et l'extrémité d'une manche était déchirée. Mais il n'avait jamais eu de manteau aussi chaud. Celui-ci le protégeait du vent et de l'eau. C'était un Helly Hansen, même si les lettres du logo ne formaient plus que deux ombres sur la poitrine.

La neige crissa sous ses bonnes grosses chaussures d'hiver. Elles avaient aussi appartenu à son père et étaient d'une pointure supérieure à la sienne mais il lui suffisait d'enfiler deux paires de chaussettes en laine. De sa main gauche, il ouvrit brutalement la porte du garage. L'armoire blindée était ouverte. Il sortit le fusil qu'il utilisait habituellement pour la chasse à l'élan. Le vieux Mauser de son père n'avait pas bougé de là. À sa mort, il était resté, comme toutes ses affaires d'ailleurs. Robert n'avait pas de frères et sœurs. Ils avaient toujours été tous les deux, lui et son paternel.

Quand sa mère les avait abandonnés, Robert n'était encore qu'en primaire. Son vieux disait toujours qu'elle avait les nerfs fragiles, qu'elle avait besoin d'être suivie à l'hôpital. Mais Robert l'avait aperçue en ville. Un jour qu'il allait à la piscine avec sa classe. Le car s'était arrêté devant le bâtiment et tous les élèves s'étaient précipités pour en descendre. Sauf lui. Il n'avait pas quitté son siège, car là, entre les bouleaux sur le chemin piétonnier, se trouvait sa mère qui riait avec une autre femme. Sa vieille portait une robe jaune courte et une coupe à la garçonne avec une frange coupée bien droit.

Il n'en avait pas touché mot à son père. Il était descendu du car, était entré dans la piscine, avait sauté du plongeoir de dix mètres et avait fait un plat sur le dos qui lui avait fait rudement mal.

Son vieux buvait et sa mère avait dit qu'elle ne le supportait plus. Il fallait croire qu'elle ne supportait pas non plus son fils, puisqu'elle l'avait laissé au village. Il avait un vague souvenir de sa mère le portant dans ses bras et de son père, le Mauser à la main. Peut-être avait-elle prévu de le prendre avec elle, en fait, son petit garçon. Mais une fois en ville, elle avait dû se rendre compte que la vie sans eux était tout de même plus belle.

Les doigts tremblants, il chercha des munitions dans la caisse en métal sous l'établi. À l'époque, quand son père rabotait du bois, ça sentait les copeaux. L'odeur s'était depuis longtemps dissipée et l'établi était couvert de poussière, jonché de vis et de clous qui auraient dû être triés et rangés dans des petites boîtes.

Il frappa sa cuisse de la main, deux fois, violemment, sans pour autant parvenir à chasser les tremblements. Il fit tomber une cartouche, la laissa par terre. Empoigna son fusil, sortit et baissa le rideau métallique du garage. Bien sûr, celui-ci remonta légèrement et il savait que cet interstice de quelques centimètres laisserait entrer la neige cette nuit. C'étaient ces petites choses-là que son père réparait en un tournemain. Bien sûr, Robert aussi était bricoleur. Son père lui avait tout appris, mais il n'avait jamais été tout à fait satisfait de son fils. Lui aurait réparé ça en un quart d'heure.

Robert sortit son portable – c'était quasiment impossible de bien viser avec un index qui a la tremblote. Plus personne ne téléphonait de nos jours, tout passait par des SMS, et il n'aimait pas ça. Il écrivit l'heure et le lieu. Reçut un pouce levé en réponse. Quel gamin ! Envoyer des dessins de pouces !

La toux lui écorcha la gorge. Il remonta sa fermeture à glissière jusqu'au menton. Il faisait beau, si beau qu'il aurait pu rester là à contempler le paysage comme un idiot. Le ciel était mauve et les pâles rayons rasants grimpaient à peine jusqu'à la montagne. Le mois de novembre touchait à sa fin ; en décembre, le soleil les abandonnerait et ils entreraient dans la saison de la lumière bleue. *Pff !* Il se fichait bien des couleurs. Il lança avec peine une jambe par-dessus le siège noir et tourna la clé. Cela faisait un moment que la corde du démarreur résistait, il devrait la réparer. Vu l'état de son épaule, il serait incapable de tirer assez fort. Ça lui faisait déjà un mal de chien.

Il avait laissé la lumière à la fenêtre de la cuisine allumée – il faut dire que depuis l'extérieur, ça avait l'air agréable chez lui, avec le rideau et la lampe en verre. Raija aboya tristement en entendant la motoneige. Bientôt la chienne apparut à la fenêtre. Elle était montée sur la table de la cuisine, malgré sa claudication. Il lui montra le poing.

— Descends, Raija.

La chienne se moquait éperdument des remontrances, mais ses aboiements se changèrent en jappements sonores. Il ne voulait rien de plus que la transporter derrière lui sur la motoneige, comme ils l'avaient fait durant les sept dernières années, mais c'était impossible. Elle boitait de plus en plus.

Il traversa lentement sa propriété, contourna les sapins qu'il avait plantés trois ans plus tôt et qui avaient enfin atteint une taille suffisante pour dissimuler le terrain du voisin, quelques centaines de mètres plus loin. Mais son père aurait sans doute dit qu'il les avait trop serrés, ou que trois, c'était un peu radin, il en aurait fallu cinq.

Il suivit ses anciennes traces vers le ruisseau où il avait l'habitude de pêcher et s'approcha du lac où, il y a quelques années encore, il montait dans sa vieille barque en plastique pour attraper des lavarets au filet. Autrefois ces poissons se vendaient bien, mais plus maintenant. Le lac était sans doute complètement mort. C'était une perte de revenus qu'il avait eu du mal à compenser.

Il s'arrêta, tendit l'oreille – était-ce la motoneige de Petri qu'il entendait ? – puis s'engagea sur la piste la plus large, celle qui pouvait vous mener en ville plus vite qu'en voiture. Il jeta un regard derrière lui. Personne. En cette journée ordinaire, en pleine semaine, la plupart des gens travaillaient, et il faisait trop froid pour sortir. Il n'y avait sans doute aucun risque, pourtant il se sentait vidé de ses forces, son cœur battait la chamade.

Petri l'attendait sur l'ancien lac à lavarets, sourire aux lèvres. Le moteur de sa motoneige tournait.

— Un petit troupeau, à trois kilomètres par là.

Il agita sa main gantée de cuir beige, indiquant la direction. Très bien. Ils pouvaient facilement disperser le troupeau et en attraper un, peut-être deux.

Petri avait fini par dénicher une maison. À proximité de la rivière, du reste. Son prix était exorbitant, mais ça en valait la peine, il l'avait assuré à Robert plusieurs fois. Surtout autour du solstice d'été, au moment où les saumons remontaient les cours d'eaux. Ou au printemps quand il descendait à la rivière, forait des trous dans la glace et pêchait à la trembleuse du matin au soir.

Peu après la mort de son père, Robert avait enfourché sa motoneige et avait rejoint Petri auprès de ses trous de pêche. Pour tâter le terrain. Il avait laissé passer un ou deux mois et puis s'était rendu au ruisseau avec sa canne. Il avait été invité à prendre le café auprès du feu. Enfin, dans son sauna, après quelques bières, il avait demandé à Petri s'il voulait lui donner un coup de main.

Quelques années plus tard, voilà où ça les avait menés. Ça avait mieux marché que Robert n'avait osé l'espérer. Ils conduisaient tranquillement, pour ne pas effrayer les rennes. Même s'il fallait être con pour croire que les motoneiges leur faisaient peur, comme l'affirmaient les Lapons. Il suffisait de voir comment eux conduisent !

Le froid lui mordait les joues. Son bonnet remonta, découvrant ses oreilles qui se refroidirent aussitôt. Levant le bras pour tirer sur son couvre-chef, il sentit un élancement dans l'épaule qui le fit tressaillir. Il pressa l'accélérateur en grimaçant. Petri mit les gaz lui aussi.

Il y avait en effet un troupeau de six rennes concentrés sur leur progression difficile dans la neige épaisse. Certains, la tête enfouie dans la couche blanche, donnaient des coups de sabot pour accéder à la pâture. Une bête leva la tête et les aperçut. Ils s'arrêtèrent. Petri désigna un renne qui se trouvait un peu à l'écart. Robert opina du chef, descendit de la motoneige, détacha le vieux traîneau en bois et sortit le fusil de sous la bâche.

— Si on s'amusait un peu, pour commencer ? fit-il en remontant sur son véhicule.

Le visage de Petri s'éclaira.

— Bonne idée !

Le troupeau de rennes perçut les mouvements, sembla flairer le danger et s'écarta vers les pins sur le coteau un peu plus loin. Le renne solitaire leva la tête, surpris, et se précipita sur le côté. Ses pattes grêles s'enfoncèrent dans l'épaisse couche de neige. Il ne parviendrait pas à s'enfuir assez vite. Quelle déception. Ce n'est pas drôle si c'est trop facile. Robert voulait une vraie chasse.

— Sors ton téléphone ! Filme ! cria Petri.

Il frôla le renne du guidon de sa motoneige.

Robert alluma la caméra.

Petri sauta du véhicule et se hissa sur le dos de l'animal. Il s'agrippa aux bois et parvint à se maintenir à califourchon sur le renne, qui détala. Robert riait tant qu'il ne parvenait pas à tenir le portable bien droit. Petri était lourd ; la bête haletait, mais tentait au prix de maints efforts de rejoindre le sentier de motoneige. Soudain elle glissa et Petri fut éjecté. Allongé dans la neige, il leva le pouce.

— Tu as tout eu, hein ?

Robert acquiesça et rangea son portable dans la poche intérieure de son blouson.

Bon. Trêve de plaisanterie. Robert était gonflé à bloc, ses mains ne tremblèrent nullement lorsqu'il saisit le guidon et poussa l'accélérateur. Le renne courait d'un pas plus leste sur la piste, croyant que tout était fini alors que ça ne faisait que commencer. Sans attendre Petri, Robert mit les gaz, d'abord lentement, puis de plus en plus vite. Quand le renne dévia dans la neige, Robert le suivit et percuta ses pattes arrière. Pas suffisamment pour qu'elles se fracturent. Tant mieux. Il ne fallait pas trop se presser. Arriva alors Petri qui coupa la route à la bête, l'empêchant de fuir. Elle s'emmêla les pattes, bondit de-ci de-là. Robert leva une main, indiquant à Petri de se tenir en retrait. Il attendit que le renne retourne sur la piste, puis il le suivit, laissant les hurlements du moteur se charger du boulot. Il percuta son corps par-derrière ; l'animal tomba sur le flanc, et les skis de la motoneige se trouvèrent en travers de son cou. Parfait. Les yeux du renne étaient exorbités, il haletait, la langue tirée. Pas encore mort. Pas de membres fracturés. Robert attrapa son téléphone et prit une photo.

Il recula, libéra le renne. L'animal ne bougeait pas, il semblait paralysé. Peut-être Robert avait-il brisé un organe vital, après tout ? Il fit le tour de la bête, Petri l'imita.

— Lui, on l'achève et c'est tout, déclara Robert.

— Quoi ?

Petri essuya du poignet son nez qui coulait.

Le renne s'était dressé sur des pattes chancelantes.

— Il est déjà trop stressé. Je ne compte pas livrer de la mauvaise viande.

— Tu déconnes !

Petri tourna les yeux vers les pins où les autres rennes avaient fui. Ils n'étaient plus là. Ils étaient sans doute déjà loin.

— Butes-en un autre, ordonna Robert.

Petri lui lança un regard interdit puis acquiesça et s'éloigna en effectuant un virage en épingle.

Ne restait que Robert. Avec un renne qui boitillait le long du sentier. Sa fourrure était brun-gris et il était bien nourri. Les Lapons chantaient toujours la même rengaine : leurs rennes mouraient de faim, il leur fallait des aides pour les nourrir. Sous ses yeux, il avait la preuve vivante de leurs mensonges.

Robert glissa un doigt sous sa lèvre supérieure et envoya valser son tabac humide qui atterrit dans la neige. Il passa la langue sur ses incisives et la glissa sans la cavité où il restait toujours un peu de snus. Il cracha.

Allez. Il mit les gaz et accéléra sur la piste. Le renne tenta à nouveau de changer de trajectoire, de courir dans la neige profonde. Il s'enfonçait, tournait sur lui-même, donnait des coups de pied, se débattait. Robert aimait ça. Il heurta un peu plus violemment les pattes arrière de l'animal. Il y eut un craquement. Il ne l'avait pas entendu du fait du bruit du moteur, mais il le savait. Le renne resta allongé, les yeux tournés vers le ciel. Robert s'avança pour inspecter les membres : ils étaient fracturés, tordus dans le mauvais sens. Il sortit son portable et filma la scène, depuis les pattes cassées jusqu'au museau tremblant. Le regard de la bête n'exprimait plus la terreur, mais la capitulation. Il devrait peut-être lui sectionner les bois pendant qu'il était encore en vie. Juste histoire de.

Un coup de feu résonna soudain dans le silence et une pie s'envola d'une branche de pin. Il n'y avait pas de temps à perdre. Il décocha un coup de pied dans la tête du renne de sa grosse chaussure, réfléchit aux différentes options. Il savait que Petri en avait encore pour un petit bout de temps. Il l'avait formé : il y avait des étapes importantes pour ne pas gâter la viande.

Le renne cligna des yeux. Robert s'accroupit et l'observa. La bête soufflait de l'air chaud par les naseaux. Son pelage scintillait. Robert serra avec force le museau dans son poing, tout en jetant un regard en direction du traîneau. Devrait-il aller chercher la hache ? Oui. Il se leva, marcha non sans peine, souleva la bâche verte raidie par le froid et trouva son outil. Il frétillait d'excitation. Sectionner les sabots un par un peut-être ? La dernière fois qu'il avait fait ça, Petri avait eu la nausée et Robert lui avait ri au nez. Son comparse voulait toujours tuer trop vite. Il manquait de patience.

Il plaça la lame de la hache à une dizaine de centimètres au-dessus des sabots des pattes avant. Les pattes arrière, inutile, elles étaient déjà cassées. Les rennes ne hurlaient pas de douleur. Dommage.

La motoneige de Petri s'approchait. Robert jeta un coup d'œil vers la pente. Il leva la hache, l'abattit, et fendit la tête de la bête. L'odeur de sang chaud monta comme un nuage de vapeur dans l'air froid.

Petri s'arrêta à côté et hocha la tête d'un air satisfait. Il avait attaché le renne par les bois et l'avait traîné derrière la motoneige. Il y avait des traces de sang sur tout le chemin et Robert voulait hurler à cet idiot qu'il aurait dû venir chercher le traîneau. Voyant la hache, Petri esquissa une petite grimace.

— Putain !

Il détacha le renne derrière sa motoneige et ensemble ils le soulevèrent tant bien que mal sur la bâche. Robert s'assura que la bâche recouvrirait complètement l'animal.

— Ça commence à urger, étant donné que tu as tiré.

— Je n'avais pas le choix. Je n'étais pas dans une bonne position pour me servir du couteau. De toute façon, je n'ai entendu ni voiture ni motoneige.

— Mais quand même.

— Tu le rapportes chez toi ?

— Tu crois vraiment que je vais le dépecer à la maison ?

Robert fulminait.

— On va à l'endroit habituel, je me charge de la découpe et je mets tout au congélo.

— Je ne comprends pas pourquoi on ne peut pas faire ça ici.

— Bah, ce serait peut-être aussi bien, vu que tu nous as fait des traces de sang sur plusieurs centaines de mètres. Mais ce n'est pas possible.

Petri affichait un air renfrogné. Il plaça l'index sur une narine, et souffla de toutes ses forces de l'autre, puis vida de la même manière la deuxième narine.

35 – *Golbmalogivihtta*

Il y avait étonnamment peu de neige pour la saison. Certains tronçons de la E45 étaient nus. Les bandes blanches sur la route s'étaient estompées jusqu'à quasiment disparaître. L'asphalte s'était craquelé et, au printemps, les petites herbes allaient pointer le bout de leur nez, comme si le sol cherchait lui-même à cicatriser, se réapproprier ce qui existait jadis, se couvrir à nouveau de forêt et de verdure. Les fissures causées par le gel étaient profondes. Il y avait surtout un nid-de-poule entre les villages qui avait arraché le châssis de plusieurs véhicules.

Au volant de la nouvelle Nissan Qashqai rouge de son père, Elsa roulait lentement, à la recherche d'empreintes de pas sur le bas-côté. Elle freina bien avant le nid-de-poule. La direction des routes n'avait pas installé de panneaux – d'ailleurs, il en aurait fallu sur une grande partie du tronçon entre les villages. De temps en temps, des ouvriers finlandais venaient poser un bel asphalte noir et lisse, mais tout le monde savait qu'il ne faudrait pas longtemps avant que la route soit de nouveau impraticable. Enfant, Elsa avait adoré les cahots. Son père savait exactement quand accélérer pour qu'elle sente les picotements d'excitation au creux de l'estomac. Mais ça, ce n'était possible qu'avec leur vieille bagnole.

S'il y avait eu de la neige sur la route, ils auraient pu suivre les petites traces de pas d'*áhkku*. Le père d'Elsa était parti dans l'autre sens au volant de la vieille voiture et Elsa roulait vers le village voisin. Le plus probable était qu'elle soit partie dans cette direction avant de bifurquer au niveau du chemin qui menait à l'ancien lieu de rassemblement. Où *áhkku* se rendait quand elle était petite. Elsa aurait aimé accélérer, mais elle devait rester à l'affût sur tout le chemin. Il arrivait qu'*áhkku* n'ait pas la force de marcher si longtemps. Ils pouvaient la retrouver sur un tas de neige, le visage écarlate à cause de l'effort ou les lèvres bleues de froid.

Áhkku n'était plus capable de vivre seule et Mattias allait reprendre sa maison. Peut-être que c'était ce qui l'avait inquiétée aujourd'hui. Quelque chose s'était éveillé en elle, l'avait poussée à sortir en quête d'on ne savait quoi. Retourner à ce qui était jadis.

Áhkku vivait chez eux depuis quelques semaines. Le jour où elle avait failli mettre le feu à sa maison avec un photophore oublié sur la table de la cuisine, leur père en avait eu assez. Il lui avait confisqué sa clé, avait déménagé ses affaires et l'avait installée dans la chambre à coucher. Leur mère ne s'était pas plainte. Elle s'était contentée de faire son lit dans le séjour tous les soirs. Finalement, Mattias s'était entendu dire qu'il devrait reprendre la maison d'*áhkku* et *áddjá*, comme prévu depuis toujours. *Áddjá* était mort depuis plusieurs années. Il avait lentement dépéri ; à la fin, il était devenu quasiment transparent. Elsa lui tenait la main quand il reposait dans son lit, sous des draps propres et amidonnés. *Enná* et *áhkku* devaient alors s'y mettre à deux pour le sortir du lit et changer les draps. Sentant que la mort de son mari approchait, *áhkku* avait dit qu'elle refusait qu'un pasteur le trouve entre des draps souillés.

Áhkku avait fait son deuil en silence, avec calme. Elle ne s'était pas laissé embrasser. Ensuite, on aurait dit que son esprit avait perdu ses forces. C'était arrivé petit à petit. Une casserole oubliée sur le feu. Un nom omis. Un regard vide posé sur Elsa. Nulle lueur de reconnaissance dans ses yeux.

Isa avait résisté longtemps, refusé de voir. *Enná* tenait sa langue tout en veillant sur *áhkku*. Depuis qu'elle vivait chez eux, c'était plus facile. Mais leur mère avait parfois besoin de vaquer à ses occupations, et c'était toujours dans ces moments-là qu'ils trouvaient la porte ouverte et les petites empreintes qui se dirigeaient vers la route.

Il arrivait qu'un voisin téléphone pour dire qu'elle s'était encore échappée. Ceux qui la connaissaient bien s'arrêtaient et lui proposaient de l'emmener, mais le plus souvent elle leur lançait un regard noir. Peut-être leur racontait-elle qu'elle rentrait chez ses parents. Mais celle qu'elle cherchait, c'était sa petite sœur, décédée avant son huitième anniversaire. Une pneumonie lorsqu'ils étaient sur les hauteurs. Ils étaient six frères et sœurs. Jusqu'à ce que la plus jeune ne passe pas l'hiver. *Áhkku* avait onze ans. La benjamine était sa chouchoute, celle dont elle se sentait responsable.

Elsa s'asseyait souvent avec *áhkku* dans le canapé du salon. Sa grand-mère lui racontait toujours la même chose, décrivait sa petite sœur comme si celle-ci était vivante bien qu'elle fût glacée. Ses cils reposaient sur ses cernes bleus, sous ses yeux. *Áhkku* pleurait et parlait comme une enfant, comme la fillette de onze ans en deuil qu'elle avait été.

À présent, *áhkku* était de nouveau à sa recherche.

Le thermomètre affichait moins dix. Pas si froid que ça, mais on ne savait pas comment elle était habillée cette fois-ci. Étrange que personne n'ait téléphoné. Peut-être qu'elle avait filé directement dans les bois, en suivant une piste de motoneige. Dans ce cas, impossible de la retrouver. Elle était si légère qu'elle se déplaçait sur les pistes quasiment sans laisser de trace.

Une voiture approcha derrière elle et la dépassa à vive allure. Klaxonna. Agacée qu'Elsa roule à moins de cinquante sur une route limitée à quatre-vingt-dix. Plaque d'immatriculation norvégienne. En réponse, Elsa appuya aussi sur l'avertisseur sonore.

Elle s'engagea sur le chemin, plus enneigé. Ça secouait quand elle passait dans les nids-de-poule, ces trous qui se remplissaient d'eau l'été. Elle regarda des deux côtés. Aucune empreinte de pas dans la neige et peu de traces de motoneige. Son portable sonna et elle appuya sur le haut-parleur.

On entendait la fatigue de son père dans sa voix.

— Tu l'as trouvée ?

— Non, je suis sur le chemin, là.

— Appelle-moi dès que…

— *Juoa.*

Il raccrocha. Ils auraient dû venir tous les deux puis suivre chacun un sentier de motoneige. Elsa baissa un peu la vitre. L'air froid siffla autour de sa tête. Elle arrêta la voiture, éteignit le moteur pour mieux entendre, ouvrit la portière et descendit.

— *Áhkku !*

Son cri s'envola au-dessus des forêts et des tourbières tapissées de neige, puis le silence l'enveloppa. Ce silence si dense qu'il menaçait de vous briser les tympans de sa pression. Elsa s'approcha du sentier de motoneige le plus proche et s'allongea, à la recherche de petits creux. Rien. Elle décida de monter la pente – elle aurait une meilleure vue sur les tourbières.

Arrivée au sommet, elle aperçut une ombre à sa droite, dans la forêt. Elle enfonça la pédale de frein et observa. Éteignit le moteur, sortit. Effectivement, il y avait du mouvement au milieu des bouleaux. Les arbres ne s'étaient jamais remis de l'invasion des larves de la phalène du bouleau. Ne subsistaient que les troncs qui, noircissant depuis le haut, se mouraient lentement. Elle s'engagea sur le sentier pour motoneiges. Elle non plus ne laissait pas beaucoup de traces. Les gens disaient qu'elles se ressemblaient, *áhkku* et elle. Petites et lestes. Elsa le voyait bien, le nez, la bouche, le sourire. Mais ses yeux étaient ceux de sa mère.

Áhkku était penchée, les mains plaquées contre un bouleau. On aurait dit qu'elle faisait des étirements. Elsa eut envie de rire, mais elle savait que cela finirait en sanglots.

— Je crois qu'elle se cache, dit *áhkku*, la lèvre inférieure tremblante à cause du froid.

Elle ne portait pas de gants, ses mains étaient rouges. Elle avait jeté son bonnet par terre. Elsa le ramassa, le secoua pour en retirer la neige avant de le replacer délicatement sur la chevelure grise d'*áhkku*. Sa tresse s'était détachée et ses longs cheveux pendaient sur une colonne vertébrale dont on pouvait sentir les os si l'on y passait des doigts délicats. Elle portait à tout le moins un manteau, mais son pantalon était bien trop fin. À chaque rafale, l'étoffe qui flottait au vent se plaquait contre ses jambes, dévoilant leur maigreur.

— Il faut rentrer maintenant, *áhkku*.

Elsa envoya un SMS à son père : « trouvée ». Il ne répondrait pas.

— On n'a pas fini de jouer, répondit *áhkku* avec un sourire béat.

— Oui, mais c'est bientôt le soir, et il faut rentrer.

— J'ai fait pipi dans ma culotte.

Áhkku baissa les yeux en direction de ses jambes et Elsa vit les taches sombres sur le tissu bleu. Elle soupira, espérant que la couverture était encore sur le siège arrière pour qu'*áhkku* puisse s'asseoir dessus.

— Alors il faut vraiment rentrer pour que tu n'attrapes pas froid. Ce serait idiot de s'enrhumer.

— Mais je ne peux pas laisser ma petite sœur dans la forêt.

Elsa sortit son portable et le plaça contre son oreille.

— Ah bon, elle est chez vous ? Parfait. Alors nous arrivons. C'est bien que petite sœur soit rentrée.

Elle parlait distinctement et hochait la tête d'un air décidé en direction de sa grand-mère qui plissait les yeux d'un air méfiant.

— Tu as entendu ? Petite sœur est déjà rentrée.

Áhkku jeta un regard alentour d'un air préoccupé, et Elsa entoura ses épaules de son bras pour la conduire vers la voiture. Elle mesurait une tête de plus que sa grand-mère. Elle avait été folle de joie le jour où elle l'avait dépassée. C'était la première personne de la famille qu'elle dépassait. Mattias avait ri et dit que ce n'était pas vraiment un exploit. Lui avait grandi d'un coup pour atteindre quasiment 1,80 mètre. Bien plus que le corps petit et voûté de leur père. Heureusement qu'il avait hérité des gènes maternels, avait affirmé leur mère avec bien peu de tact.

Elsa posa la couverture sur le siège passager et aida *áhkku* à prendre place. Elle attacha sa ceinture, s'assit derrière le volant et verrouilla les portières. Il était arrivé qu'*áhkku* tente de sauter de la voiture en marche. En l'absence d'espace pour effectuer un demi-tour, elle fit une marche arrière avant de s'engager à nouveau sur la grande route.

— Où allons-nous, Elsa ?

Elle était revenue à elle, redevenue elle-même, ou presque. Pendant de brefs instants, Elsa retrouvait sa véritable grand-mère. Cela arrivait.

— Nous allons rentrer manger.

Il faisait chaud dans la voiture, l'odeur d'urine devint prégnante et Elsa eut des haut-le-cœur. Elle remonta son écharpe en laine sur son nez et appuya sur l'accélérateur.

36 – *Golbmalogiguhtta*

Le volume de la télévision était bas et *áhkku* était assise sous une couverture, immobile. Elle frissonnait chaque fois qu'un courant d'air froid pénétrait par la porte d'entrée et arrivait jusqu'à elle. Mattias et leur mère entraient et sortaient rapidement, portant des vêtements, une lampe, un chauffe-chaussures et un carton rempli de louches et de saladiers. Quand la tête d'*áhkku* bascula en arrière – elle s'était endormie la bouche ouverte tel un oisillon affamé –, Elsa quitta délicatement le canapé.

Elle enfila sa veste en duvet et enfonça les pieds dans les grosses chaussures de son père, parce qu'elles étaient les plus proches. Dans la remise, elle trouva Mattias, bras croisés, qui observait leur mère en plein tri. Elle parlait toute seule, comme d'habitude. Ils savaient qu'il ne fallait ni répondre ni poser de questions, simplement la laisser faire. Ses discours lui permettaient de s'organiser et elle ne s'attendait pas à ce que quiconque intervienne. Elle passa la tête dans une de ces vieilles penderies blanches pleine de combinaisons de motoneige, de pantalons de travail, de bonnets et de gants.

Elsa jeta un regard à son frère et leva les sourcils, mais il gardait un visage impassible.

— Puisqu'on t'aide à déménager, autant en profiter pour trier, marmonna leur mère. Ce pantalon, ça fait plusieurs années que personne ne l'a porté. Poubelle !

Le vieux pantalon de ski noir d'Elsa s'envola et atterrit à ses pieds. Il était toujours en bon état, mais elle le laissa.

— Qu'est-ce qu'il fait là, ce vieux waders ? *Isa* aurait dû le balancer depuis longtemps.

La salopette de pêche était noire, elle aussi. Elle vint grossir la pile de vêtements à jeter.

— On ne devait pas apporter de la vieille vaisselle et une table de chevet dans la maison ? s'enquit Elsa.

Sa mère jeta un coup d'œil par-dessus son épaule vers le tas de cartons à gauche de la porte, tout en lançant au sol une doudoune bleue sans manches.

Elsa se saisit du carton, il était lourd et elle se tourna vers Mattias.

— Il faut que tu m'aides.

— Prends d'abord la table de chevet, tu peux la porter seule.

Il avait une voix grave, mais parlait souvent si bas qu'on devait tendre l'oreille pour l'entendre. Il avait vingt-six ans. Il était réservé. Il marmonnait et était incapable de soutenir un regard.

— Qu'est-ce que tu attends ? Prends quelque chose toi aussi, qu'on en finisse, fit Elsa en soulevant la table de chevet bleue que Mattias avait commandée il y a longtemps chez Ikea.

C'était à l'époque où il avait prévu de quitter le domicile familial pour la première fois, mais ça ne s'était finalement pas fait. La maison qu'il aurait dû louer avait été vendue. Il avait reçu la nouvelle sans grande réaction et avait rangé la table dans la remise. Il était resté un an de plus chez ses parents.

C'était étrange d'être quatre adultes à la maison. Elsa avait terminé le lycée en juin et était revenue de la ville. De retour dans la chambre au papier peint vert clair qu'elle avait choisi à quatorze ans.

Elle avait d'abord songé à poursuivre ses études, s'inscrire au centre de formation sami à Jokkmokk, mais s'était ravisée. Son village natal lui manquait trop après ses années en ville et retrouver les rennes était pour elle une évidence.

Mattias se pencha en avant, plia le vieux waders d'un air méditatif et le fourra dans le carton contenant le service de table. Il bouscula Elsa pour passer. Celle-ci lui emboîta le pas, cherchant les bons mots. Ils enjambèrent le tas de neige qui séparait les deux maisons. Mattias baissa la poignée du coude et la porte s'ouvrit avec un grincement. Il ne retira pas ses chaussures, se dirigea droit vers la cuisine et posa délicatement le service sur la table. La toile cirée à carreaux rouges était hideuse, criblée de trous et de traces de brûlures laissées par des casseroles chaudes. Il allait tout changer, avait-il déclaré. Elsa ôta ses chaussures d'un coup de pied, entra dans la chambre et y posa la table de chevet. Il avait installé son lit. Celui d'*áhkku* avait trouvé sa place dans l'ancienne chambre de Mattias, accompagné d'une odeur âcre d'urine. *Enná* estimait qu'il fallait le brûler et *isa* ne disait rien du tout.

Elsa retourna dans la cuisine.

— Tu veux que je range le service dans le placard ? (Elle souleva le rabat du carton.) Le waders ne devait pas aller à la poubelle ?

Mattias, qui buvait au robinet, fit brusquement volte-face. L'eau était si froide qu'elle devait geler l'émail de ses dents.

— Si.

— OK, mais…

— Je m'en occupe, Elsa.

Elle se languissait du temps où il l'appelait *unna oabbá*. Elle ne savait pas pourquoi il avait arrêté et quand elle s'en était rendu compte, il était trop tard pour lui dire de continuer. Elle devait avoir une dizaine d'années. C'était après la mort de Lasse. À cette époque, tout avait été si confus et différent que les mots avaient perdu leur sens. Pendant une longue période, elle entendait à peine ce qu'on lui disait. Comme si elle avait eu les oreilles constamment bouchées. Le souvenir de cette sensation la faisait encore frissonner. C'est là, quelque part, que son existence comme *unna oabbá* avait cessé. Pour Mattias, elle était devenue Elsa.

— On ne peut plus pêcher avec.

C'était le vieux waders d'*áddjá*. Ses initiales étaient soigneusement inscrites au feutre noir sur la doublure blanche, à l'arrière, près de la couture. Bien sûr que tout le monde se souvenait de lui, quand il devait faire traverser un ruisseau aux rennes et qu'il enfilait son pantalon imperméable à bretelles. Il l'avait évidemment aussi porté pour pêcher, dans les zones les plus calmes de la rivière. On ne pouvait pas aller bien profond, au risque de déraper sur des pierres glissantes.

— Je sais.

La voix de Mattias vibrait dans sa poitrine. Il suspendit le pantalon à un dossier de chaise puis souleva six assiettes. Il les rangea l'une après l'autre dans le placard en pin au-dessus de l'évier dans un cliquetis de vaisselle. Six assiettes creuses y furent placées aussi vite.

Elsa soupira et sortit de la maison. Sa mère était toujours dans la remise, à manipuler un vieux Monopoly.

— Vous voulez garder vos jeux de société ?

— *Enná !* Tu veux vraiment t'occuper de ça maintenant ?

— Personne ne trie jamais rien, ça me rend dingue ! Bientôt je ne pourrai même plus accéder au congélateur. Si je suis obligée de déplacer des objets chaque fois que je dois aller chercher de la viande, c'est qu'il faut virer des choses.

Le congélateur blanc ronronnait tranquillement dans un coin, mais les nombreuses coupures de courant subies à l'automne étaient source d'inquiétude. Le coffre d'une capacité de 560 litres était suffisamment rempli pour tenir des mois, voire des années. Pièces de renne et d'élan, saumon, omble chevalier, ombre commun qu'il fallait bientôt manger, *gáhkku*, brioches à la cannelle, baies arctiques, airelles et myrtilles. Si Elsa voulait récupérer quelque chose au fond, elle devait se hisser jusqu'à la taille et se pencher par-dessus le bord. Dans la cuisine se trouvait également un autre congélateur, du type armoire, placé à côté du réfrigérateur, et tout aussi bien approvisionné. Elsa et sa mère s'assuraient qu'il y ait toujours un stock de bolognaise, de lasagnes et de boulettes de viande. Elsa savait cuisiner. Elle savait coudre. Elle savait s'occuper des rennes. Pourquoi devrait-elle vivre ailleurs qu'ici ?

Elsa caressa l'épaule de sa mère, l'invita à se calmer.

— Dis-moi plutôt ce que je peux porter.

Sa mère lui chargea les bras de rideaux, les grandes draperies grises qui habillaient autrefois les fenêtres du séjour, les voilages simples en dentelle qu'elle avait dans sa chambre et un brise-bise vert excessivement décoré qui pendait auparavant dans la cuisine. Elle avait commandé de nouveaux rideaux pour toutes les fenêtres.

Elsa parvenait à peine à voir par-dessus la pile lorsqu'elle ressortit dans le froid, traversa les cours et entra chez son frère. Mattias vivait seul, à présent. Il était adulte. Certes, sa maison jouxtait la leur, mais il avait son propre foyer. Il était indépendant. Indépendant, vraiment ? Peut-être trop. Il n'avait pas eu de petite amie depuis qu'Inga-Lill l'avait largué quatre ans plus tôt. Non sans conséquence, car ensuite, il avait laissé tomber. S'il n'était pas assez bien pour cette fille, aucune fille ne serait assez bien pour lui. Inga-Lill avait tourné la page, rencontré un homme de la ville, attendait son deuxième enfant et postait des photos sur Instagram. Toujours la même pose flatteuse, un sourire de Joconde. Elsa ne pouvait s'empêcher de regarder. Peut-être Mattias faisait-il de même, en pensant à ce qui aurait pu advenir. Avoir sa propre famille, cela lui aurait sans doute fait du bien.

Elsa posa les rideaux sur le canapé du séjour – le genre de canapé en cuir brun chocolat à haut dossier et grands accoudoirs arrondis très populaire au début des années quatre-vingt-dix. Sa mère et Hanna avaient changé de canapés depuis longtemps, mais chez les plus âgés ceux-ci étaient restés. Un canapé en cuir véritable, qui se nettoie facilement, pourquoi s'en séparer, arguait *áhkku*.

— Rassure-moi, tu comptes te débarrasser du canapé ?

— Oui.

— Tu vas aller en ville en chercher un autre ?

Mattias renâcla.

— Comme si j'avais le temps pour ça.

Les épaules relevées, visiblement agacé, il balançait bruyamment les couverts dans les tiroirs. Celui du haut coinçait. Mattias le ferma violemment.

— Tu veux que j'accroche les rideaux ?

Sans attendre sa réponse, elle s'empara du vieux tabouret-escabeau de sa grand-mère.

— Ne jette pas ce tabouret. Si tu n'en veux pas, je le prends.

Elle descendit la tringle blanche, souffla sur la poussière, enfila les rideaux gris et la replaça. Elle tira sur le tissu, l'arrangea pour que les fronces soient bien régulières. Par la fenêtre, elle pouvait voir *áhkku*, toujours assoupie dans le canapé.

37 – *Golbmalogičieža*

La tombe était recouverte d'un épais manteau blanc dû aux importantes chutes de neige des derniers jours et à la tempête de la nuit précédente. Seule la partie supérieure, irrégulière, dépassait. La famille n'avait pas choisi une pierre lisse à la surface brillante et polie, mais une pierre rugueuse sous la pulpe des doigts, voire acérée par endroits. Aucune ligne droite. Une pierre indomptée pour un homme indomptable. Elsa ne pouvait s'empêcher de penser que c'était exactement ce qu'il aurait voulu, être dompté, se trouver, être comme les autres, mais cela n'avait pas été possible. Pour des raisons qu'elle était à l'époque trop petite pour comprendre. Les promesses qu'il lui avait faites s'étaient envolées au loin. Et les réponses qu'elle attendait, qui devaient revenir avec le vent, étaient restées lettre morte.

Elle s'appuya sur le manche en bois de la pelle. Anna-Stina froissait le sac en plastique, comptait les bougies, refusant, comme d'habitude, de regarder la tombe.

— J'ai oublié les allumettes, marmonna-t-elle en se dirigeant vers l'allée déneigée entre les sépultures.

Elle oubliait toujours quelque chose et Elsa se retrouvait seule. L'été, tourmentée par les moustiques qui tournaient autour de son visage et de ses mains alors qu'elle essayait de planter les fleurs qu'elles avaient achetées à la station-service du village voisin. L'hiver, comme maintenant, la pelle à la main.

Elle banda les muscles de ses bras et de ses abdos, planta la pelle aussi profondément que possible, mais elle n'arriva d'abord qu'à l'enfoncer à moitié. Elle souleva la neige en grognant, la projeta derrière elle. Accéléra la cadence, pelletée après pelletée. Elle commençait à avoir chaud dans le dos. Plus près de la tombe, elle fit glisser plus délicatement la pelle jusqu'à ce qu'elle bute contre la pierre avec un bruit sourd.

Elle avait déblayé un petit sentier jusqu'à son nom et ses dates. Toujours aussi inconcevables. Elle frotta avec son gant la surface pour ôter la neige. Au printemps, on avait parfois l'impression, lorsque la neige fondait et dégoulinait le long de la surface irrégulière de la pierre, que celle-ci pleurait.

Anna-Stina était de retour. Elle sortit gauchement les bougies, les disposa en rang serré à côté de la pierre tombale, gratta une allumette, plaça la main en corolle autour de la mèche qui s'embrasa.

Elles s'étaient approprié ce rituel depuis quelques années. Enfants, elles accompagnaient Hanna, la regardaient planter les fleurs, allumer les bougies. Dès qu'elles furent assez grandes pour s'en occuper seules, Hanna espaça ses visites. De toute façon, pour elle, il n'était pas là. Et elle n'arrivait pas à pardonner. Pourtant, à quoi bon nourrir une rancune contre un mort ?

Elsa et Anna-Stina ne pleuraient jamais devant la tombe – il faut dire qu'on ne pleurait jamais en public. À part aux enterrements. Les larmes qu'Elsa n'eut pas le temps de verser en cette journée d'hiver glacial devraient trouver un autre exutoire. Elles ne parlaient pas beaucoup non plus. Jamais elles ne réfléchissaient à l'homme qu'il aurait été s'il avait encore été là. C'est Anna-Stina qui menait la danse, à l'époque comme maintenant. Elsa aurait bien voulu pleurer et échanger des considérations avec son amie, surtout à l'adolescence, période durant laquelle elle éclatait facilement en sanglots si l'envie l'en prenait. Anna-Stina avait rejeté ce genre de tentatives : « Il est mort et nous on reste. »

Aujourd'hui, il aurait fêté ses trente-deux ans. Il leur aurait sans doute envoyé une photo de l'étranger. Avec un sourire radieux. Et un œil de travers. Tout le monde aurait cru à son visage rayonnant, personne n'aurait remis en question sa décision de célébrer son anniversaire sur un autre continent.

On oublie facilement les défunts, surtout s'ils s'en sont allés alors qu'on n'avait que neuf ans. Pendant un temps, Elsa avait tourné autour des adultes, essayant d'entendre, de trouver des explications à sa disparition. Elle se cachait sous la table de la cuisine, traînait dans la buanderie, suivait sa mère quand elle était au téléphone et collait son oreille à la porte lorsqu'on la lui fermait au nez. *Áhkku* ne parlait que de péché et ça, elle ne voulait pas l'entendre. *Enná* s'enfermait et pleurait, mais il n'était pas facile de savoir pourquoi. Pas sûr que ce soit parce qu'il était mort.

Et Mattias.

Elle ne voulait même pas y songer. Elle ne savait pas si ses parents avaient tenté de lui parler. Tout le monde avait probablement fui, dans des directions opposées, avec l'espoir de pouvoir bientôt tourner la page, oublier.

Elsa regarda Anna-Stina qui essuyait d'un geste gauche les restes de neige sur la pierre.

Les premiers temps, Elsa lui avait demandé si elle savait pourquoi, mais Anna-Stina demeurait mutique, l'air renfrogné, et elle avait fini par pousser Elsa dans la neige en lui criant de se mêler de ses oignons. Elles s'étaient tourné le dos, s'asseyaient très loin l'une de l'autre dans le car de ramassage, ne déjeunaient plus ensemble à la cantine. Cet hiver-là, Elsa avait haï Lasse.

La neige avait fondu, le printemps était revenu et quand les bouleaux avaient fleuri en juin, Anna-Stina avait fêté ses onze ans. La mère d'Elsa était tombée par hasard sur Hanna à la supérette du village voisin et était revenue avec autre chose que du lait : une invitation à l'anniversaire d'Anna-Stina. Elsa était habillée des heures avant qu'il soit temps d'y aller et elle avait emballé un livre qu'elle s'était en réalité acheté quelques semaines plus tôt. Elle avait essayé de se contrôler, de marcher lentement le long de la route et de gravir sans courir la pente qui menait à la maison où personne de sa famille ne s'était rendu depuis des mois. Lorsque Anna-Stina l'avait serrée dans ses bras et avait reçu le cadeau, le vent avait tourné, tout à coup. Elles étaient redevenues amies.

— On y va ? demanda Anna-Stina, mais elle n'attendit pas sa réponse.

Elsa se baissa, disposa les bougies en forme de cœur et emboîta lentement le pas à son amie.

La ceinture de sécurité toute raide s'attacha avec réticence. La voiture d'Anna-Stina, une vieille Renault, ne supportait pas le froid.

— Quand vas-tu changer de voiture ? Tu ne te rappelles pas ce que disait Lasse ? Que les Français sont nuls.

Anna-Stina éclata d'un petit rire, Elsa aurait voulu tendre le bras et lui serrer l'épaule, mais elle ne le fit pas. Certains disaient que leur amitié était déséquilibrée, qu'Anna-Stina avait la main et qu'Elsa s'adaptait. Ce n'était pas vrai, plus maintenant. Il n'était plus question de marcher dans son ombre.

La mort les avait laissées plus ou moins seules pour percer les mystères de ce qu'on appelle la vie. Bien sûr, Anna-Stina avait parfois grandi trop vite pour Elsa. Quand elle avait commencé à se maquiller et à avoir des formes qui mettaient Elsa mal à l'aise. Aux yeux des amis d'Anna-Stina, Elsa était puérile. Il n'empêche qu'Anna-Stina passait la voir le soir. Puis, quand Elsa était entrée en cinquième, la relation avait retrouvé son équilibre. Quand sa mère l'avait autorisée à mettre du mascara.

Siessá lui demandait parfois pourquoi elle n'avait pas d'amis. Elsa répondait en riant qu'elle avait Anna-Stina. Ça ne lui faisait pas mal. C'était vrai. Qu'importe si Elsa ne servait que de bouche-trou quand personne n'avait la force de conduire Anna-Stina jusqu'au village voisin.

Pendant ces longs moments en tête à tête avec elle-même, Elsa avait développé sa propre personnalité.

— Tu rentres ou tu m'accompagnes chez moi ? demanda Anna-Stina.

Dans un sourire, Elsa répondit qu'elle irait volontiers chez son amie, évidemment. Anna-Stina avait son propre logement, un petit appartement dans le seul immeuble locatif du village voisin, qui comptait six habitations.

Elsa avait gardé son appartement en ville, celui des années lycée. Elle s'y rendait parfois, en quête de tranquillité. Elle emportait ses skis pour faire du slalom ou allait au cinéma avec l'un de ses amis du lycée qui étaient restés, qui n'avaient pas décidé de poursuivre leurs études ailleurs.

Si elle était parfois impatiente de retrouver son appartement, ça n'avait pas toujours été le cas : lorsqu'elle y était arrivée à l'âge de seize ans, le sentiment avait été tout autre. Une solitude manifeste à laquelle elle n'était pas du tout préparée. Ne rentrer au village que pour les week-ends et les vacances lui rappelait tout ce qu'elle manquait. La vie avec les rennes. Quelque chose d'absolument essentiel se jouait et elle en était exclue. Non que son père et Mattias eussent besoin d'elle – c'est elle qui avait besoin d'eux, ou plutôt de ce qui les soudait. Mattias n'avait pas fréquenté le lycée parce qu'il savait qu'il resterait au village à s'occuper des rennes. Elsa avait beau avoir la même conviction, renoncer au lycée lui semblait impensable. Sans compter qu'Anna-Stina lui en chantait sans arrêt les louanges. Elles avaient passé une année ensemble en ville, Elsa en première année et Anna-Stina en troisième. Une fois qu'Anna-Stina eut jeté en l'air son bonnet de bachelière, elle avait chargé la voiture et s'en était retournée au village. Elsa était restée là. Deux longues années. Mais elle ne faisait pas que se languir d'Anna-Stina. Pour la première fois de sa vie, elle se liait d'amitié avec des personnes qui n'étaient pas ses cousins. Elle s'était mise à pratiquer le slalom, à fréquenter une salle de sport et à faire la fête. À ce moment-là, elle aurait pu choisir d'abandonner la renniculture. On n'attendait pas la même chose des filles, il n'était pas aussi évident qu'elles choisiraient l'élevage. En particulier s'il y avait des frères dans la famille. Mais Elsa choisirait toujours les rennes, avec ou sans fratrie.

Les essuie-glaces chassaient les lourds flocons de neige. Il n'y avait pas un bruit dans la voiture. Anna-Stina roulait trop vite, comme d'habitude, sans se soucier du fossé. Presque comme si elle espérait que la voiture dérape pour qu'elle puisse en reprendre le contrôle, la redresser comme si elle faisait ça tous les jours, et continuer avec le sentiment d'avoir évité une catastrophe.

Des poids lourds passaient en vrombissant, dans un nuage de neige aveuglant. Comme un mur blanc. Elles retenaient leur respiration jusqu'à ce que la vue soit dégagée.

— Je vais monter voir Per-Jonas demain, dit Anna-Stina.

Per-Jonas et Anna-Stina étaient en couple depuis près d'un an. Il venait du sameby voisin. Il avait quatre ans de plus qu'Anna-Stina. Il était bavard, limite agaçant. Et avec lui, Anna-Stina était différente. Mais ça, Elsa le gardait pour elle.

Anna-Stina rétrograda et mit le clignotant pour s'engager dans la cour.

— Son père est absent jusqu'à demain et j'ai promis de lui donner un coup de main.

Le frein à main grinça quand elle le serra.

— Tu veux venir ?

Elsa reconnaissait le ton. Il était question de Niko. Il serait sans doute là. Elle avait beau savoir qu'elle lui plaisait, ça ne changeait rien.

La neige virevoltait autour de leurs visages. Elles se précipitèrent à l'abri. Anna-Stina alluma la lumière dans l'entrée et suspendit son manteau. La cuisine était en pagaille : la vaisselle n'était pas faite, des lettres du conseil régional s'entassaient sur la table et des vêtements pendaient aux dossiers des chaises. Anna-Stina remplit le filtre de la cafetière de café moulu et sortit deux tasses blanches. Bientôt l'arôme de café flotta dans la cuisine.

— S'il te plaît, viens avec moi, dit-elle en sortant le lait du réfrigérateur.

— Lasse avait une petite amie ? Je ne me rappelle plus.

— Pourquoi est-ce que tu poses cette question ?

Anna-Stina servit le café. Elsa s'empara de la brique de lait.

— Je me dis parfois qu'il était peut-être très seul. Il voyageait toujours seul.

— Il avait le temps de voyager. Personne d'autre n'avait cette chance.

— Mais voyager seul… Je ne sais pas…

— Toi, en revanche, tu as besoin d'un petit ami. Ce serait génial si toi et Niko… (Elle toucha la jambe d'Elsa de ses doigts de pied.) On s'amuserait bien tous les quatre.

Elsa se contenta de secouer la tête et de faire une grimace à Anna-Stina qui gloussait. Avoir besoin d'un petit ami. Comme si c'était facile. Ou bien prendre celui qui voulait bien d'elle. Juste histoire de.

38 – *Golbmalogigávcci*

La boîte postale ne renfermait qu'une lettre de la caisse d'assurance maladie. Robert la soupesa. Elle était trop légère : rien de nouveau à l'horizon. Il regarda le village, les maisons bien alignées le long de la grande route et des chemins non revêtus. La fumée s'élevait des cheminées. Les corbeaux battaient lourdement des ailes au-dessus des vieux poteaux téléphoniques hors d'usage depuis des années. Il retourna à la voiture, le moteur tournait encore et le véhicule était enveloppé d'un épais nuage de gaz d'échappement.

Il se laissa tomber lourdement et esquissa une grimace lorsque son épaule refusa d'obtempérer. Comme d'habitude, la douleur avait commencé à descendre le long des omoplates et du dos. Il glissa difficilement un index sous le rabat de l'enveloppe pour la décacheter, mais finit par en déchirer un coin. Il sortit la misérable page barrée de quelques phrases assorties comme toujours de la marche à suivre pour contester la décision. Ils savaient que nul ne s'exprimait assez bien pour faire appel. Il y avait toujours une clause que Robert ne remplissait pas. Le médecin de l'assurance maladie avait donné un avis clair : il était en mesure de travailler. Pas la peine de le rencontrer. Et cette connasse du centre de soins, une certaine Jeannette, qui pinçait les lèvres chaque fois qu'il venait pour une nouvelle prescription d'antalgiques. Il était temps d'aller voir ailleurs, en espérant qu'ils n'aient pas accès à son dossier. Faire une virée à Luleå, peut-être ? Ou laisser tomber, tout simplement.

Il frappa violemment le volant de ses deux mains, passa la première, pressa l'accélérateur à fond jusqu'à ce que les roues patinent dans la neige.

C'était de très, très mauvais augure. Bientôt il recevrait la facture d'électricité de Vattenfall, et il devrait vraiment amener Raija chez le vétérinaire pour faire contrôler ses hanches. Il se gratta la tête et jeta sa casquette à l'arrière. Raija la renifla et perdit l'équilibre au moment où Robert tourna. Elle poussa un gémissement de douleur et Robert regarda dans sa direction.

— Désolé Raija, pas fait exprès.

Il tendit le bras, la chienne pressa son museau contre sa paume et souffla de l'air par les narines. C'était un chien d'élan norvégien gris. Elle n'avait que quatre mois quand on la lui avait donnée en rémunération d'un travail qu'il avait effectué. C'était son idée à lui. Il avait vu la portée de chiots dans la cour de la ferme et avait demandé s'il pouvait en avoir un. Il n'y avait pas eu de chien dans la maison depuis son adolescence, depuis ce jour d'automne où son vieux était sorti avec Onni et était revenu seul. Son père avait les yeux rougis, mais quand Robert avait posé des questions, son humeur avait changé du tout au tout, comme tant de fois auparavant.

— C'est de la torture de laisser vivre un chien malade, tu comprends ? Il souffrait.

Robert était resté sans voix. Ne même pas avoir la possibilité de lui faire ses adieux. Il aurait pu buter son père ce jour-là. Après, ils n'avaient pas eu d'autre chien. Onni était un setter irlandais, le meilleur chien du village pour la chasse aux oiseaux, à en croire son paternel. Il se réfugiait surtout auprès de Robert, ce qui n'était pas du goût de son vieux. Le bonhomme s'était arrangé pour avoir le dernier mot. Il avait flingué Onni et n'avait jamais révélé ce qu'il avait fait du corps.

Robert s'était procuré un chien sur un coup de tête. Il avait vu Raija faire des cabrioles, c'était la plus courageuse de la ferme. Robert avait besoin d'un vrai chien d'élan.

Dans son équipe de chasse, il y avait eu des frictions, certains voulaient l'exclure, il n'était pas fiable, disaient-ils. Il buvait. Alors il avait obtenu Raija et s'était rendu utile. Raija était la meilleure, tout comme Onni l'avait été. Son vieux n'avait pas dit un mot lorsque le chiot était entré dans la maison. Et Robert lui avait bien fait comprendre à qui il appartenait.

Raija s'allongea et poussa un gémissement. Robert augmenta le volume de la radio.

À la station-service, il aperçut une Audi grise flambant neuve qu'il ne reconnaissait pas. Elle avait une remorque dans laquelle on devinait, sous une bâche noire, la forme d'une motoneige. Il tourna la tête et la dépassa lentement. Oui, il en était sûr, putain ! Encore un de ces putain d'éleveurs de rennes avec une nouvelle voiture et sans doute aussi un nouveau scooter des neiges. Combien de bagnoles avaient-ils à présent ? Trois ? Et leur fils, deux, n'est-ce pas ? Ils mériteraient bien un petit contrôle fiscal.

Il poursuivit sa route, sortit du village, sans but, mais en appuyant plus fort sur l'accélérateur. Il croisa une voiture qui lui fit des appels de phares nerveux. Sans doute des rennes sur la route. Effectivement, après le virage, il les vit. Quatre grands rennes qui léchaient le sel sur la chaussée. Comme il serait facile de les renverser telles de vulgaires quilles de bowling ! Ils le fixèrent de leurs grands yeux vides, sans bouger d'un pouce. Il klaxonna, ce qui les fit sursauter et se diriger lentement vers le fossé. Il se remit à rouler, pour freiner de nouveau au moment où l'un des rennes remontait sur la route. Il pressa plusieurs fois l'avertisseur sonore ; le renne bondit en arrière.

Parfois on n'a pas vraiment le temps de réfléchir. Apercevoir une aire de stationnement, freiner en urgence, ouvrir le coffre, sortir la carabine.

Raija était sur le qui-vive. Un grognement sortit de sa gorge, mais rien de plus. Elle n'aboyait jamais à mauvais escient et il suffisait que Robert lève un doigt pour qu'elle se taise complètement.

Les rennes s'étaient éloignés vers la forêt de sapins. Il leva son arme. Visa. Tira. En plein dans le mille. L'animal tomba. Il refit feu.

Bien visé. Les deux autres bêtes s'enfoncèrent dans la neige, tentèrent de fuir. La troisième balle manqua sa cible.

Il s'affaissa, les mains soudain tremblantes et le pouls rapide dans ses oreilles. Il était beaucoup trop près du village. Trois coups de feu. Il haleta et regarda la route, tendit l'oreille. Y avait-il des voitures ? Il tituba jusqu'au coffre et y jeta la carabine. Sortit son téléphone portable de sa poche de manteau, composa le numéro de Petri. Un ton sec, des mots durs : « Il me faut une remorque et des sacs. Et que ça saute ! »

Il réussit à sortir une cigarette et faillit la faire tomber en la portant à sa bouche. Il ne fallait pas qu'il reste là, avec la voiture. Il chercha les douilles. En trouva deux, la troisième avait disparu, peut-être sous la voiture ? Il entendit un bruit de moteur et se précipita sur la banquette arrière, donna sans le vouloir un coup à Raija qui poussa un cri. C'était un camion qui passait en vrombissant. Robert jeta un coup d'œil par la vitre arrière. Un Norvégien. Il ne reconnaîtrait pas sa voiture.

Robert demeura recroquevillé, les genoux presque plaqués contre le menton, les douleurs dorsales descendaient dans les hanches et remontaient le long des vertèbres. Il essaya de s'étendre sur le dos, mais il était bloqué, complètement tordu. Il décocha un coup de poing au siège avant. Tendit de nouveau l'oreille. Un autre véhicule passa, sa voiture vibra légèrement – un petit pick-up. Cette fois-ci il ne se redressa pas pour regarder la plaque.

Ce fut vite fait, mal fait, mais ils s'assurèrent de découper des steaks et des morceaux d'épaule. Ils traînèrent les rennes plus profondément dans la forêt, les dépecèrent à la hache, rassemblèrent les entrailles, les sabots, les bois, les têtes et les touffes de poils dans leurs grands sacs en plastique. Ils recouvrirent de neige les traces de sang. La sueur coulait le long des tempes de Robert. La douleur était telle qu'il voyait des étoiles. Petri poussa des jurons à intervalles réguliers. Réussir à charger les cadavres de rennes dans la remorque avant le passage d'une autre voiture était voué à l'échec. C'était vendredi, le « rallye de Tornédalie » commencerait bientôt, cette caravane de citadins qui avaient depuis longtemps abandonné leurs terres, mais y rentraient tous les week-ends pour chauffer leur maison et profiter du sauna.

Petri balança le dernier sac-poubelle dans la remorque.

— On fait moitié-moitié, hein, dit-il à voix basse en tendant la bâche.

Robert se contenta de lever une main qu'il secoua comme si c'était une évidence.

— Débarrasse-toi des sacs, c'est tout.

Petri acquiesça et grimpa dans la voiture. Robert resta un instant à l'extérieur, se massa le coccyx. Le vent sifflait dans les cimes des sapins. Il essaya de se pencher pour voir si la douille était tombée sous la voiture, mais à mi-parcours son corps mit son veto. Lorsqu'il passa la jambe droite dans la voiture, en haletant, il serra les dents sur la chair à l'intérieur de ses joues. Le goût du sang emplit sa bouche.

Une voiture approcha. Il tourna instinctivement la tête. Ce qui ne servait à rien, bien sûr, puisque tous les habitants des villages alentour connaissaient les plaques d'immatriculation les uns des autres. Une Qashqai rouge flambant neuve passa en trombe. Il la reconnut. C'était celle de Nils Johan.

Sa respiration s'était calmée. Il n'y avait pas d'inquiétude à avoir. Il allait appeler le restaurant à Piteå et leur dire qu'il y avait de la viande à venir chercher. Ou peut-être l'entreprise finlandaise qui payait encore mieux. Il brûlerait aussi la lettre de la caisse d'assurance maladie à son retour. Il n'avait pas besoin d'eux. Ça finissait toujours par s'arranger, d'une manière ou d'une autre.

39 – *Golbmalogiovcci*

Elsa jeta un coup d'œil chez Mattias. Elle s'était habituée à dire que cette maison était chez lui. À la différence d'*áhkku* qu'ils devaient aller chercher plusieurs fois par semaine devant la porte, tracassée, se demandant pourquoi elle était fermée à clé. Pourquoi est-ce que personne n'avait laissé un balai devant au lieu de la verrouiller ? Mattias fermait à clé parce qu'il ne voulait pas qu'elle vienne. Il n'avait plus la force de lui expliquer.

Elsa alla chez Mattias et toqua à la porte. Elle entendit des pas s'approcher. Il l'invita à entrer.

— J'ai quelque chose à te montrer.

On ne frappait jamais à sa porte sans raison. Depuis peu, il gardait les stores vénitiens fermés. Ils faisaient comme si de rien n'était, mais sa mère se postait souvent devant la fenêtre de la cuisine, silencieuse, à regarder vers chez lui.

La vidéo de l'homme à cheval sur un renne avait choqué Elsa. Anna-Stina, qui l'avait reçue de Per-Jonas, la lui avait transférée. Le clip était court et muet, mais l'outrage lui faisait l'effet d'un coup en plein ventre. L'idée qu'ils soient à ce point sans scrupules, si intouchables qu'ils se filment en train de torturer des animaux ! C'était inimaginable.

La vaisselle était faite et la cuisine sentait le savon noir. La toile cirée avait été remplacée par un long chemin de table gris au centre duquel trônait un profond saladier brun. Ce n'était pas *enná* qui faisait le ménage, c'était lui.

Elsa s'assit sur une chaise à barreaux et sortit son téléphone portable. Mattias se servit un café et leva la verseuse en direction de sa sœur comme une interrogation, mais celle-ci refusa d'un signe de la tête.

Il avait l'air détendu, se déplaçait avec plus de légèreté, ses talons ne frappaient pas le sol. La transhumance vers les pâturages d'hiver plus au sud s'était passée sans accroc ; les bêtes semblaient nombreuses, le cheptel en bonne santé.

Il croisa son regard, hasarda même un sourire. Dans quelques jours seulement aurait lieu le *rátkin*, le tri des rennes. Il obtiendrait alors la confirmation de ce qu'il avait vu au cours de la migration. Cette année s'annonçait comme la meilleure depuis longtemps. Des rennes nombreux et surtout beaucoup de faons qui avaient survécu.

Elsa posa son portable sur ses genoux. Ça pouvait attendre. Après le tri, peut-être. En même temps, elle aurait aimé avoir son avis. Fallait-il porter plainte ? Avant de passer chez lui, elle avait feuilleté la liasse de dépositions faites à la police. Elle et son père les rangeaient soigneusement dans le classeur et c'était souvent elle qui écrivait au bas de la page : « Enquête préliminaire classée sans suite. » C'était elle qui téléphonait au commissariat et demandait s'il y avait du nouveau. Son père avait été heureux de lui déléguer cette corvée. Au demeurant, c'était elle qui écrivait le mieux. Il avait été sacrément impressionné quand elle avait adressé une lettre aux chefs de la préfecture de la région Nord, déplorant le manque de volonté de la police locale pour enquêter sur les crimes commis à l'encontre de leurs rennes. *À l'encontre de notre vie, plus précisément*, avait-elle souligné dans la lettre.

Mattias voulait rarement lire les plaintes, mais ce film, il fallait qu'il le voie. Il reconnaîtrait peut-être l'homme à califourchon sur le renne.

— Qu'est-ce que tu veux me montrer ?

— Tout bien réfléchi, je prendrais bien un café.

Il lui tendit une tasse. Ils burent en silence.

— Alors ?

Elle esquissa un sourire. Déglutit. Non, c'était impossible. Elle trouva vite une parade.

— La motoneige que tu voulais acheter pour remplacer la tienne est en stock. Per-Jonas l'a dit à Anna-Stina.

Il se frotta le menton et acquiesça.

— Elle est canon.

— Tu as les moyens ?

— Avec l'argent de l'entreprise, toujours, répondit-il avec un sourire.

— Ne dis pas ça.

— Allez ! C'est ce que tout le monde dit ! Ils n'ont qu'à le croire, si ça leur fait plaisir. Il y aura toujours des jaloux.

— Tu ne veux pas ouvrir les stores, quand même ?

— La flemme.

Elle se redressa et fit pivoter les lames de bois en position verticale. Leur mère, devant la fenêtre de la cuisine, esquissa un rapide pas en arrière.

— Tu as remarqué qu'elle ne vient jamais me voir ?

Oui, ça crevait les yeux.

— Parfois c'est difficile de savoir ce que tu veux, frangin !

— Bah !

— En tout cas, *áhkku* te rend visite.

Elle voulait le faire sourire à nouveau. Il lui donna une petite tape sur la tête, se leva et disparut aux toilettes. Elle feuilleta la pile de journaux dans la vieille caisse en bois posée au sol. Entre un magazine de chasse et un de pêche, elle trouva une photo. Elle la retourna. Lasse. Le portrait souriant qui ornait l'avant de son cercueil.

Il n'avait pas laissé de lettre, mais ces dernières années, elle s'était dit que Mattias savait peut-être. Les deux garçons avaient été des amis intimes. Être si proche de quelqu'un sans pour autant suffire, cela avait dû être très dur.

C'était ainsi. Peut-être était-elle passée à côté d'une conversation sur les causes de sa mort ? Peut-être étaitelle la seule dans l'ignorance ? Longtemps elle avait entendu dire que les Samis étaient surreprésentés dans les statistiques des suicides, mais de nouvelles études montraient apparemment que ce n'était pas vrai. C'est ce qu'ils avaient dit à la radio, à l'émission *Ođđasat*[1], Elsa écoutait d'une oreille, mais elle avait éteint dès que sa mère était entrée dans la cuisine. Elle l'avait compris, on ne devait pas parler inutilement du pourquoi et du comment de la mort de Lasse. Juste après les obsèques, elle avait entendu sa mère essayer de consoler Hanna en lui disant qu'il était mieux là où il était maintenant. Elsa lui avait décoché un coup de pied dans le tibia et était rentrée chez elle en courant. Comment pouvait-on dire qu'il valait mieux être mort ! Elle avait entendu d'autres explications fumeuses, qu'il n'était pas fait pour cette vie. Mais qui en décidait ?

Psychologues et assistants sociaux avaient tenté d'entrer en contact avec les proches endeuillés, mais la famille s'était renfermée. Ne laisser personne approcher. Ne pas en parler. Laisser les choses telles quelles. Par ailleurs, aucun des professionnels ne parlait sami. C'était évidemment voué à l'échec.

Elsa ignorait comment Mattias avait porté le deuil. Elle se rappelait seulement qu'il avait refusé de lui tenir la main aux funérailles et qu'il était l'un de ceux qui n'avaient pas pleuré.

Lasse n'était ni le premier ni le dernier à mettre fin à ses jours dans le *Sápmi*. Pas étonnant, songeait Elsa enfant, si des gens comme sa mère disaient qu'ils étaient mieux là où ils se retrouvaient après la mort. Ce qui revenait à donner son assentiment.

Elle frissonna et posa la paume de sa main sur le visage de Lasse. Et s'ils avaient raison, ceux qui s'immolaient ? Qui affirmaient que ce n'était plus possible, qui quittaient tout ce qui les faisait souffrir ? C'était comme clamer au monde entier : « Voilà ce que vous nous poussez à faire ! Nous n'en pouvons plus. Plutôt nous brûler la cervelle que de continuer à voir nos rennes torturés et assassinés, d'entendre vos discours de haine. Nous préférons nous ôter la vie que voir nos terres grignotées au profit d'une mine

1. Programme d'information en langue samie, diffusé en Suède, en Finlande et en Norvège.

qui ne fournira du travail que pour une dizaine d'années à peine. »

Les parents inquiets gardaient leurs adolescents et leurs enfants adultes à l'œil, les restreignaient, les retenaient, ne les laissaient pas déménager plus loin que dans la maison voisine, de l'autre côté du talus de neige. Mais tout était vain si l'on ne supprimait pas les raisons qui les poussaient à vouloir quitter la vie.

Elsa sentit son cœur se serrer. Elle entendit la chasse d'eau puis le robinet. Elle glissa le cliché entre les journaux.

— Je dois y aller, dit-elle quand son frère réapparut. J'ai rendez-vous chez le coiffeur.

40 – *Njealljelogi*

Les coups de feu qui avaient retenti la veille à proximité immédiate du village étaient devenus un sujet de conversation brûlant. L'un disait en avoir entendu deux, l'autre trois. En pleine journée. Elsa ne confia à personne qu'elle avait vu la jeep de Robert garée sur une aire de stationnement au bord de la route. Elle avait envisagé d'en parler à Mattias, mais n'en avait rien fait. Dans la supérette, on suggérait que quelqu'un avait tiré sur un renard galeux. Ou bien c'était quelqu'un qui avait tué des rennes. Mais ça, on ne le criait pas sur tous les toits.

Il faut dire que le tri approchait. Ensuite, les rennes seraient moins exposés. Elsa comptait les jours, comme tout le monde. On prévoyait un temps froid, mais ces derniers jours, les températures s'étaient radoucies.

Plus au sud, dans le Jämtland, les éleveurs étaient las de trier les rennes sous la pluie, la neige et les vents violents. Ils avaient construit un enclos de tri couvert. « Couvert ? » s'étaient indignés les anciens de la communauté d'Elsa. C'était contre-nature, ce n'était pas comme ça qu'on faisait.

Le père d'Elsa avait gardé le silence lorsque le sujet avait été abordé ; il s'était contenté de disparaître dans la remise. Il y avait un gros problème, ils le savaient tous. De la pluie en plein hiver. Elsa était très inquiète. Bien sûr, ils avaient tiré la sonnette d'alarme, essayé d'attirer l'attention des gens qui vivent loin des pâturages des rennes, de leur faire ouvrir les yeux : « Ne voyez-vous pas ce qui se passe ? Nous en sommes témoins depuis longtemps ! Voilà des années que nous clamons que le climat est en train de changer. » Mais comme d'habitude leurs voix avaient été trop frêles, le vent n'avait pas eu la force de les porter jusqu'à destination. Par conséquent, certaines communautés d'éleveurs bâtissaient des abris et on se disait qu'au moins il faisait chaud.

Mais il suffisait de poser les yeux sur ses petits-enfants pour avoir les jambes en coton. Un abri, ce n'était qu'un expédient.

Elsa s'assit dans la voiture. C'était la première voiture qui lui appartenait, une Skoda Octavia bleu clair qu'elle avait achetée à prix d'ami à un cousin. Elle roula lentement vers l'aire de stationnement à la sortie du village mais ne sortit pas tout de suite du véhicule. Parfois, mieux valait rester dans l'ignorance. Elle finit par descendre malgré tout et observa attentivement le sol. Le chasse-neige avait eu le temps de faire quelques allers-retours – toutes les preuves pouvaient se trouver enfouies dans les congères. Elle posa le pied avec précaution, scruta la neige alentour. Blanche, vierge. Un peu plus loin, elle aperçut des empreintes laissées par des rennes. Elle s'approcha à grandes enjambées dans la neige profonde. Il s'agissait d'au moins deux bêtes, sans doute plus. De nombreuses traces en direction de la forêt. Elle essaya de marcher dans leurs pas, dégageant la neige à coups de pied sans rien trouver. Elle finit par arriver entre les sapins ; les foulées s'enfonçaient dans la forêt. Ces rennes s'en étaient tirés. Aucune touffe de poils, aucune trace de sang, seulement de la neige. Quel soulagement ! Ça devait être le renard galeux après tout. Elle rebroussa chemin, piétina pour ôter la neige de son jean, remonta dans sa voiture et démarra.

Au loin, près du ruisseau, elle aperçut les corbeaux qui tournoyaient en l'air, se posaient dans la confusion. Cela pouvait être un renne percuté par une voiture – ou tout autre chose. Elle roula lentement, dépassa le ruisseau, vit les oiseaux s'affairer. Elle continua encore deux cents mètres avant de s'arrêter sur une place de stationnement. Elle considéra ses options. Elle avait rendez-vous chez le coiffeur dans une bonne heure. Il pouvait très bien s'agir d'un renard que le tireur avait jeté dans le fossé. Il lui suffisait de vérifier, puis elle pourrait continuer sa route.

Elle exécuta un demi-tour serré pour retourner au ruisseau. Il était invisible depuis la chaussée. Elsa se gara le plus près possible du fossé, alluma ses feux de détresse et sortit.

Les corbeaux s'envolèrent. Ne restèrent que deux sacs en plastique bleus marqués du nom de la société minière. L'un était lacéré, l'autre intact. Un intestin pendait de la brèche. Elsa alla chercher ses gants de protection dans le coffre.

Depuis la cime des arbres, les oiseaux la fixaient de leurs petits yeux de jais. Le ruisseau gelé était perforé, comme si on avait voulu l'entailler à la hache. Afin d'y jeter les paquets, peut-être ? En espérant qu'ils coulent jusqu'au fond. Elle souleva délicatement l'un des sacs ; l'intestin glissa un peu plus hors de l'orifice. Il ne semblait pas complètement gelé. Peut-être les sacs avaient-ils été conservés dans un endroit plus chaud avant d'être abandonnés dans la forêt, songea-t-elle. C'était lourd. Elsa se prépara psychologiquement à découvrir son contenu. Les corbeaux étaient parvenus, de leurs becs acérés, à percer un large trou. Elle s'empara du sac et tira d'un coup sec. À la vue de la tête de renne, elle fit un bond en arrière. Prise d'un haut-le-cœur, elle se racla la gorge. La marque à l'oreille. C'était un renne de Mattias. La tête était barbouillée de sang. Dessous se trouvaient les boyaux, le reste des viscères et les sabots. Elle souleva le deuxième sac, tout aussi lourd, le palpa et devina, à la forme, qu'il s'agissait d'une autre tête de renne.

Un bruit s'échappa de sa gorge. Un gémissement. Quelques respirations et elle se ressaisit. Elle jeta un regard circulaire avant de se diriger, jambes tremblantes, vers un petit bouleau à proximité. Elle se hissa sur la pointe des pieds pour arracher une branche. Celle-ci refusait de céder. Avec un rugissement, Elsa s'y suspendit de tout son poids. La branche se brisa avec un craquement. Elsa s'en servit pour remuer le contenu du sac. Elle y trouva des gants en plastique fin. De l'ADN. Et sa voiture qui était arrêtée sur le parking. Elsa se força à regarder la tête à nouveau. La balle s'était logée juste sous l'œil.

Elle n'appellerait ni son père ni Mattias. Pas maintenant. Pas au moment où tout le monde préparait un événement majeur de l'année. Elle s'en occuperait toute seule.

Quelques mois plus tôt, elle avait réussi à obtenir le numéro de la ligne directe du policier Henriksson, mais elle ne l'avait encore jamais appelé. Elle avait toujours suivi la procédure correcte, en passant par le chef du poste de police ou le centre d'appels régional de la police. Mais à présent elle bouillait de rage.

Henriksson répondit au bout de six sonneries, essoufflé, la voix fébrile. Elle se présenta et crut entendre un soupir.

— J'ai trouvé deux grands sacs en plastique contenant les restes d'au moins deux rennes. Quelqu'un les a tués et dépecés. Hier nous avons entendu des coups de feu à la sortie du village et j'ai noté un impact de balle dans l'une des têtes. Je n'ai ouvert qu'un sac pour ne pas altérer des preuves.

Elle se demanda s'il lui arrivait de penser au jour où elle était venue dans son bureau, dix ans plus tôt. Ils ne s'étaient pas revus depuis, mais Elsa lui avait parlé plusieurs fois au téléphone.

— Eh bien, normalement, ce n'est pas moi que vous devez appeler. Mais je peux vous dire qu'à l'heure actuelle nous n'avons pas la possibilité de nous déplacer. La patrouille est occupée.

— Mais qu'est-ce que je fais des sacs ? Je les laisse ici ? Les corbeaux en ont déjà ouvert un, ils dévorent le contenu. Les indices disparaissent. Il y a même des gants en plastique dans l'un d'eux. De l'ADN, je me suis dit…

— Occupez-vous des sacs, s'il vous plaît, et déposez une plainte. Nous viendrons dès que possible, mais maintenant c'est impossible.

— Je crois qu'il y a des traces dans la neige que vous devriez regarder.

— Puisque je vous dis que c'est impossible. (Il semblait agacé.) Déposez une plainte et on en reparle plus tard.

— Vous ne pouvez pas enregistrer ma plainte ?

— Nous allons commencer notre réunion de fin de journée. Appelez le 114 14.

Elle raccrocha sans prendre congé.

Elsa fixa la remorque stockée dans la cour à la voiture. Avant de repartir, elle aperçut, dans le rétroviseur, sa mère sur le perron.

Elle conduisit dangereusement vite jusqu'à la rivière, se gara à moitié dans le fossé, dans le sens inverse de la circulation, et alluma de nouveau ses feux de détresse.

Les corbeaux s'envolèrent à son approche. Ils avaient eu le temps de s'attaquer à la tête, avaient arraché un œil. Elle traîna le premier sac jusqu'à la remorque. Puis le deuxième. Une fois tout en place, elle fixa les tendeurs. Le coffre aurait sans doute été assez grand, mais elle refusait de les avoir si près d'elle. Sans doute son inquiétude était-elle infondée, mais elle avait peur que ça commence à dégeler et que ça empeste ; si la puanteur ne partait pas, elle serait obligée de se débarrasser de la voiture. Elle n'était pas sensible aux odeurs, mais ce serait un rappel constant.

La remorque l'empêcha de conduire aussi vite qu'elle l'aurait voulu. Son rendez-vous chez le coiffeur, elle pouvait faire une croix dessus.

Arrivée devant le commissariat, elle se gara en marche arrière sur deux places de parking. Elle savait reculer avec une remorque depuis l'âge de seize ans, plus rapidement et mieux que Mattias.

La porte était fermée et la lumière était éteinte à la réception. Elle sortit son portable, composa le 114 14, et demanda à parler au centre d'appels régional de la police. Elle attendit plusieurs minutes avant que quelqu'un réponde. Elle se présenta à nouveau et ajouta le nom de son sameby.

— Je me trouve devant le commissariat avec les preuves d'un acte de braconnage.

— Ah bon ? Vous avez porté plainte ?

— Je le fais maintenant. Quelqu'un peut venir s'en occuper ?

— Les patrouilles sont sorties. Qu'est-ce que vous avez apporté ?

— Les restes de deux rennes abattus.

— Il s'agit donc d'un vol, la corrigea-t-il avec condescendance. Les rennes s'apparentent à des animaux domestiques comme les chiens ou les moutons, il ne s'agit donc pas de braconnage. Les élans, en revanche…

Elle l'interrompit.

— Je connais la loi. Quoi qu'il en soit, je suis là avec les preuves que quelqu'un a abattu et équarri deux rennes.

— Malheureusement, comme je viens de vous le dire, personne ne peut s'occuper de ça pour le moment.

— Alors qu'est-ce que je dois faire, d'après vous ?

— La patrouille devrait être de retour d'ici deux heures environ.

— Vous voulez dire qu'il n'y a pas un seul policier au commissariat qui pourrait réceptionner ces sacs ?

— Non, les enquêteurs ont fini leur journée et nous, au centre d'appels, nous sommes à Umeå. Il n'y a qu'une seule patrouille là-haut en semaine, que voulez-vous ! Je suis navré, mais…

Elsa raccrocha. Elle détacha les tendeurs. Ils étaient glacials entre ses doigts. Elle traîna les sacs jusqu'à l'entrée du commissariat et prit une photo qu'elle envoya par mail au journal local.

Elle fit défiler les documents dans son portable et ouvrit la vidéo qu'elle aurait dû montrer à Mattias. Si un journaliste daignait lui répondre, elle la lui enverrait. La séquence était brève, parfois floue et filmée d'une main instable. Le son avait été supprimé. Un homme à califourchon sur le renne, comme si c'était un cheval. Il le tenait par les bois et lui donnait des coups de talon. L'homme n'apparaissait que quelques secondes, de dos. Il était petit, plutôt gras, et tout en noir. Elle reconnaissait la forêt, à quelques kilomètres seulement de chez eux. On apercevait une tour de chasse à l'élan qui lui était familière. Le clip n'avait pas encore commencé à circuler dans des cercles plus larges, mais ça ne saurait tarder.

Un quart d'heure plus tard, une vieille Toyota blanche s'arrêta sur le parking devant sa voiture. En sortit une jeune femme coiffée d'un bonnet noir, portant une épaisse parka et de grosses bottes noires. Elle leva la main en signe de salut et s'avança en direction d'Elsa et des sacs.

— Bonjour ! C'est vous qui nous avez écrit ? Je m'appelle Lovisa Wikberg.

Elle ôta son gant et tendit une main chaude qu'Elsa serra.

— Ce sont deux rennes morts, ou plutôt les têtes et les viscères de deux bêtes.

— Je dois dire que vous avez choisi une manière très théâtrale de déposer une plainte. Ce n'est pas tous les jours qu'on apporte des sacs contenant des cadavres de rennes devant le commissariat.

Lovisa exhiba un petit carnet de notes et un crayon à papier.

— J'en ai eu assez de toujours recevoir la même réponse. Qu'il n'y a pas de policiers disponibles pour venir chaque fois que nous retrouvons des rennes torturés et tués illégalement.

Lovisa griffonnait rapidement sur son bloc, tout en la regardant.

— La police ne nous prend pas au sérieux, poursuivit Elsa. Chaque année nous perdons un nombre incalculable de bêtes sans que les coupables soient inquiétés.

— Pourquoi, à votre avis ?

— Parce que c'est classé comme vol ou acte de vandalisme et que ce n'est pas assez intéressant pour y affecter des ressources. Pour nous ce n'est pas un vol. C'est un assassinat. En toute conscience.

La voix d'Elsa devint rauque. Elle sortit son portable.

— Vous devriez aussi regarder ce film. Il s'agit d'un homme qui brutalise et chevauche un renne terrifié.

Lovisa eut l'air sincèrement scandalisée.

— Quelle horreur ! Que ressentez-vous lorsque vous voyez ça ?

Elle tourna la page et posa son crayon sur une page vierge.

— Je crois qu'il faut être éleveur pour comprendre. C'est une grande souffrance. (Sa voix se brisa et elle se racla la gorge.) Les rennes sont notre raison d'être. Nous travaillons avec les rennes, ils font partie de nos vies. De voir que personne n'intervient quand nos animaux se font assassiner, eh bien…

— Je comprends. Ça doit être terrible.

Lovisa baissa son bloc.

— Je vais prendre quelques photos. Je peux ?

Elsa hocha la tête et regarda Lovisa manipuler un flash sur son appareil. Elle marmonna qu'il était difficile d'avoir de bons clichés dans le noir. Elsa se dit qu'elle aussi ferait mieux de prendre des photos. Il était arrivé que des preuves disparaissent. Elle écarta le pan déchiré du sac et photographia la tête avec l'impact de balle et l'œil manquant.

— Savez-vous à qui appartient le renne ?

— Oui. (Elle hésita.) Il vient de notre communauté d'éleveurs.

— D'ailleurs, ajouta Lovisa en levant la tête, ils mettent en ligne une vidéo où on les voit : comment peuvent-ils être aussi stupides ?

— C'est simple. Ils ont un sentiment d'impunité totale. Ils savent que l'enquête sera classée sans suite.

— Mais cet homme, on pourrait le reconnaître, non ? Le clip pourrait constituer une véritable preuve.

Elsa avait regardé le court extrait tellement de fois. Bien sûr que quelqu'un pourrait le reconnaître. Elle, non. Trop rapide et trop flou.

— Même si quelqu'un le reconnaît, personne n'aidera la police à l'identifier. Et puis, on ne sait pas à qui appartient le renne, il n'y a donc pas de plaignant. Mais vous pouvez peut-être pousser les policiers dans leurs retranchements, poser les questions qui dérangent.

Lovisa sourit.

— À vrai dire, je suis journaliste culturelle. Je travaille à Luleå et je ne suis là pour que pour quelques mois. On ne peut pas dire que je sois spécialisée dans les affaires criminelles. Mais bien sûr que je vais poser des questions.

Elle jeta un coup d'œil à sa montre.

— Je dois y aller, j'étais en route pour un concert à l'église. Donnez-moi votre numéro de portable et on en reparle plus tard, une fois que j'aurai contacté la police. Au fait, je peux prendre une photo de vous ?

— Je ne sais pas.

— Je peux quand même mentionner votre nom et celui de votre communauté d'éleveurs ?

— Oui, d'accord.

Lovisa esquissa un petit sourire, sortit ses clés de voiture et passa les doigts sur l'appareil photo en bandoulière autour de son cou.

— Je peux peut-être prendre une photo, au cas où, et vous vous déciderez plus tard ?

Elsa acquiesça. C'était toujours plus dur une fois que la rage s'était apaisée. Quand le désespoir prenait le dessus. Quand le sentiment que plus rien n'avait d'importance la frappait de plein fouet. Personne de sa famille n'avait figuré dans le journal. C'était presque toujours Olle, le président du sameby, qui prenait la parole. Les journalistes se contentaient généralement d'une brève à propos des rennes morts. Ils ne cherchaient pas à creuser. Celle-ci était peut-être différente. À moins qu'elle ne soit attirée par ces dépouilles de rennes insolemment posées devant la porte du commissariat. Elsa ne voulait pas passer pour une pleurnicharde, elle voulait juste que les gens comprennent. Trop souvent, c'étaient les Samis qui criaient le plus fort qui parvenaient à s'imposer dans les médias, car les journalistes aimaient attiser les conflits. Certains Samis aimaient repousser les limites, s'exprimer avec âpreté, mépris, voire de manière menaçante à propos de la société majoritaire. C'était « eux » contre « nous ». Elsa avait du mal avec ce genre de rhétorique. C'était beaucoup trop facile pour ceux qui les haïssaient de faire des amalgames, de traiter tous les Samis de chouineurs ou de révoltés. Aujourd'hui c'était peut-être elle qui dépassait les bornes. En restant plantée là, les bras en croix, devant les cadavres de ces animaux.

— Vous pouvez faire un portrait, mais je ne veux pas être prise en photo avec les sacs.

Lovisa hocha la tête avec un enthousiasme suspect. Elsa affichait un air inflexible quand le flash illumina son visage.

— Il faut que ça soit juste, que les gens comprennent.

— Bien sûr. C'est quelque chose de très important. Je vous appelle après le concert pour que vous me racontiez en détail où vous avez trouvé les sacs, entre autres.

Lovisa regarda de nouveau sa montre, remercia Elsa pour l'entretien et se dirigea à grands pas vers sa voiture.

Elsa se sentait mise à nue. Elle était mal à l'aise, comme si elle s'était confiée à quelqu'un qui ne l'avait pas écoutée jusqu'au bout.

41 – *Njealljelogiokta*

Il avait neigé pendant la nuit, mais la route vers les hauteurs demeurait accessible. Anna-Stina roulait à cinquante kilomètres-heure à peine et ralentissait au sommet de chaque coteau. La chaussée était trop étroite pour deux voitures, mais les refuges étaient nombreux. Elsa bâilla. Elle était fatiguée. Un peu agacée aussi de son incapacité à dire non. Mais cette fois, l'insistance d'Anna-Stina, qui tenait à ce qu'elle l'accompagne chez Per-Jonas, tombait à point nommé. Elle répugnait à être chez elle quand le journal arriverait ou quand un membre de sa famille lirait l'article en ligne.

Les bouleaux se faisaient plus rares à mesure qu'elles montaient. La vieille clôture en bois battue par les vents qui retenait les rennes sur les terres du sameby penchait par endroits. Le vent forcit, levant des tourbillons de neige au-dessus de la chaussée. Il faudrait bientôt déblayer les routes. Elsa sentit un frisson lui parcourir l'échine, repensant à la fois où elle avait attendu le chasse-neige dans le fossé.

Comment avait-elle pu être aussi stupide ?

La communauté d'éleveurs de Per-Jonas avait déjà terminé le tri des rennes et le nourrissage était en cours. Anna-Stina voulait absolument le rejoindre, lui prouver qu'elle était bonne à marier. Elles roulaient en silence, kilomètre après kilomètre. Anna-Stina était concentrée sur la route, Elsa réfléchissait à la manière dont elle s'était exprimée dans l'interview.

On apercevait au loin les premières maisons.

— Tu as entendu qu'il y avait encore eu un conflit au sujet d'un chalet là-haut ? s'enquit Anna-Stina.

— Les gens n'ont que ça à faire !

Chaque fois qu'un éleveur de rennes voulait faire construire une maison, les habitants des villages, jaloux, contestaient. Les éleveurs étaient pourtant dans leur bon droit : des habitations étaient nécessaires pour permettre la renniculture dans les environs. Elsa en avait ras le bol des commentaires acerbes des gens arguant que ces maisons n'auraient aucune raison d'être si les rennes étaient en liberté et non nourris par l'homme. D'après eux, il aurait fallu pratiquer l'élevage comme il y a cent ans, à ski, sans véhicules motorisés.

— Bien sûr, il faudrait qu'on vive dans des huttes… (Anna-Stina leva les yeux au ciel.) Notre société tout entière a le droit de se moderniser, mais pas la renniculture ! C'est un comble !

Ils dépassèrent quelques maisons. Anna-Stina se regarda dans le miroir et glissa sa longue frange derrière l'oreille.

— Enfin arrivées.

Elle se gara. Le chien de berger noir de Per-Jonas se précipita vers la voiture, aboyant et remuant la queue. Il tourna sur lui-même, tout feu tout flammes, sauta sur Anna-Stina qui descendait du véhicule et fit le tour de la voiture pour flairer les mains tendues d'Elsa.

Le ciel s'était dégagé, mais de l'autre côté des sommets, les nuages s'approchaient rapidement.

Devant la maison se trouvaient deux rennes domestiqués, attachés à de longues cordes. Le grand mâle castré portait une cloche autour du cou, laquelle tintait au rythme de ses allées et venues. Le renne blanc restait immobile et suivait le chien des yeux. Dans quelques mois, ils mèneraient le cheptel plus haut, vers le pâturage estival, dans les Alpes norvégiennes. L'éternel cycle de la vie.

— Nous allons marquer les faons ici avant de poursuivre notre chemin vers la Norvège en juin, expliqua Anna-Stina.

Elle avait dit « nous », alors que ses rennes se trouvaient dans le même sameby que ceux d'Elsa, pas dans celui de Per-Jonas. S'ils se mariaient, elle ferait sans doute ce qu'on attendait d'elle : elle transférerait ses bêtes dans la communauté de son époux.

Les années précédentes, le sameby de Per-Jonas, comme celui d'Elsa, avait marqué les faons en Norvège, mais ce n'était plus possible, disait-on. Les prédateurs attaquaient un trop grand nombre de bêtes, avant même qu'elles aient atteint les alpages. À présent, puisque le troupeau était rassemblé et nourri par l'homme, que le vêlage et le marquage se faisaient au même endroit, la communauté pouvait sauver quasiment tous les petits. Pour Per-Jonas il s'agissait de considérations économiques, mais pour Elsa, c'était surtout qu'elle n'avait pas la force de voir ses rennes mutilés.

— Nous devrions aussi marquer nos rennes ici, dit-elle.

— C'est ce qu'on va faire. (Anna-Stina la regarda.) C'est ce que dit mon père en tout cas.

Le père d'Elsa, lui, hésitait ; ça faisait plus de travail, il fallait nourrir les bêtes plus longtemps. Il y avait une source supplémentaire d'inquiétude : celle que les rennes soient victimes de braconnage ou de maltraitances. Laisser les bêtes emprunter leur route bien connue vers le nord, c'était aussi les sauver des hommes qui s'acharnaient sur elles. Car rien n'avait changé. Des rennes continuaient de disparaître, même si Robert Isaksson ne venait plus aussi facilement, et certainement pas sans être vu. Sur ces étendues nues, on apercevait un conducteur de motoneige à des kilomètres. Ici, personne ne pouvait tuer sous le couvert des épaisses forêts.

Per-Jonas avait agrandi la maison, il venait de la repeindre en vert clair, avec les chambranles des fenêtres en blanc. À peine celle-ci terminée, il avait enfoncé six épais clous de chaque côté de la porte, auxquels étaient suspendus des sacs bien remplis, des cordes, une poêle et une scie. Des skis et une pelle étaient adossés au mur.

À l'intérieur, il faisait une chaleur étouffante. De grosses chaussures montantes de différentes tailles étaient alignées sur le tapis en lirette délavé de l'entrée ; aux patères étaient accrochés des combinaisons de motoneige, des tours de cou, des lunettes de motoneige et des bonnets en cuir aux couvre-oreilles doublés de fourrure blanche.

Per-Jonas était assis à la table de la cuisine. Il les salua d'un signe de la tête puis plaça devant ses yeux une paire de jumelles et regarda par la grande fenêtre. Un œil averti pouvait distinguer les rennes sans jumelles : des petits points noirs sur la neige blanche des plateaux à la végétation rase.

Il se moqua de leur arrivée tardive. Anna-Stina l'entoura de ses bras par-derrière et déposa un baiser sur sa nuque.

Elsa jeta un coup d'œil dans la chambre où les lits étaient faits. Elle dormait souvent sur la mezzanine, c'était haut de plafond et il y avait trois couchettes au-dessus de l'entrée.

Elle s'assit dans le canapé ; la pièce principale de la maison réunissait la cuisine et le séjour. Per-Jonas avait installé une grande télévision toute neuve sur l'un des murs.

— Niko sera là aussi, dit-il en lui adressant un sourire taquin qu'elle feignit de ne pas voir.

Elle regrettait d'être venue.

Anna-Stina s'affairait, rangeait des paquets de céréales et des tasses, passait la main sur la table pour ramasser des miettes. Un petit spectacle qui exaspérait Elsa. Anna-Stina attacha ses longs cheveux en chignon et remonta les manches de son sous-pull en laine. Elle posa les mains sur ses hanches et jeta un regard circulaire.

— Il faut qu'on rende cet intérieur plus douillet.

Elsa plongea les ongles dans le coussin du dossier du canapé et ferma les yeux un court instant. Anna-Stina n'avait pas l'ambition de s'occuper des rennes, elle préférait montrer ses aptitudes à devenir une épouse parfaite.

Per-Jonas se leva, s'étira et poussa un grognement. Son tee-shirt remonta, découvrant ses abdominaux. Elsa s'empara des jumelles et les pointa vers le plateau. Les rennes se déplaçaient lentement, l'un d'eux grattait mollement la neige. Les conditions climatiques avaient été catastrophiques cette année. Le temps changeait sans crier gare, plusieurs fois par mois. On pouvait passer brutalement de moins trente à des températures positives. Neige, pluie, froid et ambiance printanière alternaient. Le sol ne parvenait pas à absorber l'eau qui gelait. Alors il n'y avait plus d'espoir que les rennes parviennent à creuser la neige compacte *et* la glace pour trouver de quoi se sustenter. Toutes les communautés d'éleveurs avaient dû demander des aides d'urgence au Sameting, le Parlement sami, pour avoir les moyens de nourrir les rennes.

Per-Jonas avait enfilé son épais pantalon en cuir brun. Il passait à présent son kolt par-dessus la tête. Bleu clair rehaussé de rubans jaunes et rouges. Il mit son bonnet à fourrure blanche et d'épais couvre-chaussures par-dessus ses chaussures habituelles. Puis il sortit. Anna-Stina s'habilla à la hâte. Elsa beaucoup plus lentement.

Il avait démarré la motoneige, une Polaris Indy 600 flambant neuve, et se tenait prêt, un genou posé sur le siège. D'un geste du menton, il indiqua une motoneige plus ancienne, une Arctic Cat. Elsa comprit qu'elle lui était destinée. Derrière son engin, il avait accroché un traîneau de sa fabrication, composé d'une caisse en bois percée d'un trou qui lui permettait de distribuer les granulés sans s'arrêter. Chaque semaine de nourrissage représentait plusieurs tonnes de granulés.

Anna-Stina prit place derrière lui, entoura sa taille de ses bras, se serra contre son dos. Il mit les gaz à fond et elle poussa un petit cri. Elsa serra les dents et pressa l'accélérateur avec force. La neige des pistes était dure et compacte, la conduite aisée en dépit des quelques bosses.

Niko approchait. On entendait sa motoneige depuis l'ouest et tout à coup, il apparut. Il conduisait vite, accroupi sur sa monture. Il passa dans la neige profonde, dessina un arc de cercle pour dépasser Elsa et se positionner devant elle. Elle le vit sourire sans réagir. Continua de regarder loin devant elle.

Au bout de quelques kilomètres de forêt clairsemée, ils débouchèrent sur la zone aride des hauteurs. Les rennes les avaient entendus. Ils avaient reconnu le bruit des motoneiges et allaient à leur rencontre. Les bêtes déferlaient par centaines, de tous les côtés. Elles se déplaçaient à l'unisson, concentrées sur leur objectif.

Les trois motoneiges se frayèrent tranquillement un chemin au milieu des bêtes. Leur braillement ressemblait à une mélodie, un *joik*, se disait toujours Elsa. Ils s'arrêtèrent. Les rennes approchaient, l'un d'eux donna des petits coups de museau contre son gant. Les rennes nourris par leurs soins n'étaient pas aussi craintifs que les rennes en liberté. Elsa suivit du regard les mouvements d'un faon. Si semblable à sa Nástegallu.

Elle attrapa le sac contenant la cladonie, attaché à l'arrière du siège, l'ouvrit et lui en tendit une poignée. Quelle confiance dans les yeux du faon ! Elle en eut le souffle coupé.

Per-Jonas avançait lentement. Anna-Stina ouvrit le battant afin que les granulés se déversent en flux régulier. Il effectua plusieurs allers-retours. Les rennes baissaient la tête pour manger. Ce système était meilleur que les mangeoires utilisées par la famille d'Elsa, devant lesquelles il pouvait y avoir des luttes pour accéder au fourrage, des rennes qui se donnaient des coups de bois pour marquer qui avait le droit de manger en premier, de tout manger peut-être. Sa Nástegallu était courageuse, osait s'avancer, ne se laissait pas effrayer. C'est peut-être aussi pour ça que Robert avait réussi à l'attraper. Elsa secoua les épaules, expira longuement, s'efforçant de penser à autre chose.

Niko et Per-Jonas décrivaient des cercles sur le plateau. Les granulés formaient des serpents ondulants. Les deux jeunes hommes s'adressaient de grands signes. Elsa n'avait pas grand-chose à reprocher à Niko. C'était un garçon robuste au cou de taureau, dont les yeux changeaient de couleur quand il jouait le séducteur, à la manière des aurores boréales. Oui, ils avaient flirté quelquefois, surtout parce qu'il n'y avait rien d'autre à faire. Il avait les mains moites, elle l'avait senti à travers son tee-shirt quand il avait posé sa paume sur sa chute de reins.

Mais il ressemblait trop à son père et aux autres vieux éleveurs de rennes qui se méfiaient des femmes fortes. Pour qui la place des femmes était à la maison et qui ne partageaient volontiers ni l'espace ni les connaissances. Elsa s'en sortait très bien sans eux. Son père et Mattias lui avaient tout appris. Niko recherchait une femme qui saurait s'occuper d'un foyer, qui ne se plaindrait jamais de se retrouver seule pendant des semaines et des mois, qui s'assurerait de remplir le réfrigérateur et de moucher les marmots. Pour l'instant, pas de problème, il la laissait participer, pour s'amuser, enfourcher une motoneige ou attraper un faon au lasso.

C'est vrai qu'ils avaient été impressionnés quand ils l'avaient vue tirer des rennes. Ils avaient levé un sourcil et souri. Mais c'était un moment particulier. Ce n'était pas comme si elle était totalement exclue parce qu'elle était une femme. Non, lors du tri des rennes, du marquage des faons et de l'abattage des bêtes, tous les membres de la famille étaient mis à contribution, mais chacun selon son rôle prédéfini, selon ce que les hommes avaient décidé. Elsa, elle, aspirait aux rôles traditionnellement masculins. Toute seule. Elle possédait sa marque, elle était membre du sameby, mais son père était le chef d'exploitation. Le seul de la famille à posséder un droit de vote. Celui qui la représentait, qui représentait Mattias. Et leur mère, bien sûr. Plus tard, Mattias deviendrait chef d'exploitation, mais Elsa ne pouvait s'attendre à la même chose. Les vieux du sameby opposeraient leur veto, elle le savait bien. Qu'on n'aille toutefois pas s'imaginer qu'elle allait adjoindre ses rennes à ceux de Niko ! Passer d'un maître à un autre, très peu pour elle. Elle préférait encore son père qui maugréait parfois qu'il fallait moderniser le système. Pas comme s'il levait le petit doigt pour changer les choses. Vivre encore un hiver sans sommeil, et survivre rongé par l'inquiétude, lui suffisait.

Elsa contempla Niko et Per-Jonas. L'inquiétude ne semblait pas exister en eux de la même façon. Ou bien ils étaient comme les grands tétras mâles avec leurs bonds gigantesques. Ils exhibaient leurs cheptels de rennes bien plus nombreux que beaucoup d'éleveurs. Mais la nuit ? Peut-être qu'ils ne fermaient pas non plus l'œil, inquiets des prédateurs, des mines et des insultes sur les Samis qu'ils liraient le lendemain sur les réseaux sociaux. Pourtant, à cet instant précis, ils se moquaient du monde entier, rois sur leurs propres terres.

Niko arrêta sa motoneige près d'Elsa. Il avait le teint écarlate et ses lèvres remuaient avec raideur dans le froid.

— Comment va Elsa, la fille de Nils Johan, aujourd'hui ?

Il était coutumier du fait : il mentionnait toujours le nom des parents de son interlocuteur. Il aimait bien également égrener son propre nom complet. Manifestement fier de toute sa lignée paternelle. Arrière-grand-père, grand-père et père, pour finir par son nom. Les vieux Samis faisaient de même : ils aimaient débiter des noms, présenter leur ascendance et, par ricochet, identifier un éventuel lien de parenté. Ou un dérapage dans la famille. Du côté de la mère d'Elsa, ça avait sérieusement dérapé, bien qu'elle figure dans ce livre généalogique sami si recherché. En revanche, sur la solide branche de son père, rien à redire.

— Bien. Et toi ?

Il lui décocha un clin d'œil.

— Comme sur des roulettes. On ne se refait pas.

Elle remarqua qu'il s'exprimait comme un vieux. Il était enfant unique et même s'il avait grandi avec des tas de cousins, il avait été marqué par le mode d'expression et la sagesse des anciens. Ou par leur stupidité. Peut-être parce qu'il n'avait jamais eu à se battre, à s'affirmer. Lors des réunions du sameby, son père affichait une attitude arrogante découlant du grand nombre de voix dont il disposait. C'était horripilant. Tout le monde savait que son cheptel était immense. Niko n'avait aucun doute quant à sa propre valeur. En revanche il manquait terriblement d'humilité.

— Qu'est-ce que tu fais ici ? Ton père n'a pas besoin de toi ?

— On m'a forcée à venir.

Il rit trop longtemps. Sa voix était rauque.

— Alors tu ne te plais pas parmi les rennes ?

— Les rennes ne me posent aucun problème.

— Alors ce sont les gens. Moi !

— Si c'est ce que tu crois.

Il cessa brusquement de rire, mais garda le sourire.

— J'ai entendu dire que tu avais déposé des rennes morts devant le commissariat.

Elle feignit l'indifférence.

— Oui.

— C'est bien. Je n'ai pas lu l'article moi-même, mais on en parle. Tu n'as pas peur ?

— Peur de quoi ?

— Ces types ne sont pas des saints, c'est le moins qu'on puisse dire.

— Moi non plus je ne suis pas une sainte.

Elle tourna la clé et mit les gaz avant qu'il puisse répondre.

Anna-Stina la regarda, l'air renfrogné. Elsa conduisit lentement jusqu'à elle.

— Je rentre. On n'a pas besoin de moi ici.

— On n'a pas fini ! On doit aller voir quelques rennes qui ont du mal à s'habituer au fourrage.

— Per-Jonas est avec Niko. Ils n'ont besoin d'aucune de nous deux. Ce n'était pas la peine que je vienne avec toi, tu le savais très bien.

Comme hypnotisée, Anna-Stina suivait des yeux Per-Jonas qui déambulait parmi les rennes. Elsa la saisit par le bras.

— Je peux prendre ta voiture pour rentrer ?

— Enfin, non ! Comment je rentrerais, moi ? Et Niko qui doit rester dîner avec nous.

— Tant mieux pour lui.

Anna-Stina la foudroya du regard. Il était rare qu'elles bouleversent l'équilibre de leur relation. Elsa se demanda pourquoi elle se mettait dans cet état. Mais là, au milieu des rennes et des mâles alpha chevauchant leur motoneige, tout était devenu insupportable.

— On part demain, OK ? fit Anna-Stina.

Elsa remonta sa capuche sur son bonnet et acquiesça.

— N'empêche que je retourne à la maison. On se retrouve là-bas.

42 – *Njealljelogiguokte*

La liste des bagages, parfaitement organisée, était divisée en trois catégories : denrées alimentaires, vêtements, équipement nécessaire pour le comptage des rennes au cours du tri. Les grandes caisses destinées à la nourriture étaient ouvertes, posées sur le sol de la cuisine. Hanna avait déjà commencé à les remplir. Un thermos de café, du pain, du beurre, des saucisses en conserve, des pains à hot-dog, du ketchup, des roulés à la cannelle confectionnés par ses soins la semaine précédente, de la viande de renne séchée (le dernier morceau de *gurpi*), et cinq bouteilles de soda.

Depuis la fenêtre de la cuisine, elle voyait Jon-Isak qui collait aux basques de son père. Ante montrait du doigt, son fils soulevait, tirait, attachait, détachait, faisait tout comme un petit homme. Il arrivait à l'épaule paternelle et se hissait toujours un peu pour gagner un centimètre ou deux. Il était plus proche de son père que d'elle.

Ils avaient si longtemps espéré l'arrivé d'un deuxième enfant et Ante avait sauté de joie quand le test s'était enfin révélé positif. Ils n'en croyaient pas leurs yeux. Quelle chance ! Puis Lasse était mort et Hanna avait sombré. Certes, elle avait senti physiquement les coups de pied juste au-dessus du pubis, qui s'étaient changés en roulades, et sur son ventre tendu avait poussé un réseau de vergetures violacées. Mais l'enfant, elle était incapable de s'y attacher. Il ne pouvait exister de Dieu qui l'anéantisse et la brise pour ensuite lui donner le fils qu'ils avaient attendu pendant des années. Comment pouvait-elle se réjouir alors qu'il lui semblait qu'elle avait payé d'une vie pour en avoir une autre. Une consolation, disaient ceux qui ne comprenaient pas, une consolation au milieu du chagrin. Ce n'était pas vrai.

Lasse était comme son fils, pas comme un frère. Il était son enfant.

Et les vieilles du village qui fixaient intensément son ventre arrondi et essayaient de faire leurs propres calculs religieux après un suicide. Elles avaient frappé à sa porte pour présenter leurs condoléances comme tous les autres, mais Hanna ne leur avait pas ouvert. Pour la première fois, elle avait fermé à clé. Elle ne craignait pas de les entendre parler du péché, elle craignait de les tuer. Jamais elle n'avait jugé, jamais elle n'avait participé aux ragots quand un jeune du village avait décidé de mettre fin à ses jours – elle n'avait rien à se reprocher. Elle pouvait donc verrouiller la porte et s'asseoir à la table de la cuisine, le dos droit, quand les autres venaient jusque chez elle et repartaient bredouille. Ils essayaient de jeter un coup d'œil à l'intérieur, sursautaient quand ils la voyaient, tasse de café à la main. Sans ouvrir. Sans se cacher. Non, les vieilles qui feignaient de lui vouloir du bien pour ensuite dire que son frère avait commis le pire des péchés, elle refusait de les voir. Le suicide était impardonnable. L'enfer béant s'était ouvert et l'avait accueilli. Il y brûlait à présent. Il s'y trouvait encore.

Non, elle n'avait pas pu s'attacher au nourrisson même s'il avait reposé sur son sein dans la salle d'accouchement, avec sa respiration rapide et superficielle. Ante avait pleuré, reniflé. C'était le fils tant désiré. Il ne le dirait jamais tout haut, bien sûr, et évidemment qu'il aimait Anna-Stina, mais il lui avait manqué un fils. Hanna l'avait méprisé pour cela, mais lui avait demandé de prendre le garçon pour qu'elle puisse dormir. Quand on avait posé le nouveau-né sur son sein pour la première fois, elle avait espéré plonger le regard dans les yeux de Lasse, d'une certaine manière. Qu'il reviendrait. Sous la forme d'un petit garçon mieux outillé pour la vie que Lasse ne l'avait été. Mais non. Son regard était bien à lui. C'était un bébé robuste qui avait levé la tête et cherché immédiatement le sein. Ça faisait mal, elle avait pleuré. Ante s'était mépris, avait cru à des larmes de bonheur. Mais elle ne serait plus jamais heureuse. Anna-Stina l'avait déjà compris avant la naissance de son petit frère. Elle errait de pièce en pièce, l'observait longuement, n'osant plus s'approcher de sa mère comme avant. Mais Hanna n'avait pas mauvaise conscience pour autant. Elle avait perdu son frère, son enfant, elle n'avait pas été capable d'empêcher ça. Cela la maintenait en éveil chaque nuit. Ça, et plus tard Jon-Isak qui tétait tout son saoul, la suçait jusqu'à la moelle, et elle maigrissait à vue d'œil.

Elle avait néanmoins fait ce qu'on attendait d'elle, elle avait mis au monde un fils. Elle avait assuré l'avenir. Bien sûr qu'une fille aurait pu suffire, mais ils avaient vu très tôt qu'Anna-Stina n'avait pas ça en elle. Elle n'avait ni la vision ni l'aptitude. Il n'empêche que tout irait bien pour elle, Hanna n'avait jamais été inquiète. Sa fille en imposait ; d'ici quelques années elle ferait tourner des têtes au village.

Jamais elle ne l'avait dit tout haut, que les enfants n'ont pas tous la même valeur. À peine si elle osait formuler cette pensée sans être remplie d'un profond dégoût – après tout, elle n'était pas mieux que les autres. Mais à ce moment précis, plus rien n'avait d'importance. Elle aurait pu clamer qu'elle avait besoin d'un fils, elle aurait pu ouvrir la fenêtre de la cuisine et crier à la face des vieilles que Dieu n'existe pas.

Les gens changeaient de trottoir quand ils l'apercevaient. Elle allait à la supérette du village, enceinte jusqu'aux dents, les yeux rougis après une matinée de plus à sangloter éperdument – elle n'en avait cure. Les dames s'enfuyaient dans tous les sens avec leurs paniers. Elle pouvait rester à pleurer appuyée contre la boîte aux lettres quand elle y trouvait une lettre pour lui. Elle avait même déjà remarqué que des voitures qui s'y rendaient faisaient demi-tour en la voyant.

Jon-Isak cria quelque chose de sa voix aigüe et son père se retourna en souriant. Bien sûr qu'elle était reconnaissante, son mari était tout ce dont le garçon avait besoin. Ils étaient si proches qu'ils avaient du mal à se séparer. Jon-Isak pleurait tous les dimanches soir parce que l'école l'attendait le lendemain. Il voulait rester avec son père, rester parmi les rennes. Ses larmes avaient sans doute aussi une autre cause, soupçonnait-elle, mais elle n'avait pas le courage de s'y attaquer. Elle respirait, préparait des caisses de denrées, parlait et riait comme si tout était normal, et même si certains voyaient bien qu'elle jouait la comédie, il était plus facile de ne pas lui poser trop de questions.

Jon-Isak ne connaissait que cette maman-là et il s'en satisfaisait. Il se pelotonnait parfois contre elle dans le canapé, alors évidemment elle l'entourait de ses bras. Anna-Stina, elle, avait une mère avec un avant et un après. Hanna aurait dû avoir mauvaise conscience. Mais ce n'était pas le cas. Puis ce qu'elle avait pressenti arriva : sa fille se détacha de plus en plus du foyer familial, au lycée en ville, vers ses amis et les garçons des villages. Pour finir, elle avait emménagé dans un petit studio dans le hameau voisin et Hanna avait pu souffler.

Le journal de la veille était posé sur la table de la cuisine. Hanna avait observé le portrait d'Elsa, les bras croisés, fixant l'objectif. Il y avait également une grande photo des sacs en plastique. On y devinait une tête de renne et des intestins. L'image était quasiment insoutenable.

Les policiers rejetaient les accusations d'Elsa selon lesquelles ils ne se donnaient pas la peine d'enquêter sur les vols de rennes et les tortures infligées aux animaux, affirmant qu'il était difficile de mener une enquête sans suspects ni traces pertinentes. Sans compter qu'il fallait établir des priorités ; une patrouille responsable d'une si grande zone ne pouvait pas accomplir de miracles. Ante avait saisi le journal dans ses poings fermés. Ça n'avait pas été discuté au sein du sameby. La fille avait-elle pris la décision toute seule ? se demandait-il à voix haute.

— C'est bien qu'elle ait eu le courage de le faire, affirma Hanna.

Elle le pensait vraiment. Elle avait toujours su qu'Elsa était d'une autre trempe qu'Anna-Stina. Sa fille avait essayé pendant toutes ces années de soumettre son amie, mais Hanna avait toujours su qu'il y aurait tôt ou tard une inversion du pouvoir. Elle avait suivi leurs jeux, petites, les avait vues devenir adolescentes puis jeunes adultes, et il était évident qu'Elsa prendrait son destin en main. Il n'y avait pas besoin de fils pour passer le flambeau de la renniculture à la génération suivante. Il suffisait d'un enfant qui ait l'envie et le courage de se charger du fardeau. Ils n'en étaient pas encore arrivés là – la préférence allait toujours aux fils. Mais Elsa, elle, le leur prouverait, à tous. Hanna en était convaincue.

Elle regrettait parfois qu'Elsa n'eût pas été sa fille. Elle aurait pu lui donner de meilleures chances, mieux l'entourer que Marika. Bien sûr, la mère d'Elsa en avait bavé, c'était difficile quand on n'était pas du village. Il fallait avoir de l'étoffe pour supporter cette nouvelle vie. Apprendre la langue et savoir coudre un kolt, cela ne faisait pas tout. Marika était trop sensible et ne comprenait pas leur histoire.

Hanna et Lasse avaient partagé leur inquiétude pour Elsa, mais lorsqu'il était parti, elle l'avait également lâchée, cette inquiétude. Il faut dire qu'elle s'en était bien sortie. Hanna le croyait, le voyait à son regard dans le journal. Hanna allait lui dire qu'elle avait bien fait d'aller au commissariat, qu'il était temps de faire peur aux assassins, de les faire sortir de leur tanière.

Jon-Isak entra dans la cuisine en sautillant, les joues roses, essoufflé. Bien sûr qu'elle éprouvait parfois de la tendresse pour le garçon, leur petit *reaŋga*. Elle ébouriffa ses cheveux humides de sueur et lui pinça légèrement l'oreille. C'était un petit paquet de muscles qui n'attendait que de montrer aux autres qu'il savait y faire, aussi bien que son père et que les autres hommes. Son lasso vert était bien enroulé, il pendait à son épaule droite, entourait sa taille et son dos.

Il souleva la caisse, cambra le dos au maximum et tituba vers la porte. Elle lui enfonça un bonnet sur la tête avant qu'il ressorte dans le froid. *Reaŋga*, le petit assistant, et son père. Ils seraient toujours là l'un pour l'autre. Pour Jon-Isak, les rennes, ce n'était que du bonheur. Hanna et Ante étaient en désaccord sur les informations à divulguer à leur fils. Fallait-il lui parler des difficultés auxquelles ils étaient confrontés ? Avant la mort de Lasse, Hanna estimait que les enfants devaient savoir. À présent elle se demandait si tout ce qui leur était arrivé, tous les rennes morts et toute la haine ne l'avaient pas poussé au suicide. Cela ne devait pas se reproduire. Tôt ou tard, Jon-Isak apprendrait certaines choses par un copain plus vieux. Ils ne pourraient jamais le protéger totalement ; il entendait sans doute déjà un tas de trucs à l'école. Mais elle était reconnaissante envers son mari ; aussi difficile que ce fût, il était toujours parvenu à emplir leurs deux enfants d'espoir et d'amour pour la vie auprès des rennes. Bon, leur fils en tout cas. Elle se disait parfois que ça aurait été différent aussi pour son mari d'avoir un enfant comme Elsa, une fille qui avait envie d'être éleveuse à plein temps. Il en aurait eu besoin. Ce n'était pas seulement qu'Anna-Stina était une fille et Jon-Isak un garçon, non, ils avaient simplement des aspirations différentes.

Être sami, c'est porter son histoire avec soi. Se trouver, enfant, devant un lourd sac à dos et choisir ou non de le porter. Mais comment oser choisir autre chose que de porter l'histoire de sa famille et de transmettre son héritage ? Elle sentit comme un coup de poing dans le ventre. Lasse avait essayé, il avait hésité et porté, pourtant à la fin il n'en avait plus la force. Mais dire qu'on avait envie d'autre chose, c'était inacceptable. Et puis, elle ne l'avait pas écouté, voilà la vérité. Elle était impressionnée par ce garçon, son envie de découvrir la vie et toutes ses possibilités, elle avait cru qu'il avait l'audace de faire ce que personne d'autre ne s'avisait de faire. Elle avait tout compris de travers, tout était sa faute. Elle avait beau tourner et retourner dans sa tête les événements qui précédaient sa mort, elle parvenait toujours à la même conclusion : elle aurait dû voir, elle aurait dû l'aider. Avec Jon-Isak, elle ne pouvait pas échouer puisqu'elle n'avait plus la main. Elle avait passé le nouveau-né à son mari, convaincue qu'il saurait ce qui serait bon pour lui.

Elle enfila son pantalon de ski noir, noua une écharpe en laine bleue en triangle au-dessus de sa doudoune rouge et enfonça son bonnet presque jusqu'aux yeux. *Juovlamánnu*. Décembre. Encore une année qui s'achevait.

43 – *Njealljelogigolbma*

Le troupeau de rennes déferlait dans un sens puis dans l'autre dans l'enclos de tri, le *rátkagárddis*. Ils couraient toujours dans le sens inverse de la rotation solaire, quelques-uns partaient devant et tous les autres suivaient. Puis ils s'apaisaient, tout à coup conscients qu'il n'y avait pas de sortie. Le tendon à l'arrière de leurs pattes claquait et leur souffle haletant formait un nuage en suspension au-dessus du troupeau. Quelques éleveurs marchaient dans l'enclos, déplaçaient le cheptel. De grands projecteurs éclairaient le *girdnu*, la partie circulaire au centre de la structure où ils devaient faire entrer les rennes pour le tri final. Chaque propriétaire amenait alors ses rennes vers son propre parc. On aurait dit une scène éclairée pour un spectacle très attendu auquel tout le monde pouvait assister. Les enfants se juchaient sur les clôtures, les joues écarlates et les yeux humides dans le vent cinglant. Ils gesticulaient, montraient du doigt, reconnaissaient un renne – le leur. Elsa aperçut Jon-Isak, c'était le plus enthousiaste. Il faisait éclater de rire tous les autres.

Elle avait prévu de tirer les rennes avec Anna-Stina. Elle avait été surprise que son amie soit partante, mais elle ne tiendrait probablement pas très longtemps. Il fallait à la fois de la force et de la technique pour traîner un animal récalcitrant qui pesait près de deux fois plus lourd que vous. Elsa avait l'habitude, elle tractait la bête de ses bras musclés et noueux, contractait les abdominaux et repoussait le sol de ses cuisses bandées. Elle était toujours petite, mais elle n'était plus aussi maigre qu'avant.

Mattias se trouvait déjà sur place avec ses amis. L'un fumait, ils se coupaient la parole, et son rire lui chauffait le cœur. Lorsqu'elle était rentrée le matin, qu'Anna-Stina l'avait déposée, il lui avait fallu du temps pour oser passer chez lui.

— Tu aurais dû nous appeler, avait-il dit d'une voix fâchée. Tu aurais dû nous dire que tu allais figurer dans le journal.

Son père avait maugréé, l'air tout aussi renfrogné.

— Ça peut être dangereux pour toi.

Ils ne craignaient pas la réaction de la police, ça c'était perdu d'avance. Il y avait pire. Les commentaires allaient inonder les réseaux sociaux.

La journaliste avait retrouvé le film dont Elsa lui avait parlé. Les abonnés pouvaient le voir sur le site Internet du journal. La partie supérieure du corps de l'homme avait été floutée, ce qui le rendait méconnaissable.

Autour de l'enclos, des groupes discutaient et riaient. Elsa souriait, saluait les gens à droite et à gauche. Olle, le président du sameby, cherchait son regard dans la foule, mais elle l'évitait. Il mit le cap vers elle. Si seulement elle avait eu un endroit où se cacher !

— Alors, il paraît que tu as apporté des rennes à la police, dit Olle.

Elle hocha la tête, fixa un point derrière l'oreille droite de son interlocuteur.

— À 8 h 28 ce matin, j'ai reçu la première menace de mort par téléphone.

Sa voix était sèche comme les feuilles mortes, mais on ne pouvait passer à côté du vibrato.

— Numéro inconnu, bien sûr. Depuis ça sonne régulièrement, mais je ne réponds plus.

— J'en ai eu ma claque. J'ai trouvé des rennes et j'ai appelé la police. Personne n'avait le temps, alors j'y suis allée.

— Ce n'est pas le bon moment, en plein tri.

— Ou bien c'est le bon, justement. Ils n'oseront rien faire à un moment où on est tous rassemblés.

— Ces connards n'ont peur de rien, surtout pas de la police. Ils se connaissent.

C'était vrai, on racontait qu'Henriksson et Robert avaient fait leur service militaire ensemble.

— Il y avait des gants dans le sac. On a de l'ADN cette fois.

— De l'ADN ! Tu crois vraiment qu'ils vont envoyer des gants à un labo, dépenser du fric pour nous ? Ces gants vont se volatiliser, crois-moi. C'est sans doute déjà fait.

— J'ai pris des photos.

— Ouais, ouais.

Olle salua d'un signe de la tête une personne au loin et laissa Elsa plantée là. Elle avait les aisselles trempées de sueur. Jamais il n'aurait attaqué son père ou Mattias de la sorte. Un homme aurait reçu une tape dans le dos, mais pas elle.

Une main se glissa autour de sa taille. C'était Hanna, souriante. Mais comme d'habitude ses yeux, eux, ne souriaient pas.

— Laisse tomber ces vieux bonshommes. Tu as fait ce qu'il fallait.

— On ne fait jamais ce qu'il faut ici, tu le sais.

— Ils sont jaloux parce que tu es jeune et que tu as l'avenir devant toi. Bientôt ils seront tous morts.

Elsa ne put s'empêcher de rire.

— Je suis sûre que tu seras la première femme à présider le sameby, fit Hanna en lui donnant un petit coup de hanche.

— Ce jour ne viendra jamais.

— Ne dis pas ça.

— Olle a reçu des menaces de mort à cause de moi.

— Ce n'est pas la première fois qu'on le menace. Ce n'est pas ta faute, il le sait bien. Quelle tête de mule ! C'est maintenant qu'on doit se serrer les coudes, être unis et dire qu'on en a ras le bol ! Il tire la tronche parce qu'il aurait aimé avoir les projecteurs braqués sur lui.

Anna-Stina s'approchait à pas lents, le visage impassible. Elle s'arrêta à quelques mètres, les bras le long du corps, et regarda autour d'elle comme si elle cherchait quelqu'un.

— Elle a eu raison de le faire, hein ? L'article.

Hanna serra fort l'épaule d'Elsa avant de lâcher prise.

— Bien sûr. Elsa a toujours raison, répondit Anna-Stina d'un ton où perçait l'ironie.

Elsa s'était confiée à Anna-Stina lorsqu'elles étaient rentrées de chez Per-Jonas. Son amie n'avait pas été impressionnée. Elle trouvait qu'Elsa ferait mieux d'être plus prudente et de ne pas prendre de décisions impulsives.

— Il faut que ce soit une femme qui se rebiffe. Il est temps, dit Hanna.

Anna-Stina haussa les épaules, mais tout à coup son visage s'illumina. Per-Jonas était arrivé. On l'entendait de loin. Elle se hâta de le rejoindre. Elsa ne se retourna pas. Elle frappa ses gants l'un contre l'autre avec un bruit sourd et esquissa un geste du menton vers l'enclos.

— Jon-Isak fait plaisir à voir ! Un vrai fonceur.

Hanna opina du chef.

— Oui, c'est un dur à cuire. Et si on allait leur montrer ce que les femmes savent faire ?

Elsa jeta un coup d'œil par-dessus son épaule. Hanna lui donna un coup de coude.

— Ou tu comptes attendre la douce moitié de Per-Jonas ?

— La douce moitié ! sourit Elsa.

— Bah, qui peut supporter de la regarder quand elle minaude comme ça ? Allez, viens !

Elsa se dressa sur la pointe des pieds et souleva la ficelle qui retenait la grille de la partie centrale. Bientôt ils lâcheraient les rennes. À présent il n'y avait que les projecteurs éclairant la neige et les voix dans l'obscurité tout autour. On entendait les bêtes au loin. Jon-Isak se tenait à ses côtés. Il reniflait et s'essuyait le nez.

— Cette année encore, j'ai aidé à conduire le troupeau. Aucun renne n'a osé faire demi-tour. Ils sont en place.

Elle reconnaissait la sensation de l'enfant qui parvient à faire se retourner toute une harde pour l'envoyer dans la direction choisie. On forme une clôture humaine, s'aidant parfois d'une longue bâche en plastique ou en toile que les participants tiennent devant eux pour agrandir encore la ligne. L'un encourage les bêtes de la voix, un autre frappe dans ses mains et les rennes se déplacent vers le cœur de l'enclos.

— Bravo ! le félicita Elsa.

— Et maintenant je vais capturer mon propre renne.

— Super ! Tu l'attrapes et je pourrai peut-être t'aider à le tirer ?

Il la jaugea de la tête aux pieds et acquiesça. Oui, elle ferait l'affaire.

Les rennes entraient par vagues dans le parc circulaire. Elsa, sa famille, ses cousins proches, ses parents plus éloignés et ses amis se placèrent. D'abord dos à la clôture, à observer. Ils cherchaient les marques de propriété, reconnaissaient les colliers fluorescents, les motifs tracés dans le pelage, comme des tatouages en fourrure. Le troupeau était compact, ce qui permettait de tirer les rennes par leurs bois. La plupart du temps, on n'avait pas besoin de lasso, ici. On utilisait parfois un *stávrá*, un bâton muni d'œillets, mais le plus souvent il suffisait de s'aventurer parmi les cervidés et de les saisir fermement par la ramure.

Elsa fut l'une des premières à se mouvoir. Elle avait aperçu sa marque, mais elle aurait reconnu la femelle sans cela, tant elle était unique. Elle avait de longues pattes et c'était l'une des plus vigoureuses, qui leur avait donné de nombreux faons. Elsa sourit en la voyant.

Anna-Stina l'avait rejointe.

— Allons-y, dit Elsa.

Elle s'approcha subrepticement et empoigna les bois. La femelle opposa une résistance immédiate. Anna-Stina saisit l'autre côté de la ramure et elles tirèrent ensemble sans trop de difficulté, même si Anna-Stina grimaçait. La mère d'Elsa l'attendait, une seringue à la main pour lui administrer un antiparasitaire contre l'hypoderme du renne. Elle nota dans ses documents que la première femelle était entrée dans leur enclos. Ils ouvrirent le portail et Elsa donna une tape sur la croupe de sa bête qui galopa vers l'obscurité où elle se calma rapidement.

Anna-Stina tira son amie par la manche, les yeux rivés sur le renne suivant. Elle pouvait le faire, il lui suffisait de le vouloir.

Il était bien après minuit lorsqu'ils se garèrent devant la maison. La mère d'Elsa suggéra de laisser les bacs dans la voiture. Le ciel était dégagé et constellé d'étoiles. La lune était pleine. Elsa souffla, immobile. Ses poignets la faisaient souffrir, et elle les fit tourner. Sa mère déverrouilla la porte et disparut dans la maison tandis que son père détachait la remorque et descendait la motoneige. Mattias était resté à l'enclos. Sa maison était plongée dans le noir.

Les peaux de rennes devaient être déposées dans la remise. Son père s'en chargeait. Tout à coup il s'arrêta, leva les yeux vers le lac. Elsa entendit aussi. Des motoneiges. Ils se regardèrent, il leva les sourcils. On apercevait maintenant les faisceaux lumineux, de plus en plus proches. Deux motoneiges. Elsa se rapprocha instinctivement de la remise et de son père.

Les hommes gravirent la pente depuis le lac, côte à côte, et s'arrêtèrent. Les phares étaient éblouissants. Elle leva une main pour se protéger les yeux. Ils faisaient vrombir leur moteur, mais demeuraient immobiles.

— Déguerpissez tout de suite, nom de Dieu ! cria son père.

Ils ne bougeaient pas.

Sa mère sortit sur le perron et recula immédiatement dans la maison.

Elsa dégaina son portable et filma la scène, tendant le bras d'un geste éloquent. En réaction, l'un des hommes appuya sur l'accélérateur et fonça droit sur elle. L'autre l'imita. Elsa sentit son père l'attraper et l'attirer derrière la remorque. Les motoneiges passèrent avec force dérapages, descendirent sur la route, s'enfoncèrent dans le fossé, traversèrent le taillis et s'engagèrent de nouveau sur le lac.

L'écho des moteurs flotta un long moment sur le village avant de disparaître dans les bois de l'autre côté du lac.

Le père d'Elsa abattit une main sur la remorque. Elsa était sûre qu'il allait l'accuser.

44 – *Njealljeloginjeallje*

La nuit tombait sur Jokkmokk, mais la foule se pressait, de plus en plus nombreuse, sur le marché. Début février, la lumière du jour capitulait peu après quinze heures. L'obscurité avait encore le dessus la majeure partie du temps. Ç'avait été une belle journée, moins froide que la veille où le thermomètre avait tutoyé les moins vingt-cinq. Se vêtir pour le marché était tout un art. Il fallait allier le confort thermique et l'élégance. Anna-Stina et Elsa faisaient sensation avec leur kolt, leurs *nuvttahat*, ces chaussures montantes en peau de renne, et leur châle en laine qui offrait une protection supplémentaire contre le froid. Les touristes se retournaient sur leur passage. La caravane de rennes était passée plusieurs heures plus tôt et il y avait eu une course de rennes sur le lac Dálvaddis[1]. La fumée s'élevait des food trucks proposant des brochettes de *suovas* ou des hamburgers. Les artisans – les *duojár* – les plus renommés avaient leurs emplacements attitrés à l'intérieur, dans le centre de formation pour la culture samie. On était vendredi et ça fourmillait d'activité. Des colliers en argent scintillaient derrière leurs vitrines ou pendaient à des présentoirs en bois. Des *liinnit*, ces châles à franges ou sans franges. De l'art. Des objets du *duodji*, l'artisanat d'art sami, avec un sceau d'authenticité.

Elsa et Anna-Stina se frayèrent un chemin au milieu des visiteurs qui descendaient vers le rez-de-chaussée.

1. Lac Talvatis en sami.

Elles croisaient des cousins, distribuaient des accolades, promettaient qu'ils se verraient au bal sami le soir même. Elles descendaient la dernière marche lorsqu'une femme d'âge moyen écarta les bras, un grand sourire aux lèvres.

— Vos vêtements sont magnifiques ! Vous permettez que je prenne une photo ?

Elle n'attendit pas la réponse, manipulant déjà son portable, et leur fit un clin d'œil en souriant. Elle demanda à son époux de lui tenir ses sacs.

— Rapprochez-vous un peu, voilà. Magnifiques costumes !

Anna-Stina prit la pose, la main sur la hanche, tout sourire. Elsa soupira et força un rictus. C'était la troisième fois qu'on les arrêtait pour leur tirer le portrait.

— On devrait les faire payer, murmura-t-elle à l'oreille d'Anna-Stina quand elles purent enfin poursuivre leur chemin.

Un intense brouhaha emplissait les halles dont l'acoustique était inadaptée au nombre de voix. Le bruit l'épuisait. Cela faisait des mois qu'elle attendait le marché et pourtant, à ce moment précis, elle aurait voulu être ailleurs. Elle observait les gens, qu'elle pouvait sans peine classer en différentes catégories. Les Samis assumés se pavanaient avec un kolt qu'ils avaient cousu jusque dans le moindre détail, de grands pendants en argent aux oreilles, le *risku* épinglé à la poitrine. Les moins assumés, ceux qui n'avaient pas la langue, le regard fuyant, effleuraient les châles suspendus aux cintres. Ils avaient envie d'acheter, mais hésitaient. Et puis les autres, ceux qui prenaient les photos, qui ignoraient tout de la culture samie, qui avaient voyagé en train de nuit jusqu'à Boden et continué en autocar, ceux qui étaient venus en car de tourisme ou avec leur voiture personnelle. Ceux qui admiraient sans jamais réfléchir, probablement. Qui photographiaient et postaient sur Instagram.

Peut-être avaient-ils eu le temps de caresser le renne qui arpentait les rues de Jokkmokk. De quoi s'agissait-il déjà ? Ce n'était pas ici, le conflit autour d'une mine ? Si, c'était bien ici ? Ils se remémoraient un conflit qui menaçait de mettre fin à la renniculture dans la région. Mais ils n'avaient pas la force d'aller au bout de leurs pensées, préférant dépenser mille cinq cent cinquante couronnes pour un collier en argent orné de feuilles, comme les broches des kolts. Artisanat sami authentique, disaient-ils. L'authenticité, c'était important. Et « lapon », ça ne se disait pas, ils le savaient, même si parfois ça leur échappait, surtout s'ils étaient de la vieille génération et les entendaient parler leur langue.

— Je vais m'acheter de nouvelles boucles d'oreilles, viens ! s'exclama Anna-Stina en la tirant par la manche.

Elsa savait fort bien qu'elle appartenait à la première catégorie, une de ces femmes qui savent coudre tout, du kolt jusqu'à la ceinture, qui savent tisser des rubans à chaussures et franger leur propre châle. Elle n'avait que les broches à acheter, et les boutons ronds en argent qui ornent toute la ceinture en rangs serrés. Ainsi que les boucles d'oreilles, comme celles qu'Anna-Stina examinait.

— *Your clothes... So beautiful*[1] *!*

Une femme harnachée comme pour une expédition polaire venait de se frayer un chemin au milieu de l'assistance. Elle avait un accent britannique.

— *Thank you.*

— *Absolutely amazing.*

Elle ne put s'empêcher d'effleurer les franges.

Elsa voulut reculer d'un pas, mais la foule était si compacte qu'elle pouvait à peine bouger. Elle hocha la tête et fit volte-face, s'accrocha à Anna-Stina.

— Je ne les supporte plus. Ça y est, ils me tripotent maintenant !

— Mais on est belles, fit Anna-Stina en souriant.

Oui, aujourd'hui il fallait s'exhiber, aujourd'hui Jokkmokk était une municipalité samie fière ; jamais personne n'admettrait le déferlement de haine envers ces sales Lapons qui avaient manifesté contre les projets de mine à Gállok.

— Ils n'ont vraiment rien compris.

1. Les répliques en anglais dans le texte original ont été conservées dans cette langue.

— Relax ! Aide-moi plutôt à trouver des boucles d'oreilles.

Elsa se dit qu'elle aurait dû repousser la main de la Britannique, lui parler des habitants du village qui n'hésitaient pas à la menacer, qui s'arrêtaient devant chez elle à motoneige pour montrer qu'ils pouvaient faire ce qu'ils voulaient en toute impunité. Le sourire de la femme aurait pâli. Elsa s'imaginait la secouer, lui raconter de quelle manière les rennes étaient torturés à mort.

Elle savait qu'elle devrait se détendre, se sentir en sécurité. S'il y avait bien un endroit où ils étaient en majorité, c'était ici. C'étaient eux qui fixaient les règles. Elle comprenait qu'aucun de ses amis ne veuille parler de malheurs pendant le meilleur week-end de l'année. Ça l'agaçait tout de même que personne n'ait ne serait-ce que nommé l'article sur les cadavres de rennes. Cela faisait plus d'un mois à présent et la police ne l'avait pas rappelée au sujet des sacs. Les gants chirurgicaux où l'on aurait pu prélever de l'ADN avaient sans doute disparu. Elsa n'avait pas la force de téléphoner à Henriksson, pas la force d'entendre ses excuses bidon.

Il faisait une chaleur terrible dans le bâtiment, les gens déboutonnaient leurs manteaux et gilets, pantelants, se plaignaient de la différence de température entre l'intérieur et l'extérieur. Son kolt était épais et on ne pouvait rien desserrer pour laisser entrer l'air, idem pour les chaussettes en laine et les rubans de ses chaussures bien serrées qui remontaient sur ses mollets. Elsa s'éventa avec la brochure de l'artisan qui fabriquait les couteaux les plus onéreux.

Anna-Stina hésitait entre deux modèles de boucles d'oreilles ; elle les plaça devant ses lobes et regarda son amie d'un air interrogateur. Elsa indiqua celle de droite, avec, au centre du bijou en argent, une petite perle bleue. Anna-Stina fit une moue dubitative et se tourna de nouveau vers le miroir.

Derrière elles, on se pressait pour voir les bijoux. Elsa ignorait les coups d'œil admiratifs, détournait le visage chaque fois que quelqu'un levait son portable.

— Tu as bientôt fini ? Je voudrais partir.

Anna-Stina fit volte-face et la dévisagea sans comprendre.

— Qu'est-ce qu'il y a encore ?

— Mais regarde-les. Tout est si exotique pour eux. Ils colonisent notre culture avec leurs regards. Dégueulasse.

Anna-Stina éclata de rire.

— Tu as déjà commencé à picoler ?

— Pas du tout.

Elle s'éventa encore plus vite avec la brochure et ferma les yeux.

— Tu es un peu bizarre, parfois… Tu penses vraiment que je devrais acheter la paire avec la perle bleue ?

Anna-Stina leva de nouveau la boucle d'oreille.

— Oui, prends-la. Écoute, j'ai vraiment besoin d'aller m'aérer. On se retrouve plus tard.

Elle tourna les talons et se dirigea vers les escaliers, monta les marches deux par deux et ouvrit la porte. Le froid la saisit instantanément. Elle prit une profonde inspiration, détacha sa ceinture. Elle avait l'impression de manquer d'oxygène. Tout devait être si serré, si droit, si parfait.

Des regards se posèrent sur elle, ce n'étaient plus les touristes, mais les siens. Elle se tenait là, ceinture à la main, vêtue d'un kolt défaillant, le visage cramoisi. Un spark couvert de neige était garé au coin du bâtiment. Elle s'y laissa tomber. Ils imaginaient sans doute qu'elle avait déjà avalé sa première bière. Quelqu'un lui décocha un sourire moqueur et leva un pouce. Les flocons de neige dansaient autour de son visage, aplatissant les boucles qui avaient exigé tant de patience le matin. La neige restait collée dans ses cils et poudrait ses joues, les mouillait. Elsa regarda le ciel. Son mascara coulait au coin de ses yeux, vers les tempes. Comme une peinture de guerre.

À présent, plus personne ne voulait parler de son kolt, personne ne voulait la prendre en photo pour la mettre sur Instagram. À présent, les touristes en chaussures d'hiver trop fines, celles qu'on leur avait vendues avec insistance dans un magasin de plein air hors de prix, lui lançaient des regards en passant. Elle voulait leur demander s'ils avaient conscience que ce bâtiment était jadis un institut de formation continue pour les Samis, fondé en dédommagement de toutes les violences qu'ils avaient subies. Une ridicule tentative chrétienne d'absolution.

— Mais savez-vous de quoi ils voulaient se faire pardonner ?

Elsa soupira et remit sa ceinture. Ferma les boutons-pression et noua les rubans de telle manière que les pompons tombent du côté gauche. Ses mains tremblaient de froid. Elle ne pouvait pas retourner dans le bâtiment, bien que son manteau y soit resté. Elle envoya un SMS à Anna-Stina pour lui demander de le lui apporter. Elle se leva, croisa les bras sur sa poitrine pour garder un peu de chaleur et se hâta vers la zone pavillonnaire qui jouxtait l'hôtel, les yeux baissés, feignant de ne pas entendre qu'on criait son nom. Son pas était de plus en plus rapide, au point qu'elle finit par courir.

45 – *Njealljelogivihtta*

Les yeux aveugles du renne étaient écarquillés et partiellement voilés par le sang qui avait coulé de la tête et dégouliné jusqu'au museau. L'incision dans la tête était profonde. Les moins sensibles pouvaient, en s'approchant, voir le crâne fendu en deux ; la partie avant du corps, tête et pattes antérieures, pendait sur le panneau, dissimulant JOK, mais aussi JÅH. On distinguait à peine le reste de Jokkmokk en suédois, et Jåhkåmåhkke, en sami de Luleå[1], était presque invisible derrière le sang barbouillé. Comme si l'on avait trempé un pinceau dans le sang du renne pour porter outrage au nom sami de cette ville de marché qui rassemblait les Samis depuis plus de quatre cents ans.

L'arrière du cadavre pendait de l'autre côté. La bête semblait avoir été balancée sur le panneau, comme on jette à la hâte un vêtement sur le dossier d'une chaise.

Elsa arriva à hauteur du panneau un peu après six heures du matin. Elle avait été tirée du sommeil par Anna-Stina qui s'était levée pour se rendre aux toilettes et avait, bien entendu, regardé son portable. Elle avait vu la photo qui avait circulé plus vite qu'une caravane de lemmings dans la montagne. Anna-Stina était retombée aussi sec dans le lit de la chambre d'amis qu'elle partageait avec deux autres personnes, allongées sur des matelas par terre. L'odeur du lendemain de cuite était prégnante. Elsa avait lutté contre

1. Tous les Samis ne parlent pas la même langue ; il existe neuf langues samies, selon les régions.

la nausée et les vertiges en enfilant avec peine son jean et sa doudoune, puis elle était sortie.

Elle n'était pas la première sur place, plusieurs anciens du village, des matinaux, s'étaient rassemblés. Une voiture de police était garée à côté du panneau et une vieille dame dans tous ses états, accompagnée de son chien, parlait avec les policiers – une femme et un homme d'une trentaine d'années.

— J'ai eu tellement peur, j'ai cru que le demeuré qui avait fait ça était encore là, avec sa hache, caché quelque part. Alors je vous ai appelés tout de suite, expliquait la femme d'une voix haut perchée.

Elsa chercha des yeux des traces dans la neige et s'approcha prudemment du groupe d'habitants. Elle les entendit se demander quand ça avait pu arriver. Ils parlaient de l'heure à laquelle la neige était tombée, évoquant le fait que beaucoup de gens étaient rentrés tard du bal, mais que le renne n'avait été découvert que ce matin.

Elsa était restée jusqu'à la fermeture de la Maison du peuple. Elle avait vu les organisateurs faire sortir le dernier participant, un braillard qui les avait remerciés en entonnant un petit *joik* sur le parking.

— Qu'est-ce que tu en penses, Elsa ?

Elle fit volte-face et découvrit Minna. Aussi cernée qu'elle. Les joues aussi pâles. Affichant la fragilité suante du lendemain de soirée tardive et arrosée. Elles s'étaient amusées comme des folles. Elsa n'avait pas vu Minna depuis le camp de préparation à la confirmation et, quand elles étaient tombées nez à nez dans la cohue, la veille, elles s'étaient enlacées et ne s'étaient plus quittées de la soirée. Elles avaient ri en se remémorant de vieux souvenirs, dansé jusqu'à dégouliner de sueur, bu tellement qu'Elsa avait du mal à fixer son regard. Minna lui avait alors fait avaler un verre d'eau. Et elles s'étaient remises à danser.

Minna la serrait contre elle. Elsa ne voulait pas la lâcher.

— À mon avis, dit Minna en se dégageant de l'étreinte désespérée de son amie, au moment où le village a été plongé dans le silence, quand les derniers *after* se sont terminés, quelqu'un a chargé un cadavre de renne sur une remorque, est venu jusqu'au panneau et l'a déposé dessus. Ils devaient être au moins deux pour y parvenir.

— Je me demande combien de personnes sont passées à pied ou en voiture sans prendre la peine d'appeler la police.

— Tu es étonnée ?

— Pas le moins du monde.

Minna attrapa le bras d'Elsa et l'emmena vers les policiers. La femme au chien avait rejoint le groupe d'habitants et relatait la vision d'horreur qu'elle avait eue dans le noir.

Les policiers débattaient de la meilleure manière de descendre le renne.

— Vous avez pris des photos, n'est-ce pas ?

Ils firent volte-face et dévisagèrent Minna.

— Parce que c'est une scène de crime, précisa-t-elle.

— Nous en sommes conscients.

— Allez-vous classer ça comme crime de haine ? Il ne fait aucun doute que c'est pour intimider les Samis, les éleveurs de rennes.

Le policier opina du chef, l'air grave.

— Nous n'excluons rien pour le moment. Cela reste à voir. Il est possible que vous ayez raison.

— Qu'est-ce que ça pourrait être d'autre selon vous ? Une farce de gamin ? Une lubie d'ivrogne ? Non, c'est un acte prémédité commis par des hommes adultes qui tuent avec un but bien précis en tête.

— Nous allons essayer de trouver des témoins, fit le policier avec un fort accent de Luleå. Quelqu'un a bien dû voir quelque chose.

— On devrait laisser le renne là toute la journée. Pour montrer à tout le monde ce qui se passe dans notre région, suggéra Elsa.

— On ne peut pas risquer que les gens détruisent des indices ou emportent le renne, marmonna le policier.

— Donc cette fois vous allez vraiment réunir des éléments matériels ? Qui pourraient mener quelque part ?

Le policier la regarda dans les yeux. Sa voix n'était plus aussi bienveillante.

— Je n'apprécie pas votre ton. Nous allons faire notre travail, comme toujours.

Minna se pressa contre Elsa. Elles empestaient toutes les deux le vieil alcool.

— Pardonnez notre scepticisme, nous n'avons pas l'habitude de ça, répondit Minna.

Elle ne venait pas d'une famille d'éleveurs. Son père était un *duojár* renommé et sa mère, selon les rumeurs, une femme du sud de la Suède qui était montée chez les Samis de Jokkmokk pour se connecter avec son Sami intérieur. Il s'avérait qu'elle avait là ses racines. Elle avait rencontré un Sami, mais n'avait pas atteint la complétude tant espérée et était retournée dans le Sud. Minna, quatorze ans, était restée seule avec son père. Peu après, pendant le camp de préparation à la confirmation, Minna et Elsa étaient devenues amies et Minna lui avait révélé qu'elle n'avait aucune envie que sa mère vienne à l'église lors du sacrement.

Les policiers s'éloignèrent d'elles, conversant à voix basse.

— Il faut qu'on appelle les journaux et la télé avant qu'ils descendent le renne, dit Elsa.

— Déjà fait.

— Alors toi aussi tu t'es levée pour ça ?

— Oui. Je croyais que je me réveillerais avec quelqu'un dans mon lit ce matin, mais il était parti.

— Johannes.

Elsa esquissa un demi-sourire et remonta sa capuche sur son bonnet. La nuit dernière, vers la fin du bal, elle avait perdu Minna, et quand elle l'avait de nouveau aperçue, elle était dans les bras d'un jeune homme. Il était rond comme une queue de pelle, la ceinture de son kolt, d'ordinaire sur les hanches, lui descendait quasiment sous les fesses. Il caressait les longs cheveux noirs de Minna, qui lui arrivaient jusqu'aux reins, et l'embrassait si intensément qu'Elsa ne pouvait s'empêcher de les fixer. Johannes était connu dans le village voisin. Présomptueux, comme son frère cadet. Elsa ne les portait pas dans son cœur. Une bande de frimeurs, les gars de cette famille.

— Alors tu habites à Jokkmokk ? lui demanda-t-elle.

— Tu ne te rappelles donc pas ce que je t'ai raconté ? (Minna lui adressa un sourire moqueur.) Comme je te l'ai dit hier, je déménage souvent. Je m'installe bientôt à Umeå. Pour étudier. Je veux changer les choses.

Elle esquissa un geste vers le renne.

— Vraiment ?

— Bien sûr. Je vais devenir juriste. Je veux faire modifier la classification des délits. Tu sais aussi bien que moi que ce sera au mieux catégorisé comme vol. Et encore. Sachant qu'ils ont coupé les oreilles, ça va être difficile. L'affaire sera sans doute classée sans suite.

— Nous avons perdu tellement de rennes.

— Oui. Je t'ai vue dans le journal, d'ailleurs. Chapeau ! Tu es allée déposer les rennes chez les flics, comme ça. Qu'est-ce qu'il s'est passé après ?

— Pas de nouvelles. Donc probablement pas de suite. Comme d'habitude.

Un homme d'une vingtaine d'années approchait en dérapant sur la chaussée. Son long manteau était trop fin et le simple fait qu'il s'agisse d'un manteau de ville attirait l'attention. Il passa une main dans ses cheveux, se caressa la tête, tout en essayant, de ses yeux à peine réveillés, de comprendre qui étaient les gens autour du panneau. Elsa l'entendit se présenter aux policiers. Journaliste au quotidien *Expressen*.

— *Expressen* ? répéta Minna en levant les sourcils. Il n'est là que parce que la ministre de la Culture a participé à la course de rennes hier. Il n'y a que pour ça que les journalistes ont la force de bouger leurs fesses jusqu'ici.

— Je me demande bien ce que la ministre va dire de ça.

— Ah, je le sais, moi ! Elle va prendre un air sévère et dire que c'est très grave. Puis elle va rentrer chez elle et tout oublier. À moins qu'elle n'en parle pendant un dîner avec ses amis, en disant que la haine, là-bas dans le Nord, c'est vraiment terrible.

— « Là-bas dans le Nord ». Une description un peu vague, parce qu'il n'y a de toute façon personne qui sait où se trouve Jokkmokk.

Le reporter du tabloïd tremblait légèrement quand il tendit le portable pour interviewer les policiers. Il reçut des réponses brèves à ses mauvaises questions. Elsa sortit son téléphone et posta la photo du renne sur Instagram. Pour la légende, elle hésitait. Elle choisit de se montrer directe. Elle écrivit que c'était un crime haineux. Nul doute qu'il y aurait un déferlement de commentaires menaçants. Sa mère l'avait plusieurs fois priée de mettre son compte en privé, mais à quoi bon ne communiquer qu'avec un cercle déjà averti ?

Le journaliste s'avança vers elles sans décoller les pieds du sol, avec ses semelles glissantes. Elle pouvait lire dans ses pensées. Il n'était pas stupide, il comprenait fort bien que des jeunes femmes devant le cadavre d'un renne, c'était du pain bénit pour lui. Samies et en colère qui plus est. Il ne pouvait évidemment pas être sûr qu'elles appartenaient bien au peuple autochtone et Elsa l'examina avec une certaine malice alors qu'il essayait de formuler sa question.

— C'est un crime de haine, l'interrompit Minna.

Son regard s'affûta et il approcha son téléphone du visage de la jeune fille.

— C'est-à-dire ?

— À votre avis ?

— Vous voulez dire qu'il s'agit une attaque envers les éleveurs de rennes, et donc aussi contre les Samis en tant que groupe ?

Ses cheveux lui tombaient sur les yeux, et il souriait. Il savait comment tirer profit de sa physionomie plutôt agréable.

Elsa se sentit tout à coup épuisée. Elle avait déjà tenté d'emprunter cette voie, mais ça finirait par un retour de bâton. Le journaliste, quant à lui, serait couvert de lauriers par sa rédaction. Un renne abattu, sanguinolent et l'interview de deux femmes samies aux pommettes saillantes, remontées comme des coucous.

— Qu'est-ce que vous comptez écrire ? s'enquit Minna.

— Ce que vous me raconterez. Je veux vraiment décrire cette horreur.

— La police a dit qu'il s'agissait d'un crime de haine ?

— Non, mais peu importe. Ce qu'il faut c'est que vous, les Samis qui êtes touchés, puissiez avoir la parole.

— Je ne suis pas éleveuse de rennes, répondit Minna. Quel est votre angle ? Les éleveurs touchés ou les Samis ?

Il afficha un air embarrassé, mais leur adressa un sourire complaisant.

— Ici, les gens n'ont pas froid aux yeux. Vous ne baratinez pas. Vous y allez franco. Que diriez-vous d'une photo ?

— Que diriez-vous d'écrire les choses telles qu'elles sont ? rétorqua Minna d'un ton cassant.

— Bien sûr, mais dans ce cas vous devez m'en dire un peu plus que le fait que c'est un crime de haine. Sur quoi vous basez-vous ?

Elsa croisa les bras sur sa poitrine.

— Allez-vous chercher à en savoir davantage ? Allez-vous demander à la police avec quelle régularité ce genre de chose arrive ? Comprenez-vous ce que ça fait de voir son renne assassiné, torturé à mort ? Ce renne a reçu un coup sur la tête et ses pattes sont tordues bizarrement, ce qui signifie qu'il a sans doute subi une longue et douloureuse agonie. Comprenez-vous ce que ça fait à quelqu'un de voir son animal comme ça ?

Il opina du chef, affirmatif, jeta un coup d'œil à son téléphone pour s'assurer que le dictaphone était bien allumé.

— Oui, oui, bien sûr.

— Comment pouvez-vous le savoir ?

— Non, c'est vrai, je ne peux pas vraiment…

— Vous en êtes incapable. Mais vous avez le pouvoir de raconter tout ça de manière que les autres comprennent. Le problème c'est que vous pourriez aussi attiser la haine à notre égard. Vous me suivez ?

— Oui, enfin non.

— Vous avez déjà écrit sur les Samis ?

— Non.

— Préparez-vous, alors, car vous allez être noyé sous les commentaires. Vous ne pouvez pas imaginer à quel point. Lisez ce qu'ils écrivent et réfléchissez bien, essayez de comprendre d'où vient toute cette haine.

Il acquiesça. Il tremblait de froid.

— Mais vous, vous savez d'où elle vient. Vous ne pouvez pas me l'expliquer ?

Elsa sentit la nausée l'assaillir par vagues. Elle était à deux doigts de vomir. Elle avait des sueurs froides, ça perlait entre ses omoplates. Elle fit quelques pas de côté.

— La photo, alors ? Ce serait super de vous prendre ensemble.

— Il n'y aura pas de photo, dit-elle. Mais prenez le renne.

Il avait l'air déçu et esquissa un nouveau sourire.

— Allez, saisissez votre chance.

Elsa se plia en deux et vomit dans la neige. Abdominaux contractés, brûlure dans la gorge. Ça sortait même par le nez et la sensation d'étouffer lui arracha un gémissement. Minna lui caressait le dos.

Une demi-heure plus tard, l'article était en ligne et Minna le lisait à Elsa qui était étendue, pâle, sur le canapé.

— Écoute ça : « J'ai rencontré deux jeunes femmes samies qui n'osent pas être photographiées par peur des représailles. »

Elsa porta un verre d'eau à ses lèvres asséchées en espérant que ce qu'elle avalait ne remonterait pas.

Minna continua à lire en silence et éclata de rire.

— Ah, il a le sens de la formule ! « Anarchie », « contrée sauvage ». Pas comme si j'étais étonnée. Heureusement, notre contrée est équipée de supermarchés, sinon comment on ferait pour survivre ?

— Ce n'est pas drôle, Minna.

— Non, je sais, mais il vaut mieux en rire. Quel abruti ! Tu ne l'as pas vu tourner en rond hier, au bal ?

— Non. Il était là ?

— Bien sûr que oui ! Comment tu as pu le rater ? Je ne pensais pas qu'on pouvait passer inaperçu sans *gákti*. On aurait dit un phare solitaire au milieu d'une mer déchaînée.

— Toi aussi tu sais jouer de la métaphore, on dirait.

Minna rejeta la tête en arrière et éclata d'un rire tonitruant.

— Il faut en rire, sinon notre corps se meurt de l'intérieur. C'est stocké partout, tu sais. Le corps emmagasine la souffrance.

Elsa la contempla. Elle n'était pas beaucoup plus grande qu'*áhkku*, ses cheveux tombaient comme une cape noire sur ses épaules et ses bras noueux. Elsa voulait lui dire qu'elle n'en pourrait bientôt plus. Elle voulait que Minna lui promette que tout allait s'arranger. Elle voulait continuer de glousser avec elle.

La veille, l'hilarité l'avait gagnée. Ivre, elle avait titubé en dansant la *sydisdans*, une version samie du foxtrot. Elle s'était sentie libre, heureuse, l'espace d'un instant quand un jeune homme de la communauté du Mittådalen l'avait fait virevolter sur la piste. N'empêche qu'à la fin de la soirée, elle s'était assise sur une chaise et avait senti le désespoir l'envahir. Combien de temps encore auraient-ils la force de coudre leurs kolts, d'entonner des *joik* et de faire la fête toute la nuit pour oublier ? Pour se réveiller le lendemain dans un monde où rien n'avait changé.

— Tu vas régler ça, hein, Minna ?

— Quoi ?

Minna leva les yeux de son portable.

— Tout.

— Bien sûr !

Elle la croyait volontiers.

46 – *Njealljelogiguhtta*

Le coffre de la voiture était ouvert. Sa mère y plaça une valise et un carton de déménagement. Elsa était assise à l'arrière avec *áhkku*. Ils ne parvenaient pas à la regarder dans les yeux. *Áhkku* serrait contre elle un vieux sac en cuir brun à fermoirs dorés usés. Elle avait elle-même décidé de son contenu – il aurait pu y avoir n'importe quoi là-dedans. *Áhkku* n'avait rien dit, mais elle savait fort bien où on l'emmenait. Elle ne pipa mot lorsque la voiture quitta le village. Elsa suivait son regard qui balayait les tourbières enneigées, les traces de motoneiges qui se croisaient sur le bas-côté et les arbres qui, depuis la dernière tempête, n'étaient plus alourdis par la neige.

Quand la mère d'Elsa freina pour éviter des rennes, *áhkku* baissa les yeux et se frotta les mains. Sa peau sèche crissait, ses cuticules dures étaient craquelées.

La nuit tomba au moment où ils entrèrent dans la ville. La lumière jaune des lampadaires caressait les routes et les talus de neige de part et d'autre de la chaussée. La maison de retraite nouvellement ouverte, un bâtiment en bois rouge à deux étages, se situait dans une zone résidentielle à quelques kilomètres du centre-ville.

On leur avait dit qu'il y aurait du personnel parlant le sami, mais elles furent accueillies par une certaine Britt-Inger qui les informa que la personne en question avait la grippe. Pour sa part, elle venait de Tornédalie et parlait meänkieli. Elle raconta qu'elle était une Mäki de Pajala, une famille que la mère d'Elsa connaissait, évidemment. Après cette introduction, la conversation fut plus facile : on pouvait toujours trouver des liens, des fils auxquels se raccrocher.

— Tout le monde m'appelle Brittis, reprit-elle.

Immobile, *áhkku* laissait son regard courir le long du couloir et des portes fermées. Elle semblait tendre l'oreille pour entendre un bruit de télévision venant du bout du couloir. Une vague odeur de nourriture flottait, sans doute y avait-il eu du poisson au déjeuner. Elsa avait tellement envie de la serrer dans ses bras, mais aujourd'hui elle ne supporterait pas de ne pas être enlacée en retour. Elle posa délicatement les mains sur les épaules de sa grand-mère et la tourna dans la bonne direction, afin qu'elle suive sa mère et Brittis. C'était un jour où *áhkku* était lucide, ça se voyait dans ses yeux. En un sens, ce n'était pas plus mal – au moins elle se souviendrait de son arrivée ici.

Brittis ouvrit une porte. La chambre renfermait un lit simple couvert d'un jeté jaune clair, une grande commode blanche, une petite table près de la fenêtre et deux chaises blanches vernies garnies de coussins de chaise fleuris. Brittis suivit le regard d'Elsa.

— Nous avons laissé les coussins. Ils étaient comme neufs et la famille de la femme qui vivait ici ne souhaitait pas les récupérer. Si vous les voulez, ils peuvent rester.

L'une part, l'autre arrive.

Áhkku s'assit sur le lit et agrippa la poignée arrondie de son sac, l'attirant vers elle. Elle balançait ses jambes, avec une certaine lourdeur. Non, on aurait dit qu'elle cherchait un terrain solide où poser les pieds.

Brittis et la mère d'Elsa discutaient changement de tringle à rideaux et routine de coucher. Sa mère murmura qu'il serait préférable de fermer la porte à clé, et l'espace d'un instant, les jambes d'*áhkku* cessèrent de battre. Ses yeux se plissèrent et elle se mit à tapoter en cadence le cuir lustré de son sac. Jusqu'à ce qu'Elsa pose une main sur la sienne. *Áhkku* s'interrompit alors et retira vivement sa main.

— Nous ne fermerons pas votre porte à clé. Et les membres du personnel se trouveront toujours à proximité, dit Brittis à *áhkku* d'une voix apaisante.

Elle sortit avec la mère d'Elsa pour inspecter la cuisine et les autres parties communes. On entendait des crépitements contre le rebord de la fenêtre.

De la pluie. En plein mois de février. Les routes deviendraient de vraies patinoires si elles avaient le temps de geler avant qu'Elsa et sa mère prennent la route du retour.

— Ce n'est pas juste, fit *áhkku* d'une voix frêle.

Elsa se laissa tomber à côté d'elle. Le lit mou ballotta.

— Tu vas te plaire ici. Ils parlent sami et ils préparent les plats que tu aimes, du renne, de l'élan et du poisson. Ce sera comme à la maison.

Elsa ferma les yeux de toutes ses forces. Comme à la maison. Qu'est-ce qui lui prenait de dire cela ?

— Ce n'est pas normal qu'il pleuve en février.

— Non, je sais. C'est une aberration.

— Tout est écrit dans la Bible, tout a été décidé d'avance. Et ça a commencé. Nous allons être engloutis vivants.

Áhkku passa la main sur le lit, comme si elle cherchait quelque chose.

— Qu'est-ce que tu vas devenir ? Toujours pas de mari, et les rennes qui mourront de toute façon. C'est impossible avec ce climat. Je le dis depuis des années, mais vous ne m'écoutez pas. Maintenant, il pleut en février. Et quand viendra l'époque du marquage des faons, le soleil brûlera les pâturages, sois-en assurée.

Elsa rebondit sur le détail le moins douloureux.

— Je n'ai pas besoin d'un homme, *áhkku*.

— Alors tu n'auras pas d'enfants. Remarque, ça vaut peut-être mieux, car bientôt tout sera terminé.

— Tu n'es pas un peu trop pessimiste, là ?

Elsa dut utiliser le mot suédois, car elle ne connaissait pas le terme sami. Sa grand-mère leva ses fins sourcils.

— « Pissimiste », dit-elle en souriant. Oui, le mot semble adapté.

Elles éclatèrent de rire toutes les deux, comme quand Elsa était petite. Elle voulait s'en souvenir : à l'époque, sa grand-mère était au moins aussi drôle que les autres dames de leur communauté. Celles qui riaient à en faire trembloter leur ventre, à essuyer les larmes qui perlaient aux coins de leurs yeux. La pluie battait contre le métal et la fenêtre. Elsa alla remplir un verre d'eau glaciale au petit lavabo. Elle le tendit à sa grand-mère, laquelle en avala quelques gorgées avant de le lui redonner.

— Je ne veux pas avoir envie de faire pipi cette nuit, sinon je serai obligée de passer devant elle.

Le filtre était réapparu dans les yeux de la vieille femme.

— Ne t'inquiète pas, fit Elsa.

— Il faut bien faire pipi avant de dormir, sinon elle se met en colère. (Ses jambes recommencèrent à se balancer, de plus en plus vite.) Mais si je me fais pipi dessus, elle va s'en rendre compte et elle sera encore plus en colère. Elle me frappera même. Violemment. Là. (*Áhkku* posa la main à l'arrière de la tête.) Peut-être qu'elle m'arrachera les cheveux aussi. Je ne veux pas. Ils sont déjà si fins.

Ses yeux se remplirent de larmes et elle abattit de nouveau la main sur son sac. Plus fort cette fois.

— Personne ne va te frapper, expliqua Elsa d'une voix douce.

— Comment peux-tu m'abandonner ici, *enná* ?

— Tu as tes propres toilettes, *áhkku*. Regarde !

Elsa ouvrit la porte des W.-C., mais eut un geste de recul quand l'odeur d'égout agressa ses narines.

— Je ne veux pas rester ici. Je veux rester avec *isa* et toi, et mes frères. Je n'ai pas besoin d'aller à l'école, je peux rester avec les rennes.

Elsa s'effondra sur une chaise et s'agrippa au bord de la table. C'était gras sous ses doigts.

— Nous ne sommes pas à l'école nomade, dit Elsa à voix basse, mais en articulant.

Áhkku pleurait. Les larmes s'écrasaient sur sa jupe verte. Pourtant elle n'essayait pas de fuir. Elle pleurait en silence, sans bouger. Consciente qu'elle n'avait pas le choix. Déjà à l'époque, elle savait.

Elsa fixa l'obscurité au-dehors. Inutile d'être tactile, d'essayer d'entrer physiquement en contact avec *áhkku*, il fallait la laisser retrouver le chemin pour sortir de l'autre monde.

— Je ne sais pas parler suédois. J'en suis incapable, gémissait *áhkku* en se balançant d'avant en arrière.

Elsa reconnaissait le mouvement.

— Tu dois aller faire pipi.

— Mais elle va se fâcher.

— Elle sera encore plus fâchée si tu fais pipi au lit. Tu sais bien qu'elle ne change pas les draps, tu sais que tu devras dormir dans un lit mouillé.

Elsa avait la nausée de s'entendre prononcer ces mots, mais ils eurent l'effet escompté. *Áhkku* cessa brutalement de pleurer et descendit du lit. Elsa la conduisit doucement vers les toilettes.

— Tu as le droit d'aller au petit coin quand tu veux.

Áhkku laissa tomber sa jupe au sol, baissa ses bas de laine, s'assit délicatement. Le jet d'urine résonna dans la salle de bain carrelée du sol jusqu'au plafond. Elsa s'assura qu'elle s'était essuyée, puis lavé les mains.

Lorsqu'elle sortit, sa grand-mère souriait. Son soulagement était évident. Elle fit le tour de la chambre, regarda par la fenêtre.

— Où va dormir petite sœur ? Et les autres ?

Elsa ne répondit pas. Elle prit le sac sur le lit pour le poser par terre, mais *áhkku* se hâta de l'y remettre. Elle s'assit à côté et recommença à caresser le cuir.

— Tu devrais peut-être t'allonger un peu ?

Áhkku hocha la tête et se pencha en arrière, raide comme un I. Elle ferma les yeux, mais ses paupières frémirent comme si elle n'osait pas les clore complètement. Son visage était amaigri, plus ridé qu'avant. De petits sacs de peau fine pendaient sous ses yeux et ses pommettes faisaient saillie sous sa peau tendue.

Brittis et la mère d'Elsa étaient de retour, leurs rires retentissaient dans le couloir. *Áhkku* ouvrit les yeux et jeta un regard inquiet à Elsa qui essaya de la rassurer d'un sourire. *Áhkku* se redressa et observa attentivement Brittis qui était entrée la première.

— Nous avons changé les lits cet automne. Il est confortable, non ?

Áhkku fixa ses mains, mais quand Elsa lui chuchota la traduction, elle leva la tête et acquiesça.

— Vous comprenez le meänkieli ? s'enquit Brittis.

Áhkku hocha de nouveau la tête.

Bien sûr, la plupart des gens de sa génération étaient bilingues depuis l'enfance. Ce qui ne signifiait en rien qu'*áhkku* parlât volontiers le meänkieli. Lèvres pincées, elle suivait avec attention les déplacements de Brittis dans la pièce.

— Nous avons une collègue qui maîtrise le sami. Il est important que nos résidents parlent leur propre langue, surtout quand c'est comme ça.

Comme ça. Elle appuya sur ces mots. Quand le cerveau flotte sans ancrage, songea Elsa. Quand il a perdu le cap.

— Ils reviennent souvent à la langue de leur enfance. Là où ils se sentent en sécurité. Ils retournent au lait maternel, poursuivit Brittis.

— Où sont les autres ? murmura *áhkku* à Elsa.

— C'est ta chambre, tu dors toute seule, ici.

— Toute seule ? (Sa lèvre inférieure tremblait.) Dans le noir ?

Elsa tendit le bras pour allumer la lampe blanche qui surmontait le lit.

— Tu peux laisser la lumière allumée toute la nuit.

— C'est interdit.

— Pas ici.

Elsa avait envie de la secouer, de lui faire comprendre. Sa mère semblait ne pas écouter, occupée qu'elle était à passer en revue les tiroirs de la commode, à réfléchir au rangement des vêtements.

— Je vais chercher tes affaires.

En un clin d'œil, elle était sortie. Comme si elle ne supportait pas d'être là. Ce n'était pas sa mère, et pourtant c'était elle qui avait été obligée d'arracher sa belle-mère à sa vie d'avant.

Sur le pas de la porte, Brittis se penchait en arrière, tendait l'oreille à l'affût du moindre bruit dans le couloir.

— Il est l'heure pour moi de faire une tournée, je crois. Passez me voir avant de partir.

Enná revint dans la chambre en gémissant sous le poids de la caisse et de la valise. *Áhkku* observait, tandis que des fragments de sa vie se retrouvaient sur des étagères inconnues et dans des tiroirs à l'odeur d'antimite. Elle afficha un air surpris en voyant les rideaux qui pendaient jadis dans sa cuisine orner la fenêtre de cette chambre. Elle semblait si petite, assise là, le dos appuyé contre le mur et les jambes tendues sur le lit. Sa tresse grise, devenue de plus en plus fine avec les années, serpentait sur sa maigre poitrine et terminait sur son ventre. Elle la faisait distraitement tourner autour de sa main, laissant l'extrémité caresser sa paume. Elle entonna soudain un psaume sami. Tout le monde savait qu'elle avait une belle voix, elle s'appliquait tellement que ses joues se piquaient de rouge. La mère d'Elsa se figea en plein mouvement, puis, les épaules raides, continua à s'affairer. Elsa fut touchée, obligée de se détourner. Jamais elles ne s'accorderaient sur les préceptes religieux. Elsa les refusait tandis que sa grand-mère les avait aveuglément faits siens. Elle ne pouvait plus lui en parler. Comment *áhkku* n'avait-elle pas vu le mal que leur avait fait l'Église ? Comment pouvait-elle, en dépit de tout cela, se tourner vers cette institution ? À quatorze ans, Elsa avait défendu sa vision, remis en question celle d'*áhkku*. Ce n'était pas vers l'Église qu'elle se tournait mais vers Dieu, s'était emportée *áhkku*. Cela n'avait rien à voir avec cette entité qui, au nom de Dieu, avait volé aux Samis ce qui leur appartenait. Elsa ne le comprenait-elle pas ? *Áhkku* avait poussé des soupirs de mépris. Cette Église n'avait rien à voir avec sa foi !

À présent, sa grand-mère se réfugiait là où elle trouvait le plus grand réconfort. Sa voix était claire, magnifique. Jamais Elsa ne l'avait entendue chanter ainsi. *Áhkku* prit une profonde inspiration et recommença :

— *Mon almmi guvlui dal geahčadan*... Je lève les yeux vers le ciel.

Brittis entrebâilla la porte, se racla discrètement la gorge et déclara que certains résidents piquaient un petit somme à cette heure de la journée.

— Mais quel plaisir d'avoir un rossignol avec nous pour le chœur du jeudi, ajouta-t-elle en souriant.

Áhkku se tut et Brittis lui dit d'un ton rassurant, en meänkieli, qu'elle pouvait continuer à chanter, mais pas aussi fort à ce moment précis.

— Vous avez terminé ? demanda-t-elle à la mère d'Elsa qui acquiesça en s'essuyant les paumes sur son jean.

Puis elle se tourna vers *áhkku*.

— Au revoir. On se voit la semaine prochaine. Prends soin de toi.

Son ton était guindé, tout son corps était raide, sa posture affectée. Brittis l'accompagna, annonça d'une voix guillerette qu'il y aurait des boulettes de viande maison pour le dîner. Il ne restait plus qu'Elsa. Les mains d'*áhkku* serraient le sac. Personne n'avait regardé à l'intérieur.

— Je peux voir ce que tu as apporté ?

Áhkku secoua furieusement la tête.

— Les autres sont des voleurs.

— Pas moi.

Áhkku la dévisagea longuement, l'air abattu, essayant de reconnaître cette jeune femme qui ressemblait tant à sa petite sœur.

— Tu vas m'abandonner, maintenant ?

— Oui, nous devons y aller. Mais tu vas te plaire ici.

Dans la voiture au-dehors, sa mère klaxonna. Elles devaient partir avant que les températures deviennent négatives et que le verglas paralyse le trafic. La pluie avait cessé.

Elsa se leva, luttant contre les larmes.

— On se revoit bientôt, *áhkku*.

La vieille femme leva la tête et la regarda, décontenancée.

Sans un au revoir, Elsa se dirigea vers la porte et la referma doucement derrière elle. Brittis salua Elsa quand elle ouvrit la porte principale et sortit dans la cour. Un vent du sud, anormal en février, lui caressa la joue. Elle tremblait jusqu'à la moelle.

À la troisième fenêtre en partant de l'entrée se découpait une silhouette familière. *Áhkku* pressait son visage contre la vitre pour mieux voir dans l'obscurité. Ses deux paumes étaient plaquées contre le verre, la panique se lisait sur son visage. Sa bouche était ouverte. Elsa était pétrifiée. Criait-elle ? Ses mains frappaient contre la vitre, mais on les entendait à peine. Elsa fit volte-face pour retourner dans le bâtiment. C'était impossible, elle ne pouvait pas la laisser ainsi. À ce moment-là, Brittis se matérialisa derrière *áhkku*, l'entoura de son bras et saisit délicatement ses minces poignets. Elles disparurent de son champ de vision.

47 – *Njealljelogičieža*

L'aigle survolait leurs terres en silence depuis plusieurs jours. Le lendemain serait le premier jour du mois de mars, *njukčamánnu*, et il n'y avait pas encore de faon pour servir de proie aux rapaces. Un aigle pouvait sans difficulté s'envoler avec un petit de quatre kilos entre ses serres. Elsa n'en avait jamais été témoin, mais elle en avait entendu parler.

Elle se força à regarder de nouveau la femelle qui gisait sans vie dans la neige. L'abdomen béant, le fœtus disparu. Était-ce le fait d'un glouton ou d'un autre prédateur ? La femelle semblait s'être éloignée du troupeau qui à présent se mouvait en semi-liberté, nourri dans l'enclos. Jamais les bêtes ne s'aventuraient aussi près du village voisin.

Elle s'agenouilla, laissa courir sa main sur la plaie au bas-ventre. Un prédateur ne pouvait lacérer la chair ainsi. L'incision était trop droite. Comme faite au couteau. Elle retourna la bête, explora méthodiquement la fourrure jusqu'à trouver la cavité. La femelle avait été tuée par balle, son abdomen ouvert au couteau. Et le faon ? L'avaient-ils emporté ?

Des traces de sang écarlates sur la neige blanche, une large flaque et des gouttes qui formaient une ligne dans des empreintes de motoneige. Avaient-ils tué plus d'un renne ? Elsa observa la neige autour d'elle. Un renard était passé par là. Les braconniers avaient sans doute pratiqué l'incision et laissé le renard s'occuper du petit à naître. Ils comptaient froidement sur le fait qu'un prédateur se gaverait de la chair de l'animal, dissimulant ainsi les traces laissées par le couteau. Quant à la balle, nul besoin de s'en inquiéter puisqu'elle avait traversé le corps de part en part. Or, les traces de sang montraient qu'ils étaient partis avec quelque chose.

Elle photographia la bête, se pencha pour obtenir des gros plans de l'abdomen écorché, introduisit un doigt dans la cavité laissée par le plomb. Nouveau cliché.

Elle envoya un SMS à son père, racontant ce qui s'était passé et où elle était. Elle n'avait pas la force d'entendre la voix paternelle, n'était pas sûre non plus que sa propre voix porte.

Il lui était pourtant impossible de rester là à attendre. Elle démarra sa motoneige et roula le long des traces où les gouttes de sang s'espaçaient. Au bout d'un kilomètre, elle atteignit le coteau du haut duquel on apercevait la maison de Robert Isaksson, avec sa remise à moitié en ruine qui servait jadis de grange. Les empreintes de motoneige étaient récentes et les gouttes de sang allaient sans aucun doute jusqu'à la maison. Comment osait-il ? À deux pas de chez lui. Elsa retira son casque antibruit et tendit l'oreille.

Elle appela la police. En quelques mots, elle expliqua ce qu'elle avait découvert. Elle était devant chez Robert Isaksson, là où les gouttes de sang l'avaient menée. Il fallait faire vite, insista-t-elle.

Ni voiture ni motoneige devant la maison. Il était absent. Elle sauta à terre et observa les gouttes de sang enfoncées de quelques millimètres dans le manteau neigeux. Où était-il parti ? Pourquoi cette hâte ?

Un SMS de son père. Il lui enjoignait de faire demi-tour. Elle ne quitta pas les lieux. La police lui avait promis de venir. Pour la première fois, un flic l'avait écoutée et s'était engagé à envoyer une patrouille dès que possible. Elle choisit d'ignorer le fait qu'il lui avait dit qu'elle avait de la chance, car la patrouille venait de procéder à des contrôles routiers entre deux villages voisins et se trouvait à proximité.

La remise l'attirait. Il était pratique, bien sûr, d'avoir à sa disposition une ancienne grange aux dimensions imposantes, si l'on devait équarrir une bête ailleurs que dans les bois.

Elle fixa la maison sans ciller, prête à distinguer un mouvement derrière les rideaux de la cuisine. Son père téléphona, mais elle ne décrocha pas. Dans quelques heures, la nuit commencerait à tomber.

Pas le temps de réfléchir. Elle foula la neige le long des empreintes de motoneige au pied de la butte. Il n'avait qu'à la tuer, elle aussi. Elle se devait de vérifier que le sang allait bien jusque dans sa remise.

Le silence enveloppait la maison décrépite au perron défoncé, la peinture s'écaillait sur les murs comme sur l'auvent. L'encadrement des fenêtres aurait aussi eu besoin d'un bon coup de peinture et la porte était tellement déformée que l'entrée devait constamment être balayée d'un courant d'air froid. Jamais elle ne s'était autant approchée de chez lui.

Le rideau de la cuisine était d'une propreté douteuse et bien trop fin, comme s'il pendait là depuis des décennies. Sur la table étaient posés un thermos vert foncé et une imposante tasse estampillée d'un logo publicitaire. Elle distingua une pile de vaisselle auprès de l'évier.

Remarquant des empreintes entre le garage et la remise, elle les suivit, bien consciente qu'il découvrirait ses pas. S'il avait le temps de rentrer avant l'arrivée de la police. La patrouille était à moins de cinquante kilomètres, il ne leur faudrait pas longtemps, quarante minutes peut-être.

Postée devant la remise, elle pesa le pour et le contre. Elle avait des gants, ne laisserait aucune trace. Les portes blanches aux poignées en laiton étaient maculées d'empreintes digitales noires à côté de l'encadrement. Les gouttelettes de sang devant étaient minuscules. Quoi qu'il eût transporté, ça se trouvait forcément là, de l'autre côté de la porte à double battant. Un imposant cadenas tenait une plaque d'acier de dix centimètres de large. Elle tira dessus et les portes suivirent, mais pas suffisamment pour créer une ouverture.

Elle photographia les gouttes de sang, mais on les voyait mal sur l'image. Elle recula et braqua l'objectif sur la remise et la maison.

Le lieu où elle se trouvait ne ferait aucun doute. La remise, autrefois une grange peinte en rouge, était à présent nue, grisâtre, érodée par la pluie et le vent. Les seules fenêtres avaient été percées tout en haut près du faîte du toit, là où l'on stockait jadis le foin. Impossible d'y grimper.

Un bruit de motoneige. À quelques centaines de mètres, sans doute, mais de quel côté ? Impossible de le savoir. Elle prit ses jambes à son cou, traversa la cour, veillant à ne pas marcher sur le chapelet de gouttes de sang. Elle essaya de garder ses pieds dans ses traces de pas, tomba en gravissant la butte, tira sur les bras, poussa avec les pieds. Elle atteignait tout juste le sommet quand une motoneige freina devant la maison. Ce n'était pas lui, il était trop petit. L'homme ôta son casque en descendant du véhicule, monta les marches du perron, frappa à la porte, tira sur la poignée. C'était fermé à clé.

Elsa était allongée à plat ventre à côté de sa motoneige, laquelle était pleinement visible s'il décidait de lever les yeux vers le haut de la butte. Son cœur tambourinait, elle respirait par saccades.

L'homme parut hésiter. Il se rassit sur la motoneige et accéléra si fort que son engin effectua un demi-tour. Elsa jura en silence quand une giclée de neige recouvrit les traces de sang.

Elle demeura allongée jusqu'à ce que le bruit de moteur ait disparu au-delà du ruisseau. Elle chercha à tâtons le couteau qu'elle portait à la ceinture et fut rassurée de le serrer dans son poing.

Un nouveau bruit de motoneige. Derrière elle cette fois. Elsa bondit sur son scooter des neiges, prête à mettre les voiles, elle savait déjà quel était le meilleur chemin. Mais elle voulait d'abord le regarder dans les yeux. Sans lâcher le guidon qu'elle serrait fermement, elle fit pivoter son buste, plissa les yeux et le reconnut à sa conduite, un genou sur le siège, à moitié debout. Mattias. Il conduisait dans ses traces et s'arrêta derrière elle, éteignit le moteur et repoussa ses protections antibruit. Il fixa aussi intensément qu'elle la maison en contrebas.

— Il est là ?

— Non.

Il la regarda à la dérobée.

— Ça va ?

Elle acquiesça.

— Je suis descendue, j'ai suivi le sang jusqu'à la remise. Il ne pourra pas s'en tirer.

— Ne sois pas trop optimiste.

Il se caressa le menton.

— *Isa* est resté auprès du renne ?

— Oui. (Il soupira bruyamment.) Il est furieux contre toi.

— Alors il t'a envoyé me sauver.

Silence.

— Sa ferme tombe en ruine.

— Ça t'étonne ?

— Nan.

Ils entendirent la voiture au même moment, et se redressèrent tous les deux. Le véhicule de police apparut au pied de la butte, entra lentement dans la cour et se gara devant la ferme. Elsa se dirigea vers les bâtiments en marchant dans ses propres empreintes de pas, tandis que Mattias s'engageait dans la pente à motoneige. Les policiers sortirent de leur voiture, leur adressèrent un signe de la tête et attendirent que le moteur du scooter des neiges soit éteint. L'homme était jeune, une trentaine d'années, peut-être, et la femme, un peu plus âgée, s'exprimait dans un dialecte indiquant qu'elle venait d'une contrée très au sud de leur région.

— C'est moi qui ai téléphoné, dit Elsa.

Elle tendit une main froide qui rencontra les leurs, chaudes.

— Il y a des traces que j'ai suivies depuis le renne jusqu'à la remise, ici. L'animal a été tué d'un coup de feu et le faon a disparu.

— Un coup de feu, dites-vous. Comment le savez-vous ? s'enquit la femme.

Elsa dégaina son téléphone portable et retrouva rapidement la photo. Les policiers l'examinèrent et hochèrent la tête. Effectivement, ça pouvait être un impact de balle.

— Je peux conduire l'un d'entre vous jusqu'à l'animal, fit Mattias.

— C'est mon frère.

Il ne retira pas ses gants pour les saluer. Son visage était sévère.

— Voulez-vous voir les traces de sang ?

Elsa les guida jusqu'à la grange, regardant sans arrêt en arrière pour s'assurer qu'ils ne piétinaient pas les indices.

— Une motoneige est passée tout à l'heure, et une partie des gouttes de sang s'est retrouvée sous la neige.

Elle fit un geste de la main.

— Vous voyez, là, il y a de nouveau du sang.

La policière se pencha et braqua sa lampe de poche par terre tandis que son collègue examinait les empreintes qui remontaient le talus.

— Voici d'autres photos du renne.

Elsa tendit le portable au policier.

— Est-ce que ça pourrait être un prédateur ?

Elsa secoua la tête et vit du coin de l'œil la mâchoire de Mattias se contracter.

— Il y a un impact de balle, et l'incision dans l'abdomen est droite, comme s'il avait été tranché au couteau, dit Elsa d'une voix aussi calme que possible. Ils n'ont pas emporté l'animal parce que le plomb a sans doute endommagé l'estomac, ce qui donne une viande de mauvaise qualité. Ils ont sorti le petit, mais je ne peux dire s'ils l'ont emmené ou laissé au renard qui a aussi visité les lieux.

— Alors les gouttes de sang n'ont pas forcément à voir avec le faon ?

— Pas sûr. Je pense qu'ils ont tué un autre renne qu'ils ont emporté.

Mattias cracha dans la neige puis regarda le ciel. Elle vit ses narines s'agrandir. Sa respiration était forcée.

Vous devriez suivre Mattias dans la forêt pour voir.

La policière partit avec Mattias et Elsa resta avec son collègue. Il portait une barbe rousse éparse qui dissimulait à peine sa peau pâle. Ses yeux étaient clairs, ses cils presque blancs.

— Comment vous appelez-vous ?

— Ljungblad.

— Il faut que vous entriez dans la remise.

— On verra. Il nous faudrait un…

— Mandat de perquisition. Appelez le procureur.

Il leva les sourcils, admiratif.

— Ça alors.

— Vous avez essayé de mettre la main sur Robert Isaksson ?

— C'est en cours.

Il examina ses vêtements et vit le couteau à sa ceinture.

— C'était votre renne ?

Elle acquiesça.

— Comment l'avez-vous découvert ?

— Je faisais un tour à la recherche de bêtes qui s'étaient éloignées du troupeau. Elle était étonnamment loin. Celle-ci et quelques autres. C'est pour ça que je pense qu'elle n'est pas la seule à avoir été tuée.

Elle le regarda droit dans les yeux et poursuivit :

— Vous êtes au courant que nous avons des problèmes de contrebande dans la région depuis des années ?

— Ce n'est donc pas la première fois ?

— Vous êtes nouveau ?

— Oui. Enfin, je travaille pour la police depuis quelques années, mais je viens d'arriver dans cette commune. (Il sourit gentiment.) Mais Eriksson, ma collègue, est là depuis un peu plus longtemps.

— Elle devrait donc savoir que ça s'est déjà produit. Que vous avez dans votre commissariat une centaine de plaintes provenant de notre sameby.

— Ah bon ? Non, nous n'avons pas eu le temps de nous renseigner avant de venir. Nous avons reçu vos indications dans les grandes lignes. Mais il y aura sans doute une enquête.

— On nous dit toujours qu'il n'y a pas de preuves. Mais là, il y en a. En plus, vous vous êtes déplacés. Sachez que c'est la première fois que la police vient immédiatement quand nous téléphonons.

Ils entendirent la motoneige en même temps et tendirent l'oreille vers le village. Ce n'était pas Mattias. Elsa s'agrippa sans réfléchir au bras de Ljungblad, qu'elle lâcha aussitôt en apercevant son regard.

— Si c'est lui qui arrive, je vous en prie, ne le laissez pas s'en tirer.

Ljungblad se déplaça soudain lestement jusqu'à la voiture, portable plaqué contre l'oreille. Elsa était pétrifiée, elle aurait dû courir, mais c'était impossible.

Ljungblad parlait d'arme à feu et paraissait encore plus pâle qu'avant. Bien. À présent il la croyait. Et il prenait conscience que le coupable pouvait être armé.

La motoneige dessina un grand arc de cercle, comme si Robert voulait avoir le temps d'enregistrer ce qu'il voyait avant de s'arrêter. Son regard balaya la voiture de police ainsi que le policier et Elsa, avant de continuer vers le haut du coteau où l'on apercevait sa motoneige. Il finit par s'arrêter, juste devant la voiture de police. Il laissa le moteur tourner. Ça faisait un sacré boucan.

Ljungblad avait rejoint Robert, mais il ne lui serra pas la main. Elsa, qui pouvait de nouveau bouger, fit instinctivement quelques pas vers la pente. Robert n'avait pas de fusil à l'épaule. Ljungblad montra du doigt la motoneige et le moteur s'arrêta.

Elle l'entendait parler d'une voix beaucoup plus autoritaire, et expliquer la raison de leur présence. Les deux hommes se toisèrent. Le chien assis derrière Robert avait la tête baissée et poussait des grognements gutturaux.

La motoneige de Mattias se fit entendre à son tour ; elle descendait lentement la pente. Robert jeta un regard méprisant à Mattias et à la policière. Eriksson était de retour et se chargeait de reprendre la conversation. Ljungblad en éprouva un soulagement manifeste.

Robert ignorait les policiers, mais foudroyait du regard Elsa et Mattias.

— Pas de perquisition. Vous n'entrez nulle part, fit-il sèchement.

Il posa les yeux sur les policiers.

— Il y a des traces de sang qui mènent à votre remise.

— Ah bon ? Qui le dit ? Les Lapons ?

— Si vous n'avez rien à cacher, vous pouvez ouvrir, non ?

— Non.

Il tourna les talons, se dirigea vers la porte.

— C'est grave d'être accusé à tort. Je devrais porter plainte contre vous pour diffamation.

Il regarda dans la direction de Mattias, ses yeux emplis de rage, frappa de la paume sur sa cuisse et siffla doucement. Le chien descendit immédiatement du scooter des neiges et s'arrêta près de son maître.

— D'où vient le sang ? demanda Ljungblad.

— Quel sang ?

— Le sang devant la remise.

— Ah, ça. J'ai descendu un lièvre. On en a encore le droit dans ce pays, hein ?

Il ramassa une clé dans une botte posée sur le pas de la porte et la tourna dans la serrure. Il laissa entrer le chien et le suivit.

— Nous n'avons pas fini, poursuivit Ljungblad, d'une voix plus forte.

— Revenez avec un mandat de perquisition, cria-t-il depuis l'entrée.

Il ressortit presque aussitôt sur le perron, cigarette allumée au coin des lèvres. Elsa remarqua que sa main tremblait quand il retira sa cigarette de la bouche.

— Je continuerai volontiers à discuter avec vous à condition que ces Lapons dégagent de chez moi.

— Pouvez-vous s'il vous plaît cesser d'employer ce terme ?

Ljungblad avait un ton cassant.

— Ça non plus, ce n'est plus autorisé dans ce pays ?

— Ça suffit, fit Eriksson.

Rictus moqueur aux lèvres, Robert suçait sa cigarette.

— Comme je vous l'ai dit, on peut parler, mais sans témoins.

Ljungblad se tourna vers Elsa et Mattias et, de son ton autoritaire, leur demanda de partir en leur promettant de les recontacter sous peu.

— Que faisons-nous du renne ? demanda Elsa en maudissant le tremblement dans sa voix.

Les policiers se regardèrent, indécis.

— Je vous appellerai à ce sujet.

Ljungblad donnait ses ordres comme un militaire, mais il s'adoucit en voyant la mine déçue d'Elsa.

— Merci pour toutes ces informations.

Dans la montée, Mattias poussa l'accélérateur de la motoneige. Assise derrière lui, Elsa le tenait fermement par la taille, comme elle ne l'avait plus fait depuis son enfance.

48 – *Njealljelogigávcci*

Mattias vit la voiture de police rouler à tombeau ouvert, gyrophares allumés. Direction la ville. Cela faisait à peine trente minutes qu'ils les avaient quittés chez Robert. Ce n'était pas de bon augure, il le comprenait bien. Il devait le dire à sa sœur, au cas où elle ne les aurait pas vus. Les pas lourds, tête baissée, il se dirigea vers chez elle.

Assise à la table de la cuisine, elle riait en regardant son portable. Elle avait les cheveux mouillés, tout juste lavés, elle sentait bon. Toute la cuisine embaumait.

Surtout, adopter un ton neutre. Ne pas élever la voix.

— Les flics sont partis.

— Quoi ?

Elle sourit, elle n'avait pas entendu ce qu'il disait.

— Il faut que tu appelles les flics. Ils viennent de partir.

Ça ressemblait à un ordre, il s'en rendait compte. Le sourire de sa sœur s'évanouit.

— Tu es sûr ?

— Mais oui, bon sang ! Ils viennent de passer.

Elsa enroula ses cheveux humides et les attacha à l'aide d'une pince. Le visage si triste. Il sentit l'agacement monter.

— Je t'avais prévenue ! Tu as toujours des attentes démesurées.

Le regard insistant qu'elle posa sur lui l'obligea à se retourner, à faire claquer les portes de placard, en quête d'une tasse à café. Elle se rendit alors compte que la cafetière en inox était vide et reposa la tasse avec fracas.

Son portable était en mode haut-parleur, les sonneries retentirent jusqu'à ce qu'un policier décroche.

— Je souhaiterais parler à Ljungblad. Nous venons de nous voir et je voulais savoir comment s'est passée la visite chez un suspect que j'avais signalé.

— La patrouille a été appelée en urgence.

— Qu'est-ce que ça signifie ? Il n'y a pas eu de perquisition ?

Mattias la regardait parler. Elle se levait, adoptait un air sévère, faisait de grands gestes de la main. Fendait l'air de la paume lorsque son ton se faisait tranchant.

— Vous ne comprenez pas que le braconnier va passer la fraise à neige partout ? Il va effacer toutes les traces. (C'était vain, elle soupira.) Pouvez-vous demander à Ljungblad de me rappeler ?

Elle posa le portable sur la table, s'écroula sur une chaise et appuya le front contre ses poignets.

— Maintenant il va recouvrir toutes les traces et récurer sa putain de remise. Il ne restera pas une seule trace. S'il a un congélateur là-dedans, il s'assurera de le vider.

Mattias était incapable de répondre. Il voulait partir, vite. Frapper quelque chose jusqu'à ce que ses poings saignent.

Elsa leva la tête.

— Mais… nous avons les photos. Ils ne peuvent pas ignorer des photos de traces de sang.

Mattias serra les poings, il aurait pu renverser la table. Elle se recroquevilla de nouveau.

— Il dira que c'était le lièvre. (Elle s'interrompit.) Dans ce cas il devra montrer un cadavre de lièvre, non ? Je vais le lui dire, à ce Ljungblad.

— Laisse tomber… Tu sais bien qu'ils n'y retourneront pas !

Elle détourna la tête, se leva et se dirigea vers le séjour.

— Je n'abandonnerai jamais !

Elle claqua violemment la porte.

49 – *Njealljelogiovcci*

Cela faisait plus de vingt-quatre heures qu'ils étaient sans nouvelles de Mattias. Tous les stores étaient baissés. Elsa toqua à la porte et tira sur la poignée. Fermé. Elle avait froid sans manteau, mais elle fit le tour de la maison, frappa à la fenêtre de sa chambre, d'abord doucement puis plus fort. Elle cria son nom. Sa voix monta dans les aigus. Elle continua jusqu'à la fenêtre de la salle de bain et frappa tout aussi fort. Idem sur la vitre du séjour. Avant de revenir sur le perron, suspendue à la poignée.

Elle lui téléphona. Des sonneries, puis la messagerie vocale.

Il y avait un double des clés. Elle rentra chez elle, chercha dans l'armoire à clés que Mattias avait fabriquée en cours de menuiserie en sixième. Elle fouilla ensuite dans les tiroirs de la commode, parmi les bonnets et les gants. Elle finit par trouver la clé, suspendue à un crochet sous l'étagère à chapeaux. Elle sprinta jusqu'à la maison de son frère.

Ses doigts tremblaient violemment lorsqu'elle tourna la clé dans la serrure et poussa la porte si fort qu'elle ricocha contre le mur. Elle entra.

— Mattias !

Elle se précipita dans la cuisine, puis dans le salon et enfin vers la chambre. La porte était fermée. Elle n'osait pas l'ouvrir. Mais il fallait que ce soit elle qui le trouve, pas leurs parents. Ils n'y survivraient pas. Elle abaissa la poignée qui grinçait, poussa lentement le battant marron sale et fixa l'obscurité. La chambre était vide.

Elle s'affaissa, suspendue à la poignée. Puis continua vers la salle de bain, avec de nouvelles images en tête. Elle fut prise d'un vertige et baissa aussi lentement la poignée que précédemment. La pièce était vide également. Le robinet du lavabo gouttait. Ça sentait le renfermé, à cause de la moisissure qu'ils avaient toujours soupçonnée de ronger le plafond.

Dans la cuisine, elle aperçut la fente dans le sol. La cave en terre. Elle s'agenouilla et ouvrit la trappe. Lorsque la lumière s'engouffra dans la cave et l'éclaira, Mattias leva la tête. Elsa eut un mouvement de recul. Il était difforme, faisait peur à voir. L'ivresse se lisait dans ses yeux. Sa tête était appuyée contre une étagère et il était affalé sur le tabouret qu'*áhkku* utilisait toujours pour atteindre les étagères supérieures. Malgré le froid glacial, il ne portait qu'un tee-shirt et un sous-pantalon.

— Tu te rappelles que je gagnais les parties de cache-cache chaque fois que je descendais ici ? bafouilla-t-il.

— Oui. Et *enná* qui devenait folle parce que l'escalier est dangereux et qu'on peut finir par manquer d'oxygène.

Elle s'efforçait de garder une voix posée, comme s'il était tout à fait naturel d'échanger de vieux souvenirs.

— Je la croyais. Cette histoire d'oxygène. Pourtant je ne suis pas encore mort étouffé.

— Remonte.

— La police a appelé ?

— Oui. Ljungblad a reconnu que sa collègue et lui auraient pu prendre une décision concernant la perquisition, mais qu'ils avaient préféré attendre l'avis d'un supérieur, à moins que ce soit un procureur. Bref. Après ils ont eu cette urgence et ont dû partir.

Une bouteille en verre s'écrasa contre le sol en béton, les éclats volèrent et de la vodka transparente éclaboussa les conserves et les bouteilles.

— Saloperie ! Moi je jette l'éponge, *unna oabbá*.

Elle le regarda, horrifiée.

— Attention au verre ! Ne bouge pas. Tu es complètement fou !

Unna oabbá. Ça vibrait dans sa poitrine, à un endroit depuis longtemps oublié.

— Pourquoi continuer ? Les bêtes que les prédateurs ne prennent pas, ces connards s'en chargent. Hier, le sameby voisin a retrouvé quatre rennes massacrés par des animaux. Sans compter qu'il pleuvait ! vociféra-t-il. En février, bordel de merde !

Il se leva sur des jambes chancelantes. Elsa rugit :

— Assieds-toi ! Tu n'as même pas de chaussettes. Tu vas t'ouvrir les pieds. Je descends ramasser le verre.

— Je n'ai plus la force. Je suis au bout du rouleau. Ce n'est pas rentable. Et *isa* qui fait l'autruche ! On ne gagne pas un rond, bordel, *unna oabbá* !

Unna oabbá.

— Il y aura beaucoup de faons, tu le sais. Cette année, ça ira mieux.

— Il a tranché le ventre de la femelle pour sortir le petit. Il n'y a qu'un putain de dégénéré pour faire ça !

Il avait pris sur lui pendant toutes ces années. Il était bourru, taiseux. Bien sûr, il lui était arrivé de monter sur ses grands chevaux, mais cette fois-ci, ça n'avait rien à voir. Elsa le sentait. Il lâchait prise. Possible que l'alcool ait ouvert les vannes, mais à présent il éclatait. Elle lui parla à voix basse, lui demanda de s'asseoir tandis qu'elle allait chercher des gants et un sac en plastique.

Elle alluma la lumière, une simple ampoule qui se balançait. Mattias cligna des yeux, agacé. Elsa descendit en marche arrière, jambes tremblantes, le long de l'escalier escamotable raide et étroit. Elle commença par ramasser les grands éclats de verre, les lâcha dans le sac et balaya du regard le sol et le tapis qu'*áhkku* avait placé là des décennies plus tôt. L'effluve de vodka lui piquait le nez.

— Et la nouvelle mine ! Apparemment la taille des gisements dépasse toutes les attentes. Ils vont construire de nouvelles routes en plein milieu de nos pâturages, tu le sais ça, hein ?

Il approcha son visage du sien lorsqu'elle ramassa un autre bris de verre scintillant. Il faillit basculer, mais se rattrapa in extremis à une étagère.

— Je sais, fit-elle d'un ton las, je sais.

La mission consistant à retrouver le moindre morceau de verre pour épargner ses pieds revêtait tout à coup une importance capitale.

— Je vais foutre le feu à sa baraque.

Elle ne leva pas les yeux. C'était l'alcool qui parlait.

— Tu me croyais mort, hein ? Quand tu courais de pièce en pièce à ma recherche. (Il rit.) Je jouais juste à cache-cache, comme quand on était petits, *unna oabbá*.

Les tessons cliquetaient les uns contre les autres dans le sac. Elle enroula délicatement le tapis et montra le sol du doigt.

— Pose les pieds ici, exactement, la voie est libre. Je vais t'aider.

Il se leva et passa un bras autour de ses épaules. Son corps était si froid qu'elle frissonna.

— Tu as la niaque, Elsa. *Isa* et toi, vous pouvez continuer sans moi.

— Tu dis n'importe quoi. On a besoin de toi.

— Les vieux du sameby ne t'aiment pas. Que le diable les emporte !

Mattias donna un coup de poing dans l'air.

— Lasse disait toujours que tu étais plus forte que nous tous. Ah ! Tu avais neuf ans, à l'époque. Tu n'étais pas plus forte que moi.

Elsa se figea. Les larmes qui montaient lui piquaient le nez.

— Il a vraiment dit ça ?

— Quoi ? Qui a dit quelque chose ?

Il essaya de focaliser son regard sur elle, sans y parvenir.

— Oui, bien sûr, il parlait de toi tout le temps.

Pourtant, songea Elsa, pourtant il a décidé de m'abandonner. Elle soutenait Mattias, le poussant par les fesses pour l'aider à gravir l'escalier. Lorsqu'elle arriva en haut, Mattias était étendu sur le sol et ronflait. Elle ferma consciencieusement la trappe, noua le sac contenant les tessons et le posa près du sac-poubelle, sous l'évier. Elle alla chercher une couverture dans le séjour, dénicha deux chaussettes en laine dépareillées au pied de la banquette de la cuisine et les enfila avec difficulté sur ses pieds nus glacés. Peut-être dormait-il. Peut-être pas. À la surface de la terre, ils ne pouvaient de toute façon plus se regarder dans les yeux.

50 – *Vihttalogi*

Il était à peine deux heures du matin lorsqu'elle reçut le premier SMS d'un numéro inconnu. Elsa attrapa le téléphone par terre, avec l'espoir que ce soit Mattias qui, enfin dégrisé, lui écrivait pour la rassurer. Elle cligna de ses yeux fatigués puis les lettres formèrent des mots.

« Sale Lapone ! Grosse pute. »

Elle s'assit dans son lit, fixa le message. Robert. Sans nul doute. Elle lâcha l'appareil comme sous l'effet d'une brûlure. S'efforça de reprendre des respirations calmes, régulières, dans le bas du ventre. Peu après, la sonnerie retentit de nouveau. Elle ferma les paupières de toutes ses forces, décidée à ne pas regarder, mais elle ne parvint pas à résister.

« T'approche pas, connasse ! »

C'était comme s'il était là, sur son lit, à proférer des menaces. Nouveau bip. Elle n'ouvrit pas le message, mit son portable en mode silencieux et le laissa tomber sur le tapis. Incapable de se rendormir, elle tournait et se retournait dans le lit, partagée entre l'envie de regarder les messages et celle de les ignorer. Sur le sol, elle vit la lumière bleue s'allumer à maintes reprises. Jusqu'à ce que ça s'arrête enfin.

Elsa se gara devant son ancienne école dans le village voisin. Ses yeux lui piquaient, trop peu de sommeil, son corps était mou et l'arrière de sa tête douloureux.

Depuis quelques semaines, elle travaillait comme remplaçante à l'école communale. Elle avait même travaillé quelques jours à l'école samie – elle espérait le faire encore davantage. C'était à cette période, avant le printemps, qu'elle avait la possibilité d'arrondir ses fins de mois.

Hanna stationna sa voiture à côté d'elle et elles descendirent en même temps. Elle devait être dans un de ses bons jours, remarqua Elsa. Jon-Isak sauta de la voiture et courut vers l'école avant même qu'Elsa ait eu le temps de le saluer. Elle devrait parler à Hanna des altercations dans la cour de récréation, mais elle hésita en voyant son sourire.

— Bonjour Elsa. Tu as l'air un peu fatiguée. C'est compliqué avec les enfants ?

— Non, juste une mauvaise nuit. (Elle eut un sourire las.) Mais je suis contente de te voir. Ça fait longtemps ! Depuis le marché, non ?

Une ombre passa sur le visage de Hanna. Un mois environ s'était écoulé depuis l'anniversaire du décès. Tout le monde savait qu'elle allait mal en février et en mars. Elle n'aérait plus ses tapis devant la maison, sortait à peine de chez elle. Elsa avait entendu les enfants de l'école dire que, la nuit, elle hurlait au bord du lac. C'étaient des fadaises, bien sûr, mais Elsa devrait lui parler de tout le reste, ce dont on parlait aussi dans la cour.

— Je vais en ville me faire masser aujourd'hui, dit Hanna.

Elsa se tortilla et toucha instinctivement un point douloureux à l'arrière de sa tête.

— Je devrais faire pareil.

— Tu as croisé Anna-Stina ? On la voit à peine. Elle est surtout là-haut, chez Per-Jonas. Tu as entendu qu'on lui avait proposé de travailler dans un café en ville ? On va voir si elle accepte. Elle ne peut pas juste traîner ici, en attendant…

— … de se marier, termina Elsa sur un ton de connivence.

Hanna éclata de rire.

— Exactement !

— Oui, j'ai entendu parler du café, mais je pense qu'elle va rester ici. Moi non plus, je ne la vois pas beaucoup.

Elles se turent.

— Heureusement, on a notre *reaŋga*, dit enfin Hanna.

Il y avait dans sa voix une tension, mais Elsa était incapable d'en saisir les nuances.

— Mais il y a un trop grand écart entre les enfants. Ils ne sont pas là l'un pour l'autre.

— Ça sera plus facile quand il sera plus grand.

— Oui, comme pour Lasse et moi.

Elsa voulait lui demander comment elle allait, *vraiment.* Lui dire qu'il lui manquait. Qu'elle le haïssait parfois.

— Bon, je dois y aller, si je veux être à l'heure au massage.

Hanna ouvrit la portière. Elsa aurait voulu la rasséréner d'un bon mot, mais elle n'y parvint pas et leurs adieux furent maladroits.

Elle se dirigea lentement vers la cour de récréation. Une dispute avait éclaté au coin du bâtiment. De nouveau des cris. Deux voix indignées de petits garçons.

— Sale Lapon !

— La ferme ou je te bute.

— Quand la mine ouvrira, les rennes vont tous crever. Bien fait !

Lorsque le silence se fit, elle se dit qu'ils en étaient venus aux mains. Elle aurait dû courir, mais chercha du regard un autre enseignant. Elle fut finalement obligée de faire le tour du bâtiment et les trouva en effet au sol : un bonnet vola, des poings valsaient.

— Arrêtez ! hurla-t-elle en hâtant le pas.

Ils étaient petits, elle pouvait sans peine soulever le garçon qui était allongé sur l'autre.

— C'est lui qui a commencé ! gémit l'élève qui était encore au sol, sans bonnet, les joues cramoisies.

— C'est toujours les Lapons qui commencent. Vous êtes tous des chiens ! cria le garçon qui se débattait dans ses bras.

— Arrête d'employer ce terme !

Elsa hurla droit dans l'oreille du garçon qui sembla prendre peur. Elle le lâcha et les deux élèves la dévisagèrent.

— Je sais que vous êtes tous de la même famille, c'est pour ça que tu prends sa défense, grogna le garçon à côté d'elle.

— Vous devez arrêter de vous battre, tous les deux. Je ne plaisante pas. Ce n'est plus possible, fit-elle d'une voix sévère.

Ils partirent séparément, renfrognés, chacun vers son école. La cour de récréation, une zone de guerre entre eux. Ils ne faisaient que prendre la suite de leurs pères qui s'étaient battus de la même façon, au même endroit.

Elsa attendit que l'adrénaline retombe avant d'entrer. La première personne qu'elle croisa fut Jon-Isak, devant la fenêtre qui donnait sur la cour. Il avait sans doute vu la bagarre. Sans doute entendu aussi. Ses yeux étaient noirs.

— C'est ta faute.

Elle retira son bonnet et le regarda, interdite.

— Depuis qu'on a parlé de toi dans le journal, c'est pire qu'avant.

— Quoi ?

— Et c'est pire quand tu es là. Quand tu es là, tout le monde y repense.

Elle voulait tendre la main et l'attirer vers lui. Il ressemblait tellement à son oncle maternel, parfois, ça lui fendait le cœur ! Cette petite moue de la lèvre inférieure, elle l'avait vue sur des photographies de Lasse enfant. Mais il avait les yeux de son père. D'un marron si foncé qu'on distinguait à peine ses pupilles.

— On ne peut pas rester les bras croisés…, commença-t-elle, mais il l'interrompit.

— Après, c'est moi qui paie !

Elle l'avait également vu se battre, c'était vrai.

— Mon père te déteste aussi ! Tu te prends pour quelqu'un, mais tu n'es rien.

« Ton père est le cadet de mes soucis », aurait-elle voulu rétorquer, mais elle se mordit la langue.

— Ça a toujours été comme ça. On a toujours entendu des méchancetés à l'école. Moi aussi. Et ta sœur. Il faut que ça s'arrête. Tout comme il faut mettre fin aux meurtres de rennes.

Il la foudroyait du regard. Trop de mots, elle s'en rendait compte. Il ne voyait pas le lien, ou bien il ne voulait pas. Il n'avait que neuf ans, elle devait s'en souvenir.

— Je ne veux pas que tu sois instit' ici !

Ce fut la dernière phrase qu'il prononça avant de faire volte-face et de détaler dans le couloir. Elsa se laissa tomber sur le banc, devant la salle de classe qui avait été la sienne. On apercevait la congère qui montait jusqu'à la fenêtre, à l'époque comme aujourd'hui. Bien sûr elle se rappelait avoir elle aussi voulu fuir pour ne plus jamais remettre les pieds à l'école.

« Ça ne finira jamais, songea-t-elle. C'est une boucle sans fin. » Elle appuya la tête contre le mur et sentit son portable vibrer dans sa poche de pantalon. C'était le septième message.

51 – *Vihttalogiokta*

Au fond du garage, à côté de grandes boîtes en plastique, se trouvaient les skis qu'Elsa avait reçus pour ses neuf ans. Ils semblaient flambant neufs, à peine utilisés. Ces skis étaient une malédiction, c'est ce qu'elle se disait enfant. Ils portaient malheur ; elle et ses skis attiraient la mort. C'était chaussée de ses skis qu'elle avait trouvé Nástegallu mais aussi qu'elle avait glissé derrière la motoneige de Lasse pour la dernière fois. Alors c'était bien fait qu'ils soient restés dans un coin jusqu'à ce qu'elle soit trop grande pour les utiliser. Sa mère avait voulu les vendre, mais on ne pouvait pas laisser les skis maudits tomber entre les mains d'un autre enfant. Évidemment, Elsa ne pouvait pas expliquer ça à sa mère, mais elle baissait les yeux et secouait la tête chaque fois qu'on parlait de les vendre. Les skis étaient finalement restés là.

Elle regrettait maintenant qu'ils n'aient pas été incinérés depuis longtemps. Ils étaient comme une brûlure, un rappel de tout ce qu'elle aurait pu et dû empêcher. Pourtant, elle passa une main sur une des lames avant de sortir ses nouveaux skis.

Après la mort de Lasse, il lui avait fallu plusieurs années pour skier de nouveau. Même à l'école on n'y était pas parvenu et sa mère avait dû la faire porter pâle le jour des sorties scolaires en pleine nature.

Pourtant, il y a quelques années, lors d'un déstockage au magasin de sport au bord de la faillite, Elsa s'était retrouvée à la caisse avec des skis, des bâtons et des chaussures. La première sortie l'avait presque brisée. Le bruit de la neige qui crissait sous les lames, les grincements des bâtons, le rythme respiratoire qu'il fallait retrouver. Durant le premier kilomètre, elle avait senti ses larmes brûler, mais tout s'était calmé et son corps avait pu prendre le contrôle de la douleur gravée en elle. À présent, elle ne pourrait plus se passer de ces virées.

Aujourd'hui c'était différent. Même le ski ne pouvait l'apaiser. Les SMS s'étaient arrêtés, mais ça ne voulait rien dire. Elle avait appelé la police, mais avait raccroché. Elle avait téléphoné à Minna qui, furieuse, lui avait crié de dénoncer cette ordure. Mais ça pouvait être n'importe qui. Pas nécessairement Robert. Il était plus malin que ça, non ? Il devait certainement charger quelqu'un d'autre de ce genre de mission.

Ses skis à la main, elle passa à côté de sa voiture. À la fin de la journée d'école, elle avait remarqué une rayure le long de la portière côté passager de sa Skoda. Longue de vingt centimètres. Pas une voiture dans les parages, ce n'était pas un simple incident de stationnement, quand bien même elle l'aurait souhaité. On avait sans doute utilisé une clé, peut-être un outil. Elle ne pouvait pas dire que c'était lui, mais il ne faisait aucun doute que quelque chose s'était enclenché.

Elle sortit son portable, prit une photo de la rayure qu'elle envoya à Minna. C'était si bon de l'avoir dans sa vie. Quelqu'un qui réagissait. Qui comprenait. Depuis le marché de Jokkmokk, elles étaient en contact plusieurs fois par semaine, surtout par SMS, et souvent elle se surprenait à se demander ce que Minna dirait ou ferait. Maintenant, par exemple, oserait-elle se lancer dans une randonnée à ski après tous ces SMS menaçants ? Seule, sans défense dans les bois, ce n'était pas sage, Elsa en était consciente, mais c'était irrésistible. Elle devait retrouver la nature, se fatiguer, laisser travailler son corps.

Elle empruntait rarement la piste qui la menait à l'ancien enclos. Sa famille avait d'ailleurs installé son cheptel à d'autres endroits, plus sûrs, plus grands, plus faciles à surveiller. Aujourd'hui elle voulait skier dans les traces de motoneige qui longeaient le rivage avant d'entrer dans les bois et de suivre une courbe jusqu'aux zones de coupes claires où les arbres avaient commencé à repousser au fil des années. Mattias balayait la neige de sa terrasse.

— Tu viens avec moi faire un peu de sport ?

Son ton joyeux semblait artificiel. Elle devrait plutôt lui demander comment il allait. S'approcher de lui, voir s'il sentait l'alcool.

— Je gagne la course à ski entre les villages sans avoir besoin de m'entraîner un seul instant.

Il s'efforçait de plaisanter, ça s'entendait. Elle esquissa un rire forcé. Jamais ils ne reparleraient de la cave, elle le comprenait. Elle ne voulait pas qu'il ait honte. Elle aurait voulu lui dire qu'elle était là pour lui, mais au lieu de cela elle riait.

— Quel flemmard, parvint-elle à dire.

Elle le salua avant de sortir de la cour en poussant sur ses bâtons.

Sa respiration était régulière ; ça faisait longtemps qu'elle ne s'était pas sentie physiquement aussi forte. La forêt était silencieuse, le vent avait faibli, mais il n'y avait pas de contraste entre la neige et le ciel laiteux. Elle plissait les yeux, elle aurait dû prendre ses lunettes de soleil. Elle essayait de fixer son regard sur les arbres. Elle attendait l'été avec impatience – la végétation verdoyante, les promenades jusqu'à la rivière, sa canne à pêche à la main. Elle se réjouit d'être encore capable de se projeter dans l'avenir. Peut-être pourrait-elle ramener *áhkku* à la maison cet été, l'emmener cueillir des mûres arctiques. Si possible attachée à un harnais. Elsa rit toute seule. En tout cas, elle n'avait pas perdu la capacité de rire.

C'était tout de même étrange. Elle possédait la force que Lasse n'avait pas eue. Tout à coup il était là, avec elle. Ce n'était ni rare ni bizarre. Son rire à lui, dans son oreille à elle, et l'impression de le sentir là. Il n'y avait jamais de mots, mais elle souriait, confirmant sa présence. Il ne pesait pas sur elle, et quand il disparaissait, il le faisait sans qu'elle se sente abandonnée. Elle était toujours certaine que ce ne serait pas la dernière fois. Personne ne connaissait l'existence de ces moments, elle se refusait à en parler. Elle n'avait pas peur du regard des autres, mais parler pouvait parfois être dévastateur.

Elle se figea : elle entendait des motoneiges au loin. Lasse l'avait prévenue, lui avait demandé de s'arrêter. Au moins deux motoneiges. Sans doute zigzaguaient-elles, car le vrombissement lui parvenait par vagues. Elsa observa les traces laissées par ses skis, évidentes au milieu de la piste de motoneige. Elle était facile à repérer. Elle se trouvait sûrement à quatre kilomètres de chez elle, trop loin pour qu'on puisse lui venir en aide à temps. Les motoneiges hurlaient, de plus en plus proches. Ça lui sifflait dans les oreilles, comme des acouphènes, comme les roues d'un train qui grincent contre le rail. Mais les engins ne parvinrent pas jusqu'à elle. Ils firent demi-tour et les bruits s'éloignèrent.

Elle rouvrit les yeux. Cette situation n'était plus tenable.

52 – *Vihttalogiguokte*

Le soleil du printemps était pâle et chauffait à peine. Les toits ne gouttaient pas encore, la couche supérieure de neige n'avait pas commencé à fondre, mais la lumière était de retour, affriolante. Cela rendait peut-être le spectacle plus macabre. Dans la forêt silencieuse, dans la première lueur scintillante de la saison nouvelle, à l'endroit où le ruisseau se jette dans le petit lac, placés à un mètre de distance, comme pour une cérémonie rituelle, se dressaient des têtes de renne et des morceaux de cadavres. Disposés en demi-cercle.

« Très lugubre, oui, nous avons été horrifiés », avaient dit les habitants du village en route vers leur première pêche sur glace, lorsqu'ils avaient appelé la police pour faire part de leur découverte. La conversation suivante s'était tenue avec le président du sameby et bientôt tout le monde était au courant.

Elsa était venue avec son père et Mattias. Ils avaient éteint les motoneiges et étaient restés assis dessus un long moment. Cela semblait irréel. Mais il fallait qu'elle approche. Elle fit le tour doucement. Inutile de penser aux traces, vu le nombre de personnes qui étaient déjà passées. La police serait la dernière sur place, sans surprise. Il était peu probable qu'elle arrive avant la tombée de la nuit.

Elle regarda attentivement deux des têtes. Elle les reconnaissait. Elle remarqua aussi l'impact de balle juste sous l'œil d'un des rennes. Il s'agissait des bêtes dans les sacs qu'elle avait déposés devant le commissariat. Les indices d'une enquête dont elle n'avait pas eu de nouvelles.

— Je suis quasiment sûre que ce sont les rennes que j'avais trouvés, dit-elle en les montrant du doigt. Mais les oreilles ont disparu.

Ni Mattias ni leur père ne répondirent.

Elle soupira et composa le numéro de Lovisa Wikberg, la journaliste.

— Vous vous rappelez les rennes que j'avais déposés devant le commissariat ? Ces indices matériels sont à présent dans les bois. Quelqu'un les a disposés d'une manière terriblement sinistre. Vous venez ?

Elle entendit des frottements dans le combiné, une fermeture à glissière que l'on remonte, une porte qui claque et des pas rapides dans un escalier.

— Oui, bien sûr, j'arrive tout de suite.

Avant de composer le numéro suivant, Elsa s'éloigna un peu. Minna répondit d'abord par un silence, puis se ressaisit.

— Désolée, je n'ai pas le temps de te parler. Je dois aller poser une bombe dans un commissariat.

Minna ne riait pas. Elsa essaya, mais son rire manqua de se transformer en larmes, alors elle déglutit.

— Tu crois qu'on peut tenter de savoir ce qui s'est passé ?

— Peut-être. Je vais essayer.

— Une journaliste ne va pas tarder à arriver, je dois lui dire ce que je sais.

— Bien sûr, aucun doute là-dessus.

Elsa esquissa quelques pas, s'enfonça dans la neige, soulevant avec agacement ses lourdes chaussures.

— Allô, tu es encore là ? entendit-elle.

— Je crois qu'il faut éviter de faire trop de bruit. J'ai parlé avec le petit frère d'Anna-Stina. Il a des problèmes à l'école. Il dit que c'est à cause de moi. De ce que j'ai dit. Tu sais, les petits morveux continuent à se battre et à se traiter de tous les noms. Et lui se fait tabasser.

— Ah merde !

— Peut-être que je ne devrais pas, alors ?

— Mais là c'est vraiment sérieux, Elsa. Si la police couvre les meurtres de rennes, c'est gravissime. Tu ne peux pas abandonner maintenant. C'est un scandale. Un vrai scandale. Il n'y aura pas seulement des articles dans le journal local, tu comprends ça, non ?

Elsa s'enfonça de nouveau dans la neige. Elle aurait voulu hurler de toutes ses forces.

— Je peux appeler la télé, les journaux du soir, le *Dagens Nyheter*, dit Minna.

— Mais ça ne changera rien, Jon-Isak se fera tabasser quand même. Peu importe laquelle de nous deux est interviewée dans les médias.

— Il ne me restera plus qu'à aller à l'école et à massacrer les enfants. Ou leurs abominables parents, plus exactement.

— J'ai de la peine pour ces petits. Ils sont coincés, il n'y a pas d'issue. Tout le monde se surveille ; on sait qu'un tel est de la famille d'un tel, et on s'attend à ce qu'un tel ait tel comportement. C'est terriblement étouffant.

— Tu dois trouver la force. Ce que tu as commencé peut tout changer.

Elsa jeta un coup d'œil en direction de son père et vit son dos voûté, comme s'il avait été vidé de tout son oxygène.

— Je ne vois vraiment pas comment on peut mettre fin à tout ça.

— Si la police et les procureurs font leur boulot, ça s'arrêtera. C'est exactement ce que tu dois dire à la journaliste. Dans le cas présent, il y a quelqu'un qui n'a clairement pas fait son travail. Des indices matériels éparpillés dans la forêt ! Des preuves ! Envoie-moi une photo, il faut que je partage ça.

— Si seulement tu étais déjà juriste.

Minna éclata de rire. Elsa imaginait son amie, la tête rejetée en arrière.

— Bientôt je leur passerai les menottes !

— Je n'ai presque plus de batterie à cause du froid. On se rappelle plus tard.

— Raconte-lui tout. La rayure sur la voiture aussi. N'oublie pas ça. Et porte plainte pour les menaces.

— Ce ne sont pas vraiment des menaces.

— Bien sûr que si ! Menace contre toi personnellement et incitation à la haine raciale. C'est clair comme de l'eau de roche.

— Ça vient d'un numéro inconnu.

— Elsa ! (Minna prit une voix sévère.) Si tu abandonnes, Jon-Isak devra passer sa vie à regarder par-dessus son épaule. Tu comprends ? Toute sa vie.

Quinze éleveurs de rennes du sameby avaient fini par se rassembler. Les cadavres étaient disposés en demi-cercle, les éleveurs avaient placé leurs motoneiges en miroir. La nuit était tombée et ils éclairaient les morceaux de cadavres.

Lovisa Wikberg se déplaçait d'un pas respectueux, prenait des photos des éleveurs et des carcasses. Elsa jeta un regard circulaire, prenant conscience de la vulnérabilité qu'elle essayait de capturer. Les vieux, aux visages creusés de profonds sillons et le plus jeune, à peine adolescent, assis derrière son père, qui clignait des yeux sans s'arrêter. Elsa était l'unique femme présente, et elle se laissa photographier.

Lovisa, la première journaliste sur place, fut la seule à avoir pu prendre des photos de jour et de nuit. Elle déambulait dans le groupe et réussit à obtenir des citations de presque tout le monde. Certains secouaient la tête, inflexibles, quand elle leur posait des questions, tandis que d'autres s'exprimaient avec amertume ou emportement.

— Que devrons-nous encore supporter ? dit le vieil oncle du père d'Elsa.

Ce n'est que quand la reporter de la radio samie, une jeune femme à piercing, arriva qu'ils purent s'expliquer dans leur langue. Leurs propos devinrent alors beaucoup plus nuancés. Elsa écouta, touchée par leurs paroles.

— Je crois qu'aucune personne extérieure ne peut comprendre ce que ça nous fait. Nos rennes sont notre vie. Ces gens frappent là où ça fait le plus mal. Ils le font en connaissance de cause. Mais où est la police ? Nous sommes là depuis plusieurs heures et personne ne vient.

Lovisa était de retour près de la motoneige d'Elsa.

— La batterie de mon appareil photo est morte. Je dois aller à la voiture. Vous m'accompagnez ?

Elsa jeta un regard à la dérobée au président du sameby qui affichait un air renfrogné. Cela la fit se décider.

Elles marchèrent l'une derrière l'autre sur la piste, leurs pantalons de ski crissaient.

— On me menace. J'ai reçu des SMS.

— Vraiment ?

— Oui, et on a rayé ma voiture.

— Je peux le mentionner dans mon article ?

— Seulement si vous n'écrivez pas mon nom. Ça ne ferait qu'aggraver les choses.

— Je comprends. Pas de problème. Mais je veux bien les SMS.

Elles étaient arrivées à la voiture. Elsa lui tendit son portable.

— Vous pouvez faire des captures d'écran et me les envoyer ? Ce n'est pas croyable les horreurs qu'ils écrivent. Savez-vous de qui ça vient ?

— J'ai des soupçons.

— Et ça, dans les bois, qui a fait ça ?

— Je ne sais pas. Comme je l'ai déjà dit, au moins deux des carcasses sont les éléments matériels que j'ai apportés au commissariat. Pour une quelconque raison, la police les a donnés à quelqu'un. On devrait pouvoir retrouver à qui.

— Je vais me renseigner, croyez-moi.

— Promettez-moi de bien creuser, cette fois-ci. Nous devons savoir comment les rennes se sont retrouvés là.

Lovisa introduisit une nouvelle batterie dans son appareil et leva les yeux.

— Je vous promets de faire de mon mieux. Ce n'est pas facile de faire parler les flics. Je n'ai pas exactement les mêmes contacts qu'eux, là-bas.

Elle indiqua de la tête une fourgonnette de la télévision suédoise en train de se garer. Elsa reconnut l'homme d'âge moyen qui les saluait de la main. Il apparaissait souvent sur le petit écran, mais n'avait jamais montré le moindre intérêt pour la renniculture. Plutôt l'inverse.

— Montrez-leur qui vous êtes, répondit Elsa. Vous valez bien mieux que ce mec-là !

Elsa le fusilla du regard tandis que Lovisa, décontenancée, éclatait de rire.

— Ils vont envoyer un drone et prendre des photos bien meilleures que les miennes.

Elsa frissonna. Elle imaginait bien les clichés réalisés en plongée.

— Vous ne pouvez pas appeler la police maintenant, pour que j'entende ce qu'ils disent ? (Lovisa afficha un air sceptique.) Nous, ils ne nous écoutent pas, mais je veux savoir ce que ça donne quand un journaliste leur téléphone.

Lovisa finit par acquiescer et sortit son portable. À travers le haut-parleur, on entendit le flic du centre d'appels régional de la police pousser un profond soupir quand Lovisa se fut présentée.

— La situation est la suivante : d'abord la patrouille a été appelée pour une agression, puis une femme sur un spark a été renversée par une voiture devant la Maison du peuple, et ils n'ont pas encore terminé là-bas. J'entends bien ce que vous dites et je comprends que vous voulez des commentaires, mais sachez que c'est absolument impossible sans que les collègues se soient rendus sur place

— C'est un spectacle effrayant et nous avons des éleveurs qui reconnaissent certaines des bêtes : leurs dépouilles faisaient partie d'éléments matériels qui avaient été déposés au commissariat il y a quelque temps. Je vais être obligée de rédiger mon article sans vos remarques mais je peux vous garantir que vous auriez envie de commenter ce que je vois.

Elsa regarda Lovisa, interdite, et mima du bout des lèvres un « waouh ».

Au bout du fil, le policier semblait en colère.

— La patrouille viendra vous voir juste après. S'il ne se passe rien de prioritaire entre-temps. Vous vous contenterez de ça. J'ai bien conscience que vous êtes pressée avant le bouclage, mais les délinquants n'en ont que faire. En tant que journaliste dans la région, vous n'êtes pas sans savoir que nos patrouilles s'occupent d'une zone très vaste.

— Vous voulez dire que ce qui se passe ici n'a pas grande importance.

— Non, j'explique la situation. Toutes les infractions revêtent une importance, mais nous devons prioriser. Une patrouille peut se trouver à deux cents kilomètres de la ville dans un sens quand on les appelle pour se rendre à deux cents kilomètres dans l'autre. C'est impossible. Les cambrioleurs, les automobilistes en état d'ivresse, et tous les petits voyous le savent bien.

— OK, je patiente encore un peu, mais après j'envoie le texte.

Quand Lovisa eut raccroché, Elsa rugit.

— Des petits voyous ? Mon œil ! Il peut dire ce qu'il veut des priorités, mais ça montre bien leur point de vue.

Lovisa opina du chef.

— Je vous comprends. Je leur donne encore un moment, mais après je dois filer. Il faut que j'appelle la rédaction, on se reparle tout à l'heure.

Quand Elsa enfourcha de nouveau sa motoneige, son siège était froid. Tout le monde était encore installé en demi-cercle, quelques-uns avaient remonté leur écharpe en laine ou leur cagoule sur leur visage frigorifié. Ses mains à elle étaient gelées dans ses gants.

53 – *Vihttalogigolbma*

Ce n'était pas la première fois qu'on trouvait des rennes morts, fait qui, souvent, ne méritait même pas une brève. Cette fois, la nouvelle s'était répandue comme une traînée de poudre, les articles et les reportages radio et télé avaient été partagés à maintes reprises. Elsa comprit que c'était grâce aux photos. Le cliché pris par le drone était quasiment une œuvre d'art, un demi-cercle éclairé au milieu d'une forêt noire. L'image publiée dans le journal local avait presque la même force dramatique. Lovisa Wikberg avait réussi à photographier la formation depuis une colline. Une fois les policiers sur place, elle les avait pressés de s'exprimer quant au fait qu'il s'agissait d'éléments de preuves. Leurs réponses étaient restées évasives.

— Viens ! Ça commence !

Sa mère l'appelait depuis le canapé où elle était déjà installée avec Mattias et leur père. Elsa s'arrêta sur le seuil et entendit le présentateur annoncer qu'on soupçonnait les cadavres de rennes d'être des éléments de preuves.

La caméra balayait le village voisin, on apercevait des visages familiers devant la supérette et la station-service. Les habitants au nez rougi par le froid avaient l'air un peu tendus devant l'objectif. Ils s'efforçaient de gommer leur accent.

— Il est possible que les éleveurs aient fait ça eux-mêmes, dit Astrid.

L'ancienne agente de la restauration scolaire désormais retraitée fixait la caméra.

— Qu'entendez-vous par là ?

— Eh bien, quand ils ne vendent pas leurs rennes assez cher, ils font en sorte d'être payés d'une autre façon. J'ai aussi entendu dire que les communautés d'éleveurs se volent des bêtes entre elles.

Elsa écarta les bras.

— Comment peut-on lui laisser dire des choses pareilles ? Pourquoi le journaliste ne pose-t-il pas une seule autre question pour creuser ? Comment pourrions-nous gagner de l'argent en disposant des rennes morts ? Elle n'a rien dans le crâne !

Son père et Mattias la firent taire d'un « chut ». À l'écran, on voyait un autre villageois, le vieux qui faisait le tour du village à spark tous les matins aux aurores.

— Pensez-vous que la police puisse être impliquée dans les vols de rennes dans la région ?

— Impossible ! La police, on n'en voit pas la couleur ici.

Elsa sortit de la pièce en tapant du pied. Elle serra les poings.

— C'est une plaisanterie ! Vous ne voyez pas à quel point sa réponse est tragique et comique à la fois ?

Depuis le séjour, elle entendait le président du sameby, Olle. Il mettait violemment en cause les agissements de la police. Elsa retourna vers le seuil pour écouter la cheffe de la police répondre aux critiques. Une femme d'âge moyen au visage sérieux, avec une petite ride juste au-dessus du nez.

— Comment se fait-il que toutes les enquêtes au sujet des vols de rennes soient classées sans suite ?

— Toutes, je ne sais pas. Mais les gens dans les villages ne parlent pas volontiers.

— La police ne vient jamais. Ils n'essaient même pas, éclata Elsa.

— La ferme, enfin ! s'emporta Mattias.

— Nous avons l'une des plus grandes superficies de Suède à contrôler et souvent une seule patrouille en service, ce qui rend les choses difficiles, reprit la cheffe de la police.

— Les carcasses de rennes découvertes dans les bois pourraient bien être des preuves, il s'agirait de rennes tués qui avaient été déposés au commissariat par un membre d'un sameby. Que dites-vous de cela ?

— Toutes les enquêtes préliminaires ont été classées sans suite, donc il ne s'agit pas de preuves dans le cadre d'une enquête en cours.

— Vous comprenez l'émotion de la communauté d'éleveurs ? Qui a pris ces carcasses ?

Pour la première fois, la cheffe de la police parut gênée.

— Un particulier a demandé à les utiliser comme appât pour la chasse.

— Qui ?

— Je ne compte pas vous donner de nom.

Le téléphone d'Elsa sonna. Minna s'étranglait au bout du fil.

— Tu as vu comme elle a esquivé les questions ? C'était embarrassant ! Ses réponses montrent bien à quel point ils font mal leur travail...

Elsa se dirigea vers sa chambre et ferma la porte.

— L'article dans le journal parle aussi des menaces et de ta voiture rayée. Ça y est, Elsa, le moment est venu. Ils vont être arrêtés.

— J'espère que tu as raison.

Elle s'allongea sur le lit, elle sentait son pouls rapide au creux de son ventre, juste sous ses côtes. Son cœur battait comme si un organe vital était sur le point de se rompre.

— Quoi qu'il en soit, ils n'oseront plus s'attaquer à d'autres rennes, maintenant.

— Mais tu n'as pas entendu les habitants ? Il y en a qui pensent qu'on torture nos propres bêtes pour du pognon !

— Qui sont ces imbéciles ? Des vieillards étriqués qui n'entravent rien du tout ! Je ne comprends même pas pourquoi le journaliste les a interrogés. On s'en fiche de ce qu'ils pensent !

— Astrid travaillait à la cantine de mon école. Elle et son mari ont essayé de faire inculper mon père après avoir percuté nos rennes.

Minna rit, mais on entendait qu'elle n'avait pas rejeté la tête en arrière.

— Tu vois bien, des imbéciles.

— Elle me haïssait à un point… J'osais à peine manger à la cantine.

— Qu'elle se casse la figure et se brise un fémur !

— Les photos du bois étaient bonnes. La vidéo aussi.

— Presque un peu trop. Au moins, ça marque les esprits. Vous êtes restés, c'était si puissant.

Oui. Elle ferma les yeux. Oui, ils étaient toujours là, à éclairer les rennes, quand la patrouille était arrivée. Les policiers n'avaient tout d'abord pas su comment réagir, comment faire face à ce silence. Ils s'étaient approchés des carcasses, d'un pas gauche, en marmonnant, visiblement gênés d'être observés.

Le souffle des éleveurs se changeait en fumée. Finalement, la colère était retombée. Ne subsistait que la peine la plus profonde. Quand les cadavres des bêtes avaient été retirés, ils avaient éteint leurs phares et étaient restés sur leurs motoneiges, muets, dans la nuit noire.

54 – *Vihttaloginjeallje*

Petri savait que ce n'était pas une bonne idée. Surtout maintenant. Le reportage au journal télévisé et toute la presse qui parlait de ces pauvres Lapons. Les gens étaient sur le qui-vive désormais.

Il n'avait pas appelé Robert. Ne lui avait pas dit qu'il était revenu exprès depuis la ville parce qu'il avait reçu une commande. Robert lui aurait répondu de faire profil bas.

Son congélateur était plein à ras bord de tout ce que Robert avait apporté en quatrième vitesse quand il avait failli se faire pincer à cause d'une perquisition. Petri avait réussi à vendre une partie de la viande, mais on ne savait jamais avec Robert. Tout à coup, il pouvait vouloir tout récupérer et là, ce serait le bordel.

Petri n'avait pas eu besoin de chercher longtemps dans la forêt. Il avait poursuivi le renne à motoneige, en zigzag, sur une courte distance, avait fatigué la bête jusqu'à ce qu'elle s'enfonce dans la neige profonde, qu'il puisse lui planter son couteau dans la nuque puis en plein cœur. L'abattre d'une balle aurait été plus simple, mais il avait un peu plus de jugeote que ça.

À présent, le renne se trouvait sur le traîneau et Petri était à deux pas de la route où sa Chevrolet Suburban l'attendait, avec la remorque. Tout était soigneusement planifié. L'animal serait caché sous la bâche, avec la motoneige et le traîneau. Les habitants du village savaient que Petri venait dans la maison presque tous les week-ends et pour les vacances – ça n'éveillerait donc pas les soupçons.

Il n'aurait même pas besoin de dépecer la bête. Il lui suffirait de la déposer chez le client. Une mission aussi simple, ça ne se refuse pas. Robert aurait fait comme lui, il en était persuadé.

Petri tourna la clé de la motoneige, mais le moteur ne réagit pas. Il était complètement mort. Pas encore ! Il tenta de nouveau sa chance. Saloperie de bougie d'allumage ! Le voisin lui avait parlé d'une panne au niveau du boîtier d'allumage. Petri ne connaissait rien aux moteurs et n'avait rien compris à ces explications. Il se plaça à côté de la motoneige et tira la ficelle. Tira à nouveau, de toutes ses forces. En vain.

Chaque minute qui passait augmentait considérablement le risque d'être repéré. Il sortit son portable, hésita. Impossible. Robert serait furieux. Sans compter qu'il était trop risqué pour lui de sortir à motoneige.

Petri descendit le renne du traîneau. Il n'y avait qu'une solution : le traîner à la main. Il attrapa les bois et donna une secousse. C'était un renne imposant, mais heureusement la piste de motoneige était verglacée après la semaine de pluie et le froid qui avait suivi. Prenant appui sur ses jambes, il marchait à reculons en tirant l'animal par à-coups. Il s'arrêtait à intervalles réguliers pour souffler, et dut baisser la fermeture à glissière de son manteau pour laisser entrer l'air lorsque la sueur commença à lui coller le col. Il tendait l'oreille. Y avait-il du bruit ? Les villageois étaient sur leurs gardes, il en était conscient. Sans compter qu'une motoneige et un traîneau abandonnés au milieu de la piste, c'était suspect. Et tout le sang qu'il avait tant bien que mal recouvert de neige… Merde ! Il allait quand même devoir appeler Robert. La motoneige et le traîneau ne pouvaient pas rester là.

Plus que deux cents mètres. L'acide lactique pulsait dans ses bras. Ses jambes tremblaient, sa tête tournait comme quand il gonflait des ballons pour les enfants de sa sœur. Il planta les talons dans le sol, tira d'un coup sec. L'animal pesait son poids, il glissait çà et là sur la piste. Les traces laissées derrière lui révéleraient sans doute ce qui s'était passé. Il s'enfonça dans la neige jusqu'aux genoux et tout à coup, un serrement à la poitrine. Un claquage. Il serra les dents ; ça lui était déjà arrivé et il n'y avait rien d'autre à faire. Il voyait la route à présent, ce qui décupla son énergie, et il adopta une autre technique, courir de plus en plus vite en traînant le renne derrière lui. Vint ensuite la petite descente libératrice vers le fossé. Il fallait à tout prix éviter de croiser une voiture. Il haletait, retira son bonnet, essuya la sueur de son front et de sa nuque. Les muscles du thorax étaient douloureux, il s'était sans doute déchiré une grande partie des fibres musculaires.

La forêt baignait dans le silence, on n'entendait qu'un faible bruissement dans les cimes des sapins. Il déverrouilla les portières à distance. Le clignotement des phares lui donna la force de sortir du fossé pour traverser la route jusqu'à l'aire de stationnement. Sur la chaussée verglacée, il n'y eut qu'un faible bruit de frottement tant le renne glissa vite lorsqu'il le tira. Il marmonna l'ordre des prochaines actions : d'abord hisser l'animal sur la remorque, puis prendre la bâche dans le coffre et l'en recouvrir. Aucun bruit de voiture. Il secoua ses bras engourdis par l'effort. Se pencha en avant et saisit l'animal à bras-le-corps, tout en évitant soigneusement d'avoir les yeux tournés vers lui. Il poussa dans ses jambes avec les dernières forces qui lui restaient et laissa échapper un petit cri en basculant la bête dans la remorque. Presque fini. Un peu d'air, c'est tout ce dont il avait besoin. Mais l'air ne parvenait pas à entrer dans ses poumons et tout à coup sa déchirure musculaire recommença à le faire souffrir. C'était pire que la dernière fois. Bizarre, eut-il juste le temps de penser avant de perdre l'équilibre sur le parking glissant et de tomber en arrière.

55 – *Vihttalogivihtta*

L'autopsie révélerait bientôt si c'était son cœur ou bien le choc à la tête qui avait tué Petri. Mort, il l'était, en tout cas. Elsa avait lu la plainte tellement de fois qu'elle la connaissait par cœur. Le nom de Petri en était absent, mais les ragots du village avaient rapidement révélé le fin mot de l'histoire. L'homme mort sur le parking était Petri Stålnacke, le propriétaire de la maison verte dans le village voisin.

La plainte n'indiquait pas le nom du suspect, mais précisait qu'il était décédé. L'enquêteur constatait, dans un jargon administratif dénué d'affect, que l'infraction était une suspicion de vol dans la mesure où l'homme s'était emparé d'un renne qui ne lui appartenait pas. De manière tout aussi factuelle, il décrivait le renne, à moitié dans la remorque, et l'homme mort au sol. À en croire les potins, c'était un mineur de la ville qui avait découvert Petri. Il l'avait d'abord dépassé en voiture puis avait fait demi-tour et appelé la police, qui était arrivée en un temps record. On avait téléphoné au président de la communauté d'éleveurs qui avait à son tour passé un coup de fil au père d'Anna-Stina pour lui demander d'identifier le renne. L'enquête préliminaire était désormais classée puisque l'auteur des faits n'était plus de ce monde.

Elsa était en ville pour rendre visite à *áhkku*. En passant devant le commissariat, elle ne put se retenir d'entrer.

Henriksson la reçut. Il n'avait que cinq minutes à lui accorder, entre deux réunions.

— Vous n'avez pas prévu de perquisition chez Petri Stålnacke ?

L'inspecteur Henriksson de la police judiciaire n'avait pas bien vieilli. Son ventre débordait sur le bord du bureau et son double menton pendouillait. Il avait la peau pâle, le nez couperosé.

— Non, je vous ai déjà expliqué que nous n'avons pas les ressources pour consacrer du temps à une affaire où le suspect est décédé.

— Mais il n'était pas seul à tuer et à voler des rennes. Il peut y avoir des preuves dans son appartement, dans son téléphone. Nous savons qu'ils sont plusieurs, nous savons qui ils sont. Et vous aussi ! Nous avons prononcé leurs noms tant de fois !

— Je suis sincèrement désolé, mais c'est impossible. Je ne peux pas faire apparaître du personnel par magie. Nous sommes occupés par une affaire qui mobilise toutes nos ressources.

Oui, oui, cette affaire, tout le monde la connaissait. Un homme jaloux avait tué d'un coup de fusil son voisin, l'amant de son ex-femme. L'assassin avait eu l'intention de se donner la mort ensuite, mais le moment venu il s'était dégonflé. Il croupissait quelque part dans le commissariat, pleurant qu'on l'avait abandonné.

Henriksson agitait les mains pour illustrer son propos.

— On doit prioriser. Ce qui ne signifie pas qu'on ne prend pas au sérieux les vols de rennes. C'est simplement qu'il y a des infractions qui passent avant les vols.

— J'ai à la maison près d'une centaine de plaintes que notre communauté d'éleveurs a déposées au cours des vingt dernières années. Il y en a bien plus en totalité, mais ce sont celles sur lesquelles j'ai mis la main. Savez-vous combien ont mené à une inculpation et à une condamnation ?

Henriksson ferma les yeux un peu trop longtemps et secoua lentement la tête.

— Pas une seule. Zéro. Je peux vous les lister ici. Inopportunité des poursuites, lit-on parfois, ce qui veut dire qu'il n'y a même pas d'enquête préliminaire.

— Je suis au fait de la terminologie, merci.

— Mais personne ne s'intéresse au fait que nos bêtes se fassent tuer : vous comprenez ce que ça signifie pour nous ?

Henriksson la dévisagea sans broncher.

— Parfois il y avait des indices, des suspects ont été désignés, mais ça se termine toujours par une « infraction insuffisamment caractérisée ». Comment est-ce possible ?

— Je ne peux pas répondre pour une centaine de plaintes, rétorqua Henriksson, l'air las.

Elsa s'agrippa au dossier de la chaise devant laquelle elle se tenait.

— Non, je comprends bien. Mais pouvez-vous expliquer pourquoi vous n'avez pas fait une perquisition alors que des traces de sang conduisaient à une remise ? Et qui a récupéré les éléments de preuves ? Les rennes que j'avais déposés. Qui ?

Le visage d'Henriksson devint cramoisi.

— C'était vous ! s'étrangla-t-elle.

Il plissa les yeux, agacé.

— Non, ce n'était pas moi !

— Mais vous avez octroyé l'autorisation de donner les carcasses.

Henriksson abattit sans force ses mains sur la table et regarda l'écran devant lui.

— Je n'ai plus de temps pour vous. Vous êtes venue parler de la dernière plainte et vous avez eu ma réponse. La prochaine fois, téléphonez.

— Vous ne pouvez pas admettre que c'était une erreur ?

Henriksson se leva, tira la ceinture de son pantalon, mais son ventre était trop protubérant.

— Ce n'était pas une erreur, ce n'était pas illégal, rétorqua-t-il, l'air résigné. Mais c'était peut-être inapproprié.

Il fit quelques pas vers la porte et l'ouvrit.

— Inapproprié, répéta Elsa en hochant la tête.

Elle ne lui tendit pas la main et il ne la regarda pas dans les yeux.

Elsa reprit la voiture pour aller rendre visite à sa grand-mère. *Áhkku* était dans un de ses bons jours, si bien qu'Elsa put entrer vraiment en contact avec elle. Assises sur le lit, elles agitaient les orteils qui dépassaient à peine du bord. Elsa avait hérité de *áhkku* ses jambes courtes.

— Nous sommes comme des bassets, nous.

Áhkku éclata de rire et Elsa en profita pour se presser contre elle. Les cheveux de sa grand-mère étaient joliment tressés et enroulés pour former un chignon.

— Qui t'a tressé les cheveux ?

— Ma petite sœur, fit-elle avec un sourire.

Elsa se recroquevilla, essaya de prendre la main d'*áhkku*, mais celle-ci la fit glisser sur la couverture qu'elles avaient posée sur leurs jambes. Le mur était froid contre leur dos, Elsa pencha la tête en arrière. *Áhkku* la regarda d'un air inquisiteur.

— C'est Brittis. Mais elle l'a fait comme ma petite sœur.

— Parle-moi de ta petite sœur.

— Elle était ma meilleure amie.

— Raconte-moi ton enfance.

— Elle me suivait partout, faisait comme moi. Apprenait tout avec moi. Puis je l'ai abandonnée. (*Áhkku* baissa les yeux.) Sans lui dire pardon.

— Tu as commencé l'école.

— Personne ne lui avait dit que je n'allais pas revenir.

— Tu es revenue.

— Pas pendant le reste de l'année. Elle s'est sentie si seule.

Elsa osait à peine respirer. D'un moment à l'autre, *áhkku* pouvait se dérober.

— Mais tu étais sans doute la plus seule.

— Bah... Mon frère fréquentait la même école que moi. Mais il se faisait battre tout le temps. Par les professeurs et aussi par les enfants. Je refusais de dire qu'on était de la même famille. Mais tout le monde le savait.

— Ensuite, ta petite sœur est arrivée aussi.

— J'avais dit à *enná* : « Ne la laisse pas venir. Elle ne le supportera jamais. »

Sa voix devint gémissante et son corps agité, elle se balançait d'avant en arrière, comme pour se bercer.

— C'est la même chose maintenant. Je n'ai pas le droit de parler sami ici.

— Il y a bien une personne qui le parle ?

Áhkku acquiesça.

— Comment elle s'appelle ?

— Je ne me souviens plus, mais elle est gentille.

— Parfait. Parle-lui.

Ses yeux avaient beau être voilés, *áhkku* parvenait toujours à plonger le regard dans celui d'Elsa.

— Je veux rentrer à la maison avec toi.

— Cet été, nous cueillerons des mûres arctiques, toi et moi.

— Cet été, je serai morte.

— Ne dis pas ça.

Áhkku serrait et desserrait les dents.

— Tu pourras peut-être venir au printemps aussi, voir les faons. Nous laisserons les femelles mettre bas dans l'enclos avant de monter sur les hauteurs.

La vieille dame se mit alors à pleurer. Une lamentation. De grosses larmes roulèrent sur ses joues ridées.

Elsa n'osait pas l'entourer de son bras. Elle lui prit la main bien que sa grand-mère protestât et écartât les doigts.

— Ne sois pas triste. Ça va s'arranger. Vraiment.

Ses propres mots la rendaient malade.

— Tu sais, un des hommes qui volaient nos rennes a été retrouvé mort, raconta-t-elle rapidement. Il gisait à côté de sa voiture, il avait un renne avec lui.

— Bien fait pour lui, murmura *áhkku.*

— On n'a pas le droit de dire ça, pourtant c'est vrai.

Elsa sortit son portable.

— Tu veux que je te lise l'article ?

— Je suis encore capable de lire, tout de même !

— Je sais, mais tu n'as peut-être pas lu cet article précis ?

Lovisa Wikberg s'était exprimée en des termes prudents et Elsa soupira. C'était peut-être parce que Petri était mort que le journal modérait ses propos. Ou parce que la police avait classé l'affaire. Ce salaud d'Henriksson.

— « Un homme soupçonné d'avoir volé un renne a été retrouvé mort, hier après-midi, sur un parking, lut Elsa. Le renne, qui avait été tué, pendait sur le bord de la remorque. La police ne commente pas l'existence de liens éventuels avec les vols de rennes antérieurs. »

Áhkku défit son chignon et se mit à caresser sa tresse.

— C'était qui ?

— Petri. Il possédait la maison verte près de la rivière.

Áhkku se figea en plein mouvement, sembla réfléchir, essayant d'organiser ses propos, mais elle garda le silence et Elsa continua à lire. Il s'agissait de l'enquête et de l'autopsie.

Soudain, Elsa entendit de légers ronflements et la tête de sa grand-mère tomba contre son épaule. Comme une enfant, elle s'endormait quand ça devenait trop pénible, songea Elsa. Elle en profita pour caresser sa joue chaude à la peau flétrie.

56 – *Vihttalogiguhtta*

Il y avait des rumeurs. Comme toujours dans les villages où un événement a eu lieu ; là, c'était spectaculaire et permettait une multiplicité de théories. Comment Petri avait-il vraiment trouvé la mort ? Le mineur avait-il vraiment été le premier sur place ou Ante était-il venu avant lui ? L'avait-il tué ? Ante lui-même avait ri de cette rumeur tout en reconnaissant devant Hanna qu'il aurait pu infliger une dérouillée à cette pourriture s'il l'avait pris en flagrant délit.

« Laissez-les parler », avait-il dit avant de sortir. Et Hanna s'était trouvée seule de nouveau, envahie par trop de pensées. Parfois elle aurait voulu que ce soit aux femmes, à elle, de s'en aller avec les rennes pendant de longues périodes. Les hommes échappaient à la maison, aux préoccupations ; le travail physique prenait le dessus.

Qu'aurait dit Lasse s'il avait vécu ? Toujours la même pensée, qu'aurait dit Lasse ? Il aurait sans doute ri des rumeurs et il y aurait encore eu un malentendu. Elle aurait cru qu'il trouvait vraiment ça drôle. Toutes les fois où il riait, toutes les fois où ça l'avait réchauffée de l'intérieur. Elle songeait qu'il avait été leur lumière, les encourageant constamment, les faisant avancer, leur répétant que ce n'était pas si grave. Mais sur la fin, Lasse avait commencé à s'exprimer différemment, parfois le souvenir lui revenait, il avait dû essayer, mais elle avait besoin de son rire et il avait voulu lui faire plaisir. Cette pensée lui coupait le souffle et, seule dans sa cuisine silencieuse, son souffle se transformait en plaintes. Avec le temps, elle avait fini par se convaincre que tout était sa faute.

— À quoi tu penses ?

Elsa était assise en face d'elle, une tasse de café froid à la main. Dans le panier tressé, les roulés à la cannelle avaient commencé à sécher. Elle alla chercher du film plastique pour les couvrir.

— À rien de spécial.

— Je pense souvent à Jon-Isak, dit Elsa.

Cela faisait un long moment qu'elles discutaient. Il y avait beaucoup à dire à propos de Petri et Hanna avait réellement essayé d'avoir l'air engagée. Elle avait raconté les rumeurs dont Ante faisait l'objet, et Elsa avait secoué la tête, énervée. Elles tournaient autour du pot depuis suffisamment longtemps maintenant, et Hanna craignait la suite.

— Comment ça s'est passé pour lui à l'école après la publication de l'article ? Ça fait quelques jours que je n'ai pas travaillé là-bas et j'ai été si inquiète. Tu sais...

Elsa s'interrompit, portant la tasse à sa bouche, et fit une petite grimace en goûtant le café froid.

Hanna devrait se lever et préparer un nouveau café, mais dans ce cas Elsa ne partirait jamais.

— Tu sais qu'ils se battent ? Il te l'a raconté, non ? J'ignore si l'école t'a appelée.

Elsa lui lança un regard interrogateur.

Hanna leva les yeux sous sa frange, elle aurait dû se couper les cheveux depuis longtemps, ils lui descendaient en dessous des épaules et ses mèches grises la vieillissaient.

— Il m'en a parlé, mentit-elle.

Elsa se pencha en arrière et souffla.

— Tant mieux.

Hanna hocha la tête, c'est tout ce qu'elle était capable de faire. Jon-Isak ne lui avait rien dit. Comme Lasse ne lui disait jamais rien.

— Je vois à peine Anna-Stina. Elle passe son temps avec Per-Jonas, continua Elsa.

Reconnaissante, Hanna sauta sur l'occasion de se dérober, de ne pas être obligée de parler de son fils.

— Nous non plus, nous ne la voyons pas très souvent. Et comment vont tes parents ?

Elsa s'illumina.

— *Enná* est métamorphosée. *Siessá* vient plus souvent et dernièrement elle l'a incitée à s'inscrire à un cours de gym dans le village d'à côté. Depuis, elle y va tous les mardis.

— Elle est merveilleuse, ta *siessá.*

— Tout est tellement plus marrant quand elle est là. Tu sais comme elle rit !

Elsa baissa rapidement les yeux, comme si elle en avait trop dit. Mais Marika était revêche, ce n'était pas un secret. Combien de fois Hanna avait-elle ouvert la porte à Elsa enfant, lui avait-elle donné ce qu'elle ne trouvait pas à la maison ?

— On a tous besoin d'une *siessá*, parfois.

Les muscles de son cou se tendirent, annonçant une migraine.

— Oui ! Elle sait profiter de tout ce qu'elle a. Nous avons aussi la meilleure des vies, dit Elsa avec un sourire. Quand il n'y a pas de rumeurs dans le village et que les enfants ne se cognent pas dessus.

Hanna comprit qu'Elsa cherchait à être ironique. Elle porta la main à sa nuque et se massa pour détendre ses muscles.

Le silence se fit, on n'entendait plus que le bruissement du lave-vaisselle. Elle vit que le regard d'Elsa était attiré par la bâche près de la remise où se tenait encore la vieille motoneige de Lasse. Elle se prépara psychologiquement à la question – pourquoi ne s'en débarrassaient-ils pas ? Mais Jon-Isak aimait conduire la Lynx, bien qu'elle fût vieille. Il était fâché de ne pas avoir connu son tonton, que tout le monde décrivait comme déjanté et joyeux. Elle dut se lever. Les deux, réunis. Combien de fois ne les avait-elle pas imaginés ensemble ?

— Tu sais qu'il est là, avec nous, chuchota Elsa. Je sens souvent sa présence.

Cela mit Hanna hors d'elle. Elle dut faire volte-face et s'appuyer contre l'évier. Elle savait ce qu'on disait d'Elsa. Qu'elle était spéciale. Qu'elle avait un don, qu'elle était une *gunsttar*, une voyante. Lasse ne s'était pas manifesté à Hanna. Elle l'avait cherché. Dans ses rêves, dans la cuisine silencieuse, mais aussi dans les montagnes l'été, là où il était le plus heureux. Mais il n'était nulle part.

Incapable de se retourner, elle fit cliqueter la vaisselle dans l'évier et haussa les épaules.

— Tu te rappelles quand Anna-Stina et moi étions petites et que je venais le matin prendre un en-cas chez vous ? (Elsa se tut, avant de reprendre.) Tu comptais tellement pour moi.

Et maintenant, des remerciements ! À un moment où elle ne parvenait pas à se retourner parce que la jalousie lui déchirait les entrailles.

— Très bien, parvint-elle à prononcer.

— Et Lasse… Avec un peu de chance, il était chez toi.

Elle serra de toutes ses forces la brosse à vaisselle, se mit à frotter la casserole de porridge du matin, éclaboussant le carrelage et la fenêtre.

— Je voulais juste que tu saches qu'il est avec nous. Mais tu le savais sans doute déjà.

Hanna se força à regarder en arrière et à sourire. Ouvrit le robinet à fond.

— Je suis un peu inquiète pour Mattias…, marmonna Elsa. Il ne va pas très bien.

Des bruits de motoneiges au loin. L'heure du déjeuner approchait et Hanna prit conscience qu'elle était en retard. Elsa les avait aussi entendues et elle s'interrompit. Elsa ne s'attendait tout de même pas à ce que Hanna aide Mattias qui n'allait pas bien ? Elle devait bien se rendre compte qu'ici, ce n'était plus un sanctuaire.

— Je dois préparer le déjeuner.

Elsa la regarda, déçue. Mais que pouvait-elle faire ? Mattias n'avait jamais été aussi proche d'elle qu'Elsa. Il avait été un enfant sauvage qui s'était vite changé en adolescent grognon. Il s'en était sorti, comme le faisaient les garçons. Les garçons s'en sortent. Elle voulait le crier pour que ça devienne la réalité.

La motoneige entra dans la cour et Hanna se détendit. La conversation serait bientôt terminée. Enfin. Les nuages s'étaient éloignés et le soleil apparaissait, l'après-midi serait beau. Peut-être aurait-elle le courage de faire un grand ménage. Un vrai, avec aération des tapis.

57 – *Vihttalogičieža*

Ce furent des obsèques paisibles à l'église de la ville. Trois couronnes sur le cercueil et un pasteur qui n'avait pas reçu suffisamment d'aide pour faire un sermon personnalisé. Pas comme à l'enterrement de son père, où le café après la cérémonie avait à peine suffi. Il n'y avait pas beaucoup de monde non plus, pour être honnête, mais plus que ce que Robert avait imaginé. Sa vieille avait envoyé un télégramme qu'il avait déchiré sans le lire.

Aujourd'hui, Robert portait la même veste noire qu'alors, mais il ne pouvait plus fermer les boutons. Sa chemise blanche était tachée sous la poche de poitrine, mais cela ne se voyait pas sous la veste.

Le smörgåstårta était sec, le saumon mariné manquait de sel. Au moins, le café était fort. Le pasteur était flanqué de la sœur de Petri avec sa famille, et de sa vieille maman. Les enfants de sa sœur ne tenaient pas en place. Petri avait dit, un soir d'ivresse, que ces gamins étaient comme les siens. Ils n'avaient jamais parlé d'enfants et de famille, mais cette phrase lui avait échappé. Petri n'avait vécu que jusqu'à cinquante-trois ans, un an de plus que lui, c'était difficile à accepter.

La conversation était poussive entre Robert et ses voisins de table.

— Je n'aurais pas dit non à un petit schnaps, dit-il.

On lui répondit par des « hum » et des sourires.

— Mais je prends le volant.

Jan-Olov, qui vivait à côté de la maison de Petri, se pencha vers Robert. Son haleine était fétide, son visage trop près du sien.

— Qu'est-il arrivé à Petri, à ton avis ? Il a été assassiné ?

Robert hésita, il ne voulait rien de plus qu'attiser les antagonismes. Il jeta un coup d'œil vers la famille. Il avait entendu quelqu'un dire qu'il s'agissait d'une crise cardiaque. Mais ce n'était pas à lui de diffuser cette information. Et qui pouvait déterminer ce qui l'avait tué, son cœur ou le coup à la tête. Les gens avaient envie de croire qu'un de ces sales Lapons avait pu pointer le bout de son nez juste au moment où Petri chargeait le renne sur la remorque. Peut-être même l'avait-il renversé avec sa voiture. Personne ne savait de source sûre s'il y avait d'autres lésions, bras cassé ou hémorragie interne, qui auraient été provoquées par un véhicule. Alors bien sûr qu'il avait pu être tué, percuté par un véhicule ou du moins poussé violemment en arrière, de sorte que sa tête s'était fracassée contre le sol.

— Eh oui, va savoir ! C'est suspect, pour sûr, répondit-il enfin.

— Paraît que les Lapons sont protégés par un nouveau flic qui a lui-même des racines lapones.

— Ah bon ? Voyez-vous ça.

Jan-Olov avait piqué sa curiosité.

— Apparemment il a un nom de famille suédois, Ljungkvist ou Ljungblad. On dit qu'il en a changé.

Robert opina du chef avec insistance. Ljungblad, ah oui. Ça devait être le jeune loup qui était venu chez lui. Changé de nom, évidemment. Qui ne changerait pas de nom ? Bien sûr qu'on avait honte d'avoir du sang lapon. Beaucoup de Samis avaient suédifié leur nom au fil du temps. Il s'essuya la bouche avec la serviette blanche. Il ne connaissait pas suffisamment Jan-Olov pour y aller franco.

— Il y a sans doute un risque que tous les articles sur les cadavres de rennes dans la forêt aient conduit un fou à vouloir faire justice lui-même.

— Mais on sait que les communautés d'éleveurs se volent les unes les autres. Et accusent des tiers.

— Oui, ça leur permet à la fois de garder la viande et de toucher des indemnités.

Jan-Olov secoua la tête et emplit les tasses de café.

— Mais Petri avait un renne dans sa remorque, fit-il lentement en fixant Robert avec attention.

— Tu sais, je suis sûr que Petri avait malencontreusement percuté l'animal. Sans doute voulait-il s'en occuper et contacter la communauté.

Jan-Olov haussa légèrement les sourcils avec un petit sourire. Robert était furieux. Il s'était trompé sur son compte. C'était juste une commère.

— Eh bien, je crois que ça va être l'heure de rentrer.

Robert poussa la chaise en arrière et se leva. Il serra les dents lorsque la douleur rayonna dans son dos.

Une fois chez lui, il resta assis dans son canapé, sa veste sur le dos. Il ne pleurait pas, non, mais son regard était comme embué.

— Bah ! se dit-il à lui-même en se frottant les yeux du dos de la main.

Quatre canettes de bière vides étaient alignées sur la table en pin. Il en ouvrit une cinquième et leva les yeux au plafond.

— À la tienne, Petri, mon salaud !

Le fil consacré à la mort de Petri sur le forum de discussion Flashback faisait une quinzaine de pages. Robert glissa l'index sur l'écran. Il avait quasiment tout lu. La plupart des commentaires étaient de nature complotiste et convaincus qu'il s'agissait d'un meurtre. Peu d'utilisateurs semblaient le connaître et Robert aurait voulu écrire quelque chose sur lui, dire que c'était un mec bien. Mais il ignorait comment ouvrir un compte et il n'avait pas confiance dans les promesses d'anonymat. Le jeu n'en valait pas la chandelle.

Sa tête tournait délicieusement, la douleur à l'épaule et dans le dos s'était estompée. Raija grimpa sur le canapé, non sans difficulté, et posa la tête sur ses genoux. Il la caressa du plat de la main et la gratta sous l'oreille. « Si elle meurt... », songea-t-il. Non, ne pas y penser. Il dut écluser la bière en trois longues goulées.

Il retourna sur le fil, rafraîchit la page, espérant que de nouveaux commentaires allaient apparaître. Il ôta laborieusement sa veste, desserra sa cravate, mais la laissa pendre comme une corde à nœud coulissant.

S'il avait pu se fendre d'un commentaire, il aurait parlé de cette connasse de Lapone à qui il faudrait flanquer une bonne raclée. Peut-être qu'elle fermerait sa gueule.

Il repoussa la chienne et se dirigea vers le réfrigérateur. Derrière la rangée de bières Mariestad, il y avait un morceau de renne séché qu'il avait oublié. Petri l'avait fumé pour lui. Il était doué pour saler la viande et ne décrochait jamais les morceaux trop tôt du fumoir. Qui allait fumer sa bidoche à présent ?

Quand son vieux était parti, il s'était senti seul. Mais ces dernières années il avait eu Petri. Ils s'étaient rencontrés quand ils avaient une vingtaine d'années. Ils travaillaient alors tous les deux comme bûcherons. Le temps d'un été magnifique. Un été à moustiques, mais ils s'étaient éclatés. Puis il y avait eu cette histoire d'alcool au volant.

Robert ouvrit la bière, la porta à sa bouche, mais les souvenirs refusaient de lâcher prise.

Il avait pris le risque, était allé au boulot en voiture après avoir picolé toute la nuit. C'était l'été, après tout, il voulait sortir, pas seulement trimer. Le soleil l'avait ébloui au moment où il s'engageait sur le chemin et il avait perdu le contrôle du véhicule. Le gravier avait giclé sous les roues, quelque chose avait percuté la voiture qui s'était arrêtée net dans le fossé. Le fils du contremaître était passé par là. Un connard arrogant qui se prenait pour le roi du monde. Il n'était pas mort, non, il ne s'était même rien cassé. Mais il s'était retrouvé les quatre fers en l'air, s'était ouvert le sourcil et avait perdu deux dents.

C'était une grosse erreur d'avoir embauché Robert, avait clamé le contremaître. Il aurait dû s'en douter en voyant son vieux. Rien que des ivrognes et des taulards dans cette famille !

Robert avait failli le passer à tabac, mais Petri lui avait maintenu les bras. Il s'était contenté de hurler qu'il n'avait pas besoin de ce boulot de merde, puis il avait repris le volant et était rentré malgré son état. Ils avaient été à deux doigts d'appeler la police. Mais son regard les en avait dissuadés.

C'est cette nuit-là que les douleurs à la nuque et au dos étaient apparues, comme des ciseaux à bois brûlant contre sa peau nue. Ça se propageait, irradiait dans les vaisseaux sanguins, les ligaments et les tendons. S'il avait su que ce n'était que le début, il se serait pendu sur-le-champ. La douleur s'était atténuée au bout d'une semaine, mais elle était cachée, toujours prête à revenir.

Petri et lui avaient perdu le contact après son boulot de bûcheron. Mais Petri était revenu au village environ un an avant la mort de son père, et il avait finalement acheté la vieille maison près de la rivière. Il travaillait en ville mais venait dès qu'il avait un moment libre. Son père n'avait plus la force d'antan et Petri avait envie d'arrondir ses fins de mois. L'affaire fut conclue. Et quand son père était mort, Petri avait pris sa place. Il avait toujours été sous-entendu que c'était le truc de Robert, il menait la barque. Il décidait.

Mais à présent… à présent il savait que Petri s'était autorisé des libertés. Peut-être plus souvent qu'il ne le soupçonnait. Robert s'affala de nouveau dans le canapé, ça tanguait considérablement.

Après la mort de Petri, il n'avait pas eu le temps de gamberger ou de s'énerver, Robert avait dû en toute hâte aller chercher la viande qu'il avait larguée chez son ami lorsque la police avait menacé de perquisitionner son domicile. Il avait appelé la sœur de Petri qui lui avait donné la clé. Sans lui poser de questions.

Il avait dû en vendre la majeure partie, à la va-vite et à un prix trop bas. Il avait juste gardé quelques steaks, car ça aurait paru suspect de n'avoir pas un seul bout de viande dans son congélateur.

Robert soupira et Raija leva le museau, en haletant. Satané Petri. Qu'est-ce qui lui avait pris de traîner un renne à travers la forêt sans l'appeler ? S'il avait été là, ils auraient chargé l'animal en moins de deux et auraient pu quitter les lieux rapidement. Petri serait encore en vie aujourd'hui. Et surtout, il ne lui aurait pas menti.

Robert frotta son jean de ses gros poings. Une odeur âcre montait de ses aisselles. Il déboutonna sa chemise et jeta sa cravate au bout du canapé. Il resta torse nu, à se gratter la nuque.

Un moment plus tard, il sortit dans le froid, chaussé de ses Crocs, mais toujours torse nu. Sous ses quelques poils longs et noirs, ses tétons devinrent durs comme des bourgeons de bouleau. Direction le garage, l'armoire à fusils. L'arme à la main, il s'apaisa. Il retourna chez lui, dérapa sur la dernière marche et poussa un juron quand la douleur lui foudroya l'épaule.

Il allait montrer à ces petits trolls de Flashback qu'on pouvait faire autre chose que rester le cul sur sa chaise devant son écran à prendre de grands airs. D'ici peu, ils écriraient, excités, tout ce qui s'était passé, ce qu'il avait fait.

Il enfila sa chemise de flanelle et, dans sa hâte, boutonna dimanche avec lundi. Il remonta la fermeture à glissière de son manteau et mit son bonnet en fourrure de renard. Il ne trouva pas ses gants. Suspendit son fusil à l'épaule.

58 – *Vihttalogigávcci*

Appuyée contre la table de la cuisine, *siessá* suivait du regard les allées et venues de sa belle-sœur, qui errait d'une pièce à l'autre. Elle adressa un clin d'œil à Elsa et sourit.

— Elle n'a pas l'habitude de partir en voyage.

En énonçant cette phrase, Elsa fut frappée par sa véracité. Sa mère était celle qui restait toujours. Quand son père et Mattias s'en allaient avec les rennes, quand Elsa était partie étudier, quand *áhkku* avait dû la quitter. Sa mère, les joues écarlates, cherchait son téléphone alors qu'elle le tenait à la main. Ce qui la fit hurler de rire.

— On va boire tellement de vin ! J'ai réservé le spa de l'hôtel et samedi on fera du shopping toute la journée, s'exclama *siessá*, faisant tinter ses clés de voiture.

— Je ne supporte pas trop l'alcool, tu le sais. (Sa mère traîna sa valise hors de la pièce.) Je suis prête. Allons-y.

Elles gloussaient et se bousculaient dans l'entrée en mettant leurs chaussures. Elsa voulait dire à *siessá* que c'était une héroïne. Elle les embrassa toutes les deux.

— Tu vas t'en sortir toute seule ? lui demanda sa mère. Ton père et Mattias devraient bientôt être de retour, mais les clôtures ont été tellement endommagées par les tempêtes…

Elsa secoua la tête en souriant.

— Allez ! Arrête de raconter n'importe quoi.

— Ça me paraît tellement bizarre de partir.

Mais elle ne semblait aucunement triste. *Siessá* leva les yeux au ciel et la poussa vers la porte.

— Nous serons de retour dimanche, bon sang !

Dans la famille, on parlait des visites de plus en plus fréquentes de *siessá* au village. Bien sûr qu'Elsa avait entendu murmurer le mot divorce, mais elle ne voulait pas poser de questions.

Elle les salua de la main quand elles klaxonnèrent trois fois avant de s'engager sur la route du sud, en direction de la ville côtière.

Les poids lourds passaient régulièrement devant chez elle dans un bruit de tonnerre. Hormis cela, le trafic était clairsemé. Silence dedans, silence dehors. Elsa s'allongea sur le canapé du salon et s'enveloppa dans une couverture blanche. Chaque fois qu'elle se trouvait seule, elle était irrémédiablement attirée par le point central de la maison. Enfant, lorsque la mélancolie la gagnait, elle courait voir *áhkku* et *áddjá*. Désormais, il n'y avait rien de mieux que d'avoir la maison pour elle toute seule. Elle lut un peu, somnola, se réveilla sans avoir la moindre idée de l'heure.

Lorsqu'elle entendit un bruit de motoneige, elle s'assit. Son père et Mattias, déjà ? Elle tendit le cou pour voir s'il y avait de la lumière sur le lac, mais le bruit provenait de l'autre côté. Elle se dirigea sur la pointe des pieds vers l'entrée, tira sur la poignée de la porte pour s'assurer que c'était bien fermé, éteignit les lampes. La motoneige – il n'y en avait qu'une – approchait. Alors qu'elle s'attendait à ce que le véhicule change de direction, celui-ci se rapprochait indéniablement.

Elle était là. À demi cachée derrière le rideau de la cuisine, Elsa voyait les phares. La motoneige avançait à toute allure. Parvenue à la dernière bosse qui donnait sur la route, elle allait toujours aussi vite. L'engin projeta de la neige derrière lui, décolla, retomba violemment, fit quelques embardées et s'arrêta sur l'accotement de l'autre côté de la chaussée. Le conducteur chuta et demeura immobile dans la neige. Elsa courut jusqu'au séjour et saisit son portable. Il fallait qu'elle retourne dans la cuisine voir où il était passé, mais c'était comme si elle était attachée au sol, avait pris racine. Ses mains étaient transies de froid, ses pieds engourdis. Le danger semblait respirer tout autour d'elle dans la pièce obscure. Son corps lui faisait faux bond ; elle voulait se rouler en boule sous la table basse et fermer les yeux jusqu'à ce que tout soit terminé. Un gémissement. Il provenait de sa propre gorge. Juste un pas. Un autre. Encore un. Ne pas se faire voir par la fenêtre de la cuisine. Ses ongles griffaient le rebord de la fenêtre, s'agrippaient fébrilement.

Il s'était relevé et boitait sur la route. Dans sa main, un objet oblong. Un fusil ? Cela ne pouvait être que Robert Isaksson et il était en route vers chez eux. Cette prise de conscience la frappa comme un coup de poing dans l'estomac.

Elle recula, heurta la table de la cuisine, tomba à genoux, jeta de côté le tapis Marimekko, ouvrit la trappe et se hâta de descendre les marches abruptes. Le tapis en boule dans un coin de la cuisine ! Il regarderait par la fenêtre et comprendrait qu'elle était dans la cave. Elle était faite comme un rat, acculée.

Elle composa le 112. Elle claquait des dents dans le froid humide. L'odeur de terre lui piquait les narines.

— J'ai besoin d'aide ! Un homme se dirige vers chez moi ! Je crois qu'il est armé.

L'opérateur avait une voix calme, il parlait si lentement qu'Elsa dut l'interrompre et crier le nom du village où il fallait envoyer la police. Lorsqu'elle prononça son nom, sa voix se brisa.

— C'est la première maison quand on vient de la ville.

L'opérateur répéta le nom du village, se trompa dans la prononciation. Lui demanda si elle avait fermé à clé, si elle était seule.

— Vous êtes sûre qu'il a un fusil ?

— Je ne sais pas, ça y ressemble, oui. Je vous en supplie, cette fois il faut que vous veniez !

— Essayez de garder votre sang-froid, j'ai prévenu la patrouille, elle est déjà en route au moment où nous parlons.

— Vous n'avez donc aucune idée des distances ici ? (Sa voix était un cri à demi étouffé.) Envoyez un hélicoptère ! Une voiture n'arrivera jamais à temps. Vous comprenez ?

On tambourina à la porte ; puis à la fenêtre de la cuisine.

Elle murmura entre ses dents serrées :

— Il est ici. Je dois appeler mon père. Vous n'arriverez jamais à temps.

— Ne raccrochez pas…

Ses mains tremblaient violemment lorsqu'elle sélectionna le nom de son père dans son téléphone. Elle perçut les tonalités, mais il ne répondit pas. Au même moment, une voix lui parvint depuis l'extérieur, étouffée, éloignée, mais tout de même si proche que c'en était effrayant.

— Où tu es, connasse de Lapone ?

Le silence se fit, puis des coups furent frappés sur une fenêtre, probablement celle du séjour.

— Je vais t'apprendre à fermer ta gueule !

Elle appela de nouveau son père. Cette fois, il décrocha.

— Qu'est-ce qu'il y a ?

Sa bouche était si sèche que ses lèvres collaient à ses gencives.

— Robert. Il est là…

— *Helveha !*

Il y eut des frottements dans le téléphone, son père courait. Elle pleurait maintenant, assise sur une marche étroite à laquelle elle s'accrochait de toutes ses forces. Au bout du fil, elle entendit une motoneige démarrer et son père dire qu'il arrivait.

— Ne viens pas jusqu'à la maison à motoneige. Il va te tirer dessus.

— Il est armé ? Écoute-moi bien, Elsa. Je dois raccrocher et appeler à l'aide. Éloigne-toi des fenêtres.

— Je suis dans la cave.

Au même instant, une fenêtre se brisa au-dessus de sa tête. Son portable lui tomba des mains, rebondit contre le tapis sur le sol en béton et s'éteignit.

— Putain de Lapons ! De la vermine tous autant que vous êtes ! Qui a tué Petri ?

La voix résonnait juste au-dessus de sa tête. Il bafouillait. Toujours pas de pas à l'intérieur. Elle alluma l'ampoule et jeta un coup d'œil aux étagères, à la recherche d'un objet qui pourrait lui servir d'arme.

Elle envisagea de crier qu'elle avait appelé la police, peut-être que ça l'effraierait, mais quand elle ouvrit la bouche rien n'en sortit.

Le silence se fit, un silence inquiétant. Elle saisit fermement la corde qui pendait à la trappe. Elle s'y suspendrait de tout son poids s'il tentait d'ouvrir. La vieille ficelle lui écorchait les paumes. Le silence et l'attente étaient encore pires que ses vociférations.

Puis un bruit de motoneige. Son père, déjà ? Il allait se faire massacrer. Elle tira plus fort sur la corde, mais elle tremblait et lâcha prise plusieurs fois. Ses doigts étaient comme de la gelée.

Le bruit de motoneige s'estompa et elle s'efforça de rassembler ses pensées. C'était sans doute Robert qui s'en allait. Pourtant, elle était incapable de lâcher la ficelle. Même quand le bruit eut disparu et que le silence se fut installé. Même quand elle entendit deux motoneiges entrer dans la cour. Même quand elle crut distinguer le son de la clé dans la serrure. Lorsque son père cria son nom, elle desserra enfin les doigts.

59 – *Vihttalogiovcci*

Elsa serra son gilet autour de son corps, elle transpirait et grelottait alternativement. Elle n'avait pas touché à la tasse de thé sur la table de la cuisine. Son père faisait les cent pas en marmonnant dans sa barbe.

La police arriva, gyrophare allumé, peut-être qu'il l'avait été depuis la ville. Elsa les imagina doubler tous les autres véhicules à vitesse grand V puis ralentir lorsqu'on les avait avertis qu'il n'y avait plus de danger imminent.

Son père regardait par la fenêtre. La lumière bleue qui balayait les meubles et les murs de la cuisine s'éteignit.

— Ça alors ! Si ce n'est pas Henriksson lui-même ! Accompagné d'un collègue.

Il les accueillit dans l'entrée et revint dans la maison sans dire un mot. Des pas lourds, un crissement, les uniformes, peut-être, et une odeur inconnue emplirent la cuisine.

— Bonjour Elsa. Nous nous sommes déjà rencontrés.

Elle leva les yeux et reconnut, évidemment, les cils quasiment transparents et les yeux pâles.

— Oui, et parlé au téléphone. À propos de cette perquisition qui n'a jamais eu lieu, répondit-elle d'une voix rauque.

Ljungblad se recroquevilla un peu.

— Oui, malheureusement.

— Et maintenant cette même personne me menace.

Henriksson se racla la gorge et Ljungblad fit un pas de côté.

— Bonjour Elsa, c'est terrible ce qui est arrivé. Comment vous sentez-vous ?

Elle haussa les épaules, mais son menton tremblait.

Ljungblad et Henriksson tirèrent des chaises et s'assirent côte à côte face à elle. Le premier avait sorti un petit bloc-notes et le second se pencha en avant.

— Racontez-nous tout depuis le début. Que s'est-il passé ?

— C'était Robert Isaksson.

— Vous en êtes sûre ?

— Oui. Il comptait me tuer.

— A-t-il dit précisément qu'il allait vous tuer ?

— Je crois. Tout est allé si vite. Il a hurlé des obscénités, que je devais apprendre à la fermer, ou quelque chose dans le genre.

— Vous souvenez-vous des mots exacts qu'il a employés ?

— Il m'a traitée de connasse de Lapone, ça, je m'en souviens.

Son père jura.

— Si vous ne vous occupez pas de lui maintenant… (Il s'interrompit.) Eh bien… je ne sais vraiment pas ce que je ferai.

— Restez calme, asseyez-vous, dit Ljungblad.

Il parlait lentement, mais son père ne s'apaisa pas.

— Il aurait pu la tuer.

— Vous l'avez vu ? demanda Henriksson. Reprenez depuis le début, que nous comprenions le déroulé des événements.

— J'étais seule à la maison. J'étais allongée sur le canapé à me reposer quand j'ai entendu la motoneige. Je l'ai vu arriver très vite, la motoneige a décollé par-dessus la route et s'est écrasée au sol. Puis je l'ai vu se diriger vers la maison. Il tenait quelque chose à la main, je suis quasiment sûre que c'était un fusil.

Ljungblad regarda par la fenêtre, mais ne vit que son reflet.

— Il fait très noir dehors. Vous êtes sûre que c'était lui ?

— Sûre et certaine.

— Vous n'entendez pas ce qu'elle dit ? Elle est sûre et certaine ! s'écria son père.

Ljungblad se leva et le conduisit dans le séjour.

— Asseyez-vous ici pendant que nous parlons avec Elsa. Je comprends que vous soyez en colère, mais nous devons tâcher de garder notre sang-froid.

Il se tint sur le seuil jusqu'à ce que son père se soit assis dans le canapé.

— Je suis sûre que vous pourriez suivre les traces de motoneige jusque chez lui, dit Elsa.

— Eh bien, comme nous n'avons pas de motoneige...

Les paumes des mains tournées vers le plafond, Henriksson affichait un air dépité.

— Il n'y a qu'à prendre le nôtre, cria son père depuis le salon.

Est-ce qu'on peut éteindre le plafonnier pour mieux comprendre à quel point il faisait sombre et ce que vous avez pu voir ?

Henriksson fit un geste du menton vers l'interrupteur.

Elsa vit la mâchoire de Ljungblad devenir de pierre.

— Peut-être qu'on devrait essayer de comprendre ce qui s'est passé. Je vois que la vitre de la cuisine est brisée.

Henriksson lui lança un regard étonné ; visiblement il n'avait pas l'habitude qu'un collègue plus jeune prenne les devants.

— Oui, c'est lui qui l'a cassée.

— C'est à ce moment-là qu'il vous a injuriée ? s'enquit Henriksson.

— Oui, et ça me revient : il a aussi parlé de Petri.

— Le vol de renne. L'homme qui a été retrouvé mort à côté de sa voiture et qui avait un renne dans sa remorque, expliqua Ljungblad.

Henriksson foudroya du regard son collègue dont le visage changea de couleur. Elsa, elle, se détendit, ses épaules se relâchèrent. Elle massa son omoplate gauche d'une main glaciale.

— Où vous trouviez-vous ? L'avez-vous vu de près ? insistait Henriksson, mais elle ne regardait que Ljungblad.

— J'étais dans la cave en terre, je l'ai entendu.

— Vous avez reconnu sa voix ?

— Oui.

— Hum. (Henriksson tambourina sur la table.) Nous devons tout de même éteindre pour déterminer ce que vous avez pu voir, reprit-il en se levant.

C'était étrange de se trouver avec deux policiers dans une cuisine plongée dans l'obscurité, mais elle montra du doigt l'endroit où la motoneige s'était renversée sur le bas-côté.

— Vous pouvez aller vérifier, ça se voit sans doute qu'on a roulé sur le talus neigeux.

— Il n'y a pas de lampadaires, et c'est un peu trop loin pour pouvoir distinguer un visage et un fusil. Est-ce qu'il aurait pu avoir une pelle à la main ? (La question d'Henriksson resta suspendue dans l'air.) C'est bon, on peut rallumer.

On entendit un juron provenant du séjour.

— Que vous ne nous croyiez pas quand nous portons plainte pour des rennes tués, c'est une chose, mais que vous mettiez en doute la parole d'Elsa, c'est un scandale !

Henriksson soupira.

— Nils Johan, ça suffit. Ou vous gardez le silence, ou vous attendez dehors. Nous ne remettons pas en question la parole de votre fille. Nous sommes obligés de poser des questions pour préciser ce qui s'est passé.

— Je l'ai reconnu et non, je ne peux pas être sûre à cent pour cent de l'objet qu'il avait avec lui, mais ça pouvait être un fusil.

Elle pensa à Mattias. Comme il aurait été déçu s'il l'avait entendue. Elle avait l'occasion de faire appréhender Robert, elle devrait insister sur le fusil.

Les yeux noirs comme la nuit, Mattias l'avait aidée à sortir de la cave, avait dit qu'il allait faire la peau à Robert. Leur père l'avait traîné jusqu'à sa maison, poussé à l'intérieur, puis il avait claqué la porte.

Les genoux d'Elsa tremblaient et elle avait des crampes d'estomac. Elle aurait voulu s'allonger, s'endormir pour oublier tout ça. Elle essaya de se rappeler la forme de l'objet que brandissait Robert, long et fin. Une pelle, vraiment ?

— Qu'est-ce qu'il aurait bien pu apporter à part ça ? Ça devait être un fusil, affirma-t-elle en regardant Ljungblad. Vous ne pouvez pas juste aller le chercher ? Je vous en prie.

— Croyez-vous que quelqu'un d'autre du village l'ait vu ?

— Notre maison est tout au bout du village, le premier voisin habite assez loin. S'ils n'ont pas vu la motoneige, peut-être que quelqu'un d'autre l'a aperçu entre chez lui et ici.

Elsa s'allongea, son cœur battait contre l'assise dure de la banquette.

— Ça va aller ? Vous voulez un verre d'eau ?

Ljungblad la regarda d'un air inquiet.

— Je suis tellement lasse.

Il prit un verre dans l'égouttoir à vaisselle, le remplit d'eau et le posa sur la table devant elle.

— Robert m'a menacée. Par SMS. Ou plutôt, j'imagine que c'est lui, ils viennent d'un numéro masqué.

— Vous les avez gardés ?

Elle se redressa, avala quelques gorgées d'eau et chercha dans ses SMS jusqu'à retrouver les messages. Ljungblad les lut puis montra l'écran à Henriksson.

— Vous avez porté plainte ? lui demanda-t-il en lui rendant le téléphone.

— Oui, mais pas tout de suite. Je me suis d'abord dit que c'était inutile puisque le numéro était masqué. Puis je l'ai fait quand même.

Elle pensa tout à coup à sa mère. Dans un hôtel avec *siessá*. Ignorant tout de ce qui était arrivé. Son père était revenu dans la cuisine à pas de loup, il prit un carré d'essuie-tout, se moucha dedans.

— Pas question d'appeler *enná*, lui dit Elsa en sami, et il hocha la tête.

Henriksson les regarda.

— Nous allons jeter un coup d'œil aux empreintes dehors, dit-il. Puis nous allons faire un tour chez Robert et je vous tiens au courant.

Il appuya sur le « je » en fixant son collègue.

— Vous allez l'embarquer ou on va devoir veiller toute la nuit ? s'enquit son père.

— Il doit être ivre mort, ce ne serait pas la première fois, répondit Henriksson.

— J'espère seulement qu'il ne vous tirera pas dessus.

Henriksson secoua la tête, afficha un air confiant.

— Pas si je suis là.

Ljungblad posa une main sur l'épaule d'Elsa.

— Vous avez besoin de quelque chose ?

Les larmes lui montaient aux yeux.

— Juste que vous arrêtiez Robert et que vous le mettiez derrière les barreaux.

60 – *Guhttalogi*

Dans la maison, ça puait la vieille éponge et le poisson qui traînait depuis trop longtemps dans la poubelle. Les canettes de bière étaient alignées sur le plan de travail et sur la table du salon. Dans la cour, Raija aboyait agressivement.

Robert les laissa cogner un bon bout de temps à la porte avant d'ouvrir, arborant un sous-pantalon et un vieux tee-shirt à imprimé effrité.

— Ça alors, vous voilà enfin, fit-il en s'efforçant de ne pas bafouiller. Voyez-vous ça, Henriksson en personne !

Il avait les cheveux humides au niveau du front et autour des oreilles. Il s'était aspergé d'eau glacée en entendant la voiture entrer dans la cour.

— Ah, tu nous attendais ? répondit Henriksson en jetant un regard circulaire. Pourtant nous avons dû frapper plusieurs fois.

— Bien sûr, vous êtes là pour me poser des questions à propos de Petri ? Il n'est pas mort de cause naturelle, je peux vous le garantir !

Robert sentit ses entrailles se retourner, la nausée lui donnait des sueurs froides.

Il vit le blanc-bec lever légèrement les sourcils tandis qu'Henriksson faisait un tour dans la cuisine et le séjour. Il bombait le torse, comme ils le faisaient au service militaire. Robert eut envie de lui ordonner de se mettre au garde-à-vous. Ce qui le fit sourire intérieurement.

— Où étais-tu ces deux dernières heures ?

— Ici, bien sûr. Je suis allé à l'enterrement, puis j'ai bu quelques bières.

Ni Henriksson ni le blanc-bec ne s'assirent, il ne leur proposa pas de chaise, mais au bout d'un moment Robert dut se laisser tomber sur le tabouret devant la cuisinière. Il essuya la sueur de son front et tenta de regarder droit devant lui.

— Peut-on imaginer que tu sois fâché de la mort de Petri au point d'aller menacer des gens ?

— Comme vous le voyez, je ne suis pas en état de conduire.

Il eut une longue quinte de toux rauque. Il gagnait du temps. Il se leva et cracha dans l'évier. Il resta debout, les paumes humides contre l'aluminium froid.

— Est-ce que vous avez un fusil ? demanda le blanc-bec.

Robert éclata d'un rire sonore qui le fit tousser à nouveau.

— Bien sûr, qu'est-ce que vous croyez, nom de Dieu ? Y a-t-il une seule personne dans le village qui n'en a pas ? Nous chassons, voyez-vous. Henriksson, qui t'a déniché un partenaire pareil ?

Henriksson s'avança vers lui et attendit que leurs yeux se croisent.

— Une personne nous a dit que tu es arrivé chez elle à motoneige. Que tu l'as menacée avec un fusil et brisé une vitre.

— Regardez-moi. Vous pensez vraiment que je peux conduire ?

Robert écarta les bras et fit un pas de côté pour ne pas tomber. Il s'accrocha à nouveau au plan de travail et sourit, conscient que ça ressemblait davantage à une grimace.

— Nous voudrions voir ta motoneige.

— Elle est en réparation.

— Le fusil alors, fit Henriksson.

Robert soupira et indiqua du menton la porte d'entrée.

Raija remuait, visiblement agitée, lorsqu'ils sortirent. Sa chaîne cliquetait. En chemin vers le garage, Ljungblad aperçut des traces dans la cour.

— On dirait qu'une motoneige est passée par là.

— Bien sûr. Les gens passent par ici toute la journée. C'est un raccourci vers un bon spot de pêche.

Le blanc-bec ne lâchait pas le morceau, il suivit les traces, contourna la maison et marcha jusqu'aux sapins. La lumière de sa lampe torche balayait la neige.

Robert frissonna dans le froid, tira sur son sous-pantalon.

— Il y a aussi des traces de pas, dit le blanc-bec de loin.

— Ah bon ? Aucune idée.

— Donc vous n'êtes pas monté dans les bois à motoneige et redescendu en courant ?

Robert secoua la tête et se dirigea en chancelant vers le garage. Henriksson lui emboîta le pas. Robert lui montra que l'armoire était bien fermée, puis l'ouvrit, sans sortir le fusil. Celui de son père était caché sous la bâche au coin du garage. Il s'efforça de ne pas regarder dans cette direction, tout en contenant ses haut le cœur.

Henriksson jeta un regard circulaire, la mine dégoûtée.

— Alors comme ça c'était ton père qui mettait de l'ordre.

Robert décida qu'il valait mieux ne pas répondre.

— À qui as-tu confié la motoneige ? À quel garage ?

— Je n'ai pas les moyens de payer un pro. C'est un pote qui la répare.

— Ah oui ? Et comment s'appelle-t-il ?

Robert prit son temps pour refermer l'armoire.

— Il est à Lainio.

— Nom ?

— Joel Pettersson.

— Téléphone ?

— Je ne le connais pas par cœur, je dois aller chercher mon portable.

Ljungblad entra, balaya du regard le garage et s'arrêta sur le grand congélateur blanc qui était vide depuis qu'il était tombé en panne des mois auparavant. « Jette un coup d'œil dedans, connard », pensa Robert.

— Quelqu'un peut confirmer que vous étiez chez vous au cours des deux dernières heures ?

— Dieu.

Ljungblad soupira bruyamment et le dévisagea d'un air las.

— Allons chercher le numéro de ton ami, dit Henriksson. Il paraît que sa motoneige est à Lainio, expliqua-t-il à son collègue d'une voix qui déplut à Robert.

Une fois dans la maison, Robert chercha son portable entre les coussins du canapé. De la poussière et du gravier se logèrent sous ses ongles.

— Tu l'as déniché ? demanda Henriksson qui se trouvait soudain derrière lui.

Il chercha dans ses contacts et leur donna le numéro de Joel.

Ljungblad renifla théâtralement, comme un satané chien de chasse.

— Vous sentez les gaz d'échappement de motoneige.

— Vous êtes d'où, déjà ? Vous n'êtes pas habitué aux motoneiges, hein ? Ce n'est pas moi, c'est le pantalon là. Ça s'incruste dans le tissu.

Il montra du doigt un pantalon de travail noir pendu au dossier d'une chaise.

— Je peux voir vos chaussures ?

Robert ouvrit la main, paume vers le ciel, pour leur indiquer de se diriger vers l'entrée. Il avait jeté ses grosses chaussures sous le banc le plus bas du sauna, mais il ne laisserait personne y entrer sans mandat de perquisition.

Ljungblad tourna et retourna les chaussures, les prit en photo avec son portable.

— Alors vous n'avez menacé personne dans le village voisin ?

Les yeux de Robert pétillèrent.

— Il n'y a qu'à voir combien de fois j'ai été accusé à tort. Vous êtes déjà venu ici, fit-il en indiquant Ljungblad d'un air réjoui. Et ça n'a rien donné. Les Lapons ont prétendu qu'il y avait des traces de sang jusque chez moi. Je devrais peut-être porter plainte. Pour dénonciations calomnieuses.

Il se redressa, leva le menton.

— J'ai été sympa de vous laisser entrer, mais je crois qu'on en a fini. D'ailleurs j'ai envie de pisser.

— On en reparlera, dit Henriksson en lui décochant une claque sur l'épaule au lieu de lui serrer la main.

— Faites, faites. Surtout quand vous aurez arrêté l'assassin de Petri.

— Lâche cette idée, Robert. Personne ne l'a tué, dit Henriksson, d'une voix soudain plus tranchante. Si tu cherches à te venger, tu peux arrêter tout de suite.

Robert l'ignora et dévisagea Ljungblad.

— C'est vous qui avez des racines samies, non ?

— Pas du tout, et quel serait le rapport ?

— Non, rien, simple curiosité.

Henriksson laissa Ljungblad sortir en premier et se tourna vers Robert.

— J'espère que personne du village ne t'a vu à motoneige. Sinon ça voudrait dire que tu nous as menti. Je ne voudrais pas être obligé de revenir te cueillir.

61 – *Guhttalogiokta*

Hanna vit la voiture de police entrer dans la cour et se passa un coup de brosse. Elsa avait appelé pour dire que la police allait sans doute venir. Elle ouvrit avant qu'ils frappent et ils restèrent dans le vestibule. Elle ne voulait pas les inviter dans la maison. Elsa savait déjà que Hanna n'avait pas vu la motoneige. À présent, il fallait le répéter aux policiers. Oui, elle avait entendu une motoneige, mais c'était habituel, on ne se levait pas à chaque fois pour regarder par la fenêtre. Sauf dans les cas où Jon-Isak était parti faire une virée, alors elle pouvait ouvrir le rideau quelquefois pour s'assurer qu'il ne traversait pas le lac pour disparaître de son champ de vision. Elle avait un peu de jugeote, tout de même.

— Alors, vous n'avez pas vu passer quelqu'un devant chez vous à motoneige ? demanda le plus âgé des policiers.

Il la dévisageait, ce qui la mettait mal à l'aise.

— Non. Elsa est la seule à l'avoir vu ?

— Oui, la seule. Nous avons fait du porte-à-porte dans les maisons devant lesquelles il a dû passer, mais personne n'a rien vu. Un homme dans la maison blanche… (le plus jeune des deux policiers feuilleta un carnet) a dit qu'il avait vu une motoneige, mais alors sa femme a dit qu'il avait l'habitude de se mélanger les pinceaux et qu'ils n'avaient rien vu du tout.

Hanna hocha lentement la tête.

— Vous comprenez que la seule solution, c'est de prendre Robert Isaksson en flagrant délit. Il faut que vous veniez plus souvent.

— Oui, nous avons déjà entendu ça plusieurs fois. Mais vous pouvez aussi nous aider en livrant un témoignage, rétorqua le plus âgé d'un ton assez sec.

— J'aurais témoigné sans problème, croyez-moi, mais malheureusement je n'ai pas regardé dehors quand la motoneige est passée. Les autres n'osent pas. Ce sont des petits villages, on ne veut pas porter préjudice à son voisin.

— Quelles sont les rumeurs qui circulent dans le village actuellement, qui expliquent ce qui aurait pu se passer ?

— Elsa n'invente rien, je vous le garantis. (À présent, Hanna haussait le ton.) Cela fait longtemps qu'on la menace. On a rayé sa voiture, on lui a envoyé des SMS horribles. Et maintenant ce taré croit qu'on a tué son copain. Certains vont même jusqu'à dire que ce serait mon mari, parce que c'est lui qui a identifié le renne pour le compte du sameby.

Elle se tut et dut soudain s'appuyer sur le cadre de la porte. Robert aurait aussi bien pu entrer dans leur cour à la recherche d'Ante. Il aurait pu lui tirer dessus. Ou sur Jon-Isak. Ils fermaient rarement la porte à clé. Hormis la nuit.

— Il est dangereux, vraiment dangereux, marmonna-t-elle.

— Hélas, sans témoins on ne peut pas faire grand-chose.

— Et lui, qu'est-ce qu'il dit ?

— On ne peut pas en parler. Mais pour l'instant c'est parole contre parole, c'est pour ça qu'on a besoin de témoins.

— Alors il va s'en tirer, une fois de plus.

La voiture de police partie, Hanna resta sur la chaise de la cuisine la plus proche de la fenêtre. Durant un long moment, elle fixa l'obscurité. Elle écrivit un SMS à Elsa pour lui demander comment elle allait, celle-ci lui répondit par un « ça va ». Elle envoya le SMS suivant à Jon Isak pour lui demander si son père et lui avaient passé une bonne journée dans la cabane, là-haut. Son fils lui répondit gentiment et termina comme toujours par un cœur. Elle lui en envoya trois en retour.

62 – *Guhttalogiguokte*

Elsa se réveillait chaque nuit, en sueur, parfois au bord des larmes. Désormais, ils avaient tous le sommeil léger. Elle entendait les pas de son père bien après minuit et Mattias n'éteignait parfois pas du tout. La lumière filtrait à travers les stores baissés. Ils verrouillaient toutes les portes et les remises, et installèrent même un cadenas au fumoir.

Une nuit, une voiture était passée devant la maison en klaxonnant, un son interminable et perçant. Elle avait couru jusqu'à la fenêtre, mais la neige l'empêchait de distinguer le véhicule, elle ne vit que deux points rouges qui disparurent rapidement.

Le jour, elle bouillait de rage, serrait les dents si fort qu'elle en avait mal à la mâchoire. Mais la nuit, la peur transpirait, la réveillait, le front glacé et la frange humide.

Ljungblad l'appela pour lui dire qu'il avait vérifié les informations.

— Sa motoneige est à Lainio. Et les chaussures dans l'entrée ne correspondaient pas aux traces de pas devant la maison. D'ailleurs, les chaussures de Robert faisaient une taille de moins.

— Vous n'imaginez pas qu'il puisse avoir plus d'une paire de chaussures ? fit-elle d'un ton sarcastique.

Ljungblad soupira à l'autre bout du fil.

— C'est compliqué quand c'est parole contre parole et qu'on ne dispose pas d'éléments techniques.

— Que dois-je faire maintenant, selon vous ?

— Je comprends votre inquiétude. J'aurais aimé vous apporter une meilleure nouvelle. Appelez-nous s'il se passe autre chose.

— Je ne dors pas plus de trois heures par nuit, ça fait une semaine que ça dure.

— Je ne lâcherai pas, Elsa. Qui sait, peut-être qu'un témoin osera nous contacter ?

Elle hésita, mais remercia tout de même le policier avant de raccrocher. C'était la première fois qu'un agent prenait leur situation à ce point au sérieux.

La porte de l'armoire était entrouverte, elle réfléchit un instant. Elle ouvrit les tiroirs contenant les vieux manuels scolaires qu'elle aurait dû jeter et sortit les jeux de société qu'elle avait réussi à conserver quand sa mère avait trié la remise. Enfant, le cluedo était son préféré. Elle ouvrit le couvercle, souleva le plateau de jeu, sortit le sachet transparent contenant les minuscules armes du crime : la corde, le poignard, le révolver, la barre de fer, la clé anglaise et le chandelier. Mais aussi le morceau d'oreille.

63 – *Guhttalogigolbma*

L'arrêté publié dans le journal local gratuit était concis, mais n'avait échappé à personne. « Interdiction de se déplacer à motoneige dans la zone de pâturage des rennes, car les femelles gestantes ont besoin de calme. » Juste au moment des congés pascaux. C'était comme si on avait lâché une bombe sur la commune. Tous les printemps, c'était la même rengaine.

Elsa était à la station-service, dans sa voiture. À la radio, les gens exaspérés disaient qu'on leur gâchait les vacances de Pâques. Elle serra le volant entre ses doigts, s'efforçant d'écouter la suite.

Le conseiller municipal se ralliait au concert de critiques.

— Les animaux ne valent pas mieux que les hommes, et pour nous, ici, se promener dans la nature est quelque chose de sacro-saint. D'ailleurs, la question va au-delà de l'interdiction des motoneiges, il est discriminant que tous les Samis n'aient pas le droit d'élever des rennes, n'aient pas ce droit à la terre. En somme, on a décidé que certains Samis valent mieux que d'autres et qu'ils doivent décider de l'accès ou non de tous à la nature.

Elsa frappa le volant de ses mains ouvertes.

— Et qui a divisé les Samis et leurs droits à l'époque ? Pas nous ! C'était l'État ! Et il ne s'agit pas d'opposer les animaux aux hommes !

Les hommes massés auprès du kiosque se tournèrent vers elle. Peut-être avait-elle crié si fort qu'ils l'avaient entendue. Ou bien elle avait l'air complètement folle, tout simplement. Elsa les foudroya du regard.

Elle était dégoûtée par le ton condescendant adopté par le conseiller municipal. Il savait fort bien qu'il apportait de l'eau au moulin de ceux qui étaient déjà remontés. Il attisait la haine et divisait la population.

— J'ai fait ce que j'ai pu et nous avons fait appel de la décision, je veux que les habitants de la commune le sachent. Je partage la colère de toutes les personnes affectées.

Elsa sortit son portable et chercha le post Facebook consacré à l'interdiction des motoneiges, où les commentaires continuaient à affluer.

« Je ne vais pas laisser un petit groupe de Lapons me gâcher mon week-end de Pâques. Écrasez-les, ces putain de rennes ! »

« Comment est-ce qu'on peut qualifier ces connards de gitans des montagnes de “seul peuple indigène d'Europe” ? Ils nous rabâchent qu'ils doivent pouvoir respecter l'élevage traditionnel pour ensuite surveiller leur troupeau en pétaradant, à motoneige ou en quatre-quatre ! »

Elle dut relire plusieurs fois le dernier commentaire :

« Si nous vivons dans cette région, c'est pour une seule et même raison : nous voulons sortir en forêt, profiter des grands espaces les jours où nous ne bossons pas à la mine ou ailleurs. On doit déjà les supporter au travail et en plus ils nous empêchent d'aller où on veut. S'ils veulent ces droits, ils n'ont qu'à subvenir à leurs besoins grâce à la forêt et aux rennes, pas bosser à la mine et narguer la société en profitant des allocations. Une seule solution : tirer sur tout ce qui bouge ! Pas de rennes = pas de droits. »

Elle fit une capture d'écran et l'envoya à Minna. Elle sentait la présence de Lasse si fort qu'elle dut fermer les yeux. Lors de ses dernières semaines à la mine, qu'avait-il bien pu entendre ?

Elle descendit de la voiture, ouvrit le réservoir d'essence et y inséra le pistolet. Près du guichet, les hommes parlaient délibérément fort.

— Leurs putain de rennes sont apprivoisés, ils sont habitués aux motoneiges.

Elle appuya le dos contre la voiture, les bras croisés, le regard posé sur eux. Le compteur tournait, le réservoir se remplissait. Le toit au-dessus des pompes gouttait dans les flaques d'eau. « Vous croyez vraiment qu'on veut subir cette haine chaque année ? voulait-elle leur crier. On cherche juste à protéger nos bêtes. » La poignée émit un cliquetis, elle laissa les dernières gouttes couler et revissa le couvercle du réservoir, gardant la tête haute.

Elle s'assit dans la voiture et fit vrombir le moteur. Les villageois la dévisagèrent. Il serait tellement facile de les écraser. Elle releva la pédale d'embrayage, projetant neige et gravier. Dans le rétroviseur, elle vit un des hommes la menacer du poing. Ils se déplacèrent, se rassemblèrent, grimacèrent comme des loups.

— On devrait avoir le droit de chasser le renne, comme l'élan.

Daniel avait les épaules larges, presque comme un adulte.

Il avait prononcé la phrase avec nonchalance, d'une voix forte, en dépassant Elsa dans le couloir. Elle vit les plus jeunes enfants se coller aux murs et baisser les yeux. Jon-Isak était l'un d'entre eux. Daniel le bouscula en passant à côté de lui et il dut se rattraper au mur. Elsa ouvrit la bouche pour protester, mais Jon-Isak lui décocha un regard si noir qu'elle s'arrêta.

Daniel fit volte-face et cria :

— Je vais écrabouiller tous vos rennes de merde pendant le week-end de Pâques. On a exactement les mêmes droits à la terre que vous !

Sa remarque fit glousser sa petite cour constituée d'adolescents boutonneux. Elsa croisa le regard de l'un d'entre eux. Elle connaissait ses racines. Le sourire du garçon se figea, puis il détourna le regard. C'étaient peut-être eux les plus à plaindre. Ceux qui vivaient dans le déni.

Jon-Isak la doubla en courant, mais elle eut le temps de voir ses yeux briller.

« Ce n'est pas tenable, songea-t-elle. Il faut que ça cesse. » Elle connaissait bien Daniel, savait à quelle famille il appartenait. C'était le problème. Tout le monde savait tout sur tout le monde. Il n'y avait pas d'issue.

L'article du journal local était épinglé au tableau d'affichage du couloir menant au réfectoire. On y avait écrit en lettres irrégulières : *Un bon Lapon est un Lapon mort.*

Elle arracha le papier et le roula en boule. Puis l'aplatit. Il fallait montrer ça à la directrice. L'expression consacrée était : « Un Lapon mort est un bon Lapon. » L'ordre des mots était inversé. Qu'importe. Le message était clair.

L'atmosphère était tendue dans la salle des maîtres que partageaient l'école municipale et l'école samie. Tous disaient se battre pour la même cause : souder les enfants et mettre fin aux conflits. La directrice entra en coup de vent, faisant claquer ses talons. Originaire du Sud, Olivia ne possédait pas les mêmes codes et passait toujours à côté des nuances de ce qui était dit. Elle ne se rendait pas compte quand une personne en insultait une autre. Elle marchait souvent très vite pour éviter d'être alpaguée, mais Elsa la saisit par le bras et ne lâcha pas. Olivia la dévisagea avec étonnement.

— J'ai trouvé ça sur le tableau d'affichage.

La directrice chaussa ses lunettes de lecture – des lunettes de marque, onéreuses, qui pendaient autour de son cou. Elle fronça les sourcils et hocha la tête.

— Je m'en occupe.

— Comment ?

— Je gère ça, Elsa.

Ce qui signifiait qu'un mail peu convaincu allait être envoyé à tous les parents. Auquel quelques-uns répondraient. Ceux qui n'appréciaient pas que leur enfant bien élevé subisse les punitions collectives alors qu'il n'avait rien fait. Et ceux qui sentaient un coup dans la poitrine et se demandaient s'ils ne devraient pas tout envoyer balader, déménager en ville et recommencer. Ils écrivaient parfois, exigeaient des mesures, mais la haine ne venait pas des enfants, alors que faire ?

Elsa avait cours avec les CP aujourd'hui. Avec eux, il y avait encore de l'espoir. Ils étaient trop petits pour répéter ce qu'ils entendaient à la maison. Au contraire, ils faisaient montre d'une telle obsession pour l'équité, d'une telle empathie, qu'elle aurait voulu les enfermer et les conserver ainsi pour l'éternité.

Des hurlements dans le couloir lui firent sortir la tête par la porte. Les enseignants plus chevronnés attendaient que les décibels montent encore plus haut.

Jon-Isak, le visage empourpré, hurlait :

— Ton père n'est qu'un vieux poivrot. Il conduit sa motoneige même bourré !

Il s'enfuit en courant, laissant derrière lui un garçon tout aussi écarlate, Liam. Les larmes lui montaient aux yeux.

— Il est toujours tellement méchant, articula-t-il entre ses dents serrées.

Elsa passa un bras autour de ses épaules. Elle savait que les insultes fusaient dans les deux camps. Les bruits de talons de la directrice disparurent au fond du couloir, on aurait presque dit qu'elle partait en courant.

Ce n'était pas toujours comme ça, ça venait par vagues. C'est ce que constataient les enseignants permanents. Pourtant les conflits s'envenimaient à cette période de l'année, inévitablement, quand les pères tapaient du poing sur la table en lisant le journal local.

Ils en oubliaient leurs enfants. Eux qui se trouvaient devant le précipice vers une nouvelle vie. Oui, Elsa le voyait ainsi, comme un abîme qu'ils devaient choisir de survoler ou non. Elle savait bien que Daniel, le garçon trapu, était en échec scolaire. Il n'irait pas au lycée. Que fait-on, à seize ans, avec un avenir flou, duquel on n'a rien à espérer ?

Et que dire des adolescents qui hésitaient à se lancer dans la renniculture, refusant d'incarner la dernière génération d'éleveurs avant que « tout foute vraiment le camp ». Ils se voyaient contraints de rejeter l'héritage familial, par peur.

Elsa soupira et confia un Liam toujours en larmes à son enseignant. Elle marcha lentement dans les couloirs, ouvrit la porte des toilettes, jeta un coup d'œil dans la salle de loisirs qui abritait une table de ping-pong. En passant devant la rangée de fenêtres qui donnait sur le parking, elle se figea et recula. Quelque chose bougeait au milieu des voitures. Jon-Isak. Il revint en courant, monta les marches deux par deux et entra dans le bâtiment. Elle le laissa partir, regarda les voitures. Elle ne voulait pas aller voir, mais se fit violence.

Oui, il y avait bien une nouvelle rayure, plus longue et plus profonde, qui barrait la portière de sa voiture, côté passager. Elle laissa l'index courir le long du sillon blanc.

64 – *Guhttaloginjeallje*

Ils allaient séparer les mâles et les faons de l'année précédente des femelles gravides. Il restait un bon mois avant la mise bas en *miessemánnu*, en mai, mais le temps était venu de les dissocier. Les mâles et les faons pouvaient tuer les nouveau-nés à coups de pied.

Elsa ferma les yeux. Les claquements des pattes arrière des rennes l'emplirent de souvenirs d'un temps où elle était encore innocente. Lorsqu'elle ne voyait pas l'inquiétude de ses parents et que son grand-père avait encore la force de passer du temps en forêt.

Elle retrouva cette sensation de lâcher-prise total, l'impression de s'inscrire dans quelque chose de plus grand qu'elle. Lorsque la vie des bêtes orientait la leur, dans le sens positif du terme. Lorsque tout n'était qu'odeur, sentiment d'appartenance à une communauté. L'impatience lui donnait des papillons dans le ventre.

Tout avait changé peu après la découverte du corps de Nástegallu. Quand les adultes n'avaient plus été capables de lui cacher la réalité brutale, quand elle avait appris à voir que leurs sourires étaient feints. Le silence s'était installé, petit à petit, entre ses parents, s'était glissé entre eux comme le brouillard d'automne, s'était posé sur eux comme une couverture menaçante. Eux seuls savaient ce qui reposait dessous. Et les larmes de sa mère ! Elsa n'avait jamais osé poser de questions, elle s'était contentée de les accepter. Plus sa mère pleurait, moins son père parlait. Elle n'avait pas souvenir de les avoir vus se toucher, se serrer dans les bras. Jamais son père n'allait la voir quand elle était triste. Quand il partait avec les rennes pendant de longues périodes, sa mère ne pleurait plus aussi souvent et Elsa aurait voulu le lui dire quand il rentrait, au cas où il se serait inquiété pour elle, mais elle avait peur que ce soit mal interprété.

Elsa soupira, agacée par sa propension à broyer du noir. Elle contempla le ciel, les petits nuages passaient, le soleil chauffait. Leur chienne Virggo bondissait autour d'elle, essayant d'attirer son attention, pressant son pelage chaud contre sa jambe. Jamais ils n'avaient eu meilleur *boazobeana*, comme on appelait les chiens de troupeau de rennes. Elle était toujours pleine d'énergie, même après avoir aidé à déplacer le troupeau. La chienne cherchait à être occupée et les caresses assidues à la tête et à la nuque ne suffisaient pas à la calmer.

Le chemin forestier était boueux, les profondes flaques d'eau avaient dessiné de grandes giclées grises sur les ailes des voitures. Elsa sauta agilement par-dessus les plus gros trous pour aller chercher son lasso. Elle était la seule femme aujourd'hui. Cela s'annonçait éprouvant. Les mâles pesaient près de quatre-vingt-dix ou cent kilos. Elle ne pensait qu'aux petits – c'était sans doute ce qu'on attendait d'elle.

Plusieurs de ses cousins étaient venus avec leurs enfants qui, accrochés à la clôture, indiquaient avec excitation les faons de l'année précédente qu'ils reconnaissaient comme les leurs. Ils voulaient entrer. On les y autorisa. Les rennes nourris de la main de l'homme n'étaient pas farouches et se laissaient approcher par les enfants. Les plus jeunes suivaient, hésitants, leurs frères ou sœurs aînés, ou leurs cousins qui avaient déjà de l'expérience. Les petits n'avaient pas peur malgré les bois pointus. Ils caressaient ce qu'ils parvenaient à atteindre. Deux mâles se cabrèrent et commencèrent à s'affronter, sabot contre sabot. Dès que Mattias haussa la voix, ils s'apaisèrent. Les enfants ne se laissaient pas impressionner par ces duels. Ils reculaient de quelques mètres puis, à peine le combat terminé, ils s'avançaient de nouveau, fiers.

— On commence ? cria Elsa, et Mattias acquiesça.

Les enfants étaient toujours là quand le tri débuta. Personne ne doit être de trop dans un enclos, c'est ce qu'Elsa avait entendu dire plusieurs fois. Visiblement, certains n'avaient rien à y faire. Ceux qui regrettaient de ne pas avoir pris au sérieux leurs origines et qui voulaient en être, qui se déplaçaient avec des mouvements saccadés dans l'enclos, feignant de connaître la marche à suivre. Il était rare qu'ils la maîtrisent, mais ça faisait de belles photos sur Instagram. Pour éviter de les avoir là, à déambuler sans but au milieu des cervidés, on les envoyait se poster près du portail par lequel étaient relâchés l'un après l'autre les mâles et les faons. Elsa ne voulait pas les dénigrer, elle ne l'avait jamais fait. Elle se disait qu'ils avaient certainement une part de souffrance en eux. Ça ne devait pas être évident de choisir une autre voie, il y a tant de décisions qu'on ne prend pas librement. Mais qu'ils ne viennent pas ici faire semblant ! Non, ils se devaient de rester humbles lorsqu'ils étaient invités à participer à quelque chose dont ils ne comprenaient pas la portée.

— Regarde, il a survécu, dit-elle à Mattias en montrant du doigt un faon né l'an passé, un *čearpmat*, au sujet duquel ils étaient inquiets.

— Oui, heureusement. Cette année, ça s'annonce bien.

Ils allaient bientôt commencer, et pourtant l'atmosphère était insouciante, détendue.

— Alors tu remplaces Nils Johan, dit Olle.

— Il est en route aussi.

Elsa eut l'impression de prendre trop de place. La voix d'Olle n'était pas antipathique, il ne semblait pas en colère, mais quelque chose dans ses gestes rendait cela manifeste. Il penchait la tête en arrière, ne la regardait pas dans les yeux. Qu'elle soit heureuse d'être là était secondaire.

Elle tourna les talons et s'approcha des cousins de son père, plaisanta avec eux et, oui, elle vit l'une ou l'autre moustache s'étirer dans un sourire. Elle était parfaitement capable d'employer un langage de charretier s'il le fallait. Mais pas question de chercher à les faire rire à tout prix.

— Tu as vu ? Elle a fait une fausse couche.

Elsa pointa de nouveau le doigt et Mattias s'approcha pour regarder la femelle. Le placenta pendait à l'extérieur, rouge et mou, se cognant à ses pattes.

— Elle n'avait pas envie de garder son faon ?

La fille d'un de ses cousins, Elle-Karin, une blondinette à taches de rousseur, s'était approchée d'Elsa et observait la bête avec curiosité.

— Peut-être qu'elle a eu peur de quelque chose. Il arrive souvent que les jeunes femelles perdent leur faon si elles ressentent une grande frayeur.

Elsa se retint de dire que la bête n'était peut-être pas faite pour avoir des petits et que, le cas échéant, elle finirait à l'abattoir. Elle prit conscience qu'elle agissait comme ses parents, protégeait la fillette. Mais la nature a sa manière de trouver des solutions à certaines choses, ce n'est pas plus étonnant que ça.

— Elle aura un autre faon l'an prochain, affirma Elle-Karin, sûre d'elle.

Elsa avait repéré un faon d'un an. Elle lança son lasso, l'attrapa, tira vite et avec méthode, cherchant à atténuer autant que possible le désagrément pour l'animal. Il ne pesait pas plus de trente kilos, mais il résistait, incapable de comprendre ce qu'on lui voulait. Il n'était pas prêt à quitter sa mère. Certains restaient dans leurs pattes plus longtemps que nécessaire. Mais il fallait laisser la place aux suivants.

Prenant appui sur ses deux jambes, elle tira le faon vers la sortie, reçut l'aide de l'homme en charge d'ouvrir le portail, et l'animal s'échappa, libre.

— Tu ne veux pas plutôt rester à l'entrée ? suggéra Olle en passant. On est déjà trop nombreux.

Feignant de ne pas l'avoir entendu, elle marcha d'un pas décidé parmi les rennes. Son lasso était prêt. Elle jeta son dévolu sur un adulte d'une cinquantaine ou soixantaine de kilos. Elle lança le lasso, attrapa l'animal et la secousse faillit lui déboîter l'épaule. Elle planta les talons dans le sol, mais dérapa sur une plaque de neige auquel le soleil ne s'était pas encore attaqué. C'était plus facile sans neige. Le renne fit un saut de côté et donna des coups de tête pour se débarrasser du lasso. Elsa tira, mais il tirait plus fort. Mattias la rejoignit, ils tirèrent ensemble et il sourit, secoua la tête. Elle aurait préféré se passer de son aide, mais ç'aurait été encore pire de se retrouver les quatre fers en l'air.

— Il faut toujours que tu fasses la maligne, dit-il une fois qu'ils eurent relâché l'animal.

— J'ai été à bonne école.

— Si tu parles de moi, tu es loin d'égaler ton maître.

Ils se sourirent. Elsa voulait tellement plus. Elle voulait parler de Jon-Isak. De sa peur de Robert. Mais elle n'osa pas. Une fois de plus.

TROISIÈME PARTIE

Giđđageassi, pré-été 2019

65 – *Guhttalogivihtta*

Giđđa devint *giđđageassi*, le printemps devint pré-été. Jadis, on entendait de grands fracas lorsque les plaques de glace couvrant la rivière se détachaient de la berge, mais la fonte des glaces, ce n'était plus ça. La glace lâchait avec indolence, sans résistance aucune. À présent, la rivière était ouverte et les feuilles des bouleaux s'étaient prudemment développées. Avec un peu de chance, les moustiques n'arriveraient pas avant la Saint-Jean.

Elsa détachait les ballons ratatinés, bleus, verts, jaunes et rouges, qui pendaient encore devant les écoles, souvenirs d'une fête de fin d'année marquée par des températures bien trop basses. Les enfants avaient maintenant recouvré leur liberté. Plus personne ne les forçait à prendre parti dans des conflits séculaires. Les élèves de troisième avaient désormais tout l'été pour s'habituer à l'idée de quitter le domicile familial et commencer le lycée en ville. Comme d'habitude, certains ne s'y résoudraient pas, ils resteraient au village, ou bien y reviendraient au bout de quelques mois. Ils feraient peut-être une nouvelle tentative l'année suivante. Ou pas.

Sa jupe noire voletait autour de ses genoux piquetés de chair de poule à cause du vent froid. Les effluves de l'été ne flottaient pas encore dans l'air.

La fin du mois de mai avait été terrible, comme d'habitude. On ne pouvait plus se déplacer à motoneige, la rivière était trop haute pour pêcher et, tandis que toute la Suède semblait verdir, la neige leur avait de nouveau rendu visite.

Ils avaient vu fondre la neige d'hiver, les brins d'herbe se dresser, optimistes. Le thermomètre avait grimpé, de manière inespérée, dépassant les dix-huit degrés pendant quelques jours, pour ensuite s'effondrer jusqu'à quelques petits degrés. À présent il faisait autour de quinze, mais les vents glacés du Nord les remettaient tous à leur place.

Cependant *miessemánnu* était aussi leur meilleur mois, celui de la mise bas. C'était le début de l'année pour la renniculture. En mai, tout recommençait, et avec les faons venait l'espoir d'une bonne saison. Elsa était toujours émue quand elle assistait à la naissance des petits rennes. Ils restaient à terre un instant, bouleversés, et pourtant, comme ils se levaient vite sur leurs jambes chancelantes, comme ils apprenaient vite à reconnaître le *ruovgat*, le grognement de leur mère !

Elsa jeta un coup d'œil au parking : il n'y avait que sa voiture. Quand la directrice l'avait appelée pour lui demander si elle pouvait aller faire un peu de ménage à l'école, elle avait hésité. Mais une fois dans sa voiture, elle avait pris de l'assurance. Elle pouvait toujours fermer le portail à clé. Pourtant elle ne put s'empêcher de regarder tout autour d'elle avant de verrouiller la porte. Sa famille savait qu'elle ne sortait pas inutilement, et de préférence pas toute seule. Elle souffrait de savoir qu'il avait pris le dessus. Parfois elle montait dans sa voiture et roulait jusqu'en ville pour éprouver sa liberté. Elle appelait ses amis du lycée, les voyait autour d'un café. Elle ne leur parlait jamais de Robert. En ville, elle était une autre. C'est peut-être ça que Lasse était venu chercher, se dit-elle. Cet intervalle dans lequel il avait le droit d'être un autre.

Elle creva les ballons qui se vidèrent lentement de leur air. Elle fit le tour de la salle des maîtres et arrosa les fleurs flétries. Elle sortit quelques tasses oubliées dans le lave-vaisselle. Noua les sacs-poubelle. Elle ne cessait de penser à Lasse. Ses voyages en Méditerranée. Les châteaux de sable qu'il prétendait avoir bâtis. Elle ne put s'empêcher de sourire. Mais l'obscurité grandissait dans sa poitrine. Ça ne lui avait pas suffi d'être un autre Lasse qui construisait des châteaux de sable. À la fin, de toute façon, rien ne suffisait plus.

Elle longea le couloir jusqu'à la cantine. Le mur était décoré à même le béton. Des rennes, des poules des neiges, des montagnes, et tout en bas, dans un coin, un kiwi. C'est Lasse qui avait peint l'oiseau, un jour en fin d'après-midi, une fois tous ses camarades partis. Le mur avait été tant de fois couvert de graffitis que le professeur d'arts plastiques avait eu une idée : laisser les élèves de troisième le décorer. Ils s'étaient quasiment tous relayés, groupe par groupe, s'étaient disputé le choix des motifs, mais avaient fini par se mettre d'accord. Elsa savait tout. Un jour qu'elle était muette de chagrin après la mort de Lasse, le professeur d'arts plastiques l'avait emmenée devant la peinture, et avait pointé du doigt le kiwi.

— Devine qui a peint ce bel oiseau ?

De nouveau à genoux, Elsa caressait le mur froid. Le petit oiseau brun, incapable de voler.

Elle mit le clignotant bien avant de bifurquer et d'entrer dans la cour, où elle resta assise dans la voiture un instant. Le soleil se reflétait dans la nouvelle vitre de la cuisine. Une clôture avait été érigée autour de la maison. Les coups de marteau avaient résonné pendant plusieurs jours, mais cela n'avait pas suffi, elle ne se sentait pas mieux. Comme s'ils avaient entouré leur terrain pour indiquer où vivait la peur.

L'attaque de Robert l'avait durablement traumatisée. Pourtant la vie avait continué, Dieu sait comment. Ljungblad était têtu, il avait cherché des témoins et s'était rendu chez Isaksson. Jamais les villageois ne virent une voiture de police aussi souvent que ce printemps-là. Mais Ljungblad ne s'arrêtait jamais chez Elsa parce qu'il n'avait rien d'encourageant à lui dire. Il avait fini par téléphoner. C'était parole contre parole, une situation impossible.

— Vous n'auriez pas dû raccrocher quand vous étiez en communication avec le 112. Si on avait pu enregistrer sa voix, on aurait pu l'inculper pour menaces.

De cette manière, ça devenait de sa faute à elle.

Elle entra dans la maison et ferma à clé. Le plancher grinça sous ses pieds quand elle fit le tour de toutes les pièces. Dans la cuisine, l'air était saturé – sa mère avait confectionné des *gáhkku*, les galettes samies – mais Elsa n'aérait jamais quand elle était seule. Trop souvent, elle se surprenait à regarder par la fenêtre pour voir qui passait en voiture. Le bruit d'un quatre-quatre au bord du lac suffisait à lui faire serrer les abdominaux.

Minna répondit à la deuxième sonnerie. Elsa sentit son corps s'apaiser.

— Prête pour le marquage des faons ?

Sa voix était faussement enjouée.

— Mes bagages sont prêts.

Le silence dura trop longtemps.

— Comment ça va ?

Minna paraissait inquiète.

Au début, Elsa n'avait rien changé à ses routines, par habitude, mais peut-être aussi parce qu'elle était dans le déni. Or, un jour, elle l'avait aperçu. Devant la station-service, casquette enfoncée sur les oreilles, sourire sardonique aux lèvres. Son corps lui avait rappelé la terreur ressentie dans la cave en terre. L'air qui manquait, son pouls sifflant dans ses oreilles. Elle n'avait pas bifurqué vers la pompe, elle avait freiné sec, enclenché la mauvaise vitesse, le moteur avait vrombi lorsqu'elle était repartie en trombe, le gravier de l'accotement avait crissé sous ses roues. C'est Minna qu'elle avait appelée. Elle continuait à l'appeler chaque fois que son corps lui faisait revivre cette panique.

— À chaque instant, je regarde s'il n'est pas dans les parages.

— Je crois qu'il a peur, c'est lui qui se cache. Toi tu vis ta vie comme d'habitude.

— Pas vraiment.

Dans ses cauchemars, elle voyait son sourire. Elle dormait de moins en moins. Son monde rétrécissait à vue d'œil.

— Il ne le sait pas. Tu dois garder la tête haute. Ces connards-là cherchent les faiblesses. Ne lui donne jamais ça.

— Je suis heureuse que tu sois bientôt là.

Une fois qu'elles eurent raccroché, Elsa vérifia que la porte était bien fermée. Tira trois fois sur la poignée. Au début, elle avait eu l'espoir naïf que la police allait réussir. Puis cette honte incompréhensible était revenue.

Celle de ne pas être crue. De ne pas valoir plus que ça. Et le père, tout aussi honteux, incapable de protéger sa famille, qui avait installé une clôture avec un désarroi que personne ne devait percevoir. Elle l'avait vu donner des coups de marteau de toutes ses forces, tel un fou furieux, et peindre en éclaboussant de son pinceau autour de lui. L'herbe resterait longtemps tachée de blanc.

Et *giđđa* devint *giđđageassi*, le printemps devint pré-été.

66 – *Guhttalogiguhtta*

La détonation sourde résonna par-delà les versants. Toutes les cinq minutes, les canons à gaz retentissaient pour éloigner les prédateurs des faons qui venaient de naître.

Elsa était assise à côté d'Anna-Stina et de Minna à la table de la cuisine, dans la maison de Per-Jonas. Cette année, pour la première fois, le sameby d'Elsa marquerait aussi les faons dans le pâturage d'hiver, avant de relâcher le troupeau sur les hauteurs.

Les déflagrations faisaient fuir les aigles et les renards. Ces derniers, rusés, savaient effrayer les bêtes, surtout les jeunes femelles. Ils levaient leur queue rousse avec un cri avant de fermer la mâchoire sur le faon.

— Marquer les petits directement ici devrait les sauver des prédateurs. Nous l'espérons, en tout cas, expliqua Elsa en regardant Minna.

Elle ne s'était toujours pas habituée au crâne glabre de son amie. Quand elles s'étaient retrouvées à l'arrêt du car, Elsa avait écarquillé les yeux et Minna avait éclaté de rire.

— Ce ne sont que des cheveux !

Minna porta les jumelles à ses yeux.

— Ça ne revient pas cher de les nourrir ?

— Mieux vaut payer le fourrage que retrouver des rennes aux yeux arrachés par un grand corbeau, éventrés par un glouton, ou déchiquetés par un ours. Le pire, c'est quand on les retrouve à demi morts alors qu'on sait que leur agonie a duré plusieurs jours.

— Merde alors.

— L'année de mes onze ans, reprit Elsa, nous avons perdu soixante rennes en trois jours. Personne n'avait pu rejoindre le troupeau à cause de la tempête. Lorsque les éléments se déchaînent, les rennes s'allongent dans la neige, restent immobiles, et sont une proie facile pour les gloutons. Quand les températures ont grimpé, mon père a trouvé des corps partout.

À son retour, il pouvait à peine parler. Au début. La rage avait finalement pris le dessus et cette fois-là, il s'en était fallu de peu. Dans son emportement, il avait crié qu'ils allaient vendre leur marque et arrêter. Il avait passé sa colère sur eux tous, ils avaient courbé l'échine et s'étaient tus. Elsa avait pleuré : elle ne connaissait rien d'autre que cette vie-là. Et elle ne voulait rien d'autre.

— Quelle vision d'horreur pour lui, fit Minna en reposant ses jumelles.

— Oui, quand ce ne sont pas les prédateurs, ce sont ces charognes qui tuent nos bêtes, dit Anna-Stina. D'ailleurs Elsa, tu es au courant que Robert Isaksson a été hospitalisé de force pour son alcoolisme ?

Elsa sentit son estomac se nouer. Cela faisait longtemps qu'on ne l'avait pas vu. Et tout le monde au village savait qu'il buvait.

— Tu es sûre ?

Anna-Stina haussa les épaules.

— Il n'osera jamais venir ici en tout cas. On le verrait bien avant qu'il nous voie.

Minna se déplaça vers le canapé, serra légèrement l'épaule d'Elsa en passant.

C'était le meilleur moment de l'année pour leur sameby. Il n'avait pas le droit de lui retirer ça. Quand son cœur menaçait de s'emballer, elle se rappelait qu'elle avait sa famille, que tous les membres de sa *sohka* étaient réunis.

Minna était étendue sur le canapé, elle remuait les orteils et semblait profondément absorbée par son portable. Elle n'était pas aussi bavarde que d'habitude, plutôt pensive, observatrice.

Anna-Stina s'arrondissait et Elsa avait vu Minna lui lancer de longs regards. Oui, Anna-Stina allait devenir maman. Elle caressait souvent son petit ventre rond.

— Tu te rappelles quand les vieux nous disaient que la motoneige, c'était mauvais pour les ovaires, qu'être éleveuses de rennes, c'était trop dangereux pour nous. Que nous ne pourrions pas avoir d'enfants ?

Anna-Stina esquissa une grimace et donna un petit coup d'épaule à Elsa qui maugréa.

— Des conneries, ils en racontent tellement.

— Regardez ! Je suis la preuve vivante qu'on peut faire de la motoneige et tomber enceinte.

Les hanches d'Anna-Stina s'étaient élargies et son menton était devenu rond et mou. La maison était bien ordonnée et elle s'y mouvait avec un calme différent de la dernière fois qu'Elsa était venue.

— C'est Hanna qui vient faire le ménage ici ? demanda-t-elle d'un ton badin.

Une ombre passa sur le visage d'Anna-Stina et Elsa regretta sa remarque. Hanna ne disait rien de son futur petit-fils ou de sa future petite-fille. Elle ne posait pas la main sur le ventre de sa fille. Elsa avait vu au comportement d'Anna-Stina que ça lui manquait ; elle s'approchait de sa mère, recherchait le contact physique.

— Je fais tout toute seule, trancha Anna-Stina d'un ton sec.

Elsa se rabattit sur un sujet plus consensuel.

— Et la maison, alors ! Génial que vous puissiez commencer la construction.

— Oui, au printemps. (Le visage d'Anna-Stina s'éclaira.) Nous avons trouvé un terrain près de la rivière, la vue est magnifique, dit-elle, tournée vers Minna.

Elsa avait un goût amer dans la bouche. Ce genre de terrain n'était pas à la portée de tout le monde, mais la famille de Per-Jonas était aisée.

— Une maison, ah oui, dit Minna lentement.

Anna-Stina n'interpréta pas son ton de la même manière qu'Elsa. Minna trouvait sans doute qu'Anna-Stina était trop jeune, que vingt-trois ans, c'était trop tôt pour se caser.

— Per-Jonas a dit que je pourrai tout choisir, le papier peint, la cuisine, les sols, les meubles, tout. L'avantage d'avoir un mec qui ne s'intéresse pas à la déco, c'est que je peux faire exactement comme je veux.

Elle gesticulait, rayonnante.

Minna hocha la tête avec un sourire avenant.

Elsa se disait parfois qu'Anna-Stina était trop jeune, mais qui était-elle pour juger ? Elle qui vivait encore chez ses parents. Elle n'avait pas avancé dans la vie.

— Et toi, tu travailles ?

— Je déménage bientôt à Umeå pour faire du droit.

— Elle va tous nous sauver, mettre Robert derrière les barreaux, faire en sorte que les crimes haineux en ligne soient sévèrement punis, dit Elsa.

— Waouh ! Bonne chance ! (Anna-Stina avait l'air impressionnée.) Et Elsa va rester avec les mecs, dans les bois. Je ne comprends pas comment tu les supportes, ils font la gueule tout le temps.

— C'est le cadet de mes soucis. J'y vais pour moi, pas pour eux.

— Tant que tu ne deviens pas célibataire endurcie, comme ton frère. (Elle éclata de rire.) Vieille fille, quoi.

— Fiche-moi la paix.

Elsa leva les yeux au ciel et Anna-Stina se tourna vers Minna.

— Est-ce qu'Elsa t'a parlé d'un certain Niko qui en pince pour elle ? Ça fait des années qu'il essaie de gagner son cœur. (Elle jeta à son amie un regard malicieux.) Mais je te préviens, il n'attendra pas éternellement.

— Bon sang, mais dis-lui d'aller voir ailleurs ! Dès aujourd'hui.

Minna éclata de rire en rejetant la tête en arrière. Elsa regrettait les longs cheveux de son amie. En même temps, elle avait envie d'avancer une main et de la passer sur son crâne aux cheveux ras.

Le vrombissement d'une motocross approchait. Anna-Stina ouvrit la porte et se posta, jambes écartées, mains sur la taille. Les moustiques entrèrent instantanément, s'enchevêtrèrent dans les cheveux d'Elsa, lui piquèrent les mains, et elle fit de grands gestes pour les éloigner. Minna ne se redressa pas, elle s'enfonça dans le canapé, semblait-il.

Per-Jonas entra avec force simagrées, sifflant, parlant fort. Il ferma la porte derrière lui, saisit Anna-Stina par la nuque et l'embrassa à pleine bouche. Puis se dirigea droit vers la cafetière et se servit une grande tasse, avalant d'abord un verre d'eau.

— Ça s'annonce bien, déclara-t-il.

Comme elles, à l'exception de Minna, il avait les joues très bronzées et la marque blanche des lunettes de soleil. Sa barbe de trois jours dessinait une ombre sur son menton. Il s'assit à table.

— Niko est là, fit-il d'un air éloquent.

Elsa soupira.

Bien sûr qu'il était là. Personne ne manquait à l'appel. Minna claqua des lèvres avec agacement et Per-Jonas lui décocha un regard avant de se pencher en arrière.

Anna-Stina sortit le lait, le beurre, le fromage et du pain fait maison. Elsa reconnut le pain de Hanna.

Minna se leva, s'assit en face d'Anna-Stina qui, sourire aux lèvres, les paumes vers le haut, les invitait à se servir, disait « je vous en prie ».

— Il fait beaucoup trop chaud maintenant, on va attendre encore. On pourra commencer vers minuit. (Per-Jonas s'adressait à Minna, comme si elle avait besoin d'un cours.) La nuit, c'est le meilleur moment.

— Surtout à cette époque, comme il fait jour toute la nuit..., ajouta Anna-Stina.

Minna lui sourit.

— J'accompagnais mon grand-père au marquage des rennes. Il me disait que je n'étais pas obligée de dormir. J'avais le droit de veiller jusqu'au matin si j'y arrivais. Et j'y parvenais.

— À quelle famille appartiens-tu, déjà ?

Anna-Stina posait la même question que les hommes dans les enclos, songea Elsa, ceux qui veulent connaître les liens de parenté pour savoir si ça vaut la peine de faire un effort.

— Nous n'avons pas de rennes, si c'est ce que tu veux dire. Mais nous y allions quand même, pour aider.

Anna-Stina rougit et secoua vivement la tête.

— Je me disais juste qu'on était peut-être de la même famille, c'est tout ce que je voulais dire.

— Tu pourras jeter un coup d'œil au fameux livre généalogique.

— Oui, je le ferai. (Elle éclata à nouveau d'un petit rire.) Après notre rencontre, Per-Jonas et moi avons feuilleté nerveusement le volume pour nous assurer qu'on n'était pas des cousins trop proches.

Per-Jonas se pencha en avant et posa ses lèvres contre les tempes d'Anna-Stina, un baiser fugace et léger.

— Alors vous êtes de la même famille ? s'enquit Minna d'une voix innocente.

Elsa dut se mordre l'intérieur des lèvres pour ne pas éclater de rire.

— Bah ! On est cousins, mais très très éloignés. Au moins au sixième degré, c'est ce qu'il faut, hein, Elsa ?

Elles gloussaient, comme quand elles étaient petites et construisaient des cabanes.

— Peut-être au septième, par précaution.

67 – *Guhttalogičieža*

L'odeur du sang frais sur ses doigts. Le faon qui tremblait sous son emprise. Elsa caressa la fourrure douce et essuya une goutte de sang de l'oreille sur laquelle elle venait de tailler sa marque. Elle lâcha l'animal qui s'éloigna sur des pattes incertaines, trouva sa voix et appela sa mère. Bientôt, ils se retrouveraient. Un grondement s'éleva du sol lorsque le cheptel se remit à galoper dans le sens inverse de la rotation solaire. Elsa le suivit du regard en essuyant son couteau par terre.

Il était juste après minuit et le soleil brillait au-dessus de leurs têtes. À contre-jour, on apercevait des nuées de moustiques. La température avait baissé de quelques degrés, mais pas autant qu'ils l'espéraient. Il faisait chaud, il y avait beaucoup de moustiques et de simulies. Elsa se tartina de nouveau les poignets et le cou d'huile anti-moustique, en versa quelques gouttes sur le large bandeau rouge qui maintenait ses cheveux en place.

Minna se tenait à côté d'Elsa qui attrapait les faons pour les marquer. À genoux, elle étudiait les mains exercées de son amie, l'écoutait parler aux bêtes à voix basse, juste avant de les relâcher.

— Je ne te possède pas, tu es à toi, rien qu'à toi. Je ne fais que t'emprunter.

Les rennes étaient *biekka oapmi*, la propriété du vent. *Áddjá* le lui avait longuement expliqué quand elle était petite. On ne devait jamais se vanter de son troupeau de rennes, on devait être conscient que la chance pouvait tourner. Dans la renniculture, rien n'est jamais acquis, un cheptel de rennes n'est jamais permanent.

Au bout d'un moment, Elsa ne résista plus. Elle autorisa sa main à effleurer les cheveux de Minna. On aurait dit le crâne de Mattias quand il avait tout rasé, adolescent.

— Tu devrais mettre un bonnet, tu vas te faire dévorer, dit-elle en chassant les moustiques.

Minna saignait derrière l'oreille, une piqûre de simulie. La goutte de sang glissa le long de son cou, formant un petit filet, mais n'arriva pas bien loin avant de sécher.

— Regarde Jon-Isak, fit Elsa en pointant le doigt.

Concentré, il attrapa un faon sans qu'aucun adulte n'ait besoin de lui montrer quoi que ce soit, même si Ante se tenait à proximité. Il allongea délicatement la bête, sortit son couteau et lui tailla l'oreille. Lorsqu'il se releva, il se posta jambes écartées, bomba le torse, et cracha par-dessus son épaule.

— J'ai beaucoup parlé avec Johannes, déclara Minna. Le marché de Jokkmokk, tu te rappelles ? Je ne sais pas trop comment ça s'était fait, mais il m'avait accompagnée, puis s'était enfui au milieu de la nuit.

— Oui, je m'en souviens. (Elsa sourit.) Alors quoi ? Il y a quelque chose entre vous ?

— Peut-être. Ou pas.

— Qu'est-ce qu'il dit ?

— Bah… Que disent les machos ? Pas grand-chose. (Elle soupira et rit en même temps.) Il se demande surtout pourquoi je me suis rasé la tête.

— Ah, qu'il est bête !

— Vraiment ?

— C'est le même genre que Per-Jonas, non ?

— Aïe aïe aïe.

Elsa rit.

— Non, il vaut sans doute mieux que lui.

— Je crois, oui. Il dit qu'il envisage de partir, de faire autre chose.

— Effectivement. On parle de lui. Il est en retrait. Sa mère ne l'admettrait jamais, mais on dit qu'il ne veut plus travailler avec les rennes.

Minna la regarda attentivement.

— Bien sûr qu'il doit pouvoir choisir ce qu'il veut faire, dit-elle.

Elsa chassa les insectes et pesa bien ses mots.

— Eh bien, ça ne doit pas être si facile. Surtout que son petit frère semble aussi avoir des aspirations différentes. Ce serait une catastrophe pour la famille, tu le sais bien.

— Je le plains si on le force à rester.

Elle paraissait déterminée, et Elsa voulait mettre fin à la discussion.

— Viens, allons par là, il y a un de mes faons.

Elle le désigna du doigt et partit d'un bon pas.

— Un peu comme une culture de l'honneur, de ne pas avoir le droit de choisir, insista Minna.

Elsa s'arrêta net et se gratta avec agacement sous le bandeau, au niveau de la tempe.

— Écoute, tu ne devrais pas dire des choses pareilles ici. Ni ailleurs. Ne t'avise même pas de nous comparer à… (Elle la dévisagea.) Eh bien à une culture de l'honneur et toutes les atrocités qu'elle comporte.

— Bon, OK, pardonne-moi.

Minna leva les mains.

Elsa observa le troupeau, mais se déconcentra plusieurs fois. Pourtant, elle venait de voir son faon. Mattias l'appela depuis l'autre côté, pointa le doigt, et elle leva le pouce. Le cheptel se calma et elle put tranquillement attraper le faon avec son *stávrá*. L'œillet se referma autour d'une patte arrière, l'animal s'entêta, bondit et tira, mais elle parvint bientôt à le mettre à terre. Cette fois-ci, sa main trembla un peu lorsqu'elle entailla son oreille. Minna s'était arrêtée quelques mètres plus loin, les bras croisés, le regard rivé dans une autre direction. Elle fit un saut de côté pour éviter Mattias qui traînait un faon. Elle éclata de rire et s'excusa.

Quand Elsa eut relâché l'animal, elle se dirigea vers le foyer pour se servir un café. Minna la rejoignit.

— Je peux être un peu provocatrice, désolée. Au fond, je ne pense pas à mal.

Elsa restait vexée, c'était dans sa nature, des excuses ne lui suffisaient pas à retrouver sa bonne humeur. Minna glissa un bras sous le sien.

— C'est tellement rageant, finit par dire Elsa. Je n'aurai sans doute jamais le droit de vote dans le sameby même si c'est ce que je souhaite le plus au monde.

Minna prit sa respiration, mais Elsa posa rapidement une main sur sa bouche.

— Non, ne dis rien. Parlons d'autre chose.

Arrivée près du feu, elle détacha sa tasse de sa ceinture et la remplit de café fumant.

— C'est de la torture de m'empêcher de parler, dit Minna, mais elle avait un sourire au coin des lèvres.

Elsa se brûla le bout de la langue et jura. La fumée qui s'élevait du brasier l'obligeait à retenir sa respiration. Sa tasse lui chauffait les doigts. Mattias était au milieu du troupeau, détendu, fort, droit comme un pin, il riait et jurait, alternativement. C'était ainsi qu'elle avait envie de le voir, de se voir elle-même. Jamais elle ne douterait, comme Johannes, jamais elle n'abandonnerait cette vie. Mais Mattias ? Quand elle le voyait à présent, il était aux antipodes du grand frère qui s'était effondré dans la cave en terre. Les paroles de Minna avaient réveillé de vieilles angoisses. Cela ne lui plaisait pas du tout.

68 – *Guhttalogigávcci*

Áhkku arriva au marquage des rennes. Elle semblait si petite à côté de son fils, à l'avant de la voiture, et elle n'avait pas attaché sa ceinture. Lorsque les portières s'ouvrirent, ses jambes maigres apparurent en premier. Elle était là. Le vent s'engouffrait dans les longues mèches qui s'étaient échappées de sa tresse, elles s'envolaient et s'enroulaient autour de son visage. Elle avait dû perdre encore un kilo, sa peau était tendue sur ses pommettes et ses yeux étaient encore plus enfoncés.

Elsa la prit sous le bras et ensemble elles se dirigèrent vers les rennes. *Áhkku* tendit l'oreille, on entendait les bêtes. Elle écarquilla les yeux et tira Elsa pour arriver plus vite.

— Nous ne faisons pas ça ici, d'habitude, fit remarquer *áhkku*.

— Non, nous les conduirons sur les hauteurs ensuite.

Áhkku aperçut le troupeau et s'immobilisa. Ses narines se dilatèrent quand elle inspira profondément.

— En plus il fait trop chaud.

— Je sais, beaucoup trop chaud.

Elle portait le *gákti* qu'elle n'avait plus enfilé depuis les obsèques d'*áddjá*. Plus jamais, avait-elle dit. Il était marqué du sceau de son chagrin.

— Je dois leur servir du café. (Elle se hâta vers le feu, se remémorant les responsabilités qui lui incombaient jadis.) Mais je ne crois pas que j'aurais la force de traîner un renne aujourd'hui.

— Oui, je crois que tu devrais éviter.

Elsa lui caressa le dos et la sentit se trémousser, bomber la poitrine, cherchant à échapper à son contact. *Áhkku* regarda avec inquiétude Hanna qui se tenait près du feu, le thermos à la main.

— Donne-le-moi.

Hanna lui tendit le thermos d'un air heureux.

— Ça fait plaisir de te voir ici.

Áhkku observa le thermos, le soupesa comme pour vérifier la quantité de café qu'il restait. Elle regarda autour d'elle, chercha un siège protégé de la fumée. Elle lâcha Elsa et s'assit. Insatisfaite, elle se releva, regarda l'enclos et secoua la tête.

— Il fait trop chaud. On devrait être dans les montagnes.

Elsa lui tendit sa tasse. D'un air sévère, sa grand-mère lui versa une demi-tasse.

— *Isa* a eu son café ? Sinon il faut en refaire. Ça ne suffira jamais.

— Le voilà, dit Elsa en montrant son père du doigt.

Áhkku serra le thermos contre sa poitrine.

— Pas lui. *Mon* père.

Hanna jeta un coup d'œil à Elsa, secoua légèrement la tête, se décala et alluma une cigarette.

— Regarde ce qu'on a préparé. Des *gáhkku*.

Elsa lui tendit le saladier en plastique rempli de galettes blanches.

— C'est moi qui les ai faites ?

— Non. Ou plutôt si. C'est toi.

La vieille femme hocha la tête et se servit. Elle se débarrassa du thermos, huma le pain et sourit, réveillant le réseau de rides sur son visage.

Elsa avait gratté un gros morceau de beurre sur son couteau qu'elle tendit à sa grand-mère. Elles étaient assises côte à côte. *Áhkku* étala du beurre dans ses longues mèches rebelles quand elle mordit à pleines dents dans le pain.

— Je peux rester cette fois ?

Elsa n'eut pas le temps de répondre. *Áhkku* avait aperçu Minna qui s'approchait du brasier.

— Qui est ce garçon ? Le fils de qui ? Ou plutôt qui est cette fille bien laide ?

— C'est mon amie Minna. Tu connais sans doute son père, c'est un *duojár*.

Áhkku plissa les yeux quand Elsa prononça son nom.

— Ah oui ! Celui qui parle trop.

— Qu'est-ce que tu veux dire par là ?

— On ne doit pas toujours dire ce qu'on sait. (Elle saisit le bras d'Elsa.) Ça s'applique aussi à toi. Tu ne voudrais pas perdre ton don.

Hanna pinça les lèvres, fit craquer sa nuque, écrasa sa cigarette sous sa semelle et partit.

— Tu m'entends ?

Áhkku la pinça de nouveau. C'était douloureux. Elsa hocha la tête. Son don.

Il était même difficile de le nommer sans craindre d'en dire trop. Elle n'avait pas encore osé embrasser ce que les gens prétendaient qu'*áddjá* lui avait transmis. Le don de guérir et d'arrêter le sang. On disait qu'elle était une *gunsttar*. Dans les villages, on savait qui appeler, qui savait guérir. On parlait d'Elsa dans la famille, mais elle résistait. Pas encore, se disait-elle toujours, pas encore.

Elle lâcha cette pensée, comme elle l'avait déjà fait tant de fois, lorsque Minna se posta devant *áhkku* et se présenta avec un sourire chaleureux.

— Une fille ne peut pas ressembler à ça.

Minna leva les sourcils, mais son sourire perdurait dans ses yeux.

— Une fille d'aujourd'hui, si, vous savez.

— Bon, c'est peut-être pratique. Pas besoin de se laver les cheveux.

Áhkku éclata d'un rire rauque et communicatif.

— Où est ta tasse ? J'ai du café.

Minna lui tendit un gobelet en plastique vert qu'*áhkku* remplit à moins de la moitié.

— Je garde le reste pour le père d'Elsa, mon fils.

Elsa serra ses mains l'une contre l'autre, le plus fort possible pour ne pas céder à la tentation d'entourer *áhkku* de son bras et de sentir son dos s'éloigner.

Sa mère la salua au loin et s'approcha.

— La voilà, cette *rivgu*, déclara *áhkku* d'un air mécontent. Elle croit qu'elle va supporter cette vie, mais c'est impossible. Nils Johan devrait être plus malin que ça.

— Enfin, *áhkku*, ils sont tombés amoureux... On ne peut pas empêcher l'amour.

Le regard de la vieille dame erra, comme à la recherche d'un ancrage lorsque ses pensées tanguaient.

— Ils sont déjà mariés ?

— Qui va se marier ? demanda sa mère en tendant sa tasse.

Elsa secoua la tête, leva les mains, elle aurait voulu qu'elle recule, qu'elle cesse de poser des questions. Minna remuait le feu avec un bâton, les yeux baissés.

— Une *rivgu* ne peut pas comprendre, dit *áhkku* sans lâcher le thermos.

La main de la mère d'Elsa retomba lentement.

— Ne l'écoute pas, marmonna Elsa.

Le feu crépitait entre elles, la fumée changeait de direction. Chacune leur tour, elles retenaient leur respiration et détournaient la tête. La chaleur faisait irradier leurs joues. Les moustiques n'osaient pas s'aventurer aussi près.

— Mais cette *rivgu* s'en est bien tirée, dit sa mère d'une voix calme et posée. Regarde tes petits-enfants, comme ils sont doués. Elsa est la plus forte de toutes les filles.

Elle s'assit et tendit de nouveau sa tasse, mais *áhkku* cacha le thermos derrière son dos.

— Elsa, tu me passes le Coca ?

Elsa fouilla dans le grand bac à denrées alimentaires, repoussa quelques brioches à la cannelle et un ouvre-boîte, et parvint à extraire la bouteille en plastique.

Tout à coup, *áhkku* se mit à chanter d'une voix claire. Un psaume sami. Hanna, qui se trouvait pourtant bien plus loin, se retourna, écouta, ses épaules tombèrent. Elle semblait à deux doigts de s'écrouler.

— Nous l'avons chanté à l'enterrement de Lasse, murmura sa mère.

Le regard d'*áhkku* était loin, sa voix s'éteignit. Elle mordit dans le *gáhkku* et tendit le thermos à Elsa.

— Je dois me reposer maintenant, tu me remplaces. Donnes-en à ta mère. Elle ne peut pas boire que du soda.

Elle adressa à Marika un sourire rayonnant, comme si elle n'avait rien dit de mal. Et Marika sourit, comme elle l'avait déjà fait mille fois.

69 – *Guhttalogiovcci*

À la fin du mois d'août, lorsque la forêt semblait s'embraser, en or et rouge, on pouvait de nouveau respirer. Elsa aimait particulièrement *čakčageassi*, le pré-automne. L'été avait été bien trop chaud et les incendies qui avaient fait rage dans les environs avaient brûlé le lichen. Pourtant ils n'avaient pas été aussi touchés que les régions où vivaient les Samis du Sud, où des milliers d'hectares de forêts étaient partis en fumée et où le lichen ne repousserait pas avant vingt ou trente ans. Si tant est qu'il repousse.

La pelouse devant la maison devrait être tondue. Elsa faisait des pompes, et son nez effleurait les brins d'herbe à chaque descente. Elle gémit, mais se força à continuer. Les muscles entre ses omoplates brûlaient et ses bras commençaient à trembler. Elle s'écroula à plat ventre, pantelante.

— Tu devrais m'accompagner à la salle de sport. On reprend mardi.

La jupe verte de sa mère voleta devant elle.

— Je ne suis pas sûre que vous puissiez me suivre.

Sa mère rit d'elle. La porte de la remise s'ouvrit. Le gravier crissa quand elle revint.

— Tu es sûre ? Tu as l'air exténuée.

Elsa roula sur le dos, leva les jambes et se lança dans une série d'abdominaux. Le ciel était gris au-dessus d'elle.

L'été avait été bon pour sa famille. Presque tous les faons avaient survécu et le cheptel avait été déplacé vers des lieux plus sûrs, sur les hauteurs. Mais dans quelques mois, les bêtes retourneraient à leurs pâturages d'hiver.

Avec *čakča*, l'automne, viendrait l'air limpide, mais aussi tout ce qui avait été refoulé. Elsa intensifia ses efforts, pour ne pas penser, elle ne devait pas revenir à la peur qui la tenaillait au printemps. Pourtant, à mesure que le soleil de minuit les quittait, que les soirées devenaient plus sombres, l'inquiétude montrait le bout de son nez.

Ils emplissaient les congélateurs. Lavaret, salvelinus, airelles, myrtilles, mais très peu de mûres arctiques. Cette année aussi, les fleurs avaient été vaincues par quelques nuits de gel inopiné. Sa mère faisait de la place pour les steaks d'élan qui arriveraient sous peu. Elle transbahutait des sacs bien remplis de pain qui devaient être placés dans le congélateur de la maison.

— Alors, tu vas participer à la chasse à l'élan ?

— Seulement le week-end, je veux pouvoir prendre les postes de remplacement à l'école aussi souvent que possible.

La sueur coulait le long de ses tempes. Elle prit sa bouteille et but une gorgée d'eau.

— J'ai entendu dire que Robert Isaksson n'aura pas le droit de participer à l'équipe de chasse cette année, s'écria sa mère avant de disparaître dans la maison.

Elsa attendit qu'elle ressorte.

— Il est de retour ? Je croyais qu'il était hospitalisé.

— Bah, je n'en sais rien, les gens racontent tellement de ragots. Mais j'ai entendu que quelqu'un avait appelé la police il y a quelques semaines. Isaksson ne conduisait pas droit.

Elsa leva les yeux au ciel. On pouvait conduire en état d'ivresse en toute impunité dans les villages. La police n'arrivait jamais à temps. C'était trop loin. Et tant que les habitants s'entraidaient, se téléphonaient dès qu'on voyait une voiture de police à l'horizon, personne ne se faisait arrêter. Alors ils prenaient le volant ivres, sans permis ou sans assurance.

Elle étira le bras, c'était agréable. Elle aurait dû être apaisée par le fait qu'il ne participerait pas à la chasse à l'élan. Or, un homme frustré, c'était exactement le genre d'imprévisibilité qu'il valait mieux éviter.

Son portable était posé à côté d'elle, sur l'herbe. Elle ne pouvait se résoudre à le montrer à sa mère. À peine rentrée de la montagne, elle avait reçu un SMS. Quelques mots. « Sale pute laponne. » Le temps était venu de recommencer à regarder par-dessus son épaule.

— Jon-Isak refuse d'aller à l'école, dit sa mère. Tu es au courant ?

Elle portait à présent des draps à étendre dehors, sur le séchoir rotatif. Elsa essuya l'herbe de ses vêtements et lui emboîta le pas.

— Que s'est-il passé ? s'enquit-elle en attrapant un drap.

— Tu ne travaillais pas hier ? Apparemment il a été si violemment agressé qu'on a dû l'emmener en ville. Il a eu deux points de suture au front.

Elsa serra le drap blanc de toutes ses forces, le balança sur le séchoir et l'accrocha avec de vieilles pinces à linge en bois.

— Qui a fait ça ?

— Sans doute un élève de l'école municipale.

— Merde !

— Ils ont porté plainte, m'a dit Hanna. Je l'ai croisée à la supérette.

— Comment va-t-il ?

— Mal. Il compte arrêter l'école et être à plein temps avec son père. C'est ce qu'il dit. Le pauvre.

— Je dois leur parler.

Sa mère accrocha le dernier drap et fit tourner le séchoir, contemplant leur travail.

— Tout recommence. Je ne sais pas comment je vais supporter un hiver de plus.

Voilà, c'était dit. Elsa n'osait pas lever les yeux. Sa mère s'empara de la bassine vide et se dirigea vers la maison. Ses vieux sabots marron abîmés claquaient contre les dalles en pierre qui seraient bientôt totalement recouvertes d'herbe.

— On fera comme on a toujours fait. On s'en sortira, dit-elle d'une voix tendue. La seule chose qu'on puisse faire, c'est porter plainte et espérer qu'ils finissent par être arrêtés.

Elsa se laissa tomber sur l'herbe ; les draps effleuraient son visage. Elle pressa le tissu froid et humide sur ses yeux en fermant les paupières de toutes ses forces. Elle voyait Jon-Isak, la joie dans son regard au marquage des faons.

Elle se leva, traversa la cour, sortit sur la route et gravit la colline. La maison semblait sombre et silencieuse. La façade aurait eu besoin d'un coup de peinture et tout autour le désordre régnait. Râteaux, seaux d'eau, une pelle brisée et une motoneige qui n'avait pas été rangée dans la remise. De l'aspect de la cour, les villageois déduisaient sans doute l'état de l'intérieur. Elsa était l'une des rares à savoir que les sols étaient encore récurés à l'eau de Javel.

Avant même qu'Elsa atteigne la maison, Hanna était sortie sur le perron, les yeux las et de petits boutons d'acné sur le menton. Ses cheveux étaient lâchés, sa raie n'était pas droite et elle se passa les mains sur la tête pour replacer ses mèches.

— Je voulais juste prendre des nouvelles de Jon-Isak.

— Tu sais, Elsa, ce n'est pas le moment. Il vaudrait mieux que tu ne viennes plus nous voir.

Elsa s'arrêta dans l'allée de gravier, au pied des marches, hésitant à faire demi-tour. Elle cherchait ses mots, sentait comme des lames de couteau juste sous ses côtes.

— Je comprends, dit-elle sans le penser.

Hanna triturait un torchon, ses phalanges étaient rouges et gercées. Elsa rougit. Attendit.

— C'est mieux si tu t'en vas. Jon-Isak est très en colère.

— Contre moi ?

Hanna descendit quelques marches. Pour s'approcher, protéger ce qui allait être dit. Elle parla à voix basse.

— Il est trop jeune pour comprendre. Il pense qu'à cause de nous, les adultes, tout est plus difficile pour lui. Que nous faisons des histoires à cause des rennes morts et qu'après, c'est lui qu'on maltraite à l'école.

— Il parle de moi.

La lèvre inférieure de Hanna frémit, mais elle avança la mâchoire inférieure et serra les dents.

— Vous avez porté plainte ? demanda Elsa. Il le faut.

Hanna hocha la tête, sans cesser de triturer son torchon, de plus en plus fort.

— Tu peux lui dire que… (Elsa s'éclaircit la voix.) Que je suis désolée. Je ne ferai plus d'histoires. Je voulais juste améliorer les choses.

Hanna s'était retournée, avait posé une main sur la poignée de la porte.

— Est-ce qu'il est très triste ?

— On en reparlera un autre jour.

Hanna se glissa dans la maison et ferma la porte sans bruit.

Elsa resta un instant à observer toutes les fenêtres. Cherchant du regard son petit visage.

70 – *Čiežalogi*

Il fallait à tout prix qu'elle sorte, qu'elle s'éloigne, elle avait besoin de la forêt.

Elle se changea à la hâte, fouilla sous le couvercle de la banquette-coffre de la cuisine jusqu'à ce qu'elle mette la main sur les chaussettes en laine grises qui évitaient que ses pieds ne glissent dans ses bottes. Sa mère marchait de pièce en pièce, retirait d'un mouvement vif les feuilles sèches des plantes en pots, essuyait les poignées du congélateur et du réfrigérateur, tout en la regardant du coin de l'œil. Elle n'allait pas poser de questions. Bien qu'elle eût remarqué les yeux rouges et gonflés de sa fille. Mais quand Elsa emprunta la clé de l'armoire à fusils, elle prit une longue inspiration.

— Qu'est-ce que tu vas faire avec un fusil ?

Elle la suivit, regarda Elsa tourner la clé dans la serrure et s'emparer de l'arme.

— Tu vas chasser ? Maintenant ?

Elsa frémit et sortit dans le hall, enfila ses bottes, prit sa casquette et l'enfonça sur sa tête. On voyait à peine ses yeux.

— Elsa…

— Je ne me sens pas en sécurité dans les bois. C'est juste pour me rassurer.

— Emmène plutôt Mattias avec toi.

— Non, il n'est même pas chez lui.

Elle claqua la porte derrière elle, mais sa mère la rouvrit immédiatement. Elle avait les bras croisés et la tête rentrée dans les épaules quand Elsa tira la portière de la voiture.

— Ne rentre pas trop tard. Nous dînons tôt ce soir.

Le chemin forestier, bosselé, raclait le soubassement de la voiture. Le terrain herbacé où les pêcheurs garaient habituellement leurs véhicules était vide et Elsa put souffler.

Il ne fallut que quelques secondes pour que les moustiques et les simulies la trouvent. Un gros taon vrombissait autour d'elle, la frôlait. Elle le chassa de la main et s'engagea sur le chemin, se baissant pour éviter les branches. À distance, on entendait le murmure de la rivière. Les branches sèches craquaient sous ses bottes. La fourmilière était pleine de vie. Et sur la tourbière elle savait exactement où poser les pieds. Elle sautait et marchait en équilibre avec agilité. Cela faisait bien longtemps qu'on n'avait plus porté *unna oabbá*. À cette pensée, sa gorge se noua douloureusement. Elle ravala ses larmes. C'était le plus souvent son père qui la soulevait pour éviter les zones dangereuses où l'on s'enfonçait, mais quand Mattias était devenu assez grand, il la laissait aussi grimper sur son dos. Ainsi *unna oabbá* avait appris le sentier invisible jusqu'à être prête à l'emprunter seule. Jamais elle ne posait le pied au mauvais endroit. Tout à coup, la forêt lui appartenait.

Le fusil rebondissait contre son dos. Des ours la voyaient, sans doute. Flairaient son odeur, apeurés mais curieux. Quand elle était petite, *áhkku* lui avait conseillé de chanter dans la forêt. Il ne fallait pas avancer discrètement, au risque de surprendre un ours. Elle avait le pas vaillant, mais au moindre craquement dans les bois, son chant se faisait hésitant. « Chante plus fort », se contentait de dire *áhkku*.

Elle marchait à un bon rythme, la respiration de plus en plus saccadée. La sueur perlait sur son dos. Si elle n'avait pas eu le fusil, elle aurait couru et crié à en perdre haleine.

Son corps protestait, elle était épuisée. Elle ralentit l'allure, essoufflée, puis se pencha en avant, les mains sur les genoux.

Le rapide l'attirait avec son bruissement. Elle aurait dû apporter sa canne à pêche, elle aurait trouvé le calme dans les gestes répétés : lancer et rembobiner, lancer et rembobiner. Le bruit de la rivière était toujours assez fort pour apaiser l'agitation de son cerveau.

Sa respiration était redevenue normale. Et dans le silence, elle entendit... un jappement de chien ? Immobile, elle fouilla du regard entre les troncs, à la recherche d'un mouvement. À nouveau, un bruit. Cette fois, c'était plutôt un gémissement humain. Elle fit quelques pas, là où c'était le plus mou, retint sa respiration et regarda de tous les côtés, essayant de localiser les sons. Elle connaissait par cœur le moindre recoin, les arbres, les sentiers, les rochers et les souches. Elle nota une odeur de gaz d'échappement, s'arrêta, tendit l'oreille. Et là, à une vingtaine de mètres devant elle, elle aperçut un quad retourné. Une jambe dépassait de sous le véhicule.

Un chien tournait autour en glapissant. Il semblait boiter. Le vent charria l'odeur d'Elsa vers l'animal qui se figea, un grognement sortit du tréfonds de sa poitrine.

Elle passa la bandoulière par-dessus sa tête, prit le fusil à la main et s'avança vers le quad. Le chien continua à gronder, mais elle l'ignora. Pourtant elle le reconnaissait, savait à qui il appartenait.

Elle fit le tour du véhicule, aperçut l'arrière d'une tête et deux bras tendus, l'abdomen et les jambes étant sous le quad. Elle vit une casquette un peu plus loin. L'homme suffoquait, on aurait dit qu'il allait rendre son dernier souffle.

Il l'avait entendue. Il tourna difficilement la tête, la fixa de ses yeux injectés de sang. C'était Robert Isaksson.

Elle serra son arme plus fort.

— Aide-moi, putain. Ne reste pas là sans rien faire, siffla-t-il. (Ses lèvres étaient sèches, craquelées.) Il n'y a que mes jambes qui sont coincées, tu as assez de force pour le soulever.

Elle ne bougea pas, mais contracta les cuisses et les abdominaux. Son cœur tambourinait dans sa poitrine.

— Si tu ne comptes pas m'aider, passe-moi mon portable au moins !

Il tourna la tête vers la gauche. Là, dans la mousse, à demi dissimulé, se trouvait son portable. « L'aider, songea-t-elle, lui, il me demande de l'aider. »

Elle sentit des fourmillements dans ses jambes, qui se répandaient comme du gaz carbonique dans tout son corps. Elle leva son arme, déverrouilla le cran de sûreté. Il écarquilla les yeux. Elle pointa le canon vers sa tête, à deux mètres de distance.

Elle voulait lui demander s'il se souvenait comment il avait tué Nástegallu. Elle voulait lui rappeler qu'il l'avait menacée, elle, une enfant. Mais sa voix ne porterait pas.

Le chien d'élan norvégien grondait de plus en plus fort, retroussait sa babine supérieure, montrant ses crocs acérés. Alors elle pointa l'arme vers l'animal. Robert s'agrippa à la mousse.

— Tu la laisses tranquille.

— Je me demande s'ils qualifieront ça de vol, simplement de vol, si je la descends et que j'emporte le corps, fit-elle à voix basse. Tu crois qu'un chien a plus de valeur qu'un renne ?

Il jura en finnois, la salive gicla de ses lèvres :

— *Saatanan perkele. Helvetin vittu !* Putain. Bordel de merde !

Il poussa sur ses mains pour tenter de déplacer le quad.

— Si je te tue, c'est un assassinat, ou du moins un meurtre. Mais je ne peux pas partir avec ton corps. La chienne, en revanche…

Elle ferma un œil, pointa de nouveau l'arme sur la bête.

— Putain, mais tu es complètement cinglée ! Quand je serai sorti de là, je…

Il se tortilla dans tous les sens, puis sa tête retomba avec un gémissement.

Sans réfléchir, elle fit quelques pas dans sa direction et pressa le canon contre l'arrière de sa tête. Il sursauta, haleta.

— C'est comme ça que tu fais avec les rennes ? Quand tu les percutes en voiture, quand tu les tortures lentement à mort.

La chienne grogna, s'approcha d'elle en claudiquant. Elle décocha un coup de pied en l'air et le chien bondit en arrière.

Elle fourragea du canon dans les cheveux de Robert, le pressant fortement contre son crâne. Tout à coup, elle fut prise de vertige. Ses jambes se dérobaient. Elle recula, réprima un haut-le-cœur, fit le tour du quad pour qu'il ne puisse plus la voir. Elle prit appui contre un tronc et attendit de revenir de son étourdissement.

Elle sortit son portable mais ses mains tremblaient tellement qu'elle le lâcha. Elle le ramassa, retourna auprès de Robert et appuya sur l'application enregistreur vocal.

— Je veux que tu reconnaisses tout de ce que tu as fait. Tous les rennes que tu as tués. Que tu m'as menacée. Que c'est toi qui es venu chez nous, que tu voulais me tuer.

Sa peau était pâle, son front luisant de sueur. Il se fendit d'un rire rauque.

— Sale Laponne de mes deux !

Ce fut comme un coup de poing, une énergie démoniaque qui lui fit esquisser un pas en arrière pour ne pas choir. Elle se retourna, sentit son visage tirailler autour des yeux et de la bouche. Elle vit Nástegallu devant ses yeux, comment le renne se déplaçait sur ses longues pattes, sur la terre comme sur la neige. Et Lasse. Son sourire. Ses yeux qui ne louchaient pas. Elle marcha vers la rivière et son bruissement. Robert cria, mais elle ne distingua pas les mots. Quand elle s'arrêta et baissa les yeux sur l'arme, sa décision était prise. C'était écrit depuis si longtemps. Sur le chemin du retour, ses pas étaient silencieux, *unna oabbá* savait précisément où elle devait poser les pieds. Ces terres étaient les siennes.

71 – *Čiežalogiokta*

Le waders de pêche était suspendu au dossier de la chaise. Mattias avala encore une tasse de café qui lui brûla l'estomac. Il se passa les mains sur les hanches, se massa les lombaires. Glissa sa langue sur ses dents qu'il n'avait pas brossées. Ses yeux piquaient après une nuit sans sommeil.

Il trouva la boîte à matériel de pêche dans l'armoire de l'entrée, ouvrit le couvercle et fouilla parmi les leurres dorés. Ces cuillères utilisées pour la pêche au saumon lui avaient porté bonheur pendant bien des années. Pêcher le saumon à l'automne, c'était différent du début de l'été, quand les saumons remontaient la rivière, sautaient près du rivage en battant de leur nageoire caudale. Il gardait un souvenir amer de cette femelle de sept ou huit kilos au moins qu'il avait dû relâcher parce que c'était la loi. Interdiction de garder les femelles. Les cousins s'étaient moqués, avaient dit que personne n'était aussi honnête que lui. Il s'était battu longtemps avec le saumon, lequel avait lutté pour sa survie pendant près de vingt minutes. Mattias savait quand il fallait lâcher la ligne et quand il fallait résister, fatiguer. Quand le saumon avait fini par atteindre le banc de sable près de la rive, Mattias l'avait soulevé par la nageoire caudale. C'était une femelle.

Il allait emporter sa canne à pêche, aujourd'hui. Faire comme d'habitude, avoir l'air normal. Mais le waders serait rangé tout au fond de son sac à dos. Il posa la main sur la surface lisse et froide. Se remémora *áddjá* portant ce pantalon. Dans les cours d'eau, les ruisseaux, près de la rivière. Il lui avait expliqué comment fatiguer un saumon, lui avait indiqué les pierres derrière lesquelles ils se cachaient, et lui avait montré comment le porter par la queue.

Mattias roula le waders et le serra contre sa poitrine, ferma les yeux mais, se sentant bête, il les rouvrit. Il enfonça le pantalon avec des gestes fougueux et jeta son sac à dos sur une épaule. Il marqua une pause dans l'entrée. Ça le taraudait depuis ce matin. Il s'était décidé, ça ne faisait aucun doute. Restait la question de la lettre.

Il n'avait jamais rien écrit sur lui-même, il avait à peine écrit depuis qu'il avait quitté l'école. Le stylo dérapait comme un poisson glissant et son écriture était atroce, biscornue comme celle d'un enfant. Ce n'étaient que des mots de toute façon. Il avait essayé et avait froissé le papier, l'avait aplati et roulé en boule à nouveau. Il avait d'abord posé la lettre d'adieu sur la table de la cuisine, mais il y avait un risque que sa mère entre dans la maison. Avant que ce soit fait. Il valait mieux qu'ils cherchent, se dit-il, et il posa la lettre sous l'oreiller.

À présent ça lui paraissait une erreur. Sous l'oreiller, ce n'était pas possible. S'il avait une copine qui dormait à côté de lui toutes les nuits, elle aurait soulevé l'oreiller et cherché là. Mais pour la famille, c'était trop intime. Ça n'allait pas.

Il laissa tomber son sac à dos par terre, entra dans la chambre et fouilla d'une main près de la tête de lit. La boîte à café, ça lui ressemblait plus, mais qui chercherait là-dedans ? Cela lui fit penser à *áddjá* qui versait son café dans une soucoupe et le buvait, un morceau de sucre entre les lèvres. Mattias, lui, avait commencé à boire du café à l'âge de huit ans. Il y avait quelque chose de rassurant dans l'effluve, et le goût n'était désagréable que les premières fois.

Un accident, dirait-on, le waders était troué. La famille acquiescerait. Ça leur éviterait la honte. Ils y croiraient eux-mêmes. C'est ce qu'il avait pensé. Puis il avait tout de même écrit quelques lignes, mais maintenant il s'était décidé, ils n'auraient pas d'explication. Il chiffonna la feuille tout en se dirigeant vers les toilettes, y jeta ses lettres biscornues et tira la chasse.

La motocross vrombit dans le village. Il avait toujours aimé ça, surtout avec Lasse. Le bruit de leurs bécanes, qui noyait tous les autres, faisait taire les conversations et se retourner les gens sur leur passage.

Il conduisait vite. Un camion, c'était l'autre option. Mais aucun ne passa, il ne croisa pas une seule voiture sur la grande route avant de bifurquer vers la droite sur le chemin de terre qui longeait la rivière pendant quelques kilomètres. Puis il tourna de nouveau et s'engagea sur le chemin forestier irrégulier. Il décida de rouler jusqu'à la rivière. C'était difficile de tenir à la fois la canne et le guidon, et il manqua plusieurs fois de se renverser. Il finit par se garer près du torrent et resta assis un moment. Le bruissement noyait ses pensées. Le foyer l'attendait, là où à genoux il avait tant de fois embrasé du bois sec. À présent, il n'avait même plus la force de faire un feu, mais il devait s'y rendre. Il avança d'un pas lent, soulevant à peine les pieds.

Quelqu'un avait laissé du bois de bouleau. Il retira son sac à dos et s'assit sur la pierre ronde qui avait servi de siège auprès du feu pour des générations avant lui. *Áhkku* y plaçait toujours un tapis de sol pour s'épargner d'avoir le pipi qui brûle, comme elle disait. La pêche, ce n'était pas son truc, mais elle pouvait filer à la recherche de mûres arctiques. Et à présent… À présent, elle était hors d'atteinte.

Il sortit le pantalon de son sac, le posa devant lui, l'aplatit sur le sol.

Sur l'îlot couvert d'herbe, non loin du bord de la rivière, un corbeau approcha, battant lourdement des ailes, et se posa pour repartir aussitôt. Cette petite île l'avait attiré tant de fois, enfant. Elle n'était pas plus grande que leur terrain et ne recelait sans doute aucun secret, mais tout de même. Pourtant, il suffisait de parler de s'y rendre pour que les adultes profèrent des menaces. L'eau entre la rive et l'île était trop profonde, plusieurs mètres sans doute, c'était dangereux. Près du bord il y avait des rochers, mais un mètre plus loin, l'eau était noire. Les courants tourbillonnaient fort. À une vitesse redoutable. Même les bateaux étaient réticents à passer par là, ils faisaient le tour par l'autre côté de l'île. Or, l'étendue de terre n'était qu'à cinq ou six mètres de là, si près.

Áddjá avait assuré qu'on pouvait y accéder en marchant sur les bons rochers, mais *áhkku* avait donné une tape sur l'épaule de son mari en disant qu'il racontait des bêtises.

Il ignorait combien de temps il était resté là, mais quand le silence fut brisé par un aboiement de chien, tous les muscles de son corps se tendirent. Il suivit du regard la rivière et observa la forêt. Peut-être avait-il rêvé. Mais il n'était pas tout à fait impossible que des chasseurs d'oiseaux rôdent dans les parages. Il devait trouver quelque chose à faire, au cas où quelqu'un apparaîtrait, se dit-il en cherchant du petit bois pour allumer le feu sous le tas de bûches. Il dénicha quelques morceaux d'écorces. Il en coupa de fines lamelles, gratta une allumette et posa les bouts d'écorce. Il souffla, ajouta des bûches et vit les flammes monter.

Le coup de feu le fit tressaillir. Personne ne chassait aussi près de la rivière. Il se leva, scruta la forêt. Il entendit un animal approcher rapidement. Un chien. Les oreilles baissées, claudiquant, le regard apeuré. Il était facile à reconnaître. Il n'y avait qu'un seul chien de cette race au poil de cette nuance. C'était la chienne de Robert Isaksson.

Mattias s'accroupit et appela l'animal, serrant le poing comme s'il avait quelque chose à lui donner. La chienne tournait en rond, boitait, et finit par s'écrouler sur le sol en haletant. Il s'avança vers l'animal, l'attrapa par le collier, serra plus fort en réponse à ses grognements. Sa fourrure était mouchetée de gouttes de sang. Il souleva la chienne suffisamment pour pouvoir la traîner en direction de la rivière. Comme s'il avait calculé son coup. En réalité c'était le vide total dans sa tête lorsqu'il réunit toutes ses forces et la balança par-dessus la rivière. Elle atterrit en roulant sur l'îlot, poussa un gémissement et se tut.

Mattias tomba en arrière. Merde, à quoi bon avoir fait ça ? Il fixa la bête, regrettant son acte. Il n'était pas du genre à faire du mal aux animaux, surtout pas aux chiens.

Robert avait dû tirer sur un renne. Mattias regagna le feu de camp, l'épaule endolorie comme s'il s'était fait une méchante élongation. Les flammes allaient le trahir. Il courut jusqu'à la rive, remplit la gamelle à café d'eau et la vida sur le foyer. Une épaisse fumée s'en dégagea. Il secoua la tête. Comme il pouvait être idiot parfois !

La forêt était plongée dans le silence. La chienne s'était redressée. Elle avança ses deux pattes antérieures dans l'eau et émit un malheureux glapissement. Robert l'avait certainement entendu. Mattias effleura le couteau qui pendait à sa ceinture.

La chienne lança alors un hurlement douloureux que le vacarme de la rivière ne parvint pas à couvrir. Mattias remballa à la hâte la gamelle noircie de suie, la caisse à hameçons et saisit la canne à pêche. Il hésita. Si Robert avait vraiment tué un renne, peut-être pourrait-il le prendre la main dans le sac ? Il lâcha son attirail, gravit la petite butte en trois pas et se hâta dans la direction d'où provenait selon lui le coup de feu. C'était voué à l'échec, bien sûr, la forêt s'étendait sur des kilomètres dans tous les sens. Les supplications de la chienne continuaient, Robert ne les ignorerait pas longtemps. Mais pourquoi l'animal avait-il pris la poudre d'escampette ? Il aurait dû rester auprès de son maître. Il y avait un hic. Mattias s'immobilisa. Silence. Un Robert armé. C'était risqué. Il retint son souffle pour mieux entendre, mais le pouls dans ses oreilles masquait tous les autres bruits.

72 – *Čiežalogiguokte*

Le violent jet de la douche frappait douloureusement son épaule, mais Elsa augmenta la pression jusqu'à en pleurer. Elle dut prendre appui contre la paroi et sanglota en silence, parce que sa mère pouvait bien être collée à la porte de la salle de bain à écouter. Elsa se laissa tomber par terre. La vapeur monta autour d'elle. Elle coupa l'eau, mais resta assise, les mains enserrant ses genoux. Les portes de la cabine ne fermaient pas bien, l'air froid s'y engouffrait. La chair de poule envahit progressivement son corps et bientôt elle se mit à grelotter. Elle parvint à attraper sa serviette, se recroquevilla dans la douce étoffe en coton rose et se réchauffa peu à peu.

Dans le miroir, qu'elle essuya de la main, son visage était rouge et ses yeux injectés de sang. Elle lâcha la serviette sur le sol et enfila ses sous-vêtements.

Le portable se trouvait dans son jean. C'était un vieux Samsung rayé. Elle l'avait ramassé, fourré dans sa poche, et avait couru jusqu'à sa voiture. Elle avait raté tous ses pas dans la tourbière et l'eau avait éclaboussé au-dessus de ses bottes, tachant son pantalon.

Elsa sortit de la salle de bain en sous-vêtements, tenant le jean loin devant elle, comme quelque chose de sale qu'elle ne voulait pas toucher.

— Ça n'a pas besoin d'être lavé, ça ?

Sa mère, apparue derrière elle, tendait la main.

— Si, mais je dois d'abord vider les poches.

— Et où est passé Mattias ? Il devait manger avec nous aujourd'hui, non ?

Sa mère marmonnait dans sa barbe, sans attendre véritablement de réponse. Elsa ne l'entendait déjà plus. Elle laissa tomber le portable dans un tiroir de la commode. Mais elle dut cliquer dessus, pour vérifier s'il fallait un mot de passe. Il en fallait un, bien sûr. Elle mit le téléphone en mode silencieux. Ses doigts lui semblaient souillés, contaminés. Le téléphone dégageait une odeur de diesel qui imprégnerait tous ses vêtements dans la commode. Elle allait devoir tout relaver.

Des gouttes froides dégoulinaient dans son dos. Elle sortit un pull en laine blanc et un jean noir de son armoire et s'habilla rapidement.

Dans la cuisine, elle se lava longuement les mains.

Apparemment les températures seront négatives cette nuit, dit sa mère qui était déjà à table et épluchait une pomme de terre. Assieds-toi, je ne veux pas manger toute seule. Tu as l'air gelée.

Elsa, évitant de la regarder dans les yeux, se servit des pommes de terre, des carottes bouillies et une louche de sauté de renne.

— Des températures négatives, répéta sa mère.

— Combien ?

— Peut-être moins quatre, moins cinq. C'est incroyable ! Il pourrait même se mettre à neiger.

Les carottes étaient si fondantes qu'elle avait à peine besoin de mâcher, les pommes de terre lui brûlaient la langue, le sauté de renne était salé à la perfection. Elle mâcha, avala. Mâcha, avala.

Sa mère la dévisageait, cherchant à croiser son regard.

— C'est bien que tu sois rentrée si vite. Il s'est passé quelque chose ? Tu ne dis rien.

— Non, rien de spécial. Je suis un peu fatiguée, c'est tout.

— Tu as remis le fusil sous clé ?

— Oui.

Elle but de l'eau à grosses gorgées, réussit à finir son assiette et lécha la fourchette pour absorber le reste de la sauce. Quel genre de personne est capable de manger après *ça* ?

— Les soirées sont de plus en plus sombres. (Sa mère tira un peu le rideau.) Ton père n'a pas donné de nouvelles depuis quelques jours. Pas de nouvelles, bonnes nouvelles.

Elsa se leva avec son assiette, l'essuya et la plaça dans le lave-vaisselle.

— Tu as mangé tellement vite.

— C'était délicieux, merci.

Quel genre de personne est capable de discuter après *ça*, comme si de rien n'était ?

— Je vais chez Anna-Stina.

— Je l'ai aperçue l'autre jour. Quel joli ventre rond ! C'est peut-être des jumeaux.

— Je rentrerai tard.

— Passe-lui le bonjour.

Quand elle eut enfilé ses vêtements d'extérieur, elle retourna dans sa chambre et avec les gants elle put soulever ses habits, prendre le portable et le laisser tomber dans la poche de son manteau. Devenir un poids qui tapait contre sa hanche au rythme de ses pas.

Elle démarra la voiture, ajusta le rétroviseur bien que ce ne fût pas nécessaire, avança le siège d'un cran, attacha sa ceinture et enclencha la marche arrière. Quel genre de personne était-elle ?

Elle roula jusqu'au village voisin, dépassa l'appartement d'Anna-Stina. Toutes les fenêtres étaient obscures, elle poursuivit sa route. Fit demi-tour au niveau de la pompe.

Sur le trajet du retour, elle leva le pied en apercevant au loin le chemin de terre. Ça vibra dans sa poche. Un appel. Destiné à Robert. Pas de son, juste une vibration contre sa hanche. Qui s'arrêta. Puis recommença. Elle s'engagea sur le chemin, freina d'un coup sec. Sortit le portable et vit deux appels en absence d'un numéro inconnu.

Elle devait continuer, elle ne pouvait pas rester là avec ses feux stop allumés, rouge vif. C'était trop étroit pour faire demi-tour, alors elle avança. Il faisait zéro, dehors, à présent.

La voiture se déporta sur la gauche lorsqu'elle sortit son téléphone. Elle chercha le numéro de Minna, appuya sur le voyant lumineux vert, mais avant que le signal ne passe, elle raccrocha.

Son portable se mit à sonner, elle sursauta et fixa la photo de Hanna avec un petit Jon-Isak dans les bras. Cette photo, elle ne l'avait pas vue depuis longtemps, Hanna n'avait pas l'habitude d'appeler. Ses yeux s'embuèrent. Jon-Isak.

Elle ne répondit pas, préférant appuyer sur l'accélérateur.

Blessures internes.

Mort de froid.

Était-ce un crime de le laisser là ? « Oh, Minna, toi tu aurais su », songea-t-elle.

Elle baissa sa vitre et l'air froid emplit la voiture. La rivière était noire dans les ténèbres. Peut-être devrait-elle y jeter le portable. Le laisser disparaître dans les profondeurs.

Sauver cet homme signifiait prendre le risque de mourir. Elle freina brusquement à nouveau. Composa le numéro de la police. Elle pouvait laisser une information anonyme.

Mais s'il était mort ? Personne n'avait besoin de savoir qu'elle avait été là. Il était coincé sous un quad. Un engin lourd. C'était un accident.

Mais.

Elle aurait pu lui sauver la vie.

Elle ouvrit la portière et sortit en chancelant. Le vent du nord forcissait, elle avait froid. Les feuilles de bouleau bruissaient au-dessus de la route.

Elle revoyait son regard. La vie avait paru le quitter quand elle était revenue et avait visé sa tête. Puis elle avait tourné le fusil et tiré vers le ciel. Et Lasse avait attrapé la balle.

Ensuite, elle s'était penchée en avant, avait pris le portable et avait détalé.

Robert n'avait pas relevé la tête, la joue toujours posée au sol, le regard vitreux.

Qui abandonnait quelqu'un dans cet état ?

Elle se repérait dans la forêt malgré l'obscurité. Elle n'avait pas peur des ours. À cet instant, elle n'avait peur que d'elle-même.

Les nuages s'écartèrent et la lune apparut. Suffisamment pour qu'elle distingue le quad au loin, les reflets du métal. Elle avait emporté son téléphone pour qu'il ne puisse pas appeler au secours, lui avait ôté toute chance de survie. Le chien avait détalé quand elle avait tiré. Un comportement jamais vu. Peut-être avait-elle pointé l'arme vers l'animal ensuite, sa mémoire lui faisait défaut.

Elle avança jusqu'au quad et aperçut une botte dessous. Mais pas de jambe. Il n'était plus là. Le quad avait été légèrement déplacé, lui semblait-il, mais elle n'en était pas totalement sûre. Elsa fixa le sol sans cligner des yeux. Il avait disparu. Il n'y avait pas un bruit. Elle fouilla les environs. Avait-il réussi à se rendre quelque part ? Gisait-il, blessé, un peu plus loin ? Elle se pencha en avant et distingua du sang par terre, à côté du guidon. S'était-il dégagé seul ou quelqu'un l'avait-il aidé ? Se trouvait-il actuellement au commissariat, en train de parler d'elle ?

Elle courait dans tous les sens, regardait derrière des arbres tombés et de grosses pierres. Ça vibra de nouveau dans sa poche. Elle s'arrêta.

C'était sans doute lui qui appelait son propre portable. Elle lâcha le téléphone et se mit à courir.

73 – *Čiežalogigolbma*

Mattias fit un faux pas, trébucha et dévala la pente jusqu'au feu de camp. Au-dessus de lui se trouvait Robert. Il lui manquait une botte, son pantalon était mouillé à l'entrejambe et au genou. On aurait dit du sang. Il se tenait la poitrine en grimaçant. La chienne, qui avait aperçu son maître, poussait des gémissements et claudiquait de long en large, prête à se jeter à l'eau.

— Stop, Raija ! Arrête.

Robert avait la voix enrouée et il se tenait de nouveau la poitrine. Il glissa jusqu'au bas de la butte, l'une de ses jambes étrangement tendue. Il ôta sa botte d'un coup de pied et, sans regarder Mattias, il enfila le waders.

— Il est troué.

— Comment Raija s'est-elle retrouvée sur l'île, putain ?

Il avait déjà une jambe dans le pantalon de pêche. Une odeur astringente d'urine arriva aux narines de Mattias.

— Quand je vais revenir, tu vas voir…

Il hurla de douleur en passant la deuxième jambe. Il enfila les bretelles et ferma les boucles.

— Tu ne peux pas prendre le waders.

La voix de Mattias était monocorde. Ni têtue, ni paniquée, juste dénuée de couleur. Il fallait qu'il insiste. Mais Robert le poussa violemment sur le côté.

— La ferme !

La chienne avait toujours les pattes antérieures dans l'eau et Robert l'appela.

Dans le souvenir de Mattias, l'homme et l'animal avaient plongé à peu près au même moment. Robert avait hurlé quand les tourbillons avaient emporté sa chienne. Il s'était enfoncé trop profond, et les bottes du waders s'étaient remplies d'eau en un instant. Il avait perdu l'équilibre, s'était retrouvé la tête en bas. C'est alors que Mattias s'était mis à courir le long du rivage, s'était engagé sur une petite presqu'île pour tenter de les intercepter. La rivière y était moins profonde et il était entré dans l'eau. Le froid lui avait coupé le souffle. Il ne voyait pas la chienne, elle était sous l'eau, mais les bottes du waders fonçaient vers lui à toute allure. Il s'était jeté en avant de toutes ses forces, bras tendus, et avait refermé les doigts. Sur le néant. Rien d'autre que ses poings serrés. C'était trop tard.

74 – *Čiežaloginjeallje*

Hanna serrait la main de sa fille dans la sienne. Les doigts d'Anna-Stina étaient glacials et elle grelottait comme si le froid venait de l'intérieur. Hanna l'avait enveloppée dans deux couvertures. Puis elle lui avait demandé si elle pouvait lâcher sa main pour aller téléphoner.

D'abord le 112. Elle avait balbutié que sa fille avait besoin d'aide, qu'elle saignait.

— Oui, elle est enceinte, c'est ce que j'ai dit, vous êtes sourd ou quoi ?

Mais il n'y avait pas d'ambulance au dépôt le plus proche. Le personnel remballait ses affaires et partait à dix-sept heures, il fallait envoyer une ambulance depuis la ville. Ce qui signifiait une attente de plus d'une heure.

— Un hélicoptère alors, gémit-elle, on ne peut pas attendre une heure.

— À combien de semaines est-elle ? Malheureusement le risque de fausse couche…

Hanna baissa le téléphone. Elle n'avait pas de voiture, Ante était parti réparer la clôture, préparer le travail de l'automne et de l'hiver ; un cousin avait emprunté celle d'Anna-Stina. Elle était seule, comme toujours. Heureusement que Jon-Isak était avec son père, au moins il ne voyait pas le sang et la panique.

Ça va aller, ça va aller, s'entendit-elle répéter à sa fille.

Il fallait qu'elle trouve une solution. Elle ne pouvait pas échouer. Mais l'affolement était en train de prendre le dessus. Ses doigts étaient engourdis et la nausée l'assaillit. Il fallait qu'elle bouge. Elle se leva.

Elsa possédait le don. Elle pouvait arrêter le sang. Même si elle ne paraissait pas vouloir l'admettre, tout le monde savait que c'était une *gunsttar*. Hanna fit défiler ses contacts, sélectionna son nom. Les tonalités retentirent, mais elle ne répondit pas. Le visage d'Anna-Stina pâlissait devant ses yeux. Ou n'était-ce qu'une impression ?

Hanna était accablée par la honte qui la consumait comme une flamme sauvage. Cinq minutes plus tôt, sa fille avait pris les commandes, en dépit de sa propre terreur. Anna-Stina était sortie des toilettes et s'était écroulée sur le sol de l'entrée en criant qu'elle était en train de perdre son enfant. Hanna s'était instinctivement bouché les oreilles. Voyant que sa mère ne lui venait pas immédiatement en aide, Anna-Stina avait hurlé : « Tu dois m'aider ! »

Hanna était allée chercher son téléphone sur la table de la cuisine, avait récupéré des couvertures dans le séjour et des serviettes dans la salle de bain tandis que les cris de sa fille terrifiée la suivaient dans toutes les pièces.

Elle regarda sa magnifique fille qui enserrait de ses bras crispés son ventre arrondi tandis que le sang rougissait les serviettes posées au-dessous d'elle.

Anna-Stina attira sa mère contre elle, à la recherche de proximité. Hanna se retrouva à genoux et leurs doigts s'entremêlèrent.

— Je vais appeler… (La voix de Hanna se brisa.) Je vais appeler quelqu'un d'autre capable d'arrêter le sang.

Elsa ne répondit pas au téléphone.

En réalité, Hanna voulait s'arracher à cette étreinte, ouvrir la porte, courir sans jamais se retourner. Elle n'y arriverait pas. Anna-Stina serra les mains de sa mère plus fort et la fixa droit dans les yeux.

— Il faut que tu sois ma mère, maintenant. Il le faut !

75 – *Čiežalogivihtta*

Mattias roula jusque chez lui. Avec la vitesse, ses vêtements mouillés s'étaient figés, c'était presque de la glace contre son corps. Mais il n'avait pas froid. Il ne ressentait rien. Il se gara près de la maison qui lui appartenait, mais qu'il ne considérerait jamais comme la sienne. Sans un regard vers chez ses parents, il entra, verrouilla la porte, n'alluma aucune lumière.

Dans la salle de bain, il se démena pour ouvrir l'unique bouton de son jean, mais ses doigts étaient gelés jusqu'à l'os. Il enleva son haut et frissonna lorsque l'étoffe froide et humide glissa le long de sa poitrine. Il se rinça les mains à l'eau chaude jusqu'à sentir des fourmillements, comme des aiguilles qui s'enfonçaient dans sa peau. Son jean passait à peine les hanches et se coinça au milieu des cuisses. Il ouvrit l'armoire de la salle de bain à la recherche de ciseaux – autant le découper – mais n'en trouvant pas, il tira comme un forcené sur le tissu mouillé au niveau des chevilles. Il avait l'impression que ses pieds allaient être arrachés. Ses cuisses étaient rouges et blafardes à la fois. Il se dirigea nu, dans le noir, vers la chambre et ouvrit les tiroirs de sa commode. Un caleçon et un tee-shirt, ça suffisait. Une fois habillé, il pouvait de nouveau respirer. Depuis le lit, il avait une vue sur le lac lisse comme un miroir sous la lune. Impossible de se repérer dans le temps. C'était peut-être déjà la nuit.

Il était resté longtemps assis près de la rivière, le regard fixé sur une pierre où l'eau formait une mousse blanche.

Incapable de suivre une pensée jusqu'au bout. Le vent avait tenté de sécher ses vêtements, mais l'eau de la rivière s'y était accrochée. Ses oreilles avaient rougi, ses lèvres bleui.

Dans la maison d'*áddjá* et *áhkku*, son corps dégela lentement. Seuls ses pieds demeuraient glacés. Ses talons et ses orteils étaient endoloris lorsqu'il fit le tour du lit pour ôter le couvre-lit gris clair. Il le plia et le suspendit sur le dossier de la chaise. Il se força à soulever la couverture et à se glisser dans le lit. Et sa tête s'enfonça dans l'oreiller en duvet.

Elsa était allongée sur son lit, tout habillée. Robert pouvait lui rendre visite cette nuit, elle en était convaincue. Peut-être mettre le feu à leur maison. La tuer. Tous les tuer. Cette fois il ne laisserait ni porte ni fenêtre l'arrêter.

Incapable de trouver le repos, elle se leva, fit les cent pas en envisageant les différentes options. Mais ses pensées s'emmêlaient, labyrinthiques. Devrait-elle prévenir Mattias qui était seul chez lui ? Elle l'avait entendu rentrer à motocross. Devrait-elle prévenir ses parents endormis ? Ou devrait-elle appeler la police et tout raconter ? Sous son lit, elle avait glissé une hache récupérée dans le garage. Elle s'allongea de nouveau et se précipita au pied du lit, s'entraînant à saisir l'arme le plus vite possible.

Elle aurait pu le tuer ; ils auraient été tranquilles. Au lieu de ça, elle avait ouvert les vannes de sa folie.

Elle s'assit de nouveau, entoura ses genoux de ses bras. Se balança d'avant en arrière. Elle aurait dû tirer ! Et expliquer que c'était la seule issue possible.

Quel Dieu l'avait aidé à déplacer le quad ? Son estomac se noua. Avait-elle bien cherché dans la forêt ? Et s'il était parti en titubant, gravement blessé, et s'était évanoui à cause des lésions et de l'effort ? Elle avait vu du sang, non ?

76 – *Čiežalogiguhtta*

Un vaisseau sanguin avait éclaté et causé l'hémorragie. Mais le cœur du bébé battait, on l'entendait dans la pièce, amplifié par la machine, comme de petits roulements de tambour. Hanna pleurait. Elle pleurait tellement que les aides-soignantes s'échangeaient des coups d'œil à la dérobée.

Les cheveux d'Anna-Stina étaient étalés, telle une pelote de laine emmêlée sur l'oreiller blanc et autour de ses épaules. Elle était petite dans sa grande chemise d'hôpital et ses mains reposaient sur la couverture qui couvrait son ventre. Elle faisait confiance aux médecins et se laissait apaiser par les mains chaudes et caressantes des aides-soignantes.

Elles rassuraient aussi Hanna, mais l'une d'entre elles finit par lui dire d'un ton plus cassant qu'il fallait tout de même qu'elle sèche ses larmes, que tout allait bien.

— *Enná*… (Anna-Stina tenait sa main inerte dans la sienne.) Qu'est-ce qu'il y a ?

Comment aurait elle pu répondre ? Elle ne le savait pas elle-même. Elle pleurait de joie parce que l'enfant était en vie, aussi parce que jamais elle ne trouverait la paix. L'inquiétude grandissait tel un volcan dans son corps.

Cet enfant qui n'était même pas encore né la tiendrait éveillée toute la nuit. Et quand ce nourrisson tout chaud à l'odeur de vanille reposerait dans ses bras, Hanna ne serait plus jamais tranquille.

Les aides-soignantes avaient cessé de lui tendre des mouchoirs. Il était temps qu'elle se ressaisisse. Mais elles ne savaient rien de sa vie. Elles ignoraient que Hanna ne réussissait pas à maintenir les autres en vie. Elles ignoraient qu'elle ne dormait pas la nuit quand son mari était loin, avec les rennes, et que la responsabilité de garder Jon-Isak en vie incombait à elle seule. Elles ne comprenaient pas qu'elle avait laissé sa fille quitter la maison trop tôt.

— *Enná*, ils vont finir par t'envoyer au service psychiatrique.

Anna-Stina sourit, comme si elle plaisantait, mais Hanna serra sa main plus fort. Elle était petite et fine, les ongles manucurés, bien trop jolis. Ses mains étaient froides et Hanna voulait demander aux aides-soignantes si c'était normal. À partir de maintenant, tout devrait être classé comme normal ou anormal. Chaque fois que sa fille irait aux toilettes, elle s'attendrait à entendre un hurlement et à revoir le sang.

Au service psychiatrique, oui, c'est sans doute là qu'elle avait sa place. Mais personne ne la comprendrait. Ils ne savaient pas, là-bas, ce que ça impliquait d'être la femme d'un éleveur de rennes. Ils savaient bien, les psychiatres, à quel point il est difficile d'avoir un proche qui a mis fin à ses jours, mais ils ne comprendraient jamais la situation dans laquelle se trouvait Lasse. Quelqu'un ne parlant même pas sa langue ne pouvait comprendre sa vie. Ils lui prescriraient des antidépresseurs et lui proposeraient un rendez-vous dans un mois.

— Voulez-vous que nous appelions le père ? suggéra l'une des femmes d'un air éloquent à Anna-Stina qui secoua la tête.

— Je l'ai appelé. Ça va aller.

Elles se retrouvèrent bientôt seules dans la pièce. Hanna avait une légère nausée à cause de l'odeur de désinfectant.

— Le bébé va bien, *áhkku*…

Anna-Stina prononçait ce mot pour la première fois. Elle repoussa la couverture, saisit la main de sa mère et la posa sur son ventre.

— Tu ne l'as même pas encore senti taper du pied.

Hanna aurait voulu la retirer, mais sa fille la tenait fermement. Les deux mains glissèrent sur le ventre jusqu'à sentir les mouvements d'un petit pied. Hanna sursauta, comme si les coups du bébé se propageaient à travers toutes les cellules de son corps. Anna-Stina sourit et ferma les yeux. Hanna voulut sentir à nouveau le pied, appuya délicatement sur le ventre, appelant le bébé. Et là ! Des petites plantes de pied qui s'agitaient, frétillaient.

— Le bébé a encore la place de faire des galipettes, dit Anna-Stina, la voix ensommeillée.

— Allez, dors, tu dois être épuisée. Je veille sur elle.

Anna-Stina ouvrit un œil.

— Tu crois que c'est une fille ?

Hanna opina. Ça ne pouvait pas être encore un garçon. Il fallait que ce soit une fille.

— J'espère qu'on aura une fille. Mais ne dis rien à Per-Jonas.

— Promis.

Elle s'efforça d'observer sa fille. Les taches de rousseur, les cernes noirs sous ses yeux, les joues plus rebondies, le grain de beauté juste au-dessus du sourcil droit qui avait la forme d'un petit cœur si on l'observait de près.

Qu'est-ce qui lui avait fait croire qu'Anna-Stina n'était pas forte ? Elle était une force de la nature. Cette rage explosive, Hanna l'avait vue aujourd'hui. Mais Hanna comprenait que la colère était aussi dirigée contre elle.

Et pourtant. C'est elle qui allait devenir *áhkku*, c'est elle qui devait tous les maintenir en vie.

La respiration d'Anna-Stina s'apaisa, sa jambe frémit. Elle était proche des rêves. D'une main, Hanna caressa le ventre de sa fille, essuyant ses larmes de l'autre.

77 – *Čiežalogičieža*

Deux jours plus tard, Robert faisait la une du journal local : disparu et recherché. C'est un chasseur qui avait fourni la photo, un cliché pris quelques années plus tôt. Tous les gars de l'équipe de chasse rassemblés pour immortaliser une belle chasse à l'élan. Un Robert barbu, casquette vissée sur la tête, souriait de toutes ses dents.

Elsa frissonna en voyant son visage, ce grand rictus. *Enná* et Mattias lurent l'article chacun leur tour, en silence. Dans le village, il y avait eu des ragots ; on trouvait étrange que Robert n'ait pas consulté l'équipe de chasse au sujet de la battue à l'élan. Les gars s'étaient préparés à la contre-attaque, avaient affûté leurs arguments, mais il n'était pas venu. Puis quelqu'un avait jeté un coup d'œil dans sa boîte aux lettres : elle était pleine. Peut-être fallait-il se poser des questions. Peut-être même alerter la police ? Non qu'il fût apprécié, ou qu'il manquât à quiconque. On appela malgré tout la police, la personne au bout du fil parut un peu lasse, mais le nom lui était familier, alors elle demanda à son interlocuteur de passer chez lui et de frapper. Ce qui fut fait. La porte n'était pas fermée à clé. Sur la table de la cuisine, il y avait une tasse de café à moitié pleine et une grande brioche à la cannelle entamée, toute sèche. La chaise était tirée, comme s'il venait de se lever. Les visiteurs avaient fait le tour de la maison, froncé les sourcils en sentant la puanteur de poubelle, tiré sur la porte du garage, verrouillée, et sur le cadenas de la remise. Aucune trace ni de Robert ni du clébard.

Finalement, la police avait dû faire un tour au village pour constater qu'il avait disparu. Sa vieille jeep était encore là, mais pas le quad.

Dans le village les rumeurs se multipliaient. On parlait des voitures immatriculées en Pologne à propos desquelles les autres villages avaient alerté, ces types qui avaient l'air d'épier les maisons, de fomenter des cambriolages. On se disait aussi que les disparitions se suivaient, d'abord Petri, et maintenant Robert. Tout le monde savait que Robert abattait un renne de temps en temps, il n'était pas complètement improbable que les Samis en aient eu assez.

À présent, il faisait la une. Dans l'article, la police lançait un appel à témoin. Le quad était décrit, tout comme le chien, lui aussi volatilisé.

Leur mère lut à voix haute quelques morceaux choisis.

Elsa ne savait pas vraiment comment réagir à la nouvelle. Elle rit de la manière dont il était décrit. « Un bon bûcheron, à l'époque », affirmait l'un. « Incompréhensible, disait un autre, dans notre petit village… » Puis elle plaqua une main sur sa bouche. Elle n'avait pas le droit de rire, il était peut-être mort.

Elle prit une bouchée de son plat, mâcha, il était de plus en plus difficile d'avaler. Elle chercha le regard de Mattias de l'autre côté de la table, mais il fixait son assiette et mangeait avec concentration. Cela faisait plusieurs jours qu'il n'était pas venu chez eux. Elsa sentit la mauvaise conscience poindre à nouveau. Elle aurait dû chercher dans les bois, il gisait sans doute quelque part, dégoulinant de sang, à l'agonie.

— La police dit que son portable doit être déchargé, car on tombe immédiatement sur le répondeur.

Leur mère leva les yeux et se pencha en arrière sur la banquette.

— Je suis contente que tu puisses à nouveau manger, Mattias. C'est une vilaine gastro que tu as attrapée. Tu as l'air d'avoir perdu quelques kilos.

Il ne répondit pas, vida son verre d'eau. La peau fine sous ses yeux était violet foncé, nota Elsa. Il n'avait pas regardé sa sœur une seule fois.

— Tu as la force d'aller travailler avec *isa* ce soir ?

Leur mère avait un cure-dents dans la bouche. Mattias fit non de la tête et sa mère cessa de se curer les incisives.

— Et toi, Elsa ?

— Je dois aller voir Anna-Stina. Le bébé.

— Oui, mon Dieu ! Encore heureux que tout se soit bien terminé !

Elle s'empara du pain et du beurre en fredonnant.

— Je vais à la gym ce soir. Tu devrais peut-être venir, Elsa. Tu es si pâle.

— Je t'ai dit que…

— Oui, oui, Anna-Stina.

Elle rinça la casserole de pâtes.

— Il doit être mort.

Mattias se précipita dans les toilettes et Elsa l'entendit tourner le robinet.

Elle massa ses épaules tendues, ça remontait jusque dans ses oreilles, elle avait le vertige. L'eau dans la salle de bain continuait de ruisseler violemment et sa mère rinçait à grandes eaux la casserole. La radio hurlait. Elsa se boucha les oreilles. Sa mère finit par se retourner et la dévisagea.

— Qu'est-ce que tu fabriques ?

— J'ai mal à la tête. C'est pire quand il y a du bruit.

— Je veux juste entendre les infos. Savoir s'ils l'ont trouvé.

Elsa enfila son cardigan blanc, enroula deux fois son châle rouge autour de son cou. Sans débarrasser son assiette, elle se dirigea vers l'entrée. Elle entendit *enná* soupirer et ramasser ses couverts. Elsa appuya la tête contre la porte de la salle de bain. Ah, comme elle avait envie de parler à son frère !

— Ils l'ont trouvé ! s'écria leur mère.

Le robinet de la salle de bain s'arrêta. Elsa attendit. Leur mère s'écria de nouveau :

— Vous avez entendu ? Ils ont trouvé le quad. Pas loin de la rivière. Renversé.

— Je dois y aller, dit Elsa en ouvrant la porte d'entrée.

Sa mère apparut sur le seuil du hall d'entrée.

— N'est-il pas étrange qu'ils aient trouvé le quad, mais pas lui ?

— Eh bien, ce n'est peut-être pas lui qui le conduisait. Quelqu'un l'a peut-être volé et s'est retourné.

Elsa s'entendit parler, mentir avec tant de facilité.

Sa mère acquiesça.

— Tu as raison. C'est peut-être les Polonais. La police soupçonne un crime.

Elsa lui tourna le dos et fit un signe de la main.

— Je rentrerai tard.

— Ça va, Mattias ? Tu es encore malade ?

On entendit un bruit métallique, puis il marmonna des paroles inaudibles.

Sa mère lui attrapa le bras.

— Je suis inquiète, chuchota-t-elle en désignant la porte de la salle de bain. Est-ce qu'il serait devenu intolérant au gluten ?

— Bon sang, mais pourquoi le serait-il devenu ?

Elsa referma la porte de la maison derrière elle avant que sa mère puisse ajouter quoi que ce soit. Elle descendit les marches d'un pas saccadé, comme si ses jambes se tendaient de manière incontrôlée. Ses mains tremblaient dans les moufles qu'*áhkku* lui avait tricotées il y avait bien longtemps.

78 – *Čiežalogigávcci*

Il s'avéra que le corps s'était pris dans un filet posé par des pêcheurs illégaux, loin en aval. On l'avait annoncé à la radio, puis le soir au journal télévisé. Illustré par une carte marquée de deux croix rouges, une pour l'homme, une pour le quad. On penchait pour une noyade accidentelle, mais il y avait bien sûr des zones d'ombre. La police devait enquêter. Les villageois se perdaient en conjectures, passant en revue toutes les informations, créant parfois de toutes pièces un détail, car les événements avaient été débattus tant de fois que l'on contribuait volontiers à rendre l'histoire plus palpitante.

S'il était vraiment tombé avec le quad, pourquoi avait-il continué à pied jusqu'à la rivière ? On avait trouvé des traces de sang jusqu'au bord de l'eau : peut-être voulait-il rincer une blessure. Possible. Mais il était sans doute ivre et, dans cet état, le plus improbable pouvait devenir probable. Il n'avait pas agi de façon rationnelle, c'était certain. Il avait sans doute trébuché, était tombé à l'eau et n'avait pas réussi à en sortir.

On allait sans doute bientôt affirmer que Robert s'était noyé accidentellement. Un accident tragique, concluraient les journaux. Les villageois seraient quand même rassurés de ne pas avoir à craindre la présence d'étrangers.

Le père d'Elsa suivait le journal télévisé, concentré, il ne voulait pas rater le moindre détail.

— Ce n'était pas le seul à braconner nos rennes, mais c'était le pire. Ça va forcément se calmer, fit-il.

Comme s'il essayait de se convaincre lui-même. Elsa était d'accord, elle était pourtant incapable de rester assise sans bouger. Elle voulait fuir le domicile et en même temps elle craignait de se retrouver seule avec ses pensées, ne serait-ce qu'une seconde. Les conjectures des villageois avaient accompagné son père de retour de la station-service. Il les répétait.

— Qu'est-ce que tu en penses, Elsa ?

— Je n'en ai aucune idée.

Elle ne devait pas s'approcher de cette pensée, mais impossible de s'en empêcher, celle-ci la hantait à chaque instant : elle avait laissé un homme blessé, il avait trébuché dans la rivière et s'était tué.

Son père zappait entre les chaînes, cherchait des infos, voulait sans cesse les réentendre, avec de nouvelles théories. De temps en temps, il s'emparait de son portable, actualisait la page de son journal en ligne. Il lisait chaque nouvelle phrase, quand bien même elle fût insignifiante. Des policiers silencieux et des témoins inexistants.

Elsa avait besoin de soutien, elle était à deux doigts de craquer, de hurler que c'était sa faute.

— Tu crois que je peux appeler *áhkku* ?

Son père haussa les épaules et répondit qu'il était tard.

Pour une obscure raison, elle avait besoin d'entendre la voix de sa grand-mère. Elle composa le numéro de son service et Brittis décrocha.

— Je voudrais voir *áhkku*, est-ce que vous pourriez l'aider à utiliser Facetime ?

— Facetime ? grogna son père depuis le canapé. Elle ne va rien comprendre !

Le dialecte tornédalien de Brittis l'apaisait et, comme toujours, la femme assurait qu'il y avait une solution à tout. L'image bougea dans tous les sens et Elsa l'entendit donner des explications à *áhkku*. Quand *áhkku* broyait du noir, que Brittis voyait que la vieille dame avait besoin de retrouver un point d'ancrage dans sa famille, elle appelait chez eux et disait qu'elle avait besoin d'une voix familière. Brittis avait vite compris que c'était Elsa et non ses parents qui répondait.

Áhkku finit par apparaître à l'écran. Elle plissait ses yeux brumeux.

— Bonsoir *áhkku* ! Tu me vois ?

Elle sourit enfin et fit des signes du bout des doigts.

— Oui, bien sûr !

— Comment ça va ?

— Bien. Aujourd'hui on a mangé des boulettes de pomme de terre fourrées. C'était délicieux. Avec des airelles que Brittis avait cueillies elle-même.

Brittis apparaissait en arrière-plan, levant le pouce avec un sourire.

Les larmes menaçaient de couler et Elsa tourna le portable vers son père.

— Regarde avec qui je suis.

Son père la salua de la main et *áhkku* chantonna, ravie.

— La chasse à l'élan commence bientôt. Tu te rappelles quand *áddjá* a abattu cet élan aux bois gigantesques ? demanda Elsa en dirigeant de nouveau le téléphone vers elle.

Áhkku s'illumina et rit, oui, cette histoire pouvait être répétée des milliers de fois, elle ne s'en lassait pas. *Áddjá* était en train de se soulager contre un arbre quand il avait entendu le grand cervidé approcher dans la forêt, avait brandi son fusil et fait feu.

— Le pantalon baissé !

Elsa jeta un coup d'œil à son père qui souriait aussi. L'espace d'un instant, tout était parfait.

— Tu as entendu ce qui est arrivé à Robert ? Il est mort ! cria son père.

— Oui, Brittis m'a lu l'article ce matin au petit déjeuner. Bien trop fort, alors que mon ouïe est parfaite.

Áhkku laissa sa tresse glisser entre ses doigts, essaya de retirer l'élastique.

— *Nu dat lea*, dit-elle. C'est comme ça. On ne peut pas être cruel avec les animaux et s'en tirer.

On voyait les mains de Brittis. Elle prit délicatement la tresse et l'enroula en chignon d'un geste attentionné.

— Je peux avoir un miroir ?

Áhkku admira le chignon, tournant la tête dans tous les sens avec un sourire.

— Regarde comme c'est beau, *unna oabbá*.

79 – *Čiežalogiovcci*

Au centre de soins, la médecin fixa d'abord les mains de Mattias qui tambourinaient sur ses genoux, puis sur la jambe droite qui sautait. Elle ne parvenait pas à croiser son regard. Quand elle lui posait des questions, il évitait ses yeux et regardait par la fenêtre.

— Pas de problème au niveau du cœur, les poumons ont l'air parfaits, la tension est normale, le dosage CRP ne montre pas de trace d'infection. On verra le résultat des analyses de sang. L'échantillon sera envoyé au laboratoire et nous aurons les résultats d'ici quelques jours.

— Mais j'ai mal à la poitrine, marmonna-t-il.

— Allez vous promener, prenez l'air. Faites du sport trois fois par semaine pour augmenter la fréquence cardiaque.

Il leva les yeux et soupira bruyamment.

— Je prends l'air et je fais de l'exercice tous les jours, je vous ai dit que je suis éleveur de rennes. J'ai quand même cette pression sur la poitrine.

Elle venait de laisser glisser le stéthoscope froid sur son dos et sa poitrine. Il frissonna.

— Votre cœur va très bien.

— Je suis épuisé.

Il n'avait jamais dit ça tout haut ; sa jambe se mit à tressauter de manière incontrôlée.

— Vous dormez bien ?

— Pas vraiment.

— Le sommeil, c'est important. Vous travaillez beaucoup ? Peut-être que vous devriez lever le pied. Vos douleurs peuvent être liées au stress. Est-ce que vous vous sentez stressé ?

— C'est impossible de lever le pied. Ce sont les rennes qui décident de nos journées.

— C'est le problème du stress, lutter contre exige de grands changements de mode de vie. Il faut apprendre à dire non. Vous en êtes capable ?

Il saisit l'accoudoir de la chaise, du métal froid qui devint vite humide dans ses mains.

— Quand on s'occupe de rennes, on ne peut pas prendre de congés.

Il poussa la chaise en arrière avec un bruit de raclement qui résonna dans la pièce nue. La médecin fronça les sourcils.

— Je peux vous arrêter deux semaines pour que vous puissiez vous reposer. Je peux aussi vous prescrire de l'Atarax, un anxiolytique léger qui pourrait vous aider à dormir.

Elle s'était déjà tournée vers l'ordinateur pour rédiger l'ordonnance. Mattias regarda ses mains, sa peau était sèche au niveau des articulations et ses cuticules étaient abîmées. Elle avait de courts cheveux noirs et de grandes oreilles.

— Je ne peux pas être arrêté maintenant

Elle cessa de taper.

— Mais vous, qu'est-ce que vous voulez ?

— Qu'on me fiche la paix.

— Vous devriez partir un moment, pour ne pas être obligé de penser aux rennes.

Le silence se fit. Dehors, on entendait des bruits de pas et des voix. L'une des infirmières était dans la même classe que lui au collège. Elle l'avait salué d'un signe de la main lorsqu'il était entré et il avait failli faire demi-tour illico. Mais il s'était faufilé dans les toilettes et y était resté en attendant son tour.

Il ne pouvait pas aller chercher l'Atarax à la pharmacie d'ici, car une de ses cousines y travaillait. Il serait obligé d'aller en ville.

— Diriez-vous que vous vous sentez déprimé, apathique, triste ?

Il entendait les mots, mais était incapable de les associer à ce qu'il ressentait. Désespéré, pensa-t-il.

— Je ne sais pas.

— Angoissé ?

Il hocha la tête.

— Oui.

— Qu'est-ce qui vous angoisse ? Pouvez-vous me parler de situations particulières ?

Elle était jeune, quelques années de plus que lui, mais des océans de vie et de temps les séparaient. Elle était vacataire, venait d'une grande clinique du sud de la Suède, qui coûtait très cher, avait-il entendu. Sans doute allait-elle rire de lui avec ses collègues, une fois de retour dans la grande ville.

— Il y a beaucoup de rennes qui meurent, dit-il enfin. On est inquiets chaque fois qu'on sort.

Elle acquiesça et le regarda, l'air grave.

— Je peux vous adresser à une psychologue, mais il y a trois mois d'attente. Est-ce que vous le souhaitez ? En attendant, nous avons une assistante sociale qui reçoit plus rapidement.

Quand elle prononça son nom, Mattias s'affaissa sur sa chaise.

— Je la connais.

— Alors ça n'est pas possible. Ce sera la psychologue. Elle vient d'arriver, elle a une excellente réputation.

Elle se tourna vers l'ordinateur et se remit à écrire.

Souriait-elle ? On aurait dit que oui. Il ne pouvait s'empêcher de fixer les petites dents blanches que dévoilait son sourire. Pourquoi souriait-elle ? Il se leva d'un bond, fit tomber son bonnet, se pencha pour le ramasser.

— Je dois y aller.

— Mais non. Asseyez-vous, nous commençons tout juste à y voir un peu plus clair.

— J'ai fini.

— Mais l'Atarax alors ? Vous voulez une ordonnance ?

Il opina du chef et enfonça son bonnet sur sa tête.

— Laissez tomber la psychologue.

— Vous êtes sûr ? Je me dis que vous devriez…

Il avait déjà franchi le seuil. Il ferma la porte derrière lui.

Son ancienne camarade de classe parlait avec un homme voûté aux cheveux blancs appuyé sur un déambulateur. Elle sourit à Mattias et leva légèrement les yeux au ciel. Elle était jolie. Peut-être qu'il aurait eu ses chances, à l'époque, il y a si longtemps. Maintenant il ne valait plus grand-chose. Il la salua de la tête sans sourire. Mais son sourire à elle s'agrandit.

80 – *Gávccilogi*

Elle ne devrait pas, mais elle ne parvint pas à s'en empêcher. Elsa composa le numéro de sa ligne directe et il répondit au bout de trois sonneries. Voix autoritaire. Nom complet, Alexander Ljungblad. Elle se demanda si ses amis l'appelaient Alex. Son ton s'adoucit quand il entendit que c'était elle. Après les formules de politesse, elle expliqua la raison de son appel.

— Est-ce que vous avez trouvé le portable de Robert ? Il doit y avoir des preuves qu'il a tué des rennes. Vous trouverez peut-être des personnes avec qui il a été en contact. Des personnes qui ont acheté la viande.

— Nous avons commencé, mais je ne peux pas en dire plus maintenant.

— J'imagine que ce n'est pas prioritaire vu qu'il est mort.

— C'est quand même devenu prioritaire. (Il marqua une pause.) Après la découverte du corps.

— Qu'est-ce que vous voulez dire ?

Son pouls accéléra, elle dut s'appuyer contre le mur. Avait-elle fait tomber quelque chose ? Avait-elle laissé des traces près du quad ?

Il plaça une main sur le combiné, elle entendit une conversation étouffée, puis sa voix de nouveau.

— Désolé, un collègue est passé me voir. Elsa, je ne peux pas en dire plus maintenant, mais l'enquête n'est pas terminée.

— Mais c'était écrit dans les journaux…

— Oui, je sais, mais des choses ont changé.

— Comment ça ?
— Nous en parlerons quand nous nous verrons.
— Quand nous nous verrons ?
— Oui, nous passons au village cet après-midi. Nous avons besoin de vous parler.
— Me parler ?
— Parler à votre famille.
Il se tut. Elle l'entendit se redresser. Prendre de nouveau sa voix autoritaire.
— Parfait, alors nous nous voyons dans une ou deux heures. Ce serait bien que vous soyez chez vous.
— Vous aviez prévu de nous appeler avant de passer ?
— Est-ce que ça a une importance ?
— Vous savez bien que oui.
Elle entendait sa respiration et il entendait sans doute la sienne.
— Nous sommes à la maison, dit-elle enfin.

Les cheveux de son père étaient devenus tellement gris ! Et pas seulement au niveau des tempes. Sans compter qu'ils étaient trop longs autour des oreilles, il fallait les couper. Sa mère avait perdu du poids et cela ne lui allait pas. Elle avait des haltères sous son lit. Son père dormait dans la chambre de Mattias. Leur chambre commune était devenue celle de sa mère, un drôle de refuge qui détonnait par rapport au reste de la maison. Elle l'avait remplie de livres et d'orchidées qui, grâce aux fenêtres mal isolées, fleurissaient le mieux à cette époque-ci de l'année. Elle avait changé tous les tableaux et acheté un nouveau couvre-lit rose clair. Comme si elle s'était inventé sa petite vie, parallèlement à celle de la famille. Tout le monde la laissait faire. Tant qu'elle ne pleurait plus comme avant, songeait Elsa, ils pouvaient accepter n'importe quoi.

Ses parents se resservirent du café et son père regarda tomber la neige fondue par la fenêtre. Celle-ci était arrivée soudainement, au moins un mois plus tôt que d'habitude. Elle ne tiendrait pas. Aujourd'hui, la neige se mêlait au jaune feu de la végétation. Deux des huit saisons samies se battaient pour s'amorcer avant l'heure. Ce n'était pas encore le moment de passer de *čakča* à *čakčadálvi*, de l'automne au pré-hiver.

Ils appelèrent Mattias, mais il ne répondit pas. Sa voiture était dans la cour et ses stores baissés.

— Il sortira sans doute en voyant la voiture de police, fit remarquer son père.

— Ils ne doivent pas avoir de pneus hiver, répliqua sa mère.

— Ça ne glisse pas, la neige fond tout de suite. Il n'y a qu'à voir la route.

Elsa serrait sa tasse de thé dans son poing. Elle ne se resservit pas, bien que sa boisson eût refroidi.

Elle les contempla. *Enná* et *isa* avaient de si grandes attentes pour elle et Mattias. Ils devaient poursuivre l'œuvre de leur vie.

Ils riaient ensemble. Ils étaient soulagés, ils pensaient qu'une nouvelle ère plus lumineuse s'était ouverte devant eux. Peut-être n'auraient-ils pas besoin de surveiller les rennes cet hiver. Robert Isaksson était mort. Bien sûr, il ne fallait pas souhaiter la mort d'autrui ni s'en réjouir a posteriori, mais on avait bien le droit de rire ensemble à nouveau. De ressentir ce soulagement.

Mais cet instant allait bientôt s'évanouir. Bientôt leur fille monterait dans une voiture de police. Elle but une gorgée de thé froid, s'étonna de la netteté de ses pensées. Elle était sûre qu'elle répondrait honnêtement.

Oui, je suis allée près du quad.

Oui, je l'ai laissé.

Non, il n'était pas encore mort.

Pourquoi j'ai fait ça ?

Tout le monde se tairait autour de la table. Tous les regards braqués sur elle. Comment répondre ? Quel genre de personne fait cela ?

— Peut-être qu'ils vont demander pardon pour tous les vols de rennes qu'ils n'ont pas investigués, dit son père.

— Ils ont sans doute fouillé sa maison et trouvé de la viande, renchérit sa mère.

Les fines tasses fleuries de sa mère semblaient minuscules entre les mains calleuses de son père. N'arrivant pas à tenir l'anse entre le pouce et l'index, il enveloppait toute la tasse de son poing. Il buvait avec tous ses sens, bruyamment, et ferma les yeux un instant.

C'est alors que la voiture de police pénétra dans la cour. Ils se redressèrent et son père se racla la gorge.

— C'est Henriksson. Ça veut dire que c'est du sérieux.

Il cria « Entrez ! » quand on frappa à la porte, et ils étaient là, Henriksson et Ljungblad. Sa mère leur dit de garder leurs chaussures, elles avaient l'air si pénibles à retirer et le ménage n'était pas fait. Elle était pleine d'espoir, cela se voyait. Elle leur avait déjà sorti une tasse chacun. Ils se saluèrent avec des poignées de main fermes, mais Ljungblad serra chaleureusement la main d'Elsa. On informa les policiers que Mattias était absent et ne répondait pas au téléphone, mais qu'ils allaient essayer de le rappeler. Il était chez lui, Elsa s'en doutait. Il viendrait bientôt, sans doute. Pourrait-il lui pardonner ? Comprendrait-il ? Bientôt, plus personne ne la regarderait de la même façon. Elle-même évitait les miroirs ces derniers temps.

Elle avait téléphoné à Minna. Elle s'était faufilée dehors, grelottait auprès du lac, une étendue noire sous les nuages obscurs. Elle lui avait demandé s'il était puni par la loi d'abandonner une personne blessée et Minna lui avait demandé d'une voix tendue ce qui s'était passé. C'était impossible à raconter, même à elle, et Elsa lui avait dit qu'elle devait y aller, avait raccroché, ne voulant plus entendre la voix inquiète de son amie. Elle avait mis son portable en mode silencieux.

Ljungblad s'était laissé pousser la barbe, mais elle était bien taillée même autour des oreilles. Il semblait suer dans son uniforme.

Henriksson lui dit de prendre des notes. Pourquoi ne l'avaient-ils pas convoquée seule en ville pour l'interroger ? Soupçonnaient-ils que toute la famille était impliquée ?

— Alors, ça avance ? Vous avez fouillé dans ses congélateurs ?

Son père avait l'air si sûr de lui qu'elle avait mal. Physiquement. Comme une crampe au diaphragme. Jamais il n'avait le dessus, et, cette fois, il y croyait. Il se pencha tranquillement en arrière, sa tasse de café en main.

— Des collègues ont commencé, oui, répondit Henriksson.

— Je me disais bien que j'avais vu une voiture de police hier aussi. On disait justement qu'on n'avait jamais vu tant de vos véhicules dans le village. Enfin, vous daignez venir chez nous.

Henriksson n'avait pas l'air amusé. Ljungblad buvait de petites gorgées de café, mais Henriksson avait posé sa main sur la tasse quand la mère d'Elsa avait voulu le servir.

— Mon collègue et moi nous examinons de plus près la mort de Robert.

— Ah bon, ce n'était pas un accident finalement ?

Son père se pencha en avant, approcha l'oreille gauche. Il ne voulait pas admettre que son ouïe avait baissé.

— Si, probablement, mais pour ne rien laisser au hasard nous voulons tout de même tirer sur quelques fils.

Elsa jeta un coup d'œil en coin à Ljungblad qui gardait un visage neutre.

— Nous avons examiné les vêtements que portait Isaksson et quelques questions se posent. Je voudrais commencer par vous demander si vous reconnaissez ce numéro de téléphone ?

Henriksson prit son carnet sur la table, tourna quelques pages vers l'arrière et le poussa vers le père d'Elsa. Un numéro dont les premiers chiffres étaient connus de tous, mais qu'ils n'avaient pas utilisé depuis plusieurs années.

— C'est le numéro de téléphone fixe de mes parents, répondit son père. La maison d'à côté. Mais nous l'avons résilié depuis longtemps. Il suffit d'avoir un portable de nos jours, même si le réseau n'est pas toujours parfait.

— Et ces initiales, ce sont celles de votre père ?

— Oui.

— Les initiales et le numéro de téléphone étaient inscrits dans le waders que portait Isaksson. Pouvez-vous m'expliquer pourquoi Robert portait le pantalon de votre père quand il est mort ?

Le père d'Elsa resta bouche bée. Il tourna la tête vers sa femme qui écarquillait les yeux. Elsa et Ljungblad se regardaient, mais elle ne le voyait pas, son regard le transperçait.

— Quoi ? C'est vrai ? Mais... (Son père haussa les épaules d'un air interrogatif.) Ne l'avons-nous pas jeté depuis longtemps ?

Sa mère était pétrifiée sur sa chaise. Elle baissa les yeux, puis les braqua sur Elsa. Elles criaient toutes les deux en silence, sans que cela se voie, mais à l'intérieur c'était le chaos. *Mattias.*

— Il l'a peut-être volé aussi, à la déchetterie, répondit son père, pensif.

— Robert ?

— Oui, c'est la seule explication que je puisse trouver. Qu'est-ce que tu en penses ?

Sa mère répondit lentement, comme si elle devait réfléchir à chaque mot avant de le prononcer.

— Oui, ça doit être ça.

— En tout cas, on l'a balancé, déclara son père.

— Oui, il était vieux et inutilisable, poursuivit sa mère d'une voix aussi lente.

— Exactement. Nous l'avons analysé de près : c'est un vrai danger. Un vieux waders sans ceinture. S'il y a de l'eau qui rentre, on bascule, on se retrouve rapidement la tête en bas avec de faibles chances de remonter à la surface.

— Oui, c'est pour ça qu'il fallait le jeter, répondit son père.

Il n'arrivait pas à reconstituer le puzzle et posa un regard interrogatif sur Elsa qui l'évita et se tourna vers la fenêtre. Elle sentait la présence de Mattias. Ljungblad suivit son regard.

— Vous ne savez pas où est Mattias, par hasard ?

— Non, répondirent Elsa et sa mère à l'unisson.

— Alors il portait ce pantalon quand il est mort ?

Son père pencha de nouveau la tête et fixa la bouche de Ljungblad quand celui-ci répondit.

— Oui. Et nous avons trouvé une botte sur la rive. Notre théorie est qu'il a enfilé le pantalon à cet endroit. Pourquoi, nous l'ignorons. Il n'avait pas sa canne à pêche.

— Bizarre, commenta son père.

— Oui, nous avons du mal à comprendre, fit remarquer Henriksson.

— Bah, comment savoir ! En tout cas, ce pantalon, nous l'avons jeté.

— Vous êtes sûrs de l'avoir mis à la déchetterie ? Où était-il rangé avant que vous vous en débarrassiez ?

Chez Mattias. Elsa se mordit l'intérieur des lèvres tellement fort que c'était douloureux.

— Dans la remise, n'est-ce pas, Marika ?

Sa mère hocha la tête.

— Voulez-vous encore du café ? demanda-t-elle.

Elle s'était déjà levée et retournée. Elle remplit la cafetière d'eau, versa des cuillerées de café moulu d'une main stable, en prenant tout son temps.

— Je suis sûr qu'on l'a jeté à la déchetterie. J'y ai apporté plusieurs sacs, dit son père.

— Vous étiez conscient que ce pantalon était dangereux ? demanda Ljungblad.

Sa mère jeta un coup d'œil par-dessus son épaule sans croiser un seul regard.

— Nous savions qu'il manquait la ceinture, c'est pour ça que personne ne l'utilisait.

— Il était vieux et démodé, ajouta son père.

Il gardait sa voix assurée, mais la prudence semblait poindre. Elsa s'était aussi levée et remplissait une casserole d'eau.

— Vous voulez peut-être un thé ? proposa-t-elle à Henriksson. Tout le monde ne boit pas de café.

— Ce n'est pas nécessaire, il est trop tard pour les excitants.

— J'ai du thé rouge aussi.

Elsa et sa mère se tenaient côte à côte, les épaules appuyées l'une contre l'autre. Personne ne tomberait aujourd'hui. La cafetière sifflait et sa mère la déplaça. Versa le café dans une tasse, à travers un tamis, puis le contenu de la tasse de nouveau dans la cafetière. Elle plaça ensuite le tamis au-dessus du thermos et le remplit. Les dernières gouttes de café s'accompagnèrent du marc qui forma une petite pyramide dans le filtre. Sa mère le vida d'un coup sec dans la poubelle. Elle servit Ljungblad, puis son mari et elle-même. Elsa s'empara d'une tasse rayée, la remplit à moitié d'eau et y plongea un sachet de rooibos africain.

— Il a cessé de neiger, fit remarquer sa mère en se rasseyant.

Le silence se fit autour de la table en attendant qu'Elsa prenne place également. Henriksson ne toucha pas à la tasse qu'on venait de poser devant lui.

— Est-ce que nous sommes soupçonnés de quelque chose ? finit par demander son père. Je trouve que ça commence à y ressembler.

À présent, ça grondait en lui. Elsa reconnaissait son état. Elle serra les jambes et plaqua les bras contre son corps.

— Nous trouvons juste frappant qu'il portait un pantalon vous appartenant. Étant donné que personne ne l'a vu tomber dans les rapides, nous devons essayer de comprendre ce qui s'est passé.

Henriksson gardait un ton neutre, mais Elsa devinait l'excitation dans ses yeux. L'intuition qui l'avait mené jusqu'ici. Il attendait que l'un d'entre eux commette une bourde.

— Frappant, répéta son père. La seule chose frappante est que vous veniez ici nous interroger à propos d'une noyade accidentelle tandis que vous ne vous êtes jamais donné la peine de vous déplacer quand nos bêtes se sont fait tuer. Et quand il a menacé ma fille, vous l'avez laissé s'en tirer !

Il abattit son poing sur la table. Elsa fut la seule à sursauter.

— Qui a vu le pantalon en dernier ? demanda Ljungblad.

— Moi, répondit rapidement la mère.

— Où ?

— Quand j'ai vidé la remise, je l'ai mis dans le tas d'affaires à jeter que nous avons apporté au village voisin. Ils ont une déchetterie, contrairement à nous, donc on doit se déplacer, on y va assez souvent.

Elle se perdait dans son raisonnement et Elsa voulait poser une main sur son bras pour la faire taire. Au lieu de cela, elle pressa légèrement sa jambe contre la sienne sous la table.

— Et on ne peut pas savoir s'il y a des gens qui fouillent dans les containers, termina-t-elle.

— Ce serait bien son genre, à ce dégénéré, de farfouiller là-dedans, marmonna son père sans les regarder. (Les bras croisés, il pinçait fermement ses biceps.) Si vous croyez que Robert Isaksson est le genre d'homme que l'on peut forcer à enfiler un pantalon de pêche, vous faites fausse route. Vous devriez le savoir, Henriksson. Il l'a enfilé volontairement. Il a causé sa propre mort.

— Nous avons trouvé un waders chez lui. Donc c'est étrange qu'il ait mis votre vieux pantalon, dit Ljungblad.

Le père lança un regard éloquent à l'horloge murale, se leva, se dirigea vers l'entrée, revint avec ses chaussures à la main, s'assit sur la chaise près de la porte et commença à les lacer.

— Vous n'avez que des suppositions. Comment pourrions-nous savoir pourquoi il ne portait pas son propre pantalon de pêche ?

— Peut-être qu'on l'a trompé, avança Ljungblad. Vous êtes pressé ?

Sans lever la tête, le père continua à nouer ses lacets.

— J'ai du travail.

Henriksson le fixa avec mécontentement, les yeux plissés, mais il n'avait visiblement pas envie de s'engager dans un conflit.

— Et Mattias, vous pouvez essayer de le rappeler ?

Ljungblad observa Elsa qui, obéissante, téléphona à son frère et mit le haut-parleur pour que tout le monde entende les sonneries.

Sa mère était assise, le dos droit, et regardait les policiers alternativement. Elle sourit, leur demanda s'ils ne voulaient pas prendre une autre brioche. Ljungblad leva les mains en signe de refus.

— Pouvez-vous demander à Mattias de nous appeler ?

Sa mère hocha la tête, toujours souriante.

— Bien sûr.

— Eh bien, il est temps pour nous de partir.

Henriksson se leva le premier. Son thé était froid. Il n'y avait pas touché. Ljungblad avait des miettes dans la barbe.

81 – *Gávccilogiokta*

Elsa marcha dans les flaques laissées par les policiers, mouillant le talon de ses chaussettes. Sa mère glissait des mèches de cheveux derrière ses oreilles, d'un mouvement mécanique. Elle venait d'aller chez le coiffeur et ne s'était pas encore habituée à sa coupe courte.

— Il ne peut pas l'avoir tué, si ? demanda-t-elle.

Elsa secoua la tête. C'était pire que ça. Tout s'éclairait à présent. Il avait gardé le waders pour se donner la mort.

— Mais il a pris le pantalon, non ? Je ne l'ai pas retrouvé dans la pile à jeter.

Sa mère tira sur sa frange, la repoussa brusquement sur le côté.

— Je crois qu'il voulait le garder comme souvenir d'*áddjá*.

Elsa fixa le sol.

— Tu parles d'un souvenir ! Il y a plein de tasses en bois et de couteaux, pourquoi garder un vieux pantalon ?

Mais même Elsa avait des souvenirs. *Áddjá* qui franchissait le ruisseau en portant Mattias, quand la chaleur arrivait d'un seul coup, faisait fondre la neige et les glaciers en altitude, rendant difficile la traversée de petits cours d'eau. *Áddjá* savait qu'il ne fallait pas s'engager dans l'eau profonde avec ce pantalon, mais il soulevait ses petits-enfants et marchait dans les cours d'eau. Parfois il les portait tous les deux et jamais il ne chancelait, malgré le courant qui lui poussait les jambes. Elle n'avait jamais eu peur. La dernière fois qu'il les avait portés, Mattias était déjà grand, mais *áddjá* avait bien vu qu'il voulait aussi grimper dans ses bras bien que ses jambes soient trop longues. Alors il l'avait hissé ; le frère et la sœur avaient hurlé de rire en s'agrippant à son cou.

— Si, c'était un souvenir.

— Mais comment Robert a-t-il mis la main dessus ?

— Peu importe. Comme l'a dit *isa*, personne n'aurait pu le lui enfiler de force.

— Et si…

— Quoi ?

Sa mère la regarda, paniquée.

— Je ne peux pas le dire tout haut. (Elle semblait prête à fondre en larmes, elle se prit le front entre les mains.) Imagine, s'il l'a tué, lui a mis le pantalon et l'a jeté dans la rivière pour faire croire à un accident ?

— Impossible.

— Comment le sais-tu ?

— Ce serait stupide : il y a le nom et le numéro de téléphone d'*áddjá* dans le pantalon. Et puis, les policiers l'auraient dit, s'ils pensaient qu'il était mort d'une autre manière. Ils disent que Robert s'est noyé, il devait avoir de l'eau dans les poumons, mais aucune trace d'une agression physique.

— Au village, j'ai entendu dire qu'il avait souffert d'hémorragies internes.

— Imagine toutes les pierres qu'il a dû heurter en descendant les rapides. C'est un miracle qu'il n'ait pas eu le crâne brisé.

La voix d'Elsa était basse, posée, mais derrière son dos, les ongles d'une de ses deux mains s'enfonçaient dans la paume de l'autre, et ses genoux vibraient sous sa longue jupe en doudoune.

— Mais comment, Elsa ? Comment est-ce possible ?

— Ne dis rien à *isa*, je vais parler à Mattias.

— Je devrais le faire.

— Non, je m'en charge.

— Mais où est-il ?

La maison paraissait toujours vide. Sur la voiture, la neige fondait et coulait le long des vitres et du pare-brise arrière.

— Je vais le trouver.

Elle sentit son portable vibrer dans la poche de sa jupe. Minna. Elle rejeta l'appel.

— Va te reposer, *enná*, je vais ranger.

Sa mère poussa un profond soupir, les mains sur l'assiette de gâteaux et la brique de lait.

82 – *Gávccilogiguokte*

Il était étendu sur son lit. Des affaires dans un sac de sport noir posé à même le sol. Il faisait sombre, mais les chiffres verts anguleux du vieux réveil d'*áhkku* et *áddjá* brillaient. Cela faisait une demi-heure que la voiture de police avait quitté la cour. Ils avaient frappé à sa porte avant de poursuivre leur route.

Son portable était en mode silencieux, mais la lumière bleue s'était allumée plusieurs fois sur la table de chevet. Des SMS et des appels. Avant la venue de la police, Elsa avait envoyé un SMS lui disant qu'ils étaient en route et qu'il devrait venir. Leur mère avait appelé trois fois. Et une fois la police sur place, Elsa avait téléphoné. Puis de nouveau après leur départ. Elle avait fini par venir jusqu'au perron, avait crié son nom, tambouriné à la porte puis, quelques secondes plus tard, tapoté avec les ongles au carreau de sa chambre. Il leur avait pris le double de la clé, l'avait rangé dans sa propre armoire à clés auprès de la porte d'entrée. Il ne pouvait pas continuer à vivre ainsi. Dans la maison voisine de ses parents avec une clé qui ne lui donnait jamais d'indépendance. Il repensa à ce qu'il avait dit à la médecin vacataire, qu'il voulait qu'on lui fiche la paix. Juste fermer les yeux et ne pas penser à tout ce qui l'angoissait.

Il pourrait sortir en forêt, mourir de froid. Il était trop lâche pour prendre le fusil. Robert Isaksson lui avait dérobé sa solution, la seule manière qu'il avait trouvée d'être tranquille pour toujours. Quelle ironie ! C'en était presque comique.

— Je vais casser la vitre, Mattias !

La voix d'Elsa au-dehors. Elle était de retour et il ne doutait pas qu'elle puisse mettre sa menace à exécution. Mais son corps était pressé contre son lit, ses épaules étaient endolories, sa nuque raide et ses mains nouées. Il était incapable de se lever. Néanmoins sa voix le surprit : il s'exprimait clairement.

— *Vuordde veahaš*. Attends un peu.

Il n'était pas sûr qu'elle ait entendu. Il s'attendait à ce que des éclats de verre volent au-dessus de son lit. Elsa était plus forte que lui. C'est pourquoi il pouvait se tirer maintenant, avec la certitude confiante qu'elle allait rester auprès des rennes. Il l'observait depuis des années. *Unna oabbá* lui collait aux basques depuis qu'elle avait su marcher. Il l'avait vue porter le lasso, le regard décidé, ou plutôt le traîner derrière elle les premières années. Il l'avait toujours vue camper sur ses positions lorsqu'on lui disait qu'elle n'avait pas sa place parmi les rennes. Il était fier d'elle. Il aurait dû le lui dire depuis longtemps, pourquoi ne le lui avait-il pas dit ? Parce qu'on ne dit pas ce genre de choses, tout simplement. On ne doit pas complimenter, couvrir de louanges, ça porte malheur, disait toujours *áhkku*.

Elle frappa de nouveau. Il devait trouver la force de se lever. Le loquet faisait des siennes, mais la fenêtre finit par s'ouvrir et l'air froid s'engouffra contre ses bras nus. Elle avait de l'inquiétude dans les yeux. Il lui dit de grimper. Elsa le regarda comme s'il était idiot, mais attrapa le bas de la fenêtre, se hissa, le ventre sur le rebord avant de passer les jambes. Elle aperçut immédiatement son sac et décocha un coup de pied dedans.

— Tu pars ?

— J'y songe.

Il ferma la fenêtre. Elle alluma le plafonnier et s'assit sur le lit. Désireux de garder ses distances, il se pressa contre la commode.

— La police est passée. Ils veulent que tu les appelles.

Il affecta un air indifférent. Elle balançait les jambes et donna un nouveau coup au sac, plus fort cette fois. Puis elle se décomposa et elle éclata en sanglots. Cela faisait des années qu'il ne l'avait pas vue pleurer ainsi. Son nez coulait, ses larmes coulaient, elle respirait avec peine, les gémissements sortaient de ses lèvres par saccades et ses poings martelaient le matelas.

Elle dut le répéter plusieurs fois avant qu'il comprenne ce qu'elle disait.

— Tu voulais te suicider. Tu allais le faire ! Hein ?

Il laissa tomber ses bras le long de son corps. Il aurait dû ressentir quelque chose, mais tout était mort en lui. Elle n'attendit pas.

— Tu allais enfiler le waders et te noyer.

Elle essuya son nez d'un revers de la main et s'empara du couvre-lit pour sécher ses larmes.

— J'étais là ! Tu comprends ? J'étais là !

Il restait immobile, perclus.

Elle se leva, lança son poing contre son bras, le bouscula, mais il restait stable. Ses pieds avaient pris racine dans le sol. Le coup au bras ne lui fit pas mal. Elle tituba jusqu'au lit, se jeta sur le côté, se roula en position fœtale. Il fixait le vide devant lui.

— Je croyais que c'était à cause de moi qu'il était mort. Je l'ai trouvé blessé et je l'ai abandonné là. En fait, c'était toi.

Elle se redressa sur ses coudes et le regarda avec inquiétude.

— Je ne crois pas que tu aies tué Robert ! Moi, je voulais le flinguer. (Elle fixa son frère d'un air de défi.) D'ailleurs, j'ai appuyé sur la gâchette.

— J'ai entendu le coup de feu, marmonna-t-il.

— Lasse m'a dit de ne pas lui tirer dessus, alors j'ai pointé le fusil vers le ciel.

Mattias baissa les yeux sur ses pieds, sur ses chaussettes blanches devenues gris sale.

Lasse.

Il déglutit. Ne pas penser.

— Ce n'était pas un hasard si on était là tous les deux, poursuivit-elle. Je sentais la présence de Lasse, si intense. Il avait dû…

Mattias rugit.

— Tais-toi !

C'était de plus en plus difficile de ne pas bouger, mais il replia les doigts de pieds vers le sol.

— Tu aurais dû le descendre !

— Si je l'avais tué, tu ne serais plus là aujourd'hui, n'est-ce pas ?

Les yeux d'Elsa étaient brillants, fiévreux.

— Tu aurais enfilé le pantalon de pêche et tu aurais laissé la rivière t'engloutir.

Il fixait ses pieds qui voulaient déguerpir.

— Tu allais te foutre en l'air, pas vrai ? (Sa voix menaçait de se briser.) Il était vraiment coincé sous le quad. Il ne pouvait pas sortir de là-dessous, impossible. Mais Lasse…

— Arrête de parler de lui !

Il ne pouvait plus rester là, immobile. Elsa cria son nom lorsqu'il courut vers la cuisine, ouvrit le robinet, plaça ses poignets sous le filet d'eau froide, remplit un verre d'eau qu'il but à grandes gorgées. Tous les stores étaient baissés. On se serait cru en prison.

Elle l'avait rejoint dans la cuisine, se laissa tomber sur une chaise et le fixa dans l'obscurité. Ils se voyaient à peine, mais les yeux de sa sœur luisaient comme deux petits points brillants. Elle alluma la lampe posée sur l'appui de la fenêtre, il voulait la supplier de l'éteindre. Mais elle était là, *unna oabbá*, les yeux gonflés, le visage marqué de stries rouges, les cheveux en pétard sur ses épaules délicates.

— Il a tué Nástegallu. Je l'ai vu.

Mattias retenait son souffle.

— Tout serait différent aujourd'hui si j'avais osé parler. On l'aurait peut-être coffré. Mais ce jour-là, il m'a menacée. J'ai cru qu'il allait tous nous tuer.

Sa voix était la même qu'à l'époque. Il avait l'impression qu'on lui marchait sur la poitrine.

— Donc tout est ma faute. Et Lasse, il m'a posé des questions sur Robert. Peu avant son suicide. J'étais à deux doigts de tout lui avouer. J'aurais dû le faire. Robert aurait pu être arrêté et condamné.

Elle avait les genoux remontés sous le menton. Si pâle, si petite. Mattias s'obligea à parler.

— Il n'aurait jamais fini en prison. Ce serait resté un vol quand même. Ça n'aurait rien changé.

— Tu ne peux pas le savoir.

— Si. Nous avons plus de cent plaintes qui n'ont mené à rien.

— Mais je l'ai vu, c'est différent. Je suis témoin.

— Il n'empêche que ça reste un vol. Il aurait peut-être écopé d'une amende. Et après ? Il serait devenu plus méchant qu'avant, sans doute.

Mattias s'efforçait d'avoir l'air convaincant. Il aurait voulu mieux s'exprimer. Il devait lui dire qu'il l'aimait, mais ce genre de choses ne se disent pas. Il voulait lui demander pardon, il aurait dû comprendre, l'aider.

— Tu nous as sauvés de ça, parvint-il à articuler.

Les cheveux de sa sœur tombèrent devant son visage quand elle appuya le front contre ses genoux avec un profond soupir.

Son envie de fracasser quelque chose, si familière, était de retour. Il voulait qu'elle s'en aille, pour qu'il puisse crier et donner des coups autour de lui. Il se contraignit à la regarder, de nouveau en proie à sa mauvaise conscience.

Il avait échoué à prendre soin d'elle. Elsa avait été sa *unna oabbá* puis un jour elle avait cessé de l'être. Il voulait lui rappeler le temps où il la chatouillait, la portait, la pourchassait dans toute la maison, l'attrapait et serrait de toutes ses forces son petit corps. Quand elle avait grandi, il n'avait pas trouvé de nouvelles manières d'établir un contact physique. Alors il s'était éloigné. L'avait laissée partir.

Elsa soupira de nouveau.

— Tu n'as pas le droit de me quitter, dit-elle.

C'est là que ses jambes se dérobèrent. Il n'eut pas le choix, il dut s'asseoir par terre. Il se haïssait. Il l'avait déjà abandonnée. Depuis longtemps.

— C'est juste que je ne sais pas quoi faire, fit-il en frottant ses paumes contre ses cuisses.

— Tu as besoin d'aide.

— Je suis déjà allé au centre de soins. On m'a dit de prendre un congé, de respirer un peu, le temps d'un week-end.

Il émit un son guttural, mais elle ne se rendit pas compte qu'il riait.

— Ils ne comprennent rien. Tu dois aller en Norvège, au SANKS.

— Je ne peux aller nulle part.

— Tu n'as pas le choix. Je prends le relais. Aux côtés d'*isa*. Tu dois te faire aider. Là-bas, il y a des psychologues qui comprennent notre vie.

Elsa se tenait droite à présent. Elle parlait vite, du centre médico-psychologique sami, prononçant le nom en norvégien, *samisk nasjonalt kompetanscenter, psykisk helsevern och rus*, expliquant qu'il permettait de sauver des vies, que beaucoup de Samis se faisaient aider là-bas. Il regardait sa bouche qui bougeait et ses yeux qui avaient retrouvé de l'assurance.

Injectés de sang, mais déterminés.

— Je te conduis à Karasjok, conclut-elle.

— Peut-être que j'aurai quand même mes vacances. En prison. Homicide involontaire.

Le silence entre eux parut durer une éternité.

— Que s'est-il passé ? s'enquit-elle.

Il sentit sa gorge se nouer.

— Je l'ai laissé sous le quad, ajouta-t-elle. Comment est-il arrivé jusqu'à la rivière ?

Mattias passait ses doigts dans ses cheveux, depuis le front jusqu'au bas de la nuque, comme sa mère avait l'habitude de le faire quand il était enfant. Il frissonnait chaque fois que ses doigts atteignaient sa nuque. Il répéta le mouvement à plusieurs reprises.

— Comment s'est-il retrouvé avec le waders ?

— Il l'a enfilé tout seul.

— Pourquoi ?

— J'avais jeté son chien sur l'île.

Elsa pouffa.

— Tu avais fait quoi ? (Elle plaqua une main sur sa bouche.) Pauvre bête !

— Je ne sais pas, je l'ai attrapé par le collier et je l'ai balancé. Je ne comprenais pas bien ce qui se passait. J'ai entendu un coup de feu, le chien a déboulé, j'ai vu à qui il appartenait, et j'ai dû… paniquer. (Il se racla la gorge.) Oui, merde, pauvre toutou !

— Et après ?

— Il a débarqué, a vu son clébard, il a attrapé le pantalon. J'ai essayé de l'en empêcher. Mais il ne m'écoutait pas.

Mattias abattit ses paumes contre le sol. La douleur cuisante fut immédiate.

— J'aurais dû insister, lui arracher le pantalon des mains.

Il ferma les yeux.

— Que s'est-il passé ?

— Il a glissé sur les rochers et il est tombé. J'ai couru jusqu'à la presqu'île en me disant que j'allais le sauver. Je me suis jeté à l'eau. (Il se tut.) Mais j'ai pas réussi.

Elsa se leva, il entendit ses pas légers et la vit, du coin de l'œil, s'agenouiller à côté de lui.

Il voulait s'éloigner, c'était trop pour lui.

— Ce n'était pas ta faute.

— La police ne sera pas de ton avis.

— Tu vas tout leur dire ?

— Je suis obligé, ce n'est pas possible autrement.

La jupe d'Elsa bruissa.

— Et moi, dans ce cas, qui ne l'ai pas secouru alors qu'il était blessé. Je dois leur dire aussi ?

— Non ! Tu n'as rien à voir là-dedans.

Cette fois-ci il ne voulait pas échouer à la protéger. Il leva les yeux, mais détourna rapidement le visage. Elle était trop proche.

— Ljungblad est un bon flic, je pense. On va lui parler.

Ils demeurèrent assis par terre, silencieux. Mattias se remémora toutes les fois où ils avaient joué, ensemble, dans cette cuisine. *Áhkku* et *áddjá* avaient nourri leur imagination, leur avaient raconté leurs histoires qui étaient devenues des jeux. Il voulait lui demander si elle s'en souvenait elle aussi. Mais Elsa prit la parole avant.

— D'abord la police, puis le SANKS, déclara-t-elle.

Il hocha la tête. Bien sûr. C'était au tour d'*unna oabbá* de décider.

83 – *Gávccilogigolbma*

Les aiguilles cliquetaient. Hanna avait terminé le minuscule pantalon vert clair. Maintenant, un petit gilet blanc prenait forme entre ses doigts.

Assise dans la cuisine, elle jetait régulièrement des coups d'œil vers le séjour où Anna-Stina dormait sur le canapé. Elle se redressait avec la même régularité pour surveiller Jon-Isak par la fenêtre.

De nouvelles rumeurs se répandaient dans le village. Des rumeurs qui se diffusaient rapidement, d'un hameau à l'autre. Quand la police était passée avec une remorque, les gens s'en étaient donné à cœur joie. Ce qui se disait ne pouvait qu'être vrai. Ça ne pouvait pas être inventé, puisqu'on l'avait entendu.

Des carcasses de rennes, de la viande d'élan et même une tête d'ours. Eh oui, une tête d'ours avait été découverte dans un des congélateurs de Robert Isaksson.

Hanna frissonna et enfila son pull rose en polaire.

Robert était enterré, mais son histoire lui survivrait longtemps, elle en était persuadée. Sa maison tomberait en ruine, ses rideaux pâliraient au soleil, puis se désagrégeraient dans les fenêtres. À moins que l'un de ses rares parents prenne la masure en pitié. Une chose était sûre : sa mère n'en ferait pas partie.

Le toit de la remise qui avait jadis servi de grange s'enfoncerait, les petits animaux y trouveraient refuge. Les enfants des villages s'y faufileraient, se feraient peur en racontant que son fantôme hantait les lieux, qu'il allait encore tuer des rennes. Seuls les plus téméraires oseraient pénétrer dans la grange, ils se retrouveraient à l'intérieur, genoux tremblants, entendant des froissements dans les recoins et des craquements de mauvais augure au-dessus de leur tête.

Jon-Isak avait disparu de son champ de vision, elle dut se lever et regarder par l'autre fenêtre de la cuisine. Il était là, avec un ballon de football, comme d'habitude. Il parvenait à le faire rebondir sur son pied un nombre incalculable de fois, essayant constamment de battre son propre record.

Hanna se rassit, laissa la laine glisser entre ses mains.

On disait que les enfants étaient déjà attirés par la maison de Robert. Les amis de Jon-Isak s'y étaient rendus, et elle croyait qu'il aurait pris la tête de l'expédition, pour jeter des pierres et dessiner au charbon sur la façade.

Au contraire. Jon-Isak restait à la maison, jamais loin de son père. Il rejetait toujours l'école. Parce que les ragots faisaient aussi état d'un tueur qui avait balancé Robert dans la rivière.

Elle ne le força pas à retourner en classe. De toute façon, il n'en avait pas besoin, il marcherait dans les pas de son père. Désormais, elle tendait les bras vers son fils, le serrait fort dans ses bras. Au début, il était tout raide, ne sachant pas combien de temps l'embrasser ou pourquoi sa mère s'accrochait à lui. Il avait fallu de nombreuses tentatives pour qu'il se détende, lui fasse confiance. Alors il s'était mis à la serrer en retour. Maintenant il recherchait sa proximité, s'approchait d'elle quand elle cuisinait, se collait à elle dans le canapé, penchait la tête contre son épaule et s'endormait.

Le ventre d'Anna-Stina était presque aussi gros qu'elle était grande. Son visage était rond et doux, mais ses mains et ses pieds avaient enflé. Elle reconnaissait parfois qu'elle avait peur de l'accouchement. Hanna lui avait promis d'être là si Per-Jonas n'y était pas. Pourvu qu'il soit présent !

À la superette, elle avait entendu dire que Mattias était allé à SANKS. Celle qui colportait cette rumeur, le visage grave, n'en connaissait pas la raison, mais Hanna la devinait. Personne n'avait tendu la main à ce jeune homme de seize ans qui avait perdu son ami. Qui s'était retrouvé sans Lasse.

Elle posa son tricot sur la table. Il lui était difficile de penser à Mattias, cela lui rappelait qu'elle avait elle-même perdu pied à une vitesse effrayante. Toutes ses certitudes n'étaient pas si solides, finalement. À présent, elle rassemblait son troupeau, faisait ce qu'on attendait d'elle, se transformait en *áhkku*. Elle se ressaisissait, le faisait pour ses enfants et le bébé à naître de sa fille. Bien qu'elle ne fût pas entière. Elle ne pouvait qu'espérer ne pas craquer à nouveau. Un soir, elle parlerait à Ante. Elle lui demanderait pardon. Elle espérait qu'il ferait de même.

Si Lasse lui avait demandé de l'aide, elle l'aurait conduit à Karasjok. Elle s'empara d'un mouchoir posé sur la table, s'essuya délicatement le nez, tamponna sous ses yeux.

Elle regarda par la fenêtre de la cuisine, vers la route où elle vit Elsa passer à grandes foulées, arborant un gilet fluorescent. Elle faisait de longs footings, courait entre les hameaux. Elle avait entendu dire qu'elle s'entraînait pour le marathon de Stockholm. Hanna ne put s'empêcher de sourire. Elle avait assez de volonté pour faire n'importe quoi. Toute sa vie elle s'était entraînée, avait marché la tête haute, s'était préparée à reprendre la main, à prendre sa place.

Hanna se leva, alla chercher la photo de confirmation de Lasse et la posa sur la table devant elle. Voilà. Dorénavant, elle veillerait sur tous ses enfants. Elle compta les mailles, et les aiguilles se remirent à cliqueter.

84 – *Gávcciloginjeallje*

Le drapeau sami flottait devant la Maison du peuple. Des Samis en kolt passaient devant Elsa à grands pas, en direction du bâtiment, beaucoup la reconnaissaient et la saluaient. C'était le dernier jour de la plénière du Parlement sami. Minna était en ville, elle était venue depuis Umeå pour écouter les débats.

Elles s'enlacèrent longuement.

— Tu es l'incarnation du mot nomade, dit Elsa en caressant doucement le châle de son amie, les franges qui tombaient dans son dos. Où trouves-tu la force ?

— Il faut bien que quelqu'un le fasse, répondit celle-ci avec un sourire.

Ses cheveux avaient poussé, mais elle gardait une coupe à la garçonne. Son regard était aussi vif que d'habitude.

Elle était toujours par monts et par vaux. À des manifestations contre les mines et pour la défense des droits des Samis, à la Cour suprême de Stockholm où des représentants de l'État suédois avaient utilisé le mot péjoratif « Lapons » pour parler de leur peuple. Elsa ressentait encore de la rage en y pensant. Elle n'avait pas pu écouter la retransmission en direct à la radio samie. Minna, elle, avait assisté pendant des heures à la bataille juridique menée par le sameby de Girjás contre l'État afin de réguler eux-mêmes la chasse aux petits animaux.

— Tu as encore la force de m'accompagner chez les flics ?

— Je suis ton avocate, en quelque sorte, non ?

Leur rire résonna sur le parking et elles traversèrent le parc vers le commissariat. En son for intérieur, Elsa était inquiète. Ljungblad lui avait téléphoné, il avait essayé de contacter Mattias et, faute de pouvoir lui parler, c'était elle qui était convoquée au poste. Elsa avait appelé Minna, luttant pour dissimuler sa panique.

On devinait le commissariat derrière les bouleaux. Minna se redressa.

— Il faut qu'on se prépare. Qu'est-ce qu'il peut bien vouloir ? Tu m'as dit qu'il voulait parler à Mattias, à l'origine. Il a déjà tout raconté, non ?

Oui. Ils s'étaient rendus en ville ensemble, avaient demandé à parler à Ljungblad. Mattias n'avait pas levé les yeux une seule fois tandis qu'il parlait d'une voix mécanique du pantalon de pêche abîmé que Robert lui avait arraché des mains, qu'il expliquait que l'homme avait glissé dans l'eau et qu'il avait essayé de le sauver. Ljungblad était allé chercher Henriksson et Mattias avait dû tout répéter tandis que l'enregistreur captait sa voix monotone. Elsa avait dû quitter la pièce. Elle avait pris Ljungblad par le bras avant qu'il ne referme la porte.

— Il a vraiment essayé de le sauver. Je vous en prie, croyez-le.

Elsa enfonça ses mains dans ses poches. Les broches de Minna tintaient sur sa poitrine.

— Oui, Mattias a tout dit.

— Alors que peuvent-ils bien te vouloir ?

Elsa n'avait pas voulu impliquer son amie. À présent, elle le regrettait. Minna effleura son dos, chercha son regard.

— Je me rappelle quand tu m'as appelée pour me demander ce qui se passait si on laissait une personne blessée. Pourquoi m'as-tu posé cette question ?

Elsa saisit la poignée de la porte, regarda son amie à la dérobée.

— J'étais là aussi, murmura-t-elle.

Le petit radiateur soufflant ronronnait dans un coin du bureau de Ljungblad.

— Veuillez m'excuser pour le froid. Nous avons un problème de chauffage aujourd'hui.

Elsa garda son manteau, mais Minna resta en kolt, indifférente.

— Je vous remercie d'avoir pu venir aussi vite. Comment va Mattias ? J'ai entendu dire qu'il était dans un hôpital psychiatrique.

— Non, ce n'est pas un hôpital. Il est en Norvège, il se fait aider par des psychologues spécialisés dans les souffrances psychiques des Samis.

Ljungblad hocha la tête et feuilleta la pile de papiers sur la table.

— Vous savez que nous avons initié une enquête, une vraie. Nous avons trouvé des choses dans le téléphone de Robert et chez lui. Je ne peux pas vous en dire plus, mais je veux que vous le sachiez. Peut être pourriez-vous en informer Mattias ?

— Alors Robert est soupçonné d'infraction ?

— Malheureusement une personne décédée ne peut pas être soupçonnée. Mais il s'avère qu'il y a quand même des raisons de poursuivre l'enquête.

— Je vous avais dit que le portable de Robert serait une vraie mine d'informations. Personne ne nous a écoutés, pendant toutes ces années, personne ne nous a crus. Nous aurions pu éviter tellement de merde.

— Je ne veux pas vous donner de faux espoirs, les enquêtes les plus anciennes vont être difficiles à reprendre. Certains faits sont prescrits, ils sont très anciens.

Minna expliqua le terme juridique à Elsa, bien que celle-ci l'ait parfaitement compris. Ljungblad posa un regard las sur Minna qui fit mine de sceller ses lèvres d'une fermeture à glissière invisible. Un instant plus tard, ses doigts mimèrent le geste inverse.

— Si vous aviez catégorisé l'infraction différemment, en faits plus graves, il ne serait pas trop tard.

— J'imagine que vous savez aussi que ce n'est pas nous qui avons décidé que l'infraction devait être qualifiée de vol. Parlez-en plutôt au législateur.

— C'est prévu.

Ljungblad soupira et se tourna vers Elsa.

— On nous a apporté une douille, ramassée à l'endroit où se trouvait le quad de Robert.

La douille.

— Nous avons essayé d'appeler votre frère, mais il ne répond pas. Il a un permis de port d'arme, nous le savons, dit-il en allongeant chaque mot, le regard braqué sur Elsa qui n'osait pas cligner des yeux.

— En quoi est-ce pertinent ? Robert ne s'est pas fait tirer dessus. La douille a pu être laissée par un chasseur inattentif.

Minna ne pouvait pas s'empêcher d'intervenir. Ljungblad lui indiqua la porte.

— Pouvez-vous attendre dehors ?

— C'est un interrogatoire ?

— Je réunis des informations, Elsa est là en tant que témoin. Je vais vous demander de sortir.

Minna se leva avec une lenteur délibérée, ajusta sa ceinture et fit un clin d'œil à Elsa. La porte se referma derrière elle.

Elsa frissonna et serra son châle autour de son cou.

— Il ne l'a pas tué.

— Mais quelqu'un a tiré, peut-être qu'il était en ligne de mire. La situation n'était peut-être pas exactement celle que décrivait votre frère.

Il l'invitait à répondre, parlait doucement.

— Ça change quelque chose ?

— Peut-être. Je suis obligé de poser la question.

— Alors demandez-lui.

Il passa la main dans sa barbe.

— Je me dis qu'il n'était peut-être pas tout seul là-bas, il était peut-être accompagné.

Elsa imita Minna.

— C'est un interrogatoire ?

Il la regarda d'un air déçu.

— Un témoin a vu votre voiture dans la zone, Elsa.

Elle fut prise de vertige et elle dut fixer ses chaussures. Elle avait laissé Mattias décider. Il ne devait s'agir que de lui. Elle n'avait pas compris pourquoi. À présent, tout s'effondrait.

— C'est vrai, j'étais là. (Elle leva les yeux.) Je l'ai trouvé sous le quad. C'est moi qui ai tiré. Mais pas sur lui.

Elle revit le canon dirigé vers son visage. Elle frissonna, son corps entier fut secoué par un tremblement. Elle avait été à deux doigts.

— J'ai tiré en l'air.

— Vous l'avez obligé à marcher jusqu'à la rivière ?

La voix de Ljungblad était tendue à présent.

— Non. (Elsa marqua une pause, ses joues brûlaient.) Je l'ai laissé sous le quad.

— Alors c'est votre frère qui l'a libéré ? Vous l'avez laissé avec votre frère ?

Elle secoua la tête et le regarda droit dans les yeux. Pouvoir dire la vérité était libérateur. Elle n'avait qu'une seule envie, tout lui raconter.

— Je ne savais pas qu'il était à la rivière et il ne savait pas que j'étais dans la forêt.

— Mais comment Robert s'est-il dégagé ? Il devait vraiment être coincé sous le quad quand vous êtes arrivée, puisqu'il était toujours là. Ou peut-être qu'il était inconscient ?

Elle ne pouvait pas lui parler de Lasse. On ne peut pas expliquer à ceux qui ne comprennent pas. Ou, plus important encore, à ceux qui ne croient pas en cette possibilité. Comment pouvait-elle expliquer ce qu'elle savait ? Ce genre de chose, la présence des morts, n'avait pas sa place dans un procès, on ne pouvait même pas en parler à voix haute, ça ne serait pas une explication plausible. Non, ils se tortilleraient et secoueraient la tête, incrédules. Qualifieraient ça d'affabulations, de justifications pour se disculper. Jadis, les Samis étaient assassinés pour de tels motifs. On les faisait taire par la violence. On les forçait à tourner le dos à l'évidence. Ljungblad, comme tous les autres, chercherait une explication logique.

— Alors, c'est Mattias qui a soulevé le véhicule.

— Pourquoi aurait-il fait ça ? Pour ensuite lui enfiler le pantalon de force et le pousser dans la rivière ?

Le policier n'apprécia pas le ton sarcastique. Ça se voyait. Il était jeune, il avait de l'ambition. Il n'avait aucune envie de s'éterniser aux affaires de conduite en état d'ébriété ou de violences intrafamiliales. Il voulait diriger des enquêtes importantes dans une plus grande ville. Il voyait là sa chance, se dit Elsa, d'élucider un meurtre. De jeter la lumière sur un crime bestial.

— Pourquoi ne pas avoir raconté que vous étiez sur place ?

— Mattias trouvait que c'était mieux ainsi. Je n'étais pas là quand Robert est tombé à l'eau.

— Vous auriez dû nous le dire. C'est grave de mentir, surtout quand un homme est mort.

— Ce n'était peut-être pas un mensonge. Ou juste un mensonge par omission.

— Vous êtes sortie pour le tuer, sinon pourquoi aviez-vous une arme ?

— Pas du tout ! Je l'avais emportée pour me protéger. J'avais peur. J'ai peur depuis des années, depuis mon enfance. Nous ne sommes pas en sécurité sur nos propres terres. Nos bêtes non plus.

— Vous auriez pu vous faciliter la vie, dire que vous étiez partie chasser les oiseaux.

Il marmonna si bas qu'elle entendit à peine.

— Bien sûr, j'aurais pu, mais maintenant que je vous raconte tout, je veux vous dire la vérité.

— Vous devrez tout réexpliquer, dans une audition en bonne et due forme.

— Il s'est noyé. Il avait de l'eau dans les poumons, il n'était pas mort avant de tomber à l'eau.

Elsa répéta ce que Minna lui avait expliqué. Ljungblad la contempla, sourcils levés.

— Pourtant il s'est retrouvé dans l'eau et est mort. Pourquoi ?

— Il voulait sauver son chien, comme l'a indiqué Mattias.

— Vous avez eu tout votre temps pour vous accorder sur une version des faits, vous et votre frère.

— Et vous avez eu tout votre temps pour mettre fin à ce qu'il nous faisait subir.

Ils restèrent en silence à se dévisager. Aucun d'eux ne détourna le regard.

— Il a tué mon renne et m'a menacée de mort quand j'avais neuf ans. Vous comprenez ce que ça fait à un enfant ?

85 – *Gávccilogivihtta*

L'article était bien en vue sur l'une des tables basses en pin de la salle des maîtres à l'école. Aussitôt, quelqu'un attrapa le journal, et il passa de main en main. Certains lisaient tout haut aux collègues, les yeux rivés sur le journal ou leur portable. Le titre était écrit en grosses lettres noires. Il était question du gang qui avait fourni à des restaurants et des hôtels de la côte de la viande de renne issue du braconnage. On avait fait des découvertes aux domiciles de deux hommes à présent décédés, mais la police enquêtait sur des liens avec d'autres suspects, qui eux-mêmes avaient des contacts en Finlande. Au moins un restaurateur était soupçonné de recel. Un autre affirmait être de bonne foi et avoir acheté la viande auprès de personnes qu'il pensait être des éleveurs de rennes. Or, les documents trouvés chez les défunts prouvaient le contraire.

Henriksson précisait que toute information supplémentaire connue du grand public était la bienvenue, insistant sur le fait qu'il n'avait jamais abandonné les villages.

— Cela montre que notre travail a porté ses fruits. Nous avons mené une enquête approfondie qui a été couronnée de succès.

Cette phrase suscita l'indignation des collègues d'Elsa qui poussèrent les hauts cris.

— Il n'a pas honte ?

Son père avait aussi élevé la voix en lisant la citation sur son portable.

— Bon sang ! Comment ose-t-il s'attribuer le mérite ? Quelqu'un est tombé sur le téléphone de Robert ! Ça n'est pas le fruit d'une filature ou d'une enquête. S'il n'était pas mort, on serait toujours à surveiller nos rennes jour et nuit !

Elsa attendait le bon moment pour expliquer à ses parents ce qui s'était passé. Elle avait promis à Mattias de patienter jusqu'à son retour. Ça s'arrêterait là. Personne en dehors de la famille ne connaîtrait la vérité.

Elle avait laissé entendre à Mattias qu'il pourrait revenir au sameby en héros si la vérité éclatait au grand jour. Mais il avait pesté, dit qu'elle était bête parfois.

— Nous devons nous réjouir que l'affaire soit classée et que nous soyons les seuls à en connaître l'existence.

Oui. Ljungblad avait, avec le soutien sans faille de Henriksson, tenté de retracer avec précision les dernières heures de la vie de Robert. Si son travail venait à être examiné, il n'y aurait rien à dire, il avait mené l'enquête à la perfection, tiré sur tous les fils, interrogé le frère et la sœur à tour de rôle. À la fin, il avait pu, la conscience tranquille, informer Elsa que l'affaire allait être classée. Robert avait pris le waders et s'était noyé. Rien ne permettait d'imaginer autre chose.

— Vous nous croyez ? s'était-elle hasardée à demander.

— Oui, je dois admettre que oui.

Elle avait pleuré.

Elsa s'enfonça dans le canapé rouge de la salle des maîtres, sirota son thé chaud en écoutant le brouhaha. Elle se demandait si quelqu'un avait compris que c'était elle qui était citée dans l'article. Le membre anonyme du sameby qui racontait le harcèlement et les menaces interminables, qui exigeait un changement de législation, afin que tuer des rennes soit plus sévèrement puni, soit catégorisé différemment. Se prononcer n'était pas sans risques, et elle voulait protéger Jon-Isak.

Elle se leva et se dirigea vers l'institutrice du garçon, Karen, qui était assise un peu à l'écart. Elle touillait son café avec une cuillère en regardant les enfants jouer dans la neige fraîche. Bientôt celle-ci resterait au sol et ce serait vraiment l'hiver.

— Jon-Isak n'est toujours pas revenu.

Karen sursauta, son café déborda.

— Oh, tu m'as fait peur.

— Il est absent depuis plusieurs semaines. Vous avez fait quelque chose ?

— Nous avons appelé, je suis passée chez lui, et nous avons pris contact avec la médecine scolaire.

— J'ai l'impression qu'il va encore y avoir une bagarre.

Elsa montra la cour d'un geste du menton et Karen poussa un profond soupir.

— Tu sais, j'ai presque abandonné tout espoir.

— Mais on ne peut pas abandonner Jon-Isak.

— Ce n'est pas facile de parler à sa mère. (Elle affichait un air coupable.) Ce n'est pas pour dire du mal d'elle, mais c'est comme ça. Quant à son père, il passe son temps avec les rennes et n'est jamais venu ici.

Elsa n'avait pas eu le courage de retourner chez Hanna, mais chaque fois qu'elle passait en courant devant la montée qui menait à la maison, elle y pensait. Il le fallait.

— Je vais en discuter avec la directrice. Ça ne peut pas continuer. Je ne parle pas seulement de Jon-Isak, mais de tout ce qui se passe entre les élèves.

Karen regarda sa montre, se leva et posa une main sur le bras d'Elsa.

— Jon-Isak n'aime pas que tu travailles ici.

Les épaules d'Elsa s'affaissèrent.

— Je sais. Je vais bientôt arrêter. Je vais aider mon père à plein temps, tant que Mattias sera à Karasjok.

— Ah oui.

Les gens ne savaient jamais comment réagir quand elle leur parlait de Mattias. Le plus simple était de tourner le dos ou de marmonner une phrase vague. « Bon, il faut que j'y aille », disaient-ils souvent. Elle avait tout entendu.

Elle sortit son portable pour voir si elle avait des nouvelles de Mattias. Elle lui envoyait un SMS chaque jour, essayait de lire entre les lignes, de déceler un signe d'amélioration. Il écrivait qu'il allait mieux, pourtant il ne rentrait pas. Il ne faisait que repousser la date. Elle lui disait qu'il n'y avait pas de honte à avoir. Alors il ne répondait plus.

86 – *Gávccilogiguhtta*

Jon-Isak filait sans se retourner. Le dos droit, concentré pour trouver la bonne cadence, il regardait ses skis afin de les maintenir dans les traces.

Le plus dur, c'était la pente devant la maison, elle était raide et parsemée de touffes d'herbe qui n'avaient pas encore été recouvertes par la neige. Près du lac il y avait d'autres traces, mais pas aussi praticables que celles que formaient les motoneiges en passant sur la glace. Il était sûr que la glace tiendrait s'il s'y aventurait, mais sa mère avait hurlé que c'était interdit. Elle avait regretté d'avoir haussé le ton, l'avait attiré contre elle et avait murmuré qu'elle était désolée. Il s'était débattu pour se libérer de son étreinte, mais à l'intérieur il était empli de son odeur.

Il poussa sur ses bâtons, s'agaça d'être aussi lent. Ça glissait mal, la neige avait à peine enveloppé la nature. Il fallait qu'il y arrive. Au printemps, lors de la course de ski entre les villages, il montrerait à tout le monde. Il avait du temps pour s'entraîner, maintenant qu'il n'allait plus à l'école. Il n'avait pas besoin de l'école. Il n'avait besoin que des rennes.

Depuis quelque temps, Elsa avait remarqué que les traces de ski qui descendaient la pente devant la maison de Hanna s'interrompaient sur la route et reprenaient de l'autre côté. Elle se mit à faire le guet à la fenêtre de la cuisine. À attendre que la petite silhouette apparaisse. Et aujourd'hui, le garçon avait surgi. Il glissa le long de la rivière sur des jambes mal assurées, s'arrêta un instant, jeta de rapides coups d'œil en arrière avant de s'avancer quelques mètres sur la glace. La couche était encore bien trop mince, Elsa retint son souffle. Mais le garçon recula et s'engagea dans les sillons qu'Elsa avait tracés en passant.

Elle chaussa ses skis, fit quelques mouvements sur place. L'air était limpide et froid et l'odeur indiquait que les chutes de neige allaient se poursuivre. Le ciel était blanc. Elle le laissa prendre de l'avance, attendit qu'il ne soit plus visible depuis la route.

Elle intégra le rythme, glissant sur la neige. Elle avait des courbatures dans la cuisse droite à la suite de sa longue course de la veille, mais ça ne durerait pas.

Il poussait sur ses bâtons à intervalles réguliers, pliait les genoux et se propulsait en avant. Elle se rapprochait, petit à petit. Bientôt ils arrivèrent à l'orée du bois, là où, en hiver, la piste menait à l'enclos. C'est alors qu'elle l'entendit. La voix claire d'un garçon qui voyageait au loin dans le silence de la forêt. Un *joik* ? Oui, très probablement. Elle le reconnut. C'était le *joik* de Lasse. Les deux ne s'étaient jamais rencontrés, pourtant Lasse avait toujours été présent. La boucle était bouclée par un *joik*. Elsa devait s'arrêter, le laisser partir.

Mais Jon-Isak regarda derrière lui et l'aperçut. Le *joik* s'arrêta net. Elsa leva la main pour le saluer, agitant son bâton. Il faillit tomber tant il se retourna violemment, puis il se remit en route rapidement, poussant sur ses bâtons de manière chaotique. Il disparut entre les arbres et Elsa ne bougea pas. Elle ôta ses gants, ouvrit le zip de sa poche, plongea la main et caressa la surface douce. Referma le zip, remit ses gants, enfonça son bonnet sur ses oreilles devenues rouges de froid. Puis elle se remit à skier, d'abord lentement, avant de retrouver son rythme, sa respiration. Au bout d'une centaine de mètres, elle vit les traces laissées par le garçon, qui s'enfonçaient dans la forêt, vers le vieil enclos. Il n'y avait pas encore de vraie piste de ski tracée dans la neige. Elle le suivit. Elle l'entendait haleter. Ce n'était pas facile sans sillons. Les skis étaient entravés, ça ne glissait pas.

Il avait laissé ses skis et ses bâtons au sol. Sans quitter les siens, elle suivit les empreintes de ses pas, s'arrêta, tendit l'oreille.

Les premiers flocons commençaient à tomber, lentement, avec des pirouettes, atterrissant sur ses joues et ses cils. La clôture était toujours là – certains pans restaient en place toute l'année. Elle le chercha du regard. Déchaussa ses skis, appuya ses bâtons contre un pin. Il était assis à l'autre bout de l'enclos, au point le plus haut de la clôture, perché pour avoir une bonne vue. Il balançait ses jambes, sans même se tenir. Il fit une boule de neige, la frappa de ses gants pour qu'elle soit ronde et compacte. S'aidant de ses mollets pour garder l'équilibre.

Elsa entra dans l'enclos et se dirigea lentement vers lui. Elle s'arrêta près de la barrière, la secoua un peu pour le forcer à se tenir. Elle rit. Pas lui.

— Tu sais, quand j'avais exactement ton âge, j'ai aussi skié toute seule jusqu'ici. Ton *eanu* Lasse était là. Je nourrissais les rennes avec lui.

Jon-Isak frappait la boule de neige sans relâche, la serrant fort entre ses mains.

— Il me traînait aussi derrière sa motoneige. Il disait toujours que c'était comme faire du ski nautique sur la Méditerranée. Tu sais qu'il partait souvent à l'étranger ?

Il ne voulait pas montrer sa curiosité, mais elle vit qu'il prêtait l'oreille, que ses mouvements avec la boule de neige devenaient plus doux.

— Il n'y avait personne comme lui dans tout le village. Il a fait le tour du monde.

Jon-Isak fronça le nez.

— Bon, il n'est peut-être pas allé partout, mais dans presque toutes les régions du monde. Quand il rentrait, il connaissait des choses qu'aucun d'entre nous ne connaissait. Mais où qu'il aille, il ne restait jamais. Je suppose que sa région natale lui manquait.

Elsa s'appuya contre la barrière, elle ne regardait plus vers le haut.

— Il m'a aidée. Je crois qu'il était le seul à comprendre que c'était dur pour moi. Il ne parlait pas beaucoup, mais il était toujours présent.

Les flocons tombaient de plus en plus dru, bientôt on ne verrait qu'à quelques mètres devant soi.

— Il se doutait que j'avais été témoin d'une scène terrible dont je ne n'osais pas parler. Il l'avait compris, mais il m'a laissée garder le silence. Parfois, on ne veut pas parler de tout.

Elle leva les yeux. Le bonnet noir de Jon-Isak était blanc de neige. Il clignait des paupières rapidement chaque fois qu'un flocon se posait sur ses yeux.

— Quand Lasse est mort, j'ai voulu enterrer ce secret avec lui. J'ai envisagé de déposer quelque chose auprès de lui, pour ne plus jamais y penser. Tu veux voir ce que c'est ?

Jon-Isak était immobile, les yeux rivés devant lui.

— C'est une chose que tu connais, que tu as déjà vue, mais elle est liée à un des événements les plus épouvantables de ma vie.

Il la regarda du coin de l'œil, aperçut sa main dans sa poche.

— Tu sais pourquoi je n'ai pas laissé partir mon secret avec lui ?

Jon-Isak attendait en silence.

— Je pressentais que j'en aurais encore besoin. Pour quelqu'un d'autre. Je crois que c'est à toi de le prendre. Mais je te préviens, c'est une histoire très dure.

Elle attendait qu'il descende, mais il ne se laissa pas convaincre.

— Je peux monter ?

Comme il ne dit pas non, elle saisit fermement la barrière et prit appui sur la planche la plus basse. Elle se hissa à l'aide des bras et monta. Elle s'assit, balança les jambes comme lui, même si son estomac se nouait.

— C'est vraiment haut ! Et tu ne te tiens pas. Tu es fou ?

Elle rit un peu et lui montra clairement comment elle s'agrippait à la barrière des deux mains. Son regard changea. Il passait nonchalamment la boule de neige d'une main à l'autre, et elle vit qu'il était fier.

— Là-bas, très exactement. (Elsa montra du doigt l'entrée, dans un des coins de l'enclos.) Là-bas, j'ai trouvé mon faon préféré, le mien, Nástegallu. Une petite femelle. Elle avait été tuée. Et j'ai vu celui qui l'avait fait.

Jon-Isak plissa les yeux et fixa la barrière de l'autre côté. On la distinguait à peine tant la neige était dense.

— Il avait coupé l'une des oreilles de Nástegallu et avait peut-être prévu de repartir avec mon faon, mais il n'a pas osé en me voyant arriver. Et tu sais, il avait mis l'oreille dans sa poche, avec ses gants, et quand il a sorti ses gants, le morceau d'oreille est tombé. Alors quand il est parti, je l'ai pris, mais je ne l'ai jamais montré à personne.

Elsa s'agrippa d'une main à la clôture qui vibrait tandis qu'elle fouillait dans sa poche de sa main libre. Elle lui montra le morceau d'oreille, ôta les flocons de neige d'un mouvement du pouce. D'autres se posèrent aussitôt.

— Tu es la première personne à qui je le montre. Et tu sais quoi, je pense que c'était voué à être ainsi. C'était à toi que je devais le raconter. (Elle s'arrêta.) L'homme qui a tué mon renne m'avait menacée de me tuer si je parlais.

Jon-Isak écarquilla les yeux.

— Évidemment qu'on n'ose rien dire quand on nous menace. J'ai eu très peur et je me suis mise en retrait, poursuivit-elle.

Jon-Isak leva soudain le bras droit et la boule de neige s'écrasa contre un tronc avec un bruit mouillé caractéristique. Elsa inspira d'un seul coup.

— Ça va pas la tête ! dit-elle en riant.

Il retira ses gants, saisit l'oreille entre ses doigts, glissa l'index sur la fourrure douce, enleva la neige. Les poils humides s'étaient agglutinés.

— C'est Robert Isaksson qui a fait ça ?

— Oui, c'était lui.

Jon-Isak se redressa, leva le menton.

— Heureusement qu'il est mort.

Elsa se contrôla, ne sachant pas ce qu'il convenait de dire.

— Je crois que les choses vont aller mieux maintenant. Ça va être plus calme pour nous tous, dit-elle enfin.

— Pas à l'école.

— J'ai arrêté d'enseigner. Je vais m'occuper des rennes.

Il caressa le morceau d'oreille, plaça ses mains en corolle pour le protéger de la neige. Il avait une cicatrice qui courait entre le pouce et l'index.

— Tu sais, moi aussi j'avais peur quand j'allais à l'école.

— Je n'ai peur de rien.

Il approcha sa main pour lui rendre l'oreille.

— J'ai plein de *bealljebinnát*, dit-il.

— Celle-ci pourrait peut-être s'ajouter à ta collection. Je crois que Lasse l'aurait voulu.

Jon-Isak lâcha l'oreille qui tomba au sol. Ils la regardèrent. Elle fut vite recouverte de neige.

— Tu as peut-être raison. Peut-être que Nástegallu avait besoin de rentrer chez elle. Laissons-la ici.

Les flocons de neige tombèrent de moins en moins dru et bientôt la vue se dégagea. Quand Jon-Isak descendit, toute la barrière trembla. Elle vit qu'il observait les lieux avec attention. Elsa descendit aussi. Il se dirigea vers ses skis jetés au sol.

— On se voit pour le tri alors, dit-elle.

— Oui. (Il leva les yeux, planta ses bâtons dans la neige.) Au revoir !

Il poussa sur ceux-ci, descendit rapidement la petite pente et disparut. Elsa skia lentement, bifurqua à droite au milieu des pins, traça de nouveaux sillons. Elle fit le tour, se dirigea de nouveau vers l'enclos par l'arrière, et s'immobilisa, sans un bruit.

Elle n'attendit pas longtemps. Crissement des skis sur la neige. Couinement des bâtons.

Elle s'accroupit derrière le pin, appuya la tête contre le tronc.

Il n'ouvrit pas la barrière. Il grimpa, se balança par-dessus la palissade, sauta et atterrit délicatement, comme un chat. Il marcha d'un pas déterminé. Il savait exactement. Il se pencha en avant, retira son gant et ferma la main sur Nástegallu. Souffla la neige et caressa l'oreille du pouce. Ouvrit son manteau, la glissa dans sa poche, ferma soigneusement le bouton. Remit son gant, regarda vers le ciel. Et fit un signe de la main.

Glossaire

áddjá : papi.
áhkku : mamie.
bealljebinnát : partie de l'oreille conservée après le marquage des faons et accrochée à de la ficelle.
biekka oapmi : la propriété du vent.
boazobeana : chien de troupeau de rennes.
boazu : renne.
čakča : automne.
čakčadálvi : pré-hiver, saison qui s'étend de la fin de l'automne au début de l'hiver.
čakčageassi : pré-automne, saison qui s'étend de la fin de l'été au début de l'hiver.
čearpmat : faon de l'année précédente.
čearru : communauté d'éleveurs de rennes, aussi appelée *siida*, l'équivalent sami du terme suédois *sameby*.
dálvi : hiver.
duodji : artisanat d'art sami.
duojár : artisan sami.
eanu : oncle.
enná : maman.
fas : « encore ».
gáhkku : galettes traditionnelles samies.
gákti : tunique traditionnelle samie.
gasku : entre les deux.
giđđa : printemps.
giđđageassi : pré-été, saison qui s'étend de la fin du printemps au début de l'été.

girdnu : partie circulaire située au centre de l'enclos de tri des rennes.
goahti : hutte.
***goike biergu* (ou *goikebiergu*)** : viande de renne fumée et séchée.
gunsttar : personne extralucide dotée de pouvoirs de guérisseur.
guovssahasat : aurore boréale.
gurpi : préparation semblable à du saucisson fumé, à base de viande de renne.
helveha : « merde » (juron).
holbi : bas du kolt décoré de rubans.
isa : papa.
joik : chant traditionnel sami.
juoa : « oui ».
juovlamánnu : décembre (littéralement, le mois de Noël, de *juovllat*, Noël, et *mánnu*, mois).
liinnit : châle sami.
miessemánnu : mai.
mu miessi : mon faon.
nu dat lea : « c'est comme ça ».
njukčamánnu : mars.
nu go lea : « ah bon ? »
nuvttahat : chaussures montantes en cuir de renne.
oambealli : cousine.
ollu giitu : « merci beaucoup ».
ollu lihkku : « félicitations ».
ollu lihkku ráhkis : « joyeux anniversaire ».
rátkagárddis : enclos de tri pour les rennes.
rátkin : tri des rennes. Plusieurs éleveurs d'une même région rassemblent leurs rennes dans un grand enclos constitué de différents compartiments. Il s'agit de séparer les bêtes selon leur propriétaire, et éventuellement d'en sélectionner certaines qui iront à l'abattage.
reaŋga : assistant, petit garçon.
risku : broche traditionnelle, élément du kolt.
rivgu : femme non samie.
ruovgat : grognement des rennes.

Sápmi : mot sami utilisé à la place de Laponie, jugé péjoratif.
sargeoaivi : bois de rennes longs et fins.
siessá : tante.
sohka : famille élargie.
stávrá : bâton muni d'œillets pour attraper les rennes.
stuoraviellja : grand frère.
suohpan : lasso.
suovas : viande de renne salée et fumée.
unna oabbá : petite sœur, petite fille.
váhkar : dernier enfant, arrivé plusieurs années après les autres.
vuordde veaháš : « attends un peu ».

Remerciements

Ce livre existe en moi depuis de nombreuses années. Il m'a fallu du temps pour trouver comment raconter cette histoire. Plusieurs personnes m'y ont aidée, en particulier mes grands-parents maternels qui ne sont plus de ce monde. Mais qui sont pourtant encore là.

Le tableau que je peins reflète la situation dans le *Sápmi* aujourd'hui et depuis longtemps. La réalité est parfois plus noire encore que la fiction. Ce roman s'appuie en partie sur des faits réels – j'ai notamment eu accès à des centaines de plaintes déposées par des éleveurs de rennes.

J'ai reçu une aide précieuse pour collecter des informations relatives à la renniculture et au travail de la police, mais à partir de toutes ces données, j'ai pris la liberté de créer un lieu fictif et un récit dont je porte toute la responsabilité en tant qu'écrivaine.

Cela étant dit, je voudrais remercier toutes celles et tous ceux qui m'ont épaulée et inspirée pendant toutes ces années. Pour diverses raisons, ils ne souhaitent pas tous être nommés, mais je vous suis profondément reconnaissante et je n'oublierai jamais le temps que vous m'avez consacré.

Je voudrais remercier chaleureusement les éleveurs de rennes :

Sara Skum pour la conversation que nous avons eue à l'hiver 2018. Elle m'a ébranlée et m'a guidée dans la bonne direction. Merci également pour les données factuelles que tu m'as fournies, notamment les cent plaintes.

Anna-Karin Niia, ta lecture a été fondamentale. Merci pour toutes tes remarques pertinentes.

Merci à Richard Åström et Anna Kråik Åström d'avoir lu les premières versions et d'avoir formulé des remarques à la fois sur le fond et la forme.

Merci aux policiers Håkan Alselind et Ulrika Larsson pour les discussions sur le travail de la police dans une zone géographique très vaste.

Un grand merci à ma maison d'édition suédoise Romanus & Selling, en particulier à mon incroyable éditrice Susanna Romanus pour son immense implication dans mon roman.

Un grand merci également à mon agence Ahlander Agency et surtout à ma brillante agente Kaisa Palo qui a permis à Elsa d'aller voir le monde, chaussée de ses skis. Grâce à elle, *Stöld* est publié entre autres en français et j'en suis enchantée.

Je remercie chaleureusement tous mes éditeurs étrangers qui permettent à ce roman d'être lu dans le monde entier.

Un merci tout particulier à ma famille. Micke et Willis, vous êtes toujours mon port d'attache. Merci à ma mère Ellen et à ma sœur Therése d'avoir lu le manuscrit et de m'avoir aidée à faire les bons choix. Et à mon père pour ton aide au sujet des armes, des motoneiges et de la forêt que tu connais comme ta poche.

Composition et mise en pages
Nord Compo à Villeneuve-d'Ascq

Imprimé en France par CPI
en août 2022

MIXTE
Papier issu de
sources responsables
FSC® C003309
www.fsc.org

L'éditeur de cet ouvrage s'engage dans une démarche
de certification FSC® qui contribue à la préservation
des forêts pour les générations futures.

Pour en savoir plus :
www.editis.com/engagement-rse/

N° d'édition : 64425/02
N° d'impression : 171377